RAUL MINH'ALMA

Foi sem querer que te quis

★★★ EDIÇÃO ESPECIAL E LIMITADA ★★★

ILUSTRAÇÕES DE RAUL MINH'ALMA

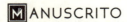

FICHA TÉCNICA

facebook.com/manuscritoeditora
instagram.com/manuscrito_editora

© 2018
Todos os direitos relativos à chancela Manuscrito
encontram-se reservados para a Editorial Presença, S.A.
Estrada das Palmeiras, 59
Queluz de Baixo
2730-132 Barcarena

Título original: *Foi Sem Querer Que Te Quis*
Autor: *Raul Minh'alma*
Copyright © Raul Minh'alma, 2018
Copyright © Editorial Presença, S.A., 2018
Revisão: *Carlos Jesus/Editorial Presença*
Imagem da capa © Mark Owen/Trevillion Images
Capa: *Catarina Sequeira Gaeiras/Editorial Presença*
Fotografia do autor: © Marcelo Silva
Ilustrações do autor
Composição, impressão e acabamento: *Multitipo — Artes Gráficas, Lda.*

ISBN 978-989-8871-65-7
Depósito legal n.º 506 514/22

1.ª edição cartonada, Lisboa, fevereiro, 2023

Esta é uma obra de ficção e qualquer semelhança com a realidade é pura coincidência.

Dedico este livro a ti.

Nota do autor

Antes de entrarmos nesta viagem de autodescoberta, gostaria de partilhar contigo como tudo começou e como foi, e tem sido, esta aventura maravilhosa em volta da história de amor de Beatriz e Leonardo contada no *Foi Sem Querer Que Te Quis*. Depois do enorme sucesso de vendas que foi este livro, tendo sido o mais vendido em Portugal no ano de 2019 e contando já com mais de cem mil exemplares vendidos, eu e a Manuscrito decidimos lançar uma edição especial. Esta mesma, que me dás a honra de pôr nas tuas mãos. Espero que desfrutes desta experiência tanto quanto desfrutei de a escrever e de a viver desde que foi lançada em novembro de 2018. Não me recordo do dia exato em que iniciei a escrita desta obra, foi algures no final de maio de 2018, mas lembro-me do dia exato em que a terminei, a 18 de agosto do mesmo ano. Com esse ponto final, não fechei apenas um dos livros que mudariam a minha vida e, espero, a de muitas pessoas desde então. Terminei também uma fase particularmente atribulada deste meu percurso aqui na terra. E é sobre essa fase que queria começar por te falar, pois foi graças a ela que consegui adquirir uma imensa bagagem de conhecimento, que me permitiu escrever esta história, e transmitir aquela que eu considero ser a maior mensagem de todas, não sentimos amor, somos amor. Nos meses anteriores à escrita do *Foi Sem Querer Que Te Quis*, passei pelo término mútuo de uma relação de mais de sete anos. Uma relação que começou no secundário e acompanhou os primeiros anos da minha vida adulta, sempre tão desafiantes para qualquer pessoa. Mudei de casa duas vezes, vivi uma paixão tóxica e tive vários períodos em que fui abatido por crises de ansiedade, que havia descoberto seis anos antes e que me obrigaram a fazer terapia. Embora toda a vida tenha sido relativamente magro, em 2018, com quase um metro e noventa de altura e por conta da perda de apetite, cheguei a pesar pouco mais de sessenta quilos, ficando com um aspeto de que não me orgulhava. Não, nada disto foi uma tragédia, mas, na época, representava a pior fase da minha vida a nível emocional. Ora, o que percebi com tudo isto? Percebi que precisava de soluções, de respostas, de alguma luz na escuridão em que estava mergulhado. E fui à procura delas. Como? Estudando. Li, falei com gente sábia e vi horas e horas de vídeos sobre os mais variados temas. Desde a espiritualidade, funcionamento da mente humana, psicologia positiva até à física quântica. Precisava de entender porque estava assim e como poderia deixar de estar assim. Precisava de entender o universo, os sentimentos, as pessoas e, acima de tudo, entender-me. Até então, era muito cético em relação a tudo o que os meus principais sentidos não conseguiam captar. Negava tudo, mesmo sem sequer ter conhecimento suficiente sobre o que estava a negar. A vida parece mais fácil de entender quando acreditamos que nada existe além daquilo que os nossos sentidos podem alcançar ou a ciência pode provar. É como se nos livrássemos de uma série de perguntas, muitas delas sem resposta lógica, que só nos tirariam o sono. Até que percebi que a nossa realidade é muito mais do que aquilo que o melhor cérebro pode conceber. Aquilo que percecionamos é apenas a ponta de um gigantesco icebergue e, para percebermos isso, basta pensarmos na imensidão do universo. Claro que isto levanta muitas perguntas sem resposta e a vida é muito mais simples sem elas. O ceticismo sobre tudo e mais alguma coisa dá-nos uma falsa ideia de intelectualidade e percebi que talvez fosse isso que estivesse a acontecer comigo. Nessa altura, percebi que a minha arrogância intelectual estava a afunilar-me a visão como duas palas nos olhos. E se a solução para a minha situação estivesse além dos limites daquilo em que acreditava na altura? Pensei. Foi então que decidi expandir horizontes. Decidi estudar sobre aquilo que negava para depois poder aceitá-lo, ou voltar a negá-lo, mas desta vez com o mínimo conhecimento de causa. No fundo, decidi deixar cair as palas. E foi nessa altura que a minha consciência se expandiu, os olhos passaram a ver mais e a mente e o coração a compreender mais. Sei que hoje, mesmo depois de todas essas horas de estudo, continuo sem saber nada, no entanto, também sei que é um *nada* mais pequeno do que aquele que era na época. Mas, afinal, o que é que aprendi que me ajudou a sair do poço? Perguntam vocês, e bem. Aprendi a diferença entre amor e apego, por exemplo. Aprendi que amor é querer que o outro seja feliz e que apego é querer que o outro me faça feliz. O que é muito diferente, e muitas vezes confundido. Amar é dar sem esperar nada em troca. Dar pelo gosto de dar. Apego é dar apenas para podermos receber algo em troca. Enquanto o amor é libertador, o apego é como uma dependência e a dependência só traz dor. E de onde é que vem este apego? Vem da falta que existe em nós. Falta de quê? Falta de amor-próprio. E é por isso que hoje em dia vivemos tantos relacionamentos tóxicos, como em tempos também vivi. Também eu, em tempos, achava que aquilo que sentia era amor, quando na verdade era apego. Afinal, não podemos dar algo que não temos, não é? Aprendi também a importância de perdoar. Aprendi que perdoar não é um ato de mim para com alguém, é um ato de mim para comigo. Percebi que tudo se perdoa. Tudo, tudo, tudo o que de pior possam imaginar... se perdoa. Porquê? Porque perdoar não é recompensar a pessoa ou a circunstância que nos magoou, é simplesmente libertarmo-nos desse peso e dessa mágoa que só nos prejudica. Já ouviram a frase *o ódio é um veneno que tomamos com a intenção de matar o outro*? Quando insistimos em não perdoar, acontece exatamente isto. E agora a pergunta que interessa responder, como é que se perdoa? É muito simples, basta repetirem para vocês mesmos a frase *eu estou disposto a perdoar*. Seja uma pessoa ou uma circunstância, digam para vocês mesmos *eu estou disposto a perdoar*. De imediato, a vossa mente começará a trabalhar no sentido de fazer isso acontecer. Não importa como nem quando, o que importa é que vai acontecer. Passado uns tempos, quando se lembrarem dessa pessoa ou desse episódio, já não vos irá fazer ferver o sangue como antes, vão ver. Enfim, aprendi isto e muitas mais coisas que poderão também aprender ao longo desta história de amor, contudo, isso só acontecerá se estiverem recetivos a essa aprendizagem e a essa transformação interior. Caso contrário será apenas uma história. Bonita, espero, mas apenas uma história. Uma história que, curiosamente, já gravitava na minha cabeça muito antes de eu sequer imaginar a mensagem que poderia passar através dela. Os primeiros rascunhos remontam ao ano de 2014. Na altura, ainda num formato muito diferente do resultado final, mas já com vários elementos que viriam a perdurar até ao fim, nomeadamente, o avô que era doceiro, o neto como figura central, e o desfecho da narrativa. Esse mesmo que emocionou tantos de vocês e que me emocionou a mim também quando estava a escrevê-lo. E sim, é verdade, já sabia como é que a história iria terminar muito antes de sequer a ter começado a escrever. Aliás, só começo a escrever um livro quando sei como é que vai acabar. Agora vou partilhar convosco algo que nunca disse a ninguém, embora não seja segredo. Tratando-se de uma edição especial, não poderiam faltar elementos inéditos, não é? Então aqui vai. Para a escrita desta história, tive como inspiração uma telenovela brasileira que marcou a minha pré-adolescência e que foi exibida em Portugal em 2004. Chamava-se *Chocolate com Pimenta*, quem se lembra? Foi uma telenovela que adorei acompanhar e a sua narrativa à volta dos chocolates ficou-me gravada de tal forma na memória que, pelos vistos, não descansei enquanto não a trouxe para um livro meu. A verdade é que, embora a inspiração remonte a 2004 e as primeiras ideias tenham começado a ser esboçadas em 2014, foi apenas em 2018 que pus mãos à obra. Nesse ano, à parte da fase que estava a passar e de que já vos falei, estava também a viver uma fase de menor euforia em torno da minha carreira depois do sucesso do meu livro *Larga Quem Não Te Agarra*, editado dois anos antes. Nesse ano de 2018, precisava, mais do que nunca, de que o meu novo livro fosse bem-sucedido. Felizmente, e graças a vocês, tal aconteceu mesmo. Depois de publicar a trilogia *Larga Quem Não Te Agarra, Todos os Dias São para Sempre* e *Dá-me Um Dia para Mudar a Tua Vida,* muita gente pensava que eu só escrevia este género de livros. O que é perfeitamente normal, tendo em conta que foi através desse registo literário que me conheceram, mas já tinha escrito romance antes desta trilogia, embora não fosse conhecido na época. A minha ideia e a da editora foi sempre regressar a esse estilo, e o *Foi Sem Querer Que Te Quis* acabou por ser uma bonita oportunidade para mostrar ao público este lado que já existia em mim muito antes dos textos e das crónicas. Ao longo destes anos, foram inúmeras as vezes que me disseram que este livro era o favorito das suas vidas. Muitas, mas mesmo muitas pessoas me disseram isto e fico até sem palavras, o que não convém a um escritor, para dizer o quão grato me sinto por o ter conseguido. Disseram-me também que este livro as ajudou em algum momento das suas vidas. Que as ajudou a perceber o que é o amor e a encontrá-lo. Primeiro em si mesmas e depois no outro. Quando digo, na capa deste livro, que ele dá a receita para se ser feliz no amor é porque dá mesmo. Não é uma frase para vender, é uma frase sincera e na qual acredito profundamente. Caso contrário, seria incapaz de a dizer. E é por isso que, a dada altura no livro, aparece concretamente uma carta com essa receita. Algumas pessoas dirão que não existem receitas para se ser feliz no amor, mas acredito que há. E acredito que vos dou neste livro pelo menos uma delas. Na verdade, dou um conjunto de passos que, quando aplicados e aprimorados diariamente, vos ajudarão a reencontrarem-se com a vossa essência. A essência de que todos somos feitos. E essa essência é o amor. Qualquer pessoa é feliz quando está alinhada com a sua verdade. Quando se respeita acima de tudo. Quando não aceita menos do que merece. Quando perdoa e desapega. Quando dá pelo gosto de dar. Quando faz as pazes consigo e com o mundo. E é isto que procuro mostrar com esta obra. Quando me sento em frente ao computador para escrever qualquer coisa, seja uma frase, um texto, ou um livro, há sempre uma pergunta que coloco a mim mesmo, aquilo que estou a escrever acrescenta alguma coisa ao mundo? Se sim, então vou em frente. Não há nenhuma história que escreva só porque é bonita ou só porque vai vender muito. Ela tem, impreterivelmente, de passar uma mensagem boa ao mundo. Esse é o meu propósito na escrita, contar histórias que procurem ser emocionantes, mas que, acima de tudo, deixem este mundo melhor do que aquele que encontrei. Se por alguma razão não o conseguir, então falhei. *Foi Sem Querer Que Te Quis* não é um livro perfeito, nem nunca quis ser. Pode ter um ou outro clichê, pode ter um ou outro discurso pouco natural ou demasiado filosófico, pode ter uma ou outra personagem que podia ser mais isto ou mais aquilo, mas estou em paz com tudo isso. Primeiro, porque sinto que cumpriu o seu propósito de deixar este mundo melhor. E depois, porque o escrevi da melhor forma que sabia com os melhores recursos que tinha, e estou profundamente grato e orgulhoso do resultado. E talvez seja assim que devamos olhar para cada conquista das nossas vidas. Para cada dia das nossas vidas. Simplesmente fazer o melhor que sabemos com o melhor que temos e o mundo vai reparar nisso, tal como reparou neste livro. Resta-me agradecer-vos pelas vossas leituras e pelo vosso apoio. Tem sido uma caminhada maravilhosa aquela que tenho feito convosco e sou um privilegiado por vos ter desse lado. Recebam com carinho este livro que mudou a minha vida e, estou certo, mudará também um bocadinho da vossa. Nunca se esqueçam, não sentimos amor, somos amor.

O caderno onde comecei a escrever a história de

Foi sem querer que te quis

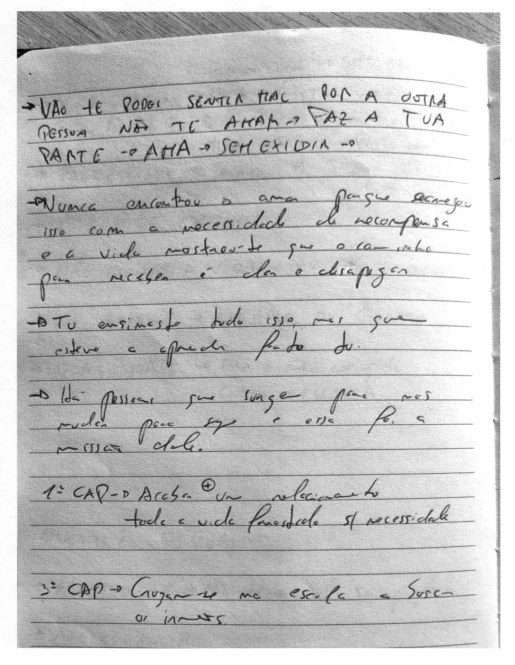

Figura 1. As principais mensagens que queria transmitir no livro.

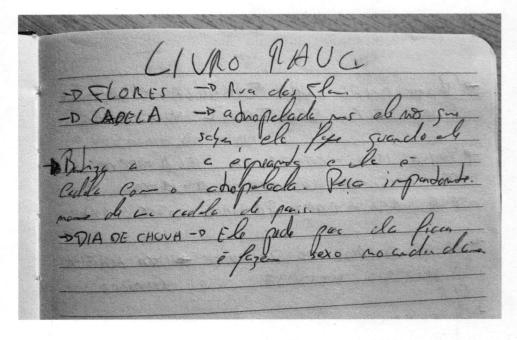

Figura 2. Os primeiros rabiscos daquelas que viriam a ser as principais cenas do livro.

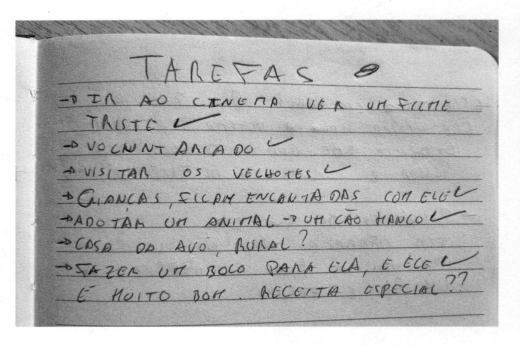

Figura 3. A lista de tarefas de Beatriz para fazer com Leonardo, com o objetivo de cumprir a promessa que fez a Nicolau.

CAPÍTULOS

1. CONVERSA → FIM DO RELACIONAMENTO
2. 1ª CONVERSA C/ NICOLAU → LAR
3. 1º ENCONTRO C/ LEONARDO → LAR
4. DESEMPREGO DA MÃE
5. RECEITA C/ NICOLAU E LEONARDO
6. CONVERSA S/ LEONARDO → CARTA
7. CONVERSA S/ CARTA → ACEITA
8. AVC → HOSPITAL → MORTE
9. FUNERAL NICOLAU
10. CINEMA
11. GELADO E ATROPELAMENTO
12. VETERINÁRIO
13. REENCONTRO C/ GABRIEL
14. CONVERSA C/ LEONOR → CANIL
15. ROUBO CADELA → CONVERSA C/ LURDES
16. C/ QUARTO LEONARDO → JANTAR EM CASA
17. VISITA AO CAR → HISTÓRIA DA PITORENA
18. JARDIM → BALOIÇO → CRIANÇA → ZANGA
19. BOMBONS → FÁBRICA RECEITA
20. FÁBRICA → ROMÃ
21. VOLUNTARIADO → ASSALTO → FUGA
22. ENCONTRO NO BAIRRO → PRAIA REPOUSO
23. ESPLANADA C/ LURDES
24. JANTAR EM CASA DE TIA → TELEFONE
25. ATIVIDADE ASSOCIAÇÃO → LUCAS

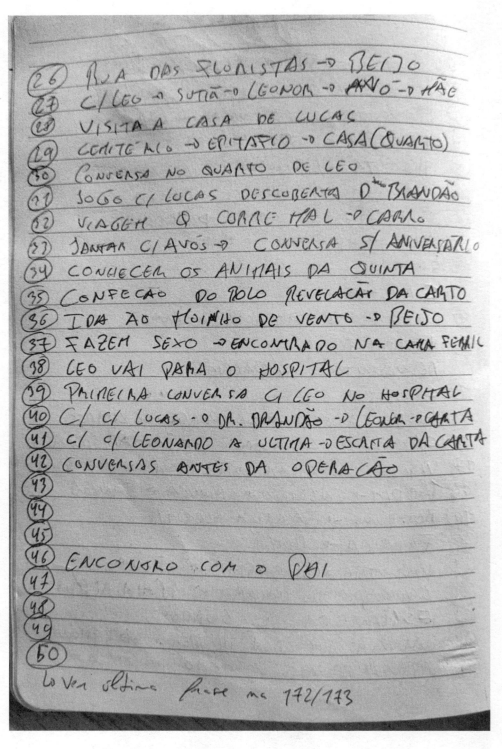

Figuras 4 e 5. Todos os meus livros têm 50 capítulos. Aqui reuni as principais ideias de cada capítulo.

DESENHOS CAPÍTULOS

1. candeeiro — lata de CocaCola
2. Solo de ananás
3. Ás de trunfo (copas)
4. microondas
5. barra de chocolate
6. sinal de trânsito | pincel
7. bola | 1º dia Calendário
8. estrela
9. Beatriz escrito à mão
10. McDonald's | Gelado
11. escudo de soldado
12. osso de brincar | tela
13. sofá
14. rebuçada | torneira | Porto Canal
15. fechadura × torre Eiffel ✓
16. Globo de neve
17. bandeira de Cuba
18. baloiço | chupa
19. bombons
20. Limão | pasta receitas
21. vestido Rosa | seringa
22. Praia Noite | cone
23. esplanada
24. iPhone
25. caminho Lucas

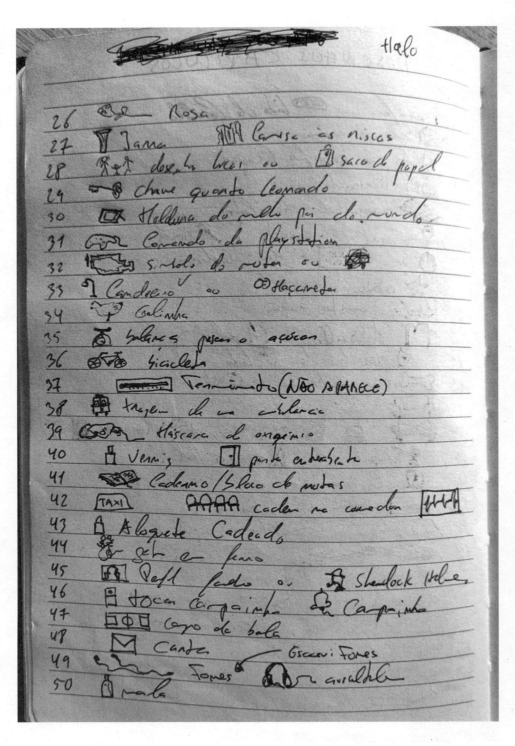

Figuras 6 e 7. As ilustrações dos meus livros são sempre feitas por mim. No Foi Sem Querer Que Te Quis, anotei todas as ideias que tinha para cada um dos capítulos.

*Foi sem querer
que te quis*

✶✶✶

— Acabou.

Esta simples palavra parecia ter a forma de uma mão gigante que me agarrava e começava a apertar-me o corpo esvaziando-me o ar dos pulmões. Senti-me repentinamente submersa num oceano de lágrimas desejosas de me abandonarem os olhos.

— Como assim, acabou, Gabriel? *Perguntei por impulso, com a inútil expectativa que me desse uma resposta contrária.*

— Desculpa! Eu tenho andado muito confuso. Não sei se é isto que eu quero, não sei se é disto que preciso. Eu tenho de ser o mais correto possível contigo e isso implica afastar-me de ti para assentar as minhas ideias, refletir sobre aquilo que sinto e tentar perceber porque é que eu não estou bem.

— Não, Gabriel! Não pode ser. Como é que isso é possível? Eu sempre fiz tudo por ti, sempre dei... *Falhou-me a voz.* Sempre dei o meu melhor por esta relação. Abdiquei de muitas coisas por nós e esforcei-me sempre para corrigir as minhas falhas e melhorar os meus defeitos. E estás a dizer-me que não sabes se é isto que tu queres e precisas? Não, isto não pode estar a acontecer!

— Beatriz... tem calma. Isto também não é nada fácil para mim porque sei que estou a magoar uma pessoa que me é muito importante, mas eu não consigo nem posso estar ao teu lado incompleto. Não estaria a ser justo contigo e de certeza que tu também não irias querer isso. E é assim que eu me sinto. Incompleto. Não penses que a falha é tua ou que cometeste algum erro. O problema é meu e sou eu que tenho de o resolver.

Gabriel pousou a mão sobre o meu braço e senti, naquele gesto, uma compaixão dolorosa que me fez sufocar ainda mais no habitáculo daquele carro parado no estacionamento em frente ao meu prédio. Era o típico gesto de um amigo a tentar confortar outro pela perda de um ente querido e isso deu-me uma náusea tão intensa que julguei que ia vomitar ali dentro.

— Abre o vidro. Rápido! *Pedi-lhe.*

Deu meia-volta à chave do carro e fez descer o vidro do meu lado. Coloquei a cabeça ligeiramente de fora e respirei fundo várias vezes o ar fresco da noite que guardava para si em segredo todo aquele cenário de despedida. De costas para ele, apercebi-me pelo seu silêncio que ficou sem saber o que dizer para não piorar o estado em que me tinha deixado. De certa forma, agradecia-lhe, pois sabia que naquele momento só a voz dele iria remexer-me de novo o estômago. Enquanto lutava contra o acelerar do meu ritmo cardíaco com respirações profundas, dei por mim a focar o meu olhar numa lata de *Coca-Cola* vazia, amassada e abandonada junto ao passeio. Senti uma empatia imediata com aquele pedaço de lixo. No fundo, também eu tinha dado tudo o que tinha de mim. Também eu tinha sido completamente sugada, amassada e estava prestes a ser abandonada junto àquele mesmo passeio. Éramos a prova quase viva de que dar tudo é um bom começo para ficarmos sem nada.

— O que é que te falta? *Perguntei, assim que me recompus o suficiente para voltar a ouvir a voz dele.* Diz-me o que é que te falta ao meu lado se eu sempre te dei tudo o que tinha de mim? É o sexo que não é bom? Sou eu que não sou suficientemente boa para ti? Meu Deus... já sei. Conheceste outra pessoa? Foi isso, não foi?

— Não digas asneiras, Beatriz. Nem comeces a fazer filmes na tua cabeça. Eu não tenho ninguém. Já te expliquei que o problema é meu, vem de mim e é responsabilidade minha.

— Tretas, Gabriel! Tu apenas não queres dizer a verdade para não me magoares ainda mais. Mas se é para doer, então prefiro, e peço-te, que me magoes com a verdade. Não tenhas medo de dizer que já não me amas, não tenhas medo de dizer que já não sentes o mesmo, que não é mais a mesma coisa e que perdeste o interesse. Eu prefiro mil vezes a certeza de que acabou de vez do que a dúvida indefinida de que isto ainda pode resultar.

— Desculpa, mas não me peças para te dizer que não te amo porque sinto que não estaria a ser verdadeiro. Mas também não sei se aquilo que eu sinto é forte o suficiente para lhe chamar amor.

Assim que ele terminou de dizer aquela frase, comecei a sentir um nó na garganta e o estômago novamente às voltas. Tornei a pensar na lata junto ao passeio e desta vez senti inveja dela por acreditar que eu conseguia estar em pior estado do que ela naquele momento. Como se não bastasse, senti-me ridícula ao aperceber--me de que sentia inveja de um pedaço de lixo. E ainda para piorar comecei a sentir raiva de mim mesma por não conseguir parar aquele turbilhão de sensações e pensamentos que se apoderava de mim. Era como se na minha mente e corpo estivesse a acontecer um erro informático incontrolável daqueles que faz surgir montes de janelas umas atrás das outras no ecrã do computador. Senti-me incapaz de ter um raciocínio lógico com tanta turbulência emocional, mas sentia-me ainda mais incapaz de permanecer calada.

— Quem ama sabe que é amor. Quem ama sabe que só quer estar ao lado daquela pessoa. Se tens dúvidas é porque não amas. Se não sabes se é forte é porque não é forte e se não é forte não é amor. *Senti-me orgulhosa ao aperceber-me do raciocínio que estava a conseguir fazer e ao mesmo tempo ridícula por ter reparado nesse pormenor. Mas continuei.* Amar é querer e é saber. Se tu não sabes, se tu não queres e se tu nem sabes o que queres é porque não amas. Por isso é preferível que me digas logo as coisas como elas são. Dói, muito, mas é melhor para mim, Gabriel. Se me vais deixar sozinha, pelo menos não me dificultes a tarefa de seguir em frente. Se me vais fechar a porta, então fecha-a bem.

— Eu não sei se isto é um fim. Eu apenas preciso de um tempo para organizar a minha mente e o meu coração. Quem sabe se tudo se resolve e isto seja apenas uma má fase.

— Cala-te! Estás a dizer isso só para atenuar a minha agonia neste momento. Sabes bem que as coisas não vão melhorar só porque sim. Isto não é uma discussão em que nos zangamos e que depois de uma noite de sono está tudo bem outra vez. Isto és tu que me estás a dizer que duvidas do que sentes por mim. E quando uma relação chega a este ponto sabes muito bem que já muita coisa morreu e não há muito a fazer. Pedires um tempo é só um disfarce. Uma forma cobarde de camuflares a realidade, de te ires afastando aos poucos e não parecer que foi uma decisão exclusivamente tua. Pesa-te essa responsabilidade e por isso preferes agir como um cobarde. Pois é isso que tu és. Nem capacidade tens de admitir as coisas, de seres um homenzinho e assumires as tuas decisões.

Comecei a sentir uma sensação tão estranha que olhá-lo começava a tornar-se insuportável, mas sabia que assim que deixasse de poder fazê-lo ia desfazer-me em lágrimas. Lágrimas que não estava a conseguir verter. O que acentuava o nó que sentia na garganta.

— Não sejas injusta comigo. Não é ódio que eu mereço que sintas por mim. Eu estou apenas a fazer aquilo que acredito ser justo para os dois. Mas isso implica termos de sofrer. E sim, estou a falar dos dois porque eu também estou a sofrer com isto.

— Então não faz sentido tu sofreres e eu sofrer também por estarmos longe um do outro só porque achas que isso é o mais justo. Porque é que não me deixas ajudar-te a resolver isso? Sempre estive do teu lado e já passámos por outras fases menos boas. De certeza que vamos superar esta também.

— Se continuar ao teu lado, vou continuar sem resolver os meus problemas. Preciso de sentir a tua falta. Algo que só consigo estando longe de ti. E talvez seja isso mesmo de que eu esteja a precisar. Perceber que sinto a tua falta e que é ao teu lado que tenho de estar.

As minhas mãos começaram a ficar dormentes e percebi que a ansiedade começava a tomar conta de mim. Queria ir embora dali, mas não conseguia fazê-lo sem esclarecer o melhor possível aquele fim. Já era mau o suficiente tudo aquilo, mas quanto mais perguntas ficassem sem resposta pior seria.

— Porque é que nunca me deste sinais de que não estavas bem?

— Eu dei-te muitos sinais, Beatriz. Mas talvez tu não tenhas reparado ou dado importância. O que te posso garantir é que isto não caiu do céu. Já se arrasta há algum tempo e se eu estou a tomar esta decisão agora é porque é o meu último recurso. Sinto que é o que deve ser feito, mas acredita que não está a ser nada fácil.

— Se não está, não te afastes de mim. Fica comigo e vamos resolver mais esta batalha juntos. *Supliquei de olhos raiados na direção dele enquanto lhe segurava na mão.*

Gabriel soltou um suspiro e desviou o olhar do meu. Nesse preciso instante percebi que não havia mais nada a fazer. Não iria conseguir demovê-lo da sua decisão. Além disso, se mudasse de ideias seria por pena ou por favor e não tardaria muito a arrepender-se e a voltar atrás. Um cenário bastante pior para mim. Soltou por fim a mão da minha e pousou-a sobre a manete das mudanças.

— É melhor eu ir-me embora. *Atirou sem me olhar.*

Não voltei a insistir, peguei na mala pousada no chão entre as minhas pernas e como se estivesse a deixar um sonho e uma vida inteira para trás saí do carro e bati com a porta. Aquele baque ficou a entoar-me nos ouvidos e foi como se abafasse todos os outros sons, inclusive o arranque do motor do carro do Gabriel, que se preparava para abandonar o estacionamento. Era como se tivesse entrado num mundo paralelo todo ele submerso. Esperei que o Gabriel recuasse o carro e depois baixei-me para apanhar a lata amassada de *Coca-Cola*. Atravessei a estrada em direção ao ecoponto que estava do outro lado e coloquei-a lá dentro. Assim, aquela lata um dia iria renascer, ser novamente preenchida e regressaria à vida. Tal como eu... um dia. Olhei para o fundo da estrada e reparei que o carro de Gabriel tinha parado nos semáforos. Por instantes desejei que aquele semáforo não ficasse verde, pois seria o confirmar daquela despedida. Durante aqueles segundos fugazes imaginei-o a sair do carro e a correr na minha direção a dizer que estava arrependido e não conseguia viver sem mim. Mas não tive tempo sequer de conhecer a sensação daquela visão, pois o semáforo ficou verde, ele cortou à esquerda e desapareceu. De repente, os sons voltaram a desenhar-se nos meus ouvidos, o mundo inteiro caiu-me sobre os ombros, atirando-me de joelhos contra o asfalto ainda quente, e as lágrimas jorraram dos meus olhos como se eles fossem barragens a ceder à força das águas. Perdi a noção de quanto tempo estive ajoelhada no meio da estrada até o carro que se aproximou por trás de mim ter buzinado. Agarrei na mala, ergui-me e sem pedir desculpa precipitei-me para o interior do prédio. Entrei no apartamento devagarinho para não acordar os meus pais e a minha irmã e fui direta para a casa de banho. Debrucei-me sobre a sanita e vomitei tudo o que tinha no estômago. Lavei os dentes, coloquei um comprimido para a ansiedade debaixo da língua, deitei-me na cama e apaguei.

 Tinha pedido ao diretor do lar onde eu trabalhava, a par dos muitos domicílios que fazia enquanto terapeuta ocupacional, para me dar dois dias de folga. Depois do que tinha passado não me sentia em condições de cuidar bem dos meus velhinhos, como carinhosamente tratava os utentes do lar. Fiquei dois dias em casa a lamentar a minha vida e quase sem meter nada à boca, mas talvez isso tenha sido pior. A trabalhar pelo menos distraía-me um bocado e não pensava no recente aumento da minha coleção de desilusões amorosas. No entanto, querendo ou não, estava na hora de regressar ao trabalho. O diretor pedira-me para levar um bolo para o lanche, tal como acontecia muitas vezes, pois sabia do meu gosto pela culinária, herdado da minha avó, e da minha disponibilidade para ganhar uns extras. Por isso, preparei um bolo de ananás, o meu favorito, dei um beijo à minha mãe, que me lançou o seu olhar meigo numa tentativa frustrada de me compor o coração com o seu poder de mãe, vesti o melhor sorriso que consegui e saí de casa. Quando entrei no lar e passei no corredor ouvi o incontornável assobio de Nicolau Vilar. É claro que ele não me ia deixar passar à sua porta sem trocar uma palavra comigo e muito menos estando eu com um bolo na mão, tendo em conta que ele tinha sido mestre doceiro ao longo da sua vida. Fundara a sua própria marca e empresa, criando uma pequena fortuna que depois da sua reforma passara a ser gerida pela sua única filha. Pormenores que ele me havia contado nas muitas conversas que tínhamos durante as nossas sessões de terapia. Parei e entrei de bolo na mão no quarto de Nicolau, que estava sentado numa poltrona.

— Ora diga-me lá o que é que a minha aprendiz nos traz hoje? *Perguntou ele, esfregando as suas mãos enrugadas.*

— Olhe, senhor Nicolau, trago aqui um fantástico bolo de ananás que a sua diabetes não o vai deixar provar. *Disse-lhe com um sorriso, descobrindo o bolo para que ele o pudesse apreciar.*

— Já viu a ironia da vida, menina Beatriz? Um mestre doceiro amaldiçoado com a diabetes. Triste fado o meu. *Disse ele, devolvendo um sorriso de quem estava mais do que conformado.*

— Deixe lá. Eu não tenho diabetes, mas também com este palmo e meio de altura e esta minha habilidade natural para engordar, se comer uma fatia amanhã não há roupa que me sirva. Por isso, não estou muito melhor que o senhor. Vou pousar isto na cozinha e volto em breve para fazermos os nossos exercícios.

— E esse sorriso sem brilho da menina é porquê?

Mais do que um mestre dos doces, Nicolau era um mestre da vida. Costumava conversar muito com ele. A minha atividade enquanto terapeuta ocupacional assim o exigia, pois era extremamente importante criar uma relação de proximidade com os utentes que estavam ao meu encargo. A verdade é que muitas vezes, no caso de Nicolau, a terapia tinha mais efeitos em mim, já que eu aproveitava para desabafar com ele os meus problemas e ouvia sempre com muita atenção os seus tão sábios conselhos. Sabia grande parte da minha vida, essencialmente do campo amoroso, e era difícil esconder-lhe alguma coisa, tal era a facilidade com que ele me lia. Ainda tentei sorrir para disfarçar o meu estado de alma, mas nem assim consegui enganá-lo. Soltei um suspiro, pousei o bolo sobre a cómoda ao meu lado e sentei-me na cama junto à poltrona onde estava sentado. Depois de um momento de silêncio lá me confessei.

— O meu namorado acabou comigo. *Disse cabisbaixa.*

Fez um compasso de espera antes de começar a falar.

— Já falámos muito sobre amor e sobre relacionamentos. Em especial os seus. E não me leve a mal dizer-lhe isto, mas não me surpreende que o seu namorado tenha terminado a relação.

— Mas porque é que o senhor diz isso? Eu não acho que seja assim tão má pessoa e namorada. E também acho que não mereço estar a passar novamente por uma experiência destas. A vida simplesmente não quer que eu seja feliz no amor e cada vez mais acredito que não fui feita para ser feliz, senhor Nicolau.

— A Beatriz é uma boa pessoa...

— Boa de mais. *Complementei de olhos postos no chão.*

— Não! Não há pessoas boas de mais, há pessoas boas de menos. Ser-se bom de mais é o normal. Apenas não parece porque as pessoas boas de menos são muitas mais. Não diga que é boa de mais porque em momento algum a Beatriz deveria ser menos do que isso. Pois ser menos do que isso seria afastar-se daquilo que é de verdade. E isso não tem como ser bom. Nós já tivemos esta conversa antes e eu já percebi que não é com palavras que a menina vai resolver isso.

— Eu sei disso, senhor Nicolau, acredite que sei, mas às vezes é difícil acreditar nessas coisas. Porque pelos vistos essa forma de pensar só me tem trazido desilusões. Talvez porque acabo sempre por me entregar demasiado, dar demasiado. Até porque não sei estar de outra forma com alguém. Se estou, estou inteira e dou tudo o que tenho e não tenho pela pessoa que está comigo. E sinto que isso acaba por afetar o interesse na pessoa que está ao meu lado. Só que eu não sei ser de outra forma. O que é que é suposto eu fazer?

— Não é isso que lhe está a trazer todos esses dissabores no amor, não é o facto de se entregar por completo. Até porque esse é um dos fundamentos do amor. Não é aquilo que a Beatriz dá que está errado, é aquilo que espera por aquilo que dá. É o peso que coloca em quem deveria supostamente recompensá-la pelo amor que você dá. Esse é um erro bastante comum nas relações porque infelizmente as pessoas confundem tudo. Confundem amor com paixão, paixão com obsessão e até mesmo amor com amar. E talvez essa seja a maior falha da humanidade e que eu infelizmente já não vou a tempo de conseguir mudar.

— Claro que vai a tempo. Não de mudar a humanidade, mas quem sabe de mudar a vida de uma ou duas pessoas. Tudo tem de começar por algum lado, não é? Diga-me, senhor Nicolau, qual é o segredo para eu começar a ser feliz no amor? De certeza que há algum segredo, alguma fórmula. O senhor é tão sábio destas coisas, eu acredito que não tenha criado apenas receitas de doces ao longo da sua vida. Certamente o senhor Nicolau também terá uma receita para se ser feliz no amor. Dê-ma, por favor!

— Não posso, menina Beatriz. Perdoe-me, mas não posso porque, ainda que eu queira ajudá-la, se eu lhe explicar as coisas agora, você vai ficar com isso na sua cabeça e, como a menina pensa e preocupa-se demasiado, vai acabar por sufocar a própria realidade e não vai sair do mesmo lugar. Repare que para as coisas acontecerem é preciso saber deixar acontecer. Ou seja, é preciso saber esperar. Dou-lhe um exemplo rápido. Imagine que você está a fazer um trabalho qualquer para o seu patrão e ele coloca-se ao seu lado e começa a pressioná-la para acabar o trabalho rapidamente. Diz-lhe que já está a ficar atrasada, não sai da sua beira e não para de insistir consigo para se despachar a acabar o serviço. Isso por um lado pode servir como incentivo, por outro lado pode funcionar como um entrave. A Beatriz fica bloqueada e não consegue fazer nada com tanta insistência. E é o que acontece muitas vezes com a nossa vida. Colocamos demasiada carga e ansiedade sobre ela e sobre o que tem de acontecer quando na verdade nem sabemos se é isso que tem mesmo de acontecer. Apenas sabemos que é aquilo que queremos que aconteça. E quem nos diz que é o melhor para nós? Quem lhe diz, por exemplo, que continuar com essa sua relação lá com esse rapaz seria o melhor para si?

— E como é que eu sei que não seria? *Perguntei um pouco baralhada enquanto tentava assimilar toda aquela informação.*
— Nunca saberá. Por isso resta-lhe fazer o quê?
Nicolau falava como se eu fosse uma criança a tentar resolver um simples e básico problema de matemática. Sabia que não me estava a dizer tudo e muito menos da forma mais realista, mas também sabia que não me estava a dizer mentira nenhuma. Apenas adaptava a linguagem e a informação que me estava a transmitir. As rugas que lhe cobriam o rosto, o cabelo grisalho e a voz gutural que emanava tão profundos ensinamentos faziam-me sentir ainda mais pequenina junto dele.
— Aceitar? *Respondi depois de uma curta reflexão.*
— Aceitar e confiar. Acha mesmo que, se naquela situação que acabei de lhe exemplificar o seu hipotético patrão confiasse na Beatriz, na sua responsabilidade e nas suas capacidades, ele sentia necessidade de estar constantemente a pressioná-la? Claro que não.
Mesmo sem entender na perfeição as mensagens que me estava a transmitir, pois com certeza tinham uma dimensão muito maior do que aquilo que parecia, era como se fossem uma lufada de ar fresco que eu precisava de sentir naquele momento. As palavras daquele homem enchiam-me o coração.
— Há bocado pedi-lhe a receita para ser feliz no amor e disse-me que não ma podia dar agora. Então quer dizer que ela existe?
A nossa conversa foi interrompida pela dona Zélia, uma das auxiliares do lar, que era também coordenadora de um grupo de voluntariado do qual eu fazia parte.
— Está de volta, Beatriz? *Perguntou ela junto à porta.*
— Parece que sim, dona Zélia, houve um pequeno problema, mas já está a ser resolvido. *Respondi com um sorriso tímido.*
— E quando é que volta a fazer a ronda noturna connosco?
O grupo de voluntariado que ela coordenava era responsável por distribuir comida e roupa durante a noite em zonas suburbanas da cidade a toxicodependentes e sem-abrigo. Eu participava sempre que podia, mas dividia o tempo livre com uma outra associação de acolhimento de menores onde também fazia voluntariado.

— Assim que as coisas acalmarem, prometo regressar às rondas noturnas e a visitar os meus meninos lá da associação.

— Acho que faz muito bem! Olhe, precisava que a menina viesse ver uma utente nossa, se puder ser agora agradecia imenso.

Despedi-me de Nicolau com um até já, recolhi o bolo e fui tratar do assunto que a dona Zélia me havia pedido. Quando me despachei com a utente, alguns minutos depois, regressei ao quarto de Nicolau para receber a resposta à pergunta que lhe havia feito, mas já não o encontrei sozinho. Junto a ele, de pé, estava um rapaz que aparentava ter vinte e poucos anos e que olhou para mim com cara de poucos amigos assim que entrei.

— Ainda bem que apareceu, menina Beatriz. *Começou por dizer Nicolau.* Aproveito para lhe apresentar o meu neto Leonardo.

— Olá, como está? *Cumprimentei, esticando a mão na direção do neto de Nicolau.*

— Bem, obrigado. *Atirou o rapaz com uma voz áspera.* Porque é que o meu avô está aqui sozinho, pode-me dizer?

— Este é o seu quarto... *Expliquei, na expectativa de perceber onde é que ele queria chegar com aquela pergunta e aquele tom.*

— Está bem, mas eu passei no corredor e vi toda a gente ali numa sala e depois encontro o meu avô aqui sozinho como se ninguém quisesse saber dele. Parece que foi esquecido aqui!

— Não, claro que não foi esquecido. Apenas vai realizar-se uma atividade de grupo daqui a pouco e os idosos estão a ser acompanhados até lá. Dentro em breve o seu avô também vai.

— E este ar condicionado? É certo que ainda está tempo quente, mas esta temperatura é um exagero e o meu avô está aqui a levar com este ar frio. Não reparou?

O que eu começava a reparar era que ele queria implicar com tudo e mais alguma coisa. Nunca o tinha visto por ali. Não sabia se era por ele aparecer poucas vezes ou se por casualidade os nossos horários nunca terem coincidido. Mas sabia que não estava a gostar nada daquela arrogância e tinha de fazer um esforço para manter a calma e o profissionalismo.

— A temperatura é a mesma em todo o edifício. É regulada automaticamente. Penso que isso seja apenas impressão sua porque chegou de lá de fora e a diferença de temperaturas...

— E porque é que ele está com os pés descalços, se os sapatos dele estão ali ao lado? *Interrompeu com o mesmo tom.* Será que ninguém aqui é capaz de calçar o meu avô?

— Vai-me desculpar, mas isso só demonstra que vem visitar o seu avô poucas vezes. Caso contrário saberia que ele se sente mais confortável assim porque os pés dele tendem a inchar facilmente.

— Já chega, Leonardo. *Ordenou Nicolau.* A senhora doutora tem toda a razão, pede-lhe desculpa.

— Senhora doutora? *Olhou-me de cima a baixo.* E a bata?

A bata. Apercebi-me nesse momento de que me tinha esquecido dela. Respirei fundo e olhei para Nicolau para absorver alguma da tranquilidade que me lançava através do olhar como se me estivesse a dizer em silêncio para não dar importância.

— Não estou de bata porque entrei ao serviço há poucos minutos e simplesmente ainda não a vesti. Mas não se preocupe que não perco competências por causa disso. E, já agora, eu não sou doutora, o seu avô é que me trata carinhosamente assim.

— Então é o quê? *Perguntou ele, mantendo o tom de voz altivo.*

— Sou terapeuta ocupacional e estou aqui...

— Tem razão. *Interrompeu.* Isso de doutora não tem nada.

Voltei a respirar fundo e fiz uma pausa para analisar se a minha postura estava a ser a mais adequada para com ele. Tentei perceber se não estava a ser eu a causa daquela rispidez toda.

— Diga-me, eu fiz-lhe alguma coisa de errado?

— Apenas quero o meu avô bem tratado por quem trabalha aqui. E pago bem para isso. Parecendo que não, sou eu que lhe estou a pagar o salário também. Por isso exijo o melhor.

— Eu compreendo, mas garanto-lhe que toda a gente que aqui trabalha é competente, cuidadosa, atenciosa e profissional. Não há razão nenhuma para me tratar dessa maneira e muito menos para duvidar da qualidade dos nossos serviços.

— Ouço tantas histórias de maus-tratos aos idosos nos lares que eu desconfio de tudo o que seja lar. É só gente contrariada a trabalhar nesses locais, parece que estão lá obrigados e depois quem sofre são os idosos, que não recebem os tratamentos devidos.

— Também já ouvi essas histórias e entendo o seu receio, mas isso não acontece aqui. Respeitamos muito os nossos utentes.

— Oh! Dizem todos o mesmo! *Vociferou.*

— Mais uma vez demonstra que não vem cá com frequência, porque se viesse conheceria melhor o nosso trabalho e...

— Está a insinuar que não me preocupo com o meu avô?

— Pronto, já chega. *Pediu Nicolau.*

— Eu peço imensa desculpa, senhor Nicolau. Eu tentei explicar, mas parece que não há muito mais que eu possa dizer.

— Tem razão, menina Beatriz. Eu é que lhe peço desculpa pelo meu neto, infelizmente ele é mesmo assim. *Lançou-lhe um olhar em jeito de repriменda.* Eu vou explicar-lhe, o meu neto sempre foi contra eu vir aqui para o lar...

— Avô, vai falar-lhe de mim aqui à minha frente?

— Leonardo, senta-te e ouve.

Até as ordens de Nicolau pareciam conselhos tal era a calma e orientação que dava às suas palavras. Leonardo acatou a ordem e sentou o seu mais de um metro e oitenta de corpo ao fundo da cama e desviou o rosto de nós os dois numa tentativa de sacudir o foco da nossa atenção na sua figura quase infantil.

— Como eu estava a dizer. *Continuou Nicolau.* Ele sempre foi contra. Tanto ele como a mãe. Mas eu decidi vir para o lar na mesma porque não queria ser um estorvo lá em casa. Não queria que estivessem sempre pessoas a entrar e a sair porque me vinham fazer isto e depois aquilo. E agora o meu neto sempre que vem aqui, que não são muitas vezes, porque estou de castigo, não é? *Olhou para ele.* Implica por tudo e por nada a ver se me tira daqui.

— E vou tirar, avô. E por mim é já amanhã! *Disse Leonardo, erguendo-se da cama.* Já lhe disse que em nossa casa está muito melhor do que aqui, não lhe faltará nada. E isso de ter muitas pessoas a entrar e a sair a gente habitua-se.

— Ouça! *Exclamei na direção do rapaz.* Isto não é algo que se faz assim sem mais nem menos. Estas mudanças repentinas têm grande influência na vida de uma pessoa com a idade do seu avô. Ele está a ser acompanhado por uma equipa especializada que o tem tratado muito bem. E também estou a falar de mim. Como terapeuta ocupacional, eu tive de criar proximidade com ele e conhecê-lo bem para saber as metodologias a aplicar na sua situação. Isto não pode ser feito de ânimo leve. Além disso, e acima de tudo, tem de respeitar a vontade do seu avô.

— Eu vou. *Atirou Nicolau.*

Fez-se silêncio no quarto pela imprevisibilidade daquela afirmação. Nem eu nem Leonardo estávamos à espera de que fosse tão fácil convencer aquele homem. No entanto, logo após a surpresa veio a desconfiança. Não podia ser assim tão simples.

— O senhor tem a certeza do que está a fazer?

— Eu vou. *Reafirmou ele.* Mas só com uma condição.

— Qual é? *Quis saber Leonardo.*

— A menina Beatriz irá continuar a ser a minha terapeuta e fará as sessões ao domicílio lá em nossa casa.

— Não se preocupe com isso agora, avô. Eu mesmo vou assegurar que a equipa que vai tratar de si é do melhor que há. E como é óbvio não vamos arrastar a incompetência deste lar para casa.

Controlei a vontade de lhe responder por respeito ao seu avô.

— Se o senhor fizer muita questão disso, eu faço o que me pede. *Disse eu a Nicolau.* Compreendo que prefira estar em sua casa, mas tenho a certeza de que reconhece o profissionalismo de todas as pessoas desta instituição e sei que se sente bem tratado. Mas não vou negar que preferia continuar a tratar de si aqui.

— Está a ver, avô? De certeza que não quer colocar aqui a senhora doutora numa posição desconfortável. Não se preocupe que eu trato de tudo. Garanto que não lhe vai faltar nada e será muito bem cuidado em nossa casa. É lá o seu lugar.

— Leonardo, já sabes qual é a minha condição. Eu só vou se continuar a ser acompanhado pela doutora. Estou habituado a ela, confio nela e não vou prescindir dos seus serviços. Menina Beatriz. *Disse, rodando na minha direção.* Aproveite, porque com o domicílio que fará comigo vai poder ganhar mais algum dinheiro e até ficará com menos trabalho aqui no lar.

Não conseguia perceber aquela mudança de discurso por parte de Nicolau, chegando ao ponto de ele mesmo me tentar convencer a aceitar aquela proposta. Não entendia o que o tinha feito mudar de ideias, mas não ia fazer daquela questão um bicho de sete cabeças. A impressão que tinha ficado do neto dele não era a melhor, mas nunca seria motivo para deixar de o acompanhar.

— Como lhe disse, senhor Nicolau, se é essa a sua vontade eu aceito, sem qualquer problema. É o meu trabalho.

Olhámos os dois para Leonardo à espera da sua confirmação e ele encolheu os ombros, demonstrando que lhe era indiferente.

— Por mim, tudo bem. O avô é que sabe. Se quiser levar a mobília daqui do quarto, isso também se resolve.

Nicolau sorriu como se lhe tivesse saído o ás de trunfo. Tinha ido para o trabalho a pensar numa coisa e regressava a casa a pensar noutra completamente diferente. Não conseguia descrever nem distinguir o que eu estava a sentir naquele final de tarde quente, dentro do meu carro, no para e arranca a que me obrigava a intermitência dos semáforos. Sabia que estava triste com o fim do meu relacionamento e sabia que estava intrigada com aquele episódio com Nicolau e o neto. No entanto, não sabia qual o sentimento que resultava daquela junção de sensações. O que me deixava ainda mais desconfortável. Lembrei-me do que havia dito a Gabriel aquando da nossa derradeira conversa, em que lhe havia pedido a dureza da verdade, ainda que doesse, do que a incerteza de uma meia-verdade, ainda que fosse mais agradável. Por momentos desejei sentir-me apenas triste, pois pelo menos sabia o que estava a sentir, e esse conhecimento ajudava-me. Não conseguimos vencer um mal que não conhecemos. Por isso primeiro é preciso conhecê-lo, admiti-lo e depois então vencê-lo. Dizia-me muitas vezes Nicolau nas nossas muitas conversas. Se por vezes tinha pouco controlo sobre o que a minha boca dizia, tinha ainda menos controlo sobre o que a minha cabeça pensava. Chegava a implorar a mim mesma para pensar devagar e uma coisa de cada vez, mas quando se quer uma resposta e uma explicação para tudo, mesmo quando nem precisamos delas ou mesmo quando nem sequer existem, torna--se difícil. A única certeza que eu tinha naquele regresso a casa, e depois do que se tinha passado no lar, era que Nicolau tinha algum plano na manga.

    Estava a pôr creme no corpo no meu quarto depois de ter sido expulsa da casa de banho pela minha irmã Leonor mal terminei o meu duche. Trancou-se lá dentro e tão cedo não sairia de lá. Estava na flor da adolescência, com os seus dezasseis anos, e quase que poderia jurar que metade do tempo que ela passava naquela casa de banho era a olhar-se ao espelho a apreciar as suas curvas cada vez mais definidas. Já eu, com mais onze anos sobre os ombros, olhava cada vez mais de relance para o espelho e despachava-me bem mais depressa. Ao passar o creme nas pernas apercebi-me de que estava na hora de fazer uma depilação. A verdade é que não tinha tempo e muito menos paciência. Naqueles dias até estava em modo de calças e isso contribuiu para o meu pequeno desleixo. Ou então estava a usar calças porque me andava a desleixar. Das duas uma, mas sinceramente tinha mais com que me preocupar. Assim que terminei de passar o creme, vesti umas calças, uma blusa e calcei uns ténis. Olhei-me ao espelho e não adorei a roupa. Virei-me para um lado e depois para o outro e não fiquei a gostar mais. Contudo, reparei no meu cabelo e estava com boa saúde. E, se o cabelo estava bem, eu podia ir vestida com um saco que não me ia sentir menos bonita. Entretanto, ouvi a minha mãe gritar da cozinha para a minha irmã se despachar no banho. Um pormenor que estranhei, pois não era costume implicar com a minha irmã tendo em conta que já sabia como ela era. No entanto, fez-me lembrar que também tinha de me despachar. Nicolau já tinha ido para casa e eu ficara de ir lá nesse dia fazer uma pequena sessão de terapia com ele e verificar se a casa precisava de alguma adaptação às limitações naturais de uma pessoa idosa. Fui até à cozinha e encontrei a minha mãe sentada à mesa a acabar de tomar o pequeno-almoço, o meu pai já tinha saído para trabalhar. Peguei numa caneca, enchi-a de água e coloquei-a no micro-ondas para fazer o meu chá sob o olhar atento da minha mãe, que não demorou a tecer um comentário.

— Porque é que vais aquecer a água? Não está frio. *Disse ela.*
— Mãe, eu preciso de aquecer a água para fazer o chá. Além disso, sabes bem que, independentemente da estação do ano e da temperatura que faça lá fora, eu só consigo beber chá quente.
— Pois é, tens razão...

Fiquei encostada à bancada da cozinha a olhar para ela, que se concentrou em acabar a torrada que tinha diante de si, e senti que alguma coisa não estava bem. No entanto, decidi não tocar no assunto, até porque podia ser apenas sono. Entretanto ela voltou a erguer o rosto e intercalou o olhar entre mim e o micro-ondas, que ainda estava a trabalhar junto às minhas costas.

— Beatriz, filha, já está quente a água, desliga isso.

Naquele momento percebi que alguma coisa não estava mesmo bem. Abri a porta do aparelho, fazendo-o desligar-se abruptamente, peguei numa saqueta de chá, mergulhei-a na água e sentei-me na outra ponta da mesa diante da minha mãe.

— O que é que se passa contigo para estares tão irritadiça?
— Não se passa nada, filha. Come. *Disse, apontando com o queixo na direção das tostas que eu pousara junto à caneca.*
— Em primeiro lugar, se não se passasse mesmo nada tinhas-me perguntado porque é que eu tinha perguntado. E, em segundo

lugar, nós já vivemos juntas há vinte e sete anos. Por isso começa a falar que eu às nove e meia tenho um domicílio para fazer.

Ela baixou o olhar, pousou a torrada, soltou um suspiro, ergueu novamente o rosto para mim e respondeu por fim.

— Desculpa, eu se calhar exagerei um pouco. É a fábrica... *Fez uma pausa.* Está com dificuldades. Vão despedir grande parte da equipa. Já me avisaram de que só trabalho lá até ao final deste mês.

Fiquei em silêncio a olhar para ela e por momentos não sabia o que lhe dizer. Afinal ela trabalhara toda a sua vida naquela fábrica. Tinha sido apanhada completamente desprevenida e era uma situação inédita para mim. Tal como para a minha mãe. Naquele momento comecei a perceber o porquê de ela ter implicado com a demora da minha irmã na casa de banho e até mesmo com a utilização do micro-ondas, algo que ela nunca tinha feito. Já estava em modo de contenção de despesas. Contornei a mesa na sua direção, agachei-me ao lado dela e peguei-lhe na mão.

— Calma, não te preocupes, vai ficar tudo bem.

Por vezes tudo o que precisamos é de alguém que nos pegue na mão e nos diga baixinho que vai ficar tudo bem. Nunca será o suficiente, nem nunca será uma garantia, mas dá-nos a tranquilidade e a confiança necessárias para que, pelo menos, estejamos mais perto de o conseguir. Mas mais do que ter alguém que nos diga que vai ficar tudo bem, precisamos de alguém que nos diga que lutará connosco como se fosse também uma luta sua. Era isso que eu queria que ela sentisse naquele momento, mas mal lhe disse aquela frase as lágrimas começaram a correr-lhe pelo rosto. Ergui-me e segurei a cabeça dela contra a minha barriga como ela fazia quando eu era pequenina, dizendo-me através daquele gesto que nenhuma dor no mundo vencia a força de uma mãe.

— Oh, meu amor, eu trabalhei lá uma vida inteira, não sei fazer mais nada. E com a minha idade quem é que me vai dar trabalho? *Disse por entre os soluços de um choro contido.*

Voltei a baixar-me para a olhar nos olhos e passei-lhe os polegares no rosto para lhe enxugar as lágrimas.

— Estás a dar demasiada importância a isso. É claro que te darão trabalho. Quem não quer uma mulher competente e trabalhadora como tu? Além disso, o pai trabalha, eu também trabalho, nunca irá faltar nada aqui em casa.

— Não, nem pensar. *Atirou ao mesmo tempo que se levantava.* Tu não vais andar a trabalhar para nós. Tens uma vida para começar, precisas do dinheiro para ti. Eu encontrarei uma solução.

— Mas eu também dou despesa e além disso...

— Há alguma coisa que deva saber? *Interrompeu a minha irmã Leonor, que nos olhava receosa à entrada da cozinha.*

— Não há nada para saber, acaba de te arranjar para tomares o pequeno-almoço e ires para o colégio. *Despachou a minha mãe.* E tu também, Beatriz. Mexe-te que estás a ficar atrasada.

Lancei um último olhar à minha mãe e ela devolveu outro como se desta vez fosse ela a dizer que ia ficar tudo bem. Tomei o meu chá e fiz-me à estrada até à morada que o neto de Nicolau me havia dado. Quando lá cheguei, rapidamente percebi de onde vinha pelo menos parte da arrogância daquele rapaz. Era uma casa gigantesca, com uns jardins bem cuidados e as portas da garagem abertas permitiam vislumbrar dois bons carros estacionados. Só do lado de fora dava para perceber bem o pequeno império que Nicolau tinha conseguido construir fruto do seu trabalho e com certeza muita humildade. Algo que aparentemente o seu neto não tinha herdado. Estacionei o carro, peguei na mala com as minhas ferramentas de trabalho e toquei à campainha. Pouco depois uma senhora veio abrir-me a porta. Com certeza uma das empregadas. Assim que me apresentei e disse ao que vinha, ela recolheu-se para o interior da casa e foi chamar a filha de Nicolau. Fiquei na entrada a olhar para o interior da casa até que surgiu alguém a descer uma grande escadaria em frente. Não demorei muito até perceber que era Leonardo. Assim que me viu olhou-me com desprezo e dirigiu-se para a saída onde eu estava. Afastei-me para o deixar passar, mas parou junto à porta e encostou-se à ombreira.

— Como está a doutora? *Perguntou em tom provocatório, mas respondi-lhe com o meu silêncio.* Quer autorização para entrar?

— Quero. *Respondi prontamente.* Por isso é que estou aqui à espera de que a sua mãe chegue para ma dar.

Sorriu com ar de gozo para disfarçar o incómodo que lhe causei com a minha pronta resposta. Mas o ego dele era demasiado grande para me dar a honra de ficar com a última palavra.

— Veja lá, não estrague nada aqui em casa, é tudo muito caro.

Antes de conseguir dar-lhe uma resposta apercebi-me de que alguém se aproximava de nós. Era Lurdes, filha de Nicolau e mãe de Leonardo. Reconhecia-lhe o rosto de me ter cruzado com ela no lar aquando das suas visitas ao pai, mas praticamente nunca tínhamos falado além dos habituais cumprimentos.

— Bom dia, seja bem-vinda. *Saudou ela com um largo sorriso.* Lembro-me do seu rosto. É a Beatriz, correto?

— Não... Doutora Beatriz. *Corrigiu Leonardo com sarcasmo antes de abandonar a entrada em direção à garagem.*

Lurdes revirou-me os olhos como se me desse a entender que conhecia bem a personalidade do filho e fez-me sinal com a cabeça para a acompanhar.

— Peço desculpa pelo meu filho. É uma história muito complicada. O meu pai disse-me que ele foi um pouco desagradável consigo no lar. Infelizmente não é só consigo. Dê-lhe um desconto.

— Dona Lurdes, dou todo o desconto, por mim pode ficar com ele de graça. *Atirei com humor, fazendo-a soltar um riso tímido.*

— Esse sentido de humor é uma bênção nesta casa, estávamos mesmo a precisar! Nunca o perca, por favor. Venha, vamos por aqui. *Disse, apontando para um corredor.* Vou mostrar-lhe a casa primeiro e já a levo ao quarto onde está o meu pai.

Lurdes era uma mulher muito bonita e para a idade que eu imaginava que tinha estava muito bem conservada. Podia ver que era uma pessoa que gostava de se cuidar e arranjar, mas, à semelhança do pai, era desprovida de qualquer arrogância e notava-se que tinha um bom coração. Depois de me mostrar algumas divisões importantes do rés do chão da casa e de eu ter feito as minhas sugestões de alteração, como a remoção dos tapetes e a substituição de alguns desníveis por rampas suaves, Lurdes levou-me até ao quarto do pai e deixou-me a sós com Nicolau.

— Como está, senhor Nicolau? Melhor aqui em casa?

— Pelo menos pior não estou. Confesso que sempre quis morrer em casa. Vamos ver se terei essa sorte. O tempo também já é curto, não me faz grande diferença onde estou melhor.

— Não diga essas coisas. Sabe que não gosto. Daqui até aos cento e vinte ainda faltam muitos anos.

— E a menina Beatriz, como é que está?

— As coisas não estão nada fáceis para este lado. Ainda não resolvi um problema e já me apareceu outro para ajudar à festa. As pessoas não sabem a chuva que cai dentro de mim porque a julgar pelo meu sorriso estão sempre dias de sol. Mas eu tenho esta mania de me levantar sempre que caio, que posso eu fazer?

— Que problema foi esse que lhe apareceu?

— Não foi a mim, foi à minha mãe, mas é a mesma coisa. Disse-me hoje que a fábrica onde trabalha vai reduzir no pessoal e ela foi dispensada. Vai-se embora no final do mês.

— Eu pensei que era alguma coisa grave. Isso é fácil de resolver. Diga-lhe para no dia 1 do próximo mês se apresentar na minha fábrica. Se ela gostar de fazer doces tem emprego garantido.

Eu fiquei em choque durante breves segundos e depois abracei-me a ele e sem querer comecei a chorar. Naquele momento tive a certeza de que Nicolau era um anjo. Mas também me lembrei de que um anjo só aparece se tiver um grande motivo. Qual seria o dele?

    Quando dei a notícia à minha mãe, ela abraçou-me e começou a chorar como se de alguma forma quisesse repor as lágrimas que eu deixei nas roupas de Nicolau quando ele me deu a mesma notícia. Ficou desejosa de o conhecer e agradecer-lhe pessoalmente a sua generosidade. Era uma mulher de choro fácil, nisso éramos iguais. Aliás, eu choro a ver filmes e a ouvir músicas. Choro a ver vídeos de cãezinhos abandonados e de pessoas que participam em concursos com histórias de vida incríveis e que fazem um brilharete em palco. Choro até se vir alguém a chorar. Sou uma espécie de esponja sentimental que me faz sofrer quase tanto quanto a pessoa que tem verdadeiramente motivos para isso. Choro facilmente, mas choro ainda mais para mim. Por dentro, em silêncio e em segredo. Mas sempre com a certeza de que logo a seguir vem um sorriso. Talvez por isso choro muito, para logo depois ter ainda mais vontade e motivos para sorrir. E sorrio tal como choro, ou seja, por tudo e por nada. Dirão, porventura, que sou louca, mas não, nada disso, apenas vivo tudo intensamente. Fôssemos todos assim. Nos dias que se seguiram comecei a acompanhar Nicolau regularmente ao final do dia, ao longo de duas horas, no conforto da sua casa. Era quase sempre recebida por uma das empregadas, mas as despedidas ficavam sempre por minha conta. Por vezes cruzava-me com Lurdes, mas as conversas não eram diferentes das poucas que tínhamos tido no lar, ou seja, pouco mais que cumprimentos. Não por falta de simpatia de parte a parte e muito menos por falta de tema de conversa, mas sentia em Lurdes uma timidez que nada mais era do que um mecanismo para camuflar algo muito mais pesado. Tinha um sorriso meigo e calmo, como o do pai, mas sentia-lhe dor no olhar. E a mágoa era nítida. Sorria como se achasse que não tinha direito de o fazer, como se não fosse merecedora ou como se o tivesse reprimido por tanto tempo que já não sabia fazê-lo com naturalidade. Desconfiava que poderia estar relacionado com o pai do Leonardo, até porque era uma figura que nunca tinha visto naquela casa e de quem nem sequer tinha ouvido qualquer referência. Nem mesmo da boca de Nicolau. Como se fosse um tema proibido. O que me estava a intrigar cada vez mais. Andava há dias a tentar controlar a minha curiosidade para não passar pela humilhação de me dizerem para me meter na minha vida, mas eu já me conhecia e sabia que não aguentaria muito mais. Relativamente a Leonardo, tinha-me cruzado com ele algumas vezes, mas sempre que nos víamos virávamos o rosto para o lado. Nunca mais tivemos um diálogo desde aquele dia à entrada da sua casa, mas, apesar de não sentir falta, tinha de admitir que aquela situação me deixava desconfortável. Contudo, além de ser uma chorona, uma esponja sentimental, curiosa ao ponto de fazer inveja a qualquer gato, eu também era muito orgulhosa. E isso impedia-me de dar um passo em direção às tréguas com aquele rapaz. Algo que eu tentei mudar naquele dia quando, por engano, ele entrou na cozinha no momento em que eu estava com Nicolau a preparar *petit gâteaux* para servirem de sobremesa ao jantar. Como terapeuta ocupacional, uma das minhas missões é estimular e motivar os idosos recuperando muitas das atividades que desenvolveram ao longo da sua vida profissional. E no caso de Nicolau eram, sem dúvida, os doces.

— Uuuups. Peço desculpa. *Disse Leonardo assim que entrou na cozinha e nos encontrou às voltas com os ingredientes.*

— Não. Pode ficar. *Atirei por impulso, e até surpreendida comigo mesma, quando Leonardo se preparava para recuar.*

— Não, nem pensar. Faça o que tem a fazer com o meu avô, eu não estaria aqui a fazer nada e tenho mais que fazer.

— Essa é uma ideia errada que o menino tem. É extremamente importante que os familiares se envolvam neste tipo de atividade com os seus idosos para os motivar ainda mais. Senão vai parecer que estão a fazer uma tarefa qualquer porque eu estou a ser paga para os pôr a fazer isso. E não gosto nada desse conceito.

— Não me chame de menino, por favor. Até porque não devo ser muito mais novo do que a doutora.

— Então fazemos assim. Eu não o chamo de menino e o Leonardo não me chama de doutora. E já que as nossas idades não são assim tão diferentes, e tendo em conta que nos vamos ter de cruzar muitas vezes, eu sugeriria que nos começássemos a tratar por tu. O que me... dizes? *Perguntei reticente.*

Leonardo olhou para Nicolau e depois para mim como se me quisesse dar a entender que só daria aquela resposta pelo seu avô.

— Tudo bem. Mas não gosto muito destas confianças. Para todos os efeitos, eu continuo a ser o teu patrão.

— Se te sentes melhor assim, que seja. Junta-te a nós, de certeza que o teu avô vai gostar muito. Não é, senhor Nicolau?

— Eu também não gosto dessas coisas. Não tenho jeito e muito menos paciência para fazer bolos.

— Não digas isso, Leonardo. *Pediu Nicolau.* Quando eras criança andavas sempre à minha beira enquanto eu fazia as minhas experiências e criava as minhas receitas.

— Eu já não sou uma criança, avô. Essa época está morta e enterrada. *Soltou um suspiro como se estivesse prestes a aceitar um enorme favor.* Está bem... o que é preciso eu fazer?

— Antes de tudo, precisas de colocar um avental.

— Também acho melhor. Onde é que eles estão?

— Perguntas-me a mim? Nunca usaste um?
— Não! *Encolheu os ombros.* Só venho à cozinha comer.

Revirei os olhos e respirei fundo. Fazia-me imensa confusão aquela atitude de menino rico, mas talvez fosse porque toda a vida eu tive de trabalhar e esforçar-me para ter as minhas coisas. Não sentia raiva nem inveja de quem nascia com o rabo virado para a Lua. Na verdade, sentia até uma certa pena. Quem tem sempre tudo dado e aceita essa realidade, passa ao lado de uma infinidade de ensinamentos que só a luta diária e o esforço que nos sai do corpo nos pode dar. A tentação de seguir pelo caminho mais fácil vai sempre acompanhar-nos, o que nos diferencia uns dos outros é a capacidade de cada um de resistir a ela. Nicolau dizia-me, e com razão, que a sociedade rotula a pobreza como uma espécie de punição por termos fracassado ou falhado de alguma forma na nossa vida profissional. E por isso toda a gente teme a pobreza. Mas acima da sociedade existe a humanidade e o que a humanidade teme não é a pobreza, mas sim a infelicidade. Por isso, em vez de trabalhar para sermos ricos, devíamos trabalhar para sermos felizes. Temos um carro sempre disponível, mas não temos um abraço sempre pronto. Temos uma conta recheada, mas um coração vazio. Trabalhamos oito horas por dia, mas não vivemos duas. Somos quem não gostamos de ser para podermos ter o que gostamos de ter. Fazemos tudo, mas não somos nada. Enquanto temermos mais a pobreza do que a infelicidade seremos sempre uma sociedade apenas e nunca uma humanidade. Talvez por isso aquele homem era tão despegado dos seus bens materiais e valorizava tanto o conhecimento e o bem-estar da alma. Já sabemos que é fácil dizer que o amor e o afeto são mais importantes quando a nossa vida profissional está mais do que bem resolvida. No entanto, no caso de Nicolau era simples de perceber que ele sempre fora assim. E talvez esse tenha sido o passo mais importante para ter sucesso e mais tarde montar o seu império. Assim que Leonardo colocou o avental e se juntou a nós, sempre de rosto fechado, eu continuei com o nosso exercício. Coloquei todos os ingredientes necessários para os *petit gâteaux* sobre a mesa à exceção de um. O objetivo era Nicolau descobrir qual era.

— Manteiga. *Respondeu depois de uma atenta análise à mesa.*
— Muito bem! *Congratulei.* Podes? *Disse eu a Leonardo, apontando com a mão na direção do frigorífico. Ele anuiu e foi recolher o ingrediente em falta.* Agora o senhor Nicolau vai distribuir as tarefas por cada um de nós.

— Sendo assim, o meu neto pode começar por untar as formas com a manteiga e a menina Beatriz parte o chocolate para depois pô-lo a derreter em banho-maria.

Comecei a partir o chocolate, enquanto Leonardo, do outro lado da mesa, untava as formas. Assim que terminei, virei-me para trás para pegar num recipiente e eis que a Beatriz desajeitada deu um ar de sua graça e o recipiente escorregou-me das mãos para cair dentro do lava-loiça com estrondo. Apesar de não ter partido, Leonardo não deixou de comentar o meu descuido.

— Sou eu que tenho as mãos cheias de manteiga e é a ti que te escorregam as coisas das mãos. Já agora tenta não matar o meu avô de susto, senão, como deves imaginar, ficarias sem emprego.

— Antes desajeitada do que mal-encarada. Concordas?

— Plenamente. Agora abre-me esse pacote de farinha que eu não posso. *Disse, expondo as palmas das mãos.*

Pousei o recipiente com cuidado sobre a mesa e peguei no pacote de farinha para o abrir, mas talvez por as minhas mãos ainda estarem trémulas não estava a conseguir. Fiz um pouco mais de força e acabei por arrancar toda a parte de cima do pacote, fazendo cair uma grande porção do conteúdo sobre a mesa. Nicolau soltou uma gargalhada e senti do outro lado da mesa um revirar de olhos.

— Meu Deus! *Sussurrou Leonardo.* Só não levo as mãos à cabeça porque estão cheias de gordura.

As coisas acalmaram, entretanto, e retomámos a nossa atividade, agora com o dobro da minha atenção para não voltar a descuidar-me. No entanto, senti que por um lado até foi bom aquilo ter acontecido, pois de certa forma retirou a atenção de Leonardo e permitiu que ele agisse de uma forma mais descontraída. A dada altura estava tão entretido na tarefa que lhe vislumbrei um sorriso. Algo que nunca tinha visto. Pelo menos um que não fosse cínico.

— Afinal também sabes sorrir. *Comentei.*

Ele ergueu o rosto para mim e num ápice a sua face transformou-se como se eu o tivesse ofendido com aquela observação.

— Acho que a minha parte está feita. *Disse ele, tirando imediatamente o avental e abandonando a cozinha.*

— O que é que eu disse de errado, senhor Nicolau?

O homem fez um momento de silêncio, soltou um suspiro, levantou o rosto para mim e fez sinal para que me sentasse.

— Menina Beatriz... *Fez uma pausa.* Acho que chegou a hora de lhe explicar o porquê de ter aceitado o convite do meu neto e o porquê de lhe ter pedido para me acompanhar aqui em casa.

Parei com o que estava a fazer, afastei os utensílios e os ingredientes de nós os dois, sentei-me e olhei para Nicolau, curiosa para saber o que ele tinha para me contar.
— A menina sabe que os meus dias estão a acabar...
— Outra vez essa conversa, senhor Nicolau? Não estão a acabar nada, eu vou tratar bem de si. E agora até está aqui em sua casa, do que é que precisa mais para durar até aos cento e vinte?
Desviou o olhar por breves segundos e quando retomou era como se tivesse deixado cair a máscara da jovialidade que o caracterizava. Os olhos tinham-se esvaziado de esperança, os lábios dobraram-se perante a força da gravidade e de repente parecia que Nicolau tinha os tão falados cento e vinte anos.
— Não sei explicar. Não o digo por ter a idade que tenho, digo-o porque sinto que a minha passagem nesta vida está a chegar ao fim. Mais dia, menos dia, ela vai bater à porta e eu vou ter de ir...
Engoli em seco e olhei para o teto para conter as lágrimas.
— O senhor quer fazer-me chorar. Não acho que as lágrimas sejam um dos ingredientes da nossa receita de hoje.

— Não, não chore. Nem tenha pena. Porque eu também não tenho pena de morrer. Teria se nunca tivesse vivido. Mas vivi tudo aquilo que podia quando podia. Por isso nunca poderia sentir pena. Mas sinto uma mágoa que insiste em não me abandonar.

— E que mágoa é essa? Posso saber?

— A Beatriz acredita no destino?

— Acho que já acreditei mais. Ou talvez não saiba o significado exato dessa palavra. Mas porque me pergunta isso?

— Quando falo em destino é no sentido de nada acontecer por acaso. Sabe, o universo, a vida ou o destino, como lhe quiser chamar, faz-nos cruzar com determinadas pessoas e situações para que nós possamos criar conhecimento, experiência, forças e defesas para corrigir falhas, preencher lacunas e ultrapassar obstáculos. Isto acontece com toda a gente, quer queiram quer não, quer acreditem ou não. Aquilo que nos diferencia uns dos outros é a capacidade de cada um aprender, perceber, aceitar e evoluir. E só há uma direção para a qual podemos evoluir, que é na direção do amor. Tudo o que não seja nesta direção é regressão. E a negação só atrasa o nosso crescimento pessoal e espiritual. O universo está constantemente a dar-nos pistas, indicações, empurrões. *Fez uma pausa e olhou-me com atenção.* Está a conseguir acompanhar?

— Sim, estou a acompanhar. Mas não sei onde é que o senhor Nicolau quer chegar com esta conversa. Nem estou a perceber o que isso possa ter a ver com o facto de eu estar aqui. Tendo em conta que, para todos os efeitos, este é o meu trabalho e eu apenas estou a fazê-lo da forma mais competente possível.

— Já vai perceber onde quero chegar, mas eu tenho mesmo de lhe dizer isto para que possa entender o que lhe vou dizer a seguir. Por isso peço que me ouça com atenção.

Estava a ficar cada vez mais impaciente. Começava a crescer em mim um sentimento que era uma mistura de curiosidade com um certo receio do que é que viria dali. Até porque Nicolau estava a falar num tom demasiado sério, como se estivesse prestes a pedir-me algo muito importante. Tentei abstrair-me das suposições e infinidade de cenários que a minha mente já estava a começar a criar para não perder nenhuma informação que ele me queria transmitir.

— O universo funciona como um dedo que aponta ou uma mão que nos dá um empurrãozinho nas costas como que a dizer-nos para irmos por ali ou por acolá. No entanto, nós somos e seremos sempre donos da nossa vontade. Aliás, esse é e será sempre o nosso maior poder, o de escolher. Imagine que a vida é uma estrada e nós vamos no carro por essa estrada. E o universo é como se fosse os sinais de trânsito que nos dão indicações para irmos por determinado caminho. E essas indicações, esses sinais, muitas vezes são aquilo que nós chamamos de coincidências. Acasos. Mas repare, há um sinal que diz, por exemplo, sentido proibido. No entanto, ele não nos impede de ir por aquele caminho se nós quisermos, correto? Ou seja, nós podemos perfeitamente ignorar os sinais do universo, temos é de saber suportar as consequências. Pois por algum motivo estava ali aquele sinal de proibição. E também não nos podemos queixar se nunca chegarmos aonde tínhamos de chegar. O que acontece muitas vezes também é essas indicações levarem-nos por um determinado caminho e nós nesse caminho apanharmos um buraco que nos fura o pneu do carro. Por exemplo. E nós ficamos muito chateados com a vida porque nos deu as indicações erradas. E nós só percebemos que eram as indicações certas quando mais à frente aparece um buraco ainda maior e nós já conseguimos desviar-nos dele. Se nós tivéssemos ignorado os sinais e tivéssemos ido por outro caminho, se calhar íamos apanhar o buraco maior primeiro e os estragos, no fim de contas, iam ser maiores. E agora para terminar, porque também não quero estar a chatear a menina...

— Fique à vontade. O senhor sabe que eu gosto muito de o ouvir. Estou sempre a aprender consigo. Quero aproveitar ao máximo tudo o que tiver para me ensinar sobre a vida. Além disso, enquanto está a dizer-me essas coisas, está com a mente a trabalhar e de certeza que se sente útil e motivado. Ou seja, é bom para os dois. Não deixe nada por dizer por acreditar que me está a chatear.

Além disso, se tiver de ir embora mais tarde, eu vou. Não será pelo tempo. Só quero é que me diga tudo o que tem para me dizer.

— Assim farei. O que eu quero dizer com isto é que por vezes aparecem-nos grandes desafios que nos são impostos pela vida e que nos fazem revoltar contra ela. Seja porque os consideramos demasiado difíceis ou então porque nem sequer entendemos o porquê deles. Mas temos de ter a humildade para aprender e a lucidez para perceber que esses desafios têm o propósito de nos tornar mais fortes, mais capazes e mais humanos. E ter esta humildade e lucidez é o primeiro passo para os conseguirmos ultrapassar. E o nosso primeiro instinto é deixarmo-nos cair a chorar e a lamentar tudo o que de mal nos acontece na esperança de que a vida tenha pena de nós e se arrependa de nos ter dado um desafio tão grande. Isso não vai acontecer. Tudo isto para lhe dizer que não foi por acaso que nos viemos a cruzar naquele lar. E não foi por acaso que a Beatriz se cruzou com o meu neto exatamente naquele dia. Até porque ele já me tinha ido visitar antes e nunca se haviam cruzado. Naquele momento sorri por dentro ao aperceber-me do universo a mexer os cordelinhos para fazer cruzar as pessoas certas nos momentos certos.

Aquele final de discurso apanhou-me desprevenida. Abanei a cabeça na tentativa de que as ideias fossem ao sítio, mas não resultou. Era como se eu estivesse a acompanhar atentamente um artista a pintar um quadro com todo o detalhe e cuidado e no final ele lembra-se de fazer um borrão na tela. Aquilo que eu sabia era que aquele borrão tinha um significado, só não sabia qual.

— Espere lá. Deixe-me ver se entendi. Está a dizer-me que eu e o seu neto tínhamos de nos conhecer?

— Estou a dizer que aquele encontro tinha de acontecer, mas mais do que isso, ele tinha de acontecer à minha frente para eu poder ver aquilo que tinha de ver. E vi aquilo que podia ser feito para resolver o problema do Leonardo, o seu problema... e consequentemente resolver esta minha mágoa.

— Explique-me isso tudo antes que a minha cabeça comece à procura de explicações disparatadas. E olhe que imaginação e capacidade para criar as realidades mais descabidas não me falta.

— Quando conheceu o meu neto no lar, a menina Beatriz tinha dias antes terminado um relacionamento e nesse dia, lembrar-se-á até melhor do que eu, esteve a desabafar comigo. Disse-me que acreditava que não tinha sido feita para ser feliz no amor e pediu-me até a receita para o conseguir. Minutos depois cruza-se com o meu neto e, nesse momento, percebi que os dois podiam ajudar-se um ao outro e com isso ajudarem-me também. Quando ele disse que queria trazer-me para casa, eu aceitei com a condição de a Beatriz me acompanhar, pois sabia que você vindo cá todos os dias seria mais fácil cruzar-se com ele.
— É impressão minha ou o senhor Nicolau está armado em casamenteiro e quer-me juntar com o seu neto?
— Não. Nada disso. Não é nesse sentido. Peço desculpa se não me fiz entender. Eu apenas quero que a Beatriz ajude o meu neto.
— Mas de que tipo de ajuda precisa o Leonardo?
— A Beatriz percebeu logo desde o primeiro minuto que o meu neto não é uma pessoa muito afável. Na verdade, ele tem uma infinidade de defeitos que nada mais são do que o efeito que o tempo fez sobre acontecimentos mal resolvidos do passado. Tudo isto começou com a separação dos pais e tornou-se numa bola de neve. Hoje em dia é como se o Leonardo estivesse completamente fechado de qualquer sentimento positivo. É um jovem arrogante, materialista, prepotente, exibicionista, egoísta, antipático, enfim, nem adianta continuar, mas ele no fundo é bom rapaz, apenas enterrou esse seu lado bom dentro dele mesmo. E a Beatriz é precisamente o oposto dele. Tem uma alma lindíssima. Tem também uma personalidade forte, mas que nada subtrai ao bom coração que a acompanha. No lar percebi que a Beatriz o podia ajudar e hoje tive a certeza. Porque hoje ele sorriu. E eu não me lembrava da última vez que o tinha visto sorrir. Não me admira aquela reação que ele teve quando a menina falou nisso porque a sua observação fê-lo regressar ao estado consciente. Fê-lo ativar a razão e voltar a desligar as emoções. Mas elas estão lá. O lado bom dele está lá. Apenas está debaixo de um monte de entulho de sentimentos reprimidos. E esta é uma guerra que eu já não vou a tempo de vencer. E sim,

esta é a minha mágoa, partir sem conseguir tornar o meu neto uma boa pessoa. Comigo e com a mãe ele até demonstra algum afeto. Respeita-me muito e obedece-me como se eu fosse um pai para ele, e na realidade tive de ser em muitos momentos, mas o meu tempo está a chegar ao fim e por isso lhe peço que termine esta missão por mim.

 A minha cabeça estava em água. Tinha sido demasiada informação ao mesmo tempo e eu não estava a conseguir dar vazão a tanto pensamento. Nicolau apercebeu-se e tentou ajudar.

 — Como é óbvio, não é um favor que lhe estou a pedir. *Continuou.* Eu vou recompensá-la dando-lhe aquilo que a menina Beatriz mais quer e que inclusive já me pediu.

 — Está a falar daquilo que eu estou a pensar?

 — Sim, se a Beatriz ajudar o meu neto a despertar o lado bom que existe nele e a tornar-se boa pessoa... eu dou-lhe a receita para ser feliz no amor.

 Saí do trabalho e entrei no carro para seguir viagem até à casa de Nicolau, como passara a ser rotina desde que ele abandonara o lar. Era o primeiro dia de trabalho da minha mãe na fábrica de doces e pedi-lhe para que quando saísse do trabalho passasse em casa de Nicolau, já que ficava do outro lado da rua, para eu lhe apresentar o homem que lhe havia dado aquela oportunidade e ela poder agradecer-lhe pessoalmente. Depois iríamos juntas embora. Liguei o rádio do carro para me entreter enquanto lutava contra a impaciência que o trânsito e os semáforos me causavam e quando terminou de tocar a música que estava a dar começou *Photograph*, do Ed Sheeran. Naquele momento foi como se aquela mão gigante voltasse a pegar em mim, mas em vez de me apertar para me espremer os pulmões atirou-me para trás no tempo. Era a música do meu namoro com Gabriel. O nome dele estava gravado em cada verso e nota daquela música. Podia ouvi-la cinquenta anos mais tarde que seria inevitável lembrar-me dele. O meu coração acelerou e a minha cabeça mergulhou num mar de recordações. Queria desligar o rádio, mas não conseguia. Era como se me estivesse a saber bem aquela dor ou como se de alguma forma pudesse estar mais próxima dele naquele momento. Pensei que já estava a superar o nosso fim e afinal apenas tinha andado com a cabeça demasiado ocupada. A falta dele estava toda lá. Começou a faltar-me o ar e abri o vidro do carro. Senti raiva da minha fraqueza naquele momento, mas num instante essa sensação foi substituída por uma vontade enorme de o procurar. Agarrei no telemóvel e comecei a escrever-lhe uma mensagem. Já não era eu que controlava os meus movimentos, era a saudade a mexer-me nos dedos. Contudo, assim que terminei de escrever a mensagem e me preparava para clicar em enviar não fui capaz. Apaguei tudo, meti o telemóvel na mala, corri o fecho para ter mais um obstáculo para se opor à tentação, caso voltasse, sintonizei outra rádio e voltei a fazer-me à estrada. Quando entrei no quarto de Nicolau foi como se me sentisse protegida, pois sabia que durante os minutos seguintes ia ter a minha cabeça ocupada a fazer aquilo que gostava e, pelo menos durante esse período, não havia desilusão amorosa que me tirasse o foco.

— Já tem uma resposta para mim? *Perguntou Nicolau assim que trocámos cumprimentos.*

Tinha ficado de lhe dar uma resposta sobre a proposta que ele me tinha colocado em relação ao seu neto. Tinha pensado muito sobre o assunto, mas quanto mais pensava mais questões me surgiam. Parecia que Nicolau engendrara um plano minucioso para não me dar outra alternativa que não fosse aceitar a sua proposta. Afinal de contas, ele já me tinha ajudado muito. Além dos inúmeros desabafos que ouviu e dos muitos conselhos que me havia dado, dias antes oferecera um emprego à minha mãe e ainda me oferecia, segundo ele, a receita para ser feliz no amor. Tinha tocado exatamente nos meus pontos fracos, família e amor. E logo por isso deixava-me sem muitas desculpas para recusar. Até porque me tinha apanhado numa altura da minha vida em que se me dessem um frasco com uma poção mágica para passar a minha agonia e ser de uma vez por todas feliz eu tomava-o sem pensar nas consequências. Não era nenhuma criança para acreditar que havia de facto uma receita, mas também sabia que Nicolau não me estava a enganar, pois se havia alguém no mundo que fosse portador de uma fórmula para se ser feliz no amor, era sem dúvida aquele homem. Mas antes de lhe dar o meu veredicto final, coloquei algumas questões.

— Como é que está à espera de que eu ajude o seu neto? O que é suposto eu fazer? E porque havia ele de fazer o que eu lhe peço ou seguir qualquer orientação minha?

Antes que ele me começasse a responder, coloquei-lhe uma bola entre as mãos e fiz-lhe sinal para que a levantasse o mais alto que conseguisse e a baixasse depois, repetindo o movimento. Um exercício que costumávamos fazer para trabalhar os membros superiores e que ele já conhecia muito bem. Assim, enquanto falávamos trabalhávamos e aproveitava-se melhor o tempo.

— No fundo é o que a menina Beatriz faz comigo e com os outros idosos que estão ao seu encargo. Conhece-nos a todos muito bem e em função das necessidades de cada um determina um plano de exercícios para nos manter ativos, motivados e bem-dispostos. Estou a falar bem, não estou? *Acenei afirmativamente com a cabeça.* Com o meu neto não será muito diferente. Em função daquilo que achar que ele precisa para despertar o seu lado bom, a Beatriz coloca-lhe desafios e dá-lhe tarefas. Tenho a certeza de que se sairá muito bem. Só quero que lhe transmita os valores que também regem a sua vida. Como a bondade, o altruísmo, a generosidade, a humildade e por aí em diante. Quanto a ele aceitar fazer o que a Beatriz lhe pedir, é muito simples. Como lhe disse, ele respeita-me muito e obedece-me, se eu lhe disser para seguir as suas orientações eu acredito que ele o fará. E como se não bastasse ele tem um outro problema que o desmotiva um pouco deste desafio...

— Que problema é esse?

— Se o Leonardo achar bem, um dia contar-lhe-á. O que eu posso dizer é que isso em nada justifica a desmotivação dele. Mas eu já não consigo convencê-lo do contrário. Nem eu nem a mãe. A Beatriz é a nossa melhor esperança.

Odiava que me fizessem aquilo. Era melhor não me ter falado de problema nenhum. A curiosidade começou logo a fervilhar dentro de mim e a cabeça já estava à procura de um cenário plausível para colmatar aquela lacuna no meu conhecimento. Afinal, que problema é que o desmotivava a desenvolver o seu lado bom?

— O senhor Nicolau sabe que me está a colocar muita responsabilidade. Parece que eu caí aqui na sua família de paraquedas e agora tenho um conjunto de problemas para resolver que não são meus. Entende o que eu estou a dizer?

— Entendo. Perfeitamente. Acredite que sim. Mas acredite também que tudo acontece por uma razão e não foi por acaso que a Beatriz chegou a esta família. Há uma frase muito conhecida que diz que nenhum floco de neve cai no local errado. E eu acredito que a menina não estaria aqui se não fosse aqui mesmo que tivesse de estar. E para lhe agradecer o esforço quero dar-lhe essa receita para ser feliz no amor que eu fui construindo ao longo da minha vida e com base em tudo o que eu vivi e aprendi.

— O senhor Nicolau sabe que eu era incapaz de ser ingrata consigo depois de tudo o que me ensinou e ajudou, nomeadamente com a minha mãe. Naquele momento em que me disse que tinha um emprego para ela eu tive a certeza de que quando uma pessoa cai há sempre uma que estende uma mão. Nós é que nem sempre estamos a olhar para o lado certo. E de facto não acredito que isto tenha acontecido por acaso. Só ainda não sei qual foi o motivo. Por isso sim, eu vou fazer isso por si e por mim como forma de gratidão. Posto isto, e como o senhor Nicolau sabe que eu sou uma curiosa de primeira, diga-me de uma vez qual é essa receita, porque ainda hoje no caminho para aqui desejei-a com todas as forças.

— Na verdade, eu não lha posso dizer já. A Beatriz só deverá conhecer a receita depois de cumprido o desafio que lhe coloquei. Quando perceber que o comportamento e a postura de Leonardo perante o mundo e as pessoas que o rodeiam mudaram e que ele está de facto diferente ou então quando perceber que fez tudo o que podia por ele, mesmo que sem sucesso. Para lhe provar que eu não estou a enganá-la só para a incentivar a cumprir esta missão, vamos fazer o seguinte, eu vou escrever a receita num papel, vou colocá-lo dentro de um envelope fechado e vou-lho entregar. Assim a Beatriz terá sempre a receita consigo desde o primeiro minuto. Esta é a melhor forma de lhe mostrar que existe de facto algo em concreto para lhe dizer e que está ao seu alcance. O que demonstra que não é uma imposição da minha parte, pois a qualquer momento pode desistir e abrir o envelope.

— Mas por que motivo só deverei abri-lo quando cumprir essa missão ou quando achar que fiz tudo o que podia?

— Um dia vai entender, menina Beatriz. O que lhe posso dizer é que uma resposta antes da pergunta vira pergunta.

Fiquei imóvel e colada no olhar infinito de Nicolau como se quisesse fazer uma pergunta para esclarecer aquela afirmação, mas ao mesmo tempo gostava daquela sensação de mistério que envolvia as suas palavras. Entretanto, Leonardo surgiu à entrada do quarto e interrompeu a minha reflexão.

— Avô, isto de andar a dar empregos por favor não pode ser. *Atirou Leonardo desde a entrada, como se eu não estivesse ali, e logo depois virou costas para voltar a desaparecer.*

— O que é que ele quis dizer com aquilo? *Perguntei.*

— Também não percebi, mas aproveito para lhe dizer algo importante para não se desmotivar nesta caminhada. Penso que já viu com o que pode contar, por isso peço-lhe que não espere nada da parte do Leonardo. Não espere que ele reconheça, retribua ou recompense o que quer que seja que tenha feito por ele. Faça o que tiver de fazer com gosto, por gosto, para fazer bem e para se sentir bem. Se puder cresça, aprenda e divirta-se, mas não espere nada e, mais importante que isso, não se sinta frustrada se não der certo. Apenas dê o melhor de si e desista quando achar que o deve fazer.

Aquela última nota tinha-me deixado muito mais tranquila, retirando muita da pressão que todo aquele discurso exercera sobre mim, e em silêncio agradeci-lhe aquela adenda final. Antes que eu pudesse tecer algum comentário, tocou a campainha. Olhei para o relógio e presumi que fosse a minha mãe. Fui buscá-la à entrada, apresentei-lhe o seu novo patrão, a quem agradeceu muito a oportunidade de trabalhar na fábrica, e ficou a assistir à sessão de terapia até ao final enquanto ouvia os infindáveis elogios que Nicolau fazia a meu respeito. No final abandonámos a casa, entrámos no meu carro e fizemo-nos à estrada.

— Como correu o teu primeiro dia lá na fábrica?

— Mais ou menos. Atrapalhei-me lá com os botões de uma máquina, fiz asneira e, quando o chefe soube, aquele rapaz... o filho da patroa, não sei o nome dele, arrasou-me. Só faltou insultar-me. Mas tinha a sua razão, eu enganei-me e acabei por empatar uma das linhas de produção. Foi uma chatice.

— O quê? O Leonardo tratou-te mal? E estás a dizer que tinha razão tendo em conta que era o teu primeiro dia?

Saber aquilo deixou-me furiosa. Mexer com a minha família era pior do que mexer comigo. No dia seguinte, logo de manhã, ia lá a casa tirar justificações e anular o desafio que Nicolau me tinha proposto. Já não queria saber de receita nenhuma, não ia aturar aquele presunçoso que tratava mal toda a gente. No entanto, o destino tramou-me no dia seguinte...

A minha mãe ainda insistiu comigo para que não desse importância ao que tinha acontecido e que não dissesse nada pois podia trazer-lhe problemas, mas eu não conseguia ficar calada. Estava decidida a cancelar o desafio que Nicolau me havia proposto, mas antes de o fazer ia chamar aquele rapaz à atenção e pelo menos isso ele tinha de mudar, até porque, se não o fizesse, a minha mãe e sabe-se lá quantos funcionários iam continuar a sofrer. Ainda estava na esperança de que uma noite de sono me fizesse acalmar, e fez, contudo a vontade e a confiança permaneciam as mesmas quando acordei. Percebi que tinha mesmo de resolver esta questão senão andaria com aquilo a remoer dentro de mim. E a minha mãe que me perdoasse. Levei-a até à entrada da fábrica logo pela manhã e antes que ela abandonasse o carro pediu-me para lhe prometer que não ia dizer nada ao Leonardo. Arranjei forma de fugir àquela promessa garantindo-lhe que ia correr tudo bem e que não se preocupasse. Ela confiou em mim, saiu do carro e eu arranquei, parando poucos metros à frente. Fiz um compasso de espera para a minha mãe não me ver, depois voltei para trás a pé e entrei no recinto da casa de Nicolau, que ficava em frente ao portão da fábrica. Nem de propósito, Leonardo estava a sair de casa nesse preciso momento.

— Então tu trataste mal a minha mãe ontem? *Perguntei assim que cheguei junto dele.* Ainda por cima no seu primeiro dia de trabalho, sabendo tu muito bem que ela ainda estava a aprender?

— Parece que ela está brava hoje. *Disse com zombaria.* Parece que a tua mamã andou a fazer queixinhas à minha nova mamã.

— À tua nova quê? *Franzi o sobrolho.*

— O meu avô já me falou do desafio que te propôs. Parece que vais acumular cargos. Além de cuidares dele, vais ter de cuidar de mim, supostamente, não é? Vais ser a minha *baby-sitter*.

— Estás muito enganado, não vou ser coisa nenhuma porque tu não mereces nada, principalmente depois do que fizeste à minha mãe. Aliás, minto, mereces, sim. Mereces continuar a ser aquilo que és. Só lamento pela tua mãe e pelo teu avô, que são excelentes pessoas. E vou agora mesmo falar com o senhor Nicolau para lhe dizer que não vou fazer rigorosamente nada por ti. *Atirei antes de me dirigir para a entrada da casa, mas a meio do percurso parei para acrescentar mais uma coisa ao que lhe tinha dito.* Ah! E vais ter de pedir desculpa à minha mãe!

— Já vi que interiorizaste o espírito de *baby-sitter*. Parabéns. *Bateu três palmas cheias de ironia.* Só que não mandas em mim.

Cerrei os dentes e virei-lhe as costas para entrar na casa. Cumprimentei a auxiliar do turno da noite e ela devolveu o cumprimento, mas com preocupação na voz.

— Ainda bem que a doutora veio hoje de manhã. Parece que é tudo por Deus. Veja-me, por favor, o senhor Nicolau, que ele não está bem e eu não sei o que se está a passar.

Os meus alarmes dispararam e acelerei o passo em direção ao quarto de Nicolau. Quando lá cheguei encontrei-o sentado na sua poltrona, como de resto era habitual, e à primeira vista não parecia que estivesse nada de errado com ele. Aproximei-me, agachei-me ao seu lado para o olhar de baixo e falei-lhe.

— Bom dia, senhor Nicolau. Como é que passou a noite?

— Sim... estou... *Respondeu ele.*

O meu coração disparou ao aperceber-me do que se estava a passar. Quando me respondeu, além de não fazer sentido a resposta que me tinha dado, apercebi-me que o canto da boca de Nicolau estava descaído, assim como o seu olho esquerdo, que não abria totalmente. Virei-me para a auxiliar que aguardava na expectativa junto à porta e disse-lhe para ligar rapidamente para Lurdes e pedir-lhe para vir para casa.

— Mas o que é que se passa, doutora?
— O senhor Nicolau está a ter um AVC.

A auxiliar saiu a correr do quarto e eu agarrei no telemóvel para chamar uma ambulância. Feita a chamada, voltei para junto de Nicolau e continuei a falar com ele, explicando-lhe que tínhamos de ir para o hospital, mas que ia correr tudo bem. As expressões faciais dele demonstravam que ainda estava consciente. Não demorou muito tempo até Lurdes e Leonardo entrarem a correr pelo quarto adentro. Pouco tempo depois chegou a ambulância e, apesar dos avisos para que se afastasse, Lurdes andava atrapalhada a tentar ajudar os paramédicos. Leonardo, mais distante, e de mãos na cabeça, caminhava desorientado de um lado para o outro. Quando introduziram a maca com Nicolau na ambulância, Lurdes pediu para ir junto com ele e Leonardo apressou-se para o seu carro para os seguir até ao hospital.

— Eu também vou! *Disse, seguindo Leonardo até ao carro.*
— O que é que vens fazer? Nem da família és.
— Não sou, mas é como se fosse. Vamos!

Arrancámos atrás da ambulância e durante a viagem Leonardo ia de olhar fixado nela para não a perder de vista. Os lábios mexiam-se freneticamente como se estivesse a murmurar qualquer coisa que eu não conseguia ouvir. Pensei em dizer-lhe para se sentir à vontade para desabafar comigo, mas sabia que não o ia fazer. Apesar da pequena discussão que tivéramos antes, ele percebeu que o que estava a acontecer era mais importante do que qualquer atrito entre nós. Até eu não tinha espaço no meu coração para sentir raiva dele. Tudo o que eu sentia naquele momento era compaixão, como se não fosse digna daquela dor e por isso tudo o que me restava fazer era dividir um pouco da sua comigo. Quanto mais não seja estando ali, perto dele, em silêncio. Há situações em que tudo o que nós precisamos é de alguém que esteja ao nosso lado e não diga nada, nem faça nada. Só esteja. E já faz tanto. Assim que chegámos ao hospital encaminharam-nos para uma sala de espera. Leonardo tentou por várias vezes entrar em contacto com a mãe por chamada, mas sem resultado. Ele mal falava para mim e agia praticamente como se eu não estivesse ali. Eu compreendia-o e nem sequer exigia a sua atenção. Apenas queria estar por perto para o caso de ele precisar. Cerca de uma hora depois surgiu Lurdes à entrada da sala de espera, Leonardo apressou-se a ir ao seu encontro e eu segui-o. Quando chegou junto dela abraçou-a e fez quase desaparecer o corpo franzino da mãe no meio dos seus longos braços. Eu, dois passos atrás, limitei-me a observar aquele cenário de ternura.

— O teu avô perdeu os sentidos a caminho do hospital. *Disse ela, por entre lágrimas e soluços, com o rosto colado ao peito do filho.* Levaram-no para dentro para fazer uns exames e nunca mais soube dele. Disseram-me que eu teria notícias durante a tarde, mas eu vi a cara dos médicos e não era boa.

Lurdes voltou a explodir num choro e nesse momento, pela primeira vez, Leonardo chorou, de queixo pousado sobre a cabeça da mãe e os braços a envolverem-lhe os ombros. Eram como dois corpos abatidos que encontravam na fraqueza um do outro a força para se ampararem mutuamente. Com lágrimas a lavarem-me o rosto, recolhi-me para o lugar onde estava sentada e deixei-os um com o outro. Algum tempo depois, os dois, já mais recompostos, dirigiram-se para junto de mim e Lurdes quis dar-me um abraço antes de se sentar do meu lado, ficando entre mim e Leonardo. Pousou a cabeça sobre o ombro do filho e colou o olhar inerte numa cadeira vazia diante de si. Ofereci-me para ir buscar qualquer coisa para comer e beber, mas ambos recusaram. Ainda assim fui à máquina junto do elevador buscar duas garrafas de água. Entreguei uma a Lurdes, que me sorriu de um jeito doce, e o silêncio voltou a imperar entre nós durante as horas que se seguiram. Eram quase cinco da tarde quando o médico surgiu à entrada da sala, acompanhado de uma enfermeira. Os dois precipitaram-se na direção do médico e eu segui logo atrás com o coração a tentar fugir-me do peito.

— É a família do senhor Nicolau? *Lurdes acenou afirmativamente à pergunta do médico.* Acompanhem-nos por favor.

Seguimos os passos deles até uma sala que eu julgava ser onde estava Nicolau, mas quando lá chegámos não havia cama nenhuma e não era difícil de perceber que não vinham boas notícias. Convidou-nos a sentar, fez uma pequena pausa e começou a falar de uma maneira tão calma que me deixou ainda mais ansiosa.

— O senhor Nicolau sofreu um AVC isquémico que lhe afetou gravemente o cérebro. *Explicou o médico.* Foi submetido aos habituais exames, fizemos o melhor tratamento possível e agora encontra-se num quarto em repouso com um prognóstico muito reservado. Neste momento não podemos fazer mais nada que não seja permitir-lhes que estejam junto dele durante o tempo que lhe resta.

Assim que o médico terminou de falar, Lurdes voltou a agarrar-se ao filho em pranto e eu não contive as lágrimas. Passado algum tempo, o médico voltou a usar a palavra, sempre com um olhar calmo, muita ternura e cuidado no que dizia.

— Qualquer dúvida que nos queiram colocar, sintam-se à vontade. Estamos aqui para ajudar no que for possível.

— Eu só quero ver o meu pai. *Balbuciou Lurdes.*

— A minha colega irá acompanhá-los até junto dele. *Disse por fim o médico, pousando uma das mãos sobre o ombro dela e lançando a mim e a Leonardo um sorriso enternecedor.*

A enfermeira segurou no braço de Lurdes, ajudou a levantá-la e acompanhámos-lhe os passos até à porta do quarto onde estava o pai. Assim que a enfermeira a abriu, consegui vislumbrar um conjunto de camas vazias e só uma estava ocupada. Entretanto, informou-nos de que só duas pessoas podiam entrar.

— Depois vamos trocando. *Sugeriu-me Lurdes.*

— Não. Nem pensar. Este momento é vosso. Aproveitem cada minuto. Eu estarei deste lado para o que for preciso.

A porta fechou-se e as paredes daquele corredor foram a minha companhia nas horas seguintes. Não estava ali a fazer nada, mas não conseguia sair dali. Calquei cada centímetro do chão daquele corredor na infinidade de voltas que dei à espera de notícias do lado de dentro do quarto. Apercebia-me de vozes no interior, mas presumi que fossem monólogos que Lurdes mantinha com a inconsciência do pai. Em momento algum reconheci a voz de Leonardo. Pouco passava das nove da noite quando ouvi um grito seguido de um choro do outro lado da porta. Encostei-me à parede e escorreguei até me sentar no chão completamente exausta. O céu acabava de ganhar uma nova estrela.

Beatriz

Estava um mar de gente no funeral de Nicolau, mas pelo que pude perceber muito poucos eram familiares. A maioria eram amigos e funcionários da fábrica, certamente agradecidos pelos empregos que lhes dera, mas com certeza também pela pessoa que ele fora para eles. Um desses funcionários era a minha mãe, que fez questão de me acompanhar no funeral. Não podia deixar de me lembrar do que ele me havia dito quando o visitei pela primeira vez em casa, que desejava ter a sorte de morrer ali. Não chegara a consegui-lo, ainda que fisicamente, mas partiu junto das duas pessoas mais importantes da sua vida. E sabia que esse, sim, era o seu desejo. Na verdade, a nossa família é a nossa casa e quem não a sabe valorizar é um eterno sem-abrigo. Pode fazer chuva, vento e trovoada, mas enquanto tivermos alguém que pergunte por nós, que nos procure sem ser preciso e nos abrace sem termos pedido, não há tempestade que nos atormente. E pelo menos nisso sabia que Nicolau tinha partido realizado, o que me dava um certo alívio. No entanto, não conseguia sentir-me confortável naquele velório, pois a minha cabeça não parava de pensar nas respostas que ficaram por dar. Sentia-me até mal por estar a ser egoísta, mas era mais forte do que eu e isso estava a deixar-me num estado tremendo de ansiedade. Embora não fosse preciso muito para isso acontecer. Deixei-me estar com a minha mãe à entrada do cemitério, pois, além de me sentir muito desconfortável naqueles cenários, não quis fazer-me mais importante do que aquilo que era e guardei distância. No final, quando toda a gente dispersou, Lurdes dirigiu-se para a saída acompanhada pelo filho. Leonardo, ao ver-me, afastou-se da mãe e ignorou a minha presença, dirigindo-se para o carro. Lurdes deu-me um abraço, de rosto apagado e desgastado após tanto choro. Notava-se que já não tinha mais nada para chorar.

— Antes de mais muito obrigada por tudo o que fez pelo meu pai. *Começou por dizer.* Ele só tinha elogios a seu respeito e foi muito graças a si que ele pôde chegar até ao fim da sua vida lúcido, perfeitamente capaz a nível mental e até mesmo com alguma genica. Quero muito agradecer-lhe por isso. *Disse-me de olhos colados nos meus enquanto me segurava nas mãos.*

— Ora essa, apenas estava a fazer o meu trabalho e com muito gosto. O senhor Nicolau será sempre uma pessoa especial.

— Custa-me admitir isto, mas talvez tenha sido melhor assim. Eu não ia conseguir ver o meu pai preso a uma cama. E muito menos ele ia querer chegar a um estado desses só para continuar cá neste mundo mais tempo. Logo ele que queria estar sempre a criar e ensinar. Se calhar estou a dizer uma asneira, mas pensar desta forma tem-me ajudado a suportar melhor esta minha perda.

— Eu entendo-a na perfeição. Não se sinta mal com isso.

— Sabe, Beatriz... *Fez uma pausa e voltou a olhar na direção do filho, que estava encostado ao carro.* Uma das maiores mágoas do meu pai era já não ter forças para contrariar esta tendência do meu menino. O meu medo é que agora que o avô dele se foi embora ele se feche ainda mais. É que eu já não sei o que fazer com ele.

Naquele momento foi inevitável lembrar-me do desafio que Nicolau me tinha deixado e que eu já não fui a tempo de renunciar. De certeza que ela não tinha conhecimento daquele compromisso e eu também fiquei sem saber se devia ou não tocar no assunto. Mas cada palavra que me dizia era como se me estivesse a pedir, indiretamente, para a ajudar.

— Não pense nisso, dona Lurdes, se calhar isto vai fazê-lo perceber que há coisas mais importantes do que essa necessidade de alimentar constantemente o ego. Quem sabe talvez isto sirva para lhe abrir os olhos. *Tentei tranquilizá-la, mas não estava a resultar.*

— Não sei, não sei. A minha esperança era que a sabedoria do meu pai e o amor que ele tinha pelo neto conseguissem... não sei... abrir o coração dele. Mas se eu já estava a perder a esperança, agora que perdi o meu pai estou ainda mais desacreditada. Eu já não consigo, não tenho forças. Eu sei que ele gosta de mim, mas não dá importância ao que digo. Sabe, é como quando um filho vai sair de carro e lhe dizemos para ter cuidado. Ele ouve e sabe, mas não liga, nem toma atenção. No entanto, nós, mães, dizemos sempre como se fosse a primeira vez e a preocupação é sempre a mesma. *Soltou um suspiro antes de finalizar.* Já não sei o que fazer...

Não aguentei mais esconder aquilo que também ela tinha o direito de saber. Além de que sentia que tinha de a ajudar naquele momento e sabia que se lhe dissesse que podia contar comigo ia com certeza sentir-se um pouco melhor.

— Dona Lurdes... *Fiz uma pausa.* O senhor Nicolau pediu-me para ajudar o seu filho a despertar o lado bom dele. Desenvolvendo atividades com ele ou colocando-lhe desafios que de certa forma o ajudassem a recuperar e alimentar esse lado que existe nele, mas que foi recalcado ao longo do tempo. O seu pai ajudou-me muito e como sabe até deu emprego à minha mãe e por isso eu nunca lhe poderia dizer que não. *Optei por omitir a parte da receita que ele me prometera até porque não ia fazer aquilo por interesse e muito menos era essa a imagem que queria passar.* Ainda não sei o que vou fazer, mas queria que soubesse que vou tentar ajudá-lo.

— Está a falar a sério? *Os olhos dela começaram a brilhar.* Muito, muito obrigada! *Voltou a abraçar-me.* Eu até já pensei em levá-lo a um psicólogo, mas dificilmente ele aceitaria ir. Mas por que motivo é que ele havia de aceitar a sua ajuda? A menina sabe melhor do que ninguém que é muito difícil ajudar alguém que não quer ser ajudado. E esse é exatamente o caso do meu filho.

— O seu pai disse-me que ia pedir ao seu filho para aceitar as minhas orientações. No dia em que lhe deu o AVC, cruzei-me com o seu filho à porta de casa e percebi que já tinha conversado com o avô sobre o assunto. Disse-me que o Leonardo o respeitava muito e que ele sabia dessa mágoa do avô e que por isso não lhe ia dizer que não. Sendo assim, à partida, essa questão está resolvida.

— Muito, muito obrigada. Nem sabe o alívio que esta notícia me traz. No meio de toda a dor que me enche o coração, saber isto foi como se um feixe de luz entrasse no meu peito. Depois só precisamos de acordar os valores e tudo o que a menina...

— Não! Nem pensar! *Interrompi*. Eu não vou fazer isto por dinheiro. Naquilo que eu puder ajudar, vou ajudar. Vocês ajudaram a minha mãe quando ela mais precisava e foi como se me tivessem ajudado a mim. Vou dar o meu melhor e quando sentir que fiz tudo o que podia vou à minha vida. Não me ficará a dever nada.

— Pode achar que não lhe fico a dever nada, mas qualquer coisa que precisar de mim não hesite. Tem o meu número, sabe onde nós moramos e por isso fique completamente à vontade.

Acenei com a cabeça e ela pegou-me nas mãos e beijou-as como forma de agradecimento. Naquele momento senti que não podia desamparar aquela mãe que, tal como o seu pai, depositava todas as esperanças em mim. Tentava relaxar com a ideia de que não era obrigada a nada e que quando tivesse de desistir desistia, no entanto isso parecia não aliviar a pressão que caíra sobre mim. Principalmente agora que já não tinha Nicolau para me ajudar, nem que fosse apenas para chamar a atenção do neto caso eu viesse a precisar de uma ajuda extra. Abandonámos o cemitério e seguimos em direções opostas. A minha mãe esperava-me no carro e mal entrei arrancámos em direção a casa. Permaneci em silêncio durante a parte inicial da viagem e só me apercebi disso quando a minha mãe decidiu quebrá-lo para saciar a sua curiosidade.

— Estiveram a falar de quê?

— Do pai e do filho dela. *Soltei um suspiro.* Nem me digas nada. É uma longa história, mas basicamente o senhor Nicolau pediu-me que ajudasse o neto a ser melhor pessoa e como forma de recompensa dar-me-ia a receita para ser feliz no amor.

— Uma receita para ser feliz no amor? E que receita é essa?

— Pois, não sei e pelos vistos nunca vou saber porque o senhor Nicolau disse que a ia escrever num papel, guardar num envelope e entregar-ma. Mas no dia seguinte sofreu o AVC e já não foi a tempo.

— E tu acreditaste nessa história?

— Certamente que não há uma fórmula mágica, como é óbvio, mas confio suficientemente nele para saber que alguma coisa de verdadeiramente importante e transformadora ele diria naquela receita. Até porque ele me disse que podia abrir o envelope a qualquer momento, mas que não o deveria fazer. Que só o deveria abrir depois de cumprida a minha parte do acordo ou então depois de sentir que tinha feito tudo o que estava ao meu alcance.

— Quer dizer que agora já não vais fazer o que ele te pediu?

— Acabei de dizer à dona Lurdes que ia ajudar o filho dela, não posso ser ingrata com estas pessoas. Tenho de as ajudar.

Quando chegámos a casa dedicámo-nos as duas a preparar o jantar e como a minha irmã Leonor estava metida no quarto eu decidi chamá-la para contribuir com alguma mão de obra para aquele jantar. Pouco tempo depois surgiu à entrada da cozinha com os olhos ligeiramente inchados.

— Estiveste a chorar? *Interroguei assim que a vi.*

— Não. Estava deitada, meio a dormir. Deve ser disso.

— Não sei se me estás a dizer toda a verdade...

— Estava meio a dormir, claro que fiquei assim. Não faças filmes. Diz logo o que é que eu tenho de fazer.

Estranhei aquela resposta, mas também não estava com disposição para esmiuçar o assunto e pedi-lhe para pôr a mesa.

— Onde é que estão as bases para os pratos? *Perguntou ela.*

— Agora fizeste-me lembrar uma certa pessoa. *Disse-lhe, referindo-me a Leonardo, que ela não fazia ideia quem era.* Se ajudasses mais vezes a mãe na cozinha, sabias muito bem onde estavam.

Vê lá se começas a fazer alguma coisa aqui em casa, que já és crescida. *Aproveitei para dar aquele sermão típico de irmã mais velha antes de responder.* Estão na última gaveta.

Assim que o jantar ficou pronto e me preparava para pôr a caçarola na mesa, o meu telemóvel começou a vibrar no bolso. Tirei-o para ver quem era e vi que era uma chamada de Lurdes. Estranhei estar a ligar-me àquela hora.

— Estou sim, dona Lurdes, passa-se alguma coisa?

— Peço desculpa se não é oportuna esta chamada. Mas eu estava aqui no quarto do meu pai a arrumar umas coisas e numa das gavetas da mesinha de cabeceira estava um envelope fechado com o seu nome escrito.

    Acordei com o coração acelerado. Olhei para o relógio e ainda não eram cinco da manhã. Mais uma vez a ansiedade interrompera-me o sono. Dei com as palmas das mãos na minha cabeça e gritei em silêncio para mim mesma para parar de pensar tanto. Era desnecessário e inútil tanta preocupação, pois de uma forma ou de outra ia ficar tudo bem. Mas era muito difícil explicar aquilo a mim mesma, e ainda pior durante mais uma das minhas crises de ansiedade. O fim do meu relacionamento, a morte de Nicolau, o desafio que me deixara para com Leonardo, o envelope que Lurdes tinha encontrado e que tinha supostamente lá dentro a receita para eu ser feliz no amor e ainda todas as preocupações com os utentes que tinha ao meu encargo estavam a dar cabo de mim. Durante a semana que se seguira ao funeral de Nicolau não tinha conseguido dormir uma noite inteira e percebi que, se continuasse à espera de algo que nem eu sabia o que era, nunca ia resolver o meu estado. Às vezes a vida venda-nos os olhos, coloca-nos na beira de um penhasco e diz-nos para saltar. Mas, como nos falta a coragem, adiamos e adiamos, esperamos e esperamos. Como se a espera fosse vencer-nos pelo cansaço ou quem sabe até fazer a vida mudar de ideias. Mas não vai. A espera nunca nos traz coragem para fazer o que quer que seja, apenas nos rouba tempo de a fazer a tempo. E também não é a falta de tempo que nos dá coragem, mas dá-nos um forte motivo para fazermos alguma coisa. No fundo não é de coragem que precisamos para saltar para o desconhecido, mas sim de um empurrão. Sentada na beira da cama a meio da noite, era assim que me sentia. Queria sair dali e apanhar ar, mas para onde quer que eu fosse ia com certeza acordar alguém. Tinha de me aguentar. Tentei controlar a respiração, deitei-me e deixei-me levar pelo sono, que tardou mas chegou. Quando voltei a acordar, e desta vez por causa do despertador, levantei-me decidida a fazer alguma coisa com a situação de Leonardo. Ponderei convidá-lo a fazer voluntariado comigo, fosse nas rondas noturnas a entregar comida ou na associação de acolhimento de menores interagindo com as crianças. Contudo, além de não me sentir à vontade para fazer isso com ele, não me parecia que fosse a melhor maneira de começar, uma vez que convinha ser de uma forma suave. Depois lembrei-me de que talvez Lurdes pudesse dar alguma sugestão, já que conhecia o filho melhor do que ninguém. E como tinha de passar lá em casa para buscar o envelope, aproveitava a viagem. Tinha dito a Lurdes, quando me ligou a dar conhecimento do achado, que dentro do envelope deveria ter uma das receitas de Nicolau, que ele me tinha prometido dar, mas que não tinha chegado a entregar-me. Decidi esperar alguns dias, não só para não dar a ideia de que era urgente ter aquela receita, mas também por respeito ao momento de luto. Mas tinha chegado o momento e nesse dia, no regresso do trabalho, fiz um desvio pela casa de Lurdes e bati à porta, tendo sido recebida pela própria.

— Estava a ver que não queria a receita que o meu pai lhe deixou. *Disse com um sorriso em forma de cumprimento.*

— Nada disso. Nem imagina o quanto eu quero essa receita, mas achei que devia respeitar o vosso momento de luto.

— Agradeço imenso a intenção, mas sinta-se à vontade connosco. É sempre bem-vinda aqui em casa e estou certa de que este luto também foi partilhado pela Beatriz. Entre, por favor, eu vou buscar o envelope que encontrei para lhe entregar.

Assim que se afastou e deixei de ouvir o som dos seus saltos, a casa mergulhou num silêncio assustador. Senti uma estranha sensação de solidão que rapidamente se transformou em pena. Pena por saber que aquela mãe e aquele filho viviam juntos, mas sozinhos. Cada um embrulhado nas suas próprias angústias. Pouco depois, Lurdes voltou com o seu sempre simpático sorriso, embora sem brilho, e entregou-me o envelope. Olhou-o com curiosidade enquanto mo entregava, mas antes que ela fizesse alguma pergunta sobre o conteúdo dele mudei de assunto.

— Como está o Leonardo?

— Muito fechado. Como sempre. Mas agora ainda mais. Tal como imaginava. Por mais que lhe pergunte e peça para falar comigo, ele não consegue, nem quer. Esta semana mal saiu de casa.

No instante em que me preparava para lhe pedir ajuda, ocorreu-me uma ideia que podia ser um bom início. Se eu precisava de um empurrão, ali estava ele. Atira-te e logo se vê. Pensei. Era, de certa forma, uma boa filosofia de vida e não custava nada tentar.

— Então e se eu o convidar para ir ao cinema?

— Está a falar a sério? Mas isso é uma ótima ideia.

— Está a passar um filme no cinema que é um daqueles que apelam ao sentimento, sabe? Eu já queria ir vê-lo e lembrei-me agora de que se ele o visse também talvez se emocionasse um pouco e quem sabe descongelasse qualquer coisinha do coração dele.

— A mim parece-me um excelente começo. Aliás, neste momento estou por tudo. Qualquer ajuda é bem-vinda.

Leonardo surgiu atrás de nós a descer a escadaria em direção à cozinha. A mãe viu-o e chamou-o. Apesar da cara de frete que fez, acatou o pedido da mãe e aproximou-se de nós.

— Não ias cumprimentar a doutora Beatriz porquê? Ela é alguma desconhecida por acaso? *Repreendeu a mãe.* Às vezes pareces um adolescente que ainda não sabe como se comportar.

— Olá, doutora! *Cumprimentou, imitando uma criança.*

— Não sejas ridículo, Leonardo. Respeito! A Beatriz já me disse o que o avô lhe pediu e pelo que sei também falou contigo. Tu sabes o quanto ele gostava que tu abrisses o teu coração e a Beatriz vai ajudar-te com isso e tu vais colaborar. Inclusive até estávamos a falar na possibilidade de irem ver um filme juntos.

— Mas eu sou algum doente que precisa de acompanhamento médico? *Protestou Leonardo*. Ver um filme? Aposto que é um daqueles românticos e lamechas. E porque não, já agora, depois vamos comer um gelado ao McDonald's. Poupem-me! Tenho mais que fazer. *Disse com desprezo*.

A pena que eu sentia por ele desapareceu em segundos depois de perceber que nem a perda do avô o tinha feito mudar de postura. Perdi a paciência e fui direta na abordagem.

— Não te esqueças de que deste a palavra ao teu avô. *Disse a Leonardo*. E se não for por ti nem por mim que seja pelo respeito que deves a ele e à tua mãe. Por isso vai buscar as tuas coisas e vais comigo ver este filme. E já agora também vamos comer um gelado.

Ele lançou-me um olhar amargo, e sem dizer uma palavra virou-nos as costas e subiu a escadaria. Mas tinha a certeza de que ele regressaria para ir cumprir a minha indicação.

— Isto vai mesmo acontecer? *Perguntou Lurdes, impávida*.

— Vai sim, dona Lurdes. Às vezes falta-nos a coragem de voar, mas quando alguém nos empurra de um penhasco que remédio temos senão aprender a voar. Se não vai a bem, vai a mal. Uma coisa é certa, na segurança do chão não se aprende a voar.

Não demorou muito até Leonardo regressar com um casaco por cima do braço e umas chaves na mão. Passou pelo meio de nós as duas e lançou-me um olhar de lado. Assim que alcançou a porta de saída, rodou para trás na nossa direção.

— Já estou à espera. *Atirou e Lurdes sorriu-me*.

Despedi-me dela, adiantei o passo e dirigi-me para o meu carro, fazendo-lhe sinal para que me seguisse até ele.

— Achas mesmo que vou nesse ferro-velho? *Perguntou, apontando com o queixo na direção do meu carro*. Eu não entro nessa espelunca. Se é para ir vamos no meu.

— Não é ferro-velho nenhum! *Contrapus*. Pode ser fraquinho, mas comprei-o com o meu dinheiro.

Havia batalhas que não valia a pena travar e aquela era uma delas. Entrei no carro dele e seguimos viagem até ao *shopping* que sugeri. Comprei os bilhetes e escondi-lhe o filme que íamos ver até que estivéssemos dentro da sala. Não fosse ele desistir antes mesmo de entrar. A expressão de aborrecimento teimava em não lhe abandonar o rosto, mas ignorei esse facto e concentrei-me no filme.

— Ele vai morrer. *Murmurou Leonardo a meio do filme.*

— Não me digas que já viste o filme!

— Eu não vejo filmes românticos, mas não é preciso ver para saber que um deles vai morrer no auge da história. É sempre assim nas grandes histórias de amor. Todas são fiéis a este clichê. Eles apaixonam-se, ele ou ela morre de um motivo qualquer e *voilà*, choradeira garantida. Esta receita é mais antiga que as do meu avô.

— Não digas parvoíces. Concentra-te no filme.

A verdade é que Leonardo não se enganara e já na parte final do filme uma das personagens principais morre e eu, como não podia deixar de ser, desfiz-me em lágrimas. Mas, a julgar pelos lenços que consegui ver no escuro da sala de cinema, não fui a única. Quem não entrou na onda do choro foi Leonardo, que me olhava abanando a cabeça em jeito de reprovação. Já sabia que ele não ia chorar, mas tinha a esperança de que ficasse minimamente sensibilizado, quanto mais não fosse no momento em que a personagem morria aos poucos nos braços do amor da sua vida. Mas nem isso. Percebi então que para vencer aquela resistência ao calor do afeto e dos sentimentos era preciso muito mais do que um filme romântico. Saímos da sala e Leonardo não parava de olhar para as pessoas em redor, que, assim como nós, abandonavam o cinema.

— Que nojo. Só casalinhos apaixonados. *Comentou.*

— Que nojo? Bem bonito. Não me importava nada... *Suspirei.*

— Se não andasses armada em *baby-sitter* e boa samaritana e tivesses saído com alguém de quem gostasses e que gostasse de ti, se calhar também estavas a fazer as mesmas figuras ridículas que esta gente. E eu estaria descansado em casa e poupava-me a estes cenários deploráveis. Já viste? Ficava toda a gente contente.

— Não fales do que não sabes e muito menos daquilo que achas que sabes. *Assim que acabei de dizer aquilo estanquei atrás dele, fazendo-o virar-se para trás e olhar para mim.* Então é esse o problema que o teu avô me falou que te estava a desmotivar...

— O quê? Do que é que estás a falar?

— O teu avô disse-me que tu tinhas um problema qualquer que te estava a *desmotivar*, foi esta a palavra que usou, no processo de seres melhor pessoa. Não me disse qual era, mas eu já sei o que foi. Tu tiveste um desgosto amoroso que te fez sofrer muito e decidiste fechar-te e anular os teus sentimentos com medo de voltar a sofrer. Por isso é que não gostas de ver estes casais felizes.

— Isso é ridículo. E, para que saibas, eu nunca gostei de ninguém. Quanto ao problema que o meu avô te falou, se tudo correr bem, nunca chegarás a saber. E, se me desejas bem, reza para que nunca se manifeste. Vamos comer o gelado, que estou com fome e quero ir-me embora daqui.

    Leonardo estava de tal forma concentrado no seu copo de gelado que mal erguia a cabeça. Eu, sentada do outro lado da mesa, dava voltas à cabeça para lhe fazer a pergunta certa, de modo a conseguir desvendar um pouco da sua personalidade. Precisava de conteúdo sobre Leonardo para ter ideias do que poderia vir a fazer com ele, mas para isso tinha de arranjar estratégias para obter informação sem ele dar por isso. Era fácil de perceber que, apesar de todos os defeitos, era um rapaz muito inteligente. Uma qualidade que ele conseguia transformar em defeito ao usá-la para se superiorizar aos demais, tornando-se arrogante. Era uma qualidade que eu tinha de saber contornar, pois facilmente ele me apanhava na curva.

    — Se estamos aqui agora e se nos continuarmos a encontrar, sabes que o estamos a fazer por ele, correto? Se eu te coloco um desafio, se te dou uma tarefa ou uma orientação e se tu aceitas, tanto tu como eu estamos a fazer isto por ele. Não penses que eu fui contratada pelo teu avô para fazer um serviço de acompanhamento qualquer. Eu não estou a ser paga por ninguém, por isso usa a tua inteligência de forma útil para perceberes que essa inércia é injusta para comigo, para com a tua mãe e o teu avô.

Ele ergueu o rosto e lançou-me um olhar desconfiado.

— Então porque é que estás a fazer isto? O que é que tens a ganhar com isto se podias estar a fazer outra coisa qualquer?

Naquele instante foi inevitável lembrar-me do envelope que tinha dentro da mala. Mas esse era e continuaria a ser um segredo só meu. Não lhe iria mentir, mas também não tinha de lhe contar a verdade completa. Até porque não olhava para a receita que supostamente estava dentro daquele envelope como uma recompensa, mas sim como um estímulo extra. A cereja em cima do bolo.

— Gratidão. Sabes o que é? Faço-o porque me sinto em dívida para com o teu avô. Ajudou-me muito, a mim e à minha família. Além disso, é um desafio que me pode dar ferramentas importantes para a minha profissão.

— Sim, claro. *Disse em tom irónico.* Estás a fazer isto por gratidão e porque é um desafio a nível profissional. Só vou acreditar porque pelo que já percebi tu és tão boazinha que não sabes dizer que não. Por isso não me admira que tivesses aceitado fazer isto só porque o meu avô te tenha pedido. Quer dizer... boazinha entre aspas. Também sabes deitar as garras de fora.

— Eu não sou boa nem má, sou justa. Não faço mal a ninguém, mas não deixo de me defender quando é necessário. Se em algum momento te deitei as garras de fora, de certeza que não foi por me teres passado a mão no pelo.

— Diz-me, então, e se eu nunca chegar a mudar? Visto que é o cenário mais provável. Vais tentar para sempre ou até quando sentires que a tua dívida de gratidão está paga pelo esforço que fizeste?

— Eu posso desistir a qualquer momento. Não tenho obrigação de nada. Mas se eu perceber que estás a dificultar o processo só para me fazeres desistir antecipadamente isso só me vai fazer querer continuar. Por isso nem penses em jogar sujo. Por outro lado, não adianta nada fazeres de conta que já estás bonzinho só para eu me afastar porque eu percebo essas coisas à distância.

Lembra-te de que eu sou mulher, aquilo que tu achas que eu sei de ti será sempre a pontinha do icebergue daquilo que eu realmente já percebi.

Tentei colocar todos os cenários em cima da mesa para ele não começar a ter ideias, além de lhe dar a entender que eu estaria um passo à sua frente. A expressão dele tornou-se indecifrável, deixando-me sem perceber se queria fazer uma pergunta ou lançar-me um ataque. Com Leonardo nunca sabia o que vinha a seguir.

— Tudo bem. Eu não vou dificultar o teu trabalho. Não vou fazer nada propositadamente para te atrapalhar, nem te vou enganar. Mas não estejas à espera de ser bem-sucedida. Para ser sincero, não é algo que eu controle propriamente. Sou assim. Ponto. Já sei que não gostam, mas, em primeiro lugar, eu estou a marimbar-me para o facto de gostarem ou não e, em segundo, ao ser assim pelo menos ninguém me chateia. O socialmente correto era ser como tu, mas que vantagens é que isso me traria? Já pensaste nisso?

Boa pergunta, pensei. E logo percebi que teria de encontrar rapidamente uma resposta, senão que legitimidade teria eu para convencer alguém a ter uma postura como a minha perante a vida e o mundo se nem sequer lhe conseguia indicar as vantagens?

— E quem disse que tinha de haver vantagens? *Comecei por dizer*. Talvez o mal da humanidade seja fazer tudo por interesse, na expectativa de algum retorno ou recompensa. Contra mim falo também, mas é a verdade. Qual é a vantagem que eu tenho em ajudar alguém? O simples conforto de que contribuí para o bem-estar de alguém. Isto para mim é uma excelente recompensa. Se alguém está melhor porque contribuí para isso, perfeito.

— Sim, mas se eu fosse tão sensível quanto tu, que, convenhamos, é o que tu pretendes, estarias a tornar-me mais suscetível à dor e ao sofrimento. Correto? Ou seja, o que tu estás a fazer comigo é o equivalente a tirares o escudo a um soldado na guerra e dizeres-lhe que o estás a ajudar. Eu, ainda que não tenha sido de forma intencional, desenvolvi um escudo, que me protege, e tu queres tirá-lo.

Aquela observação era mais uma prova da inteligência dele e um desafio extra para mim. Sim, tinha o seu sentido o que me estava a dizer, mas só era verdade em parte.

— Um soldado na guerra deve proteger-se do inimigo, que só o quer magoar. No entanto, no caso da vida, ela não é nossa inimiga e não envia apenas coisas más, mas também coisas boas. E esse escudo que criaste à tua volta tanto impede as coisas más de chegarem a ti como as boas. E é com esta parte que me preocupo. Eu acredito que o risco de viver uma vida sem esse escudo compensa, pois também acredito que o sofrimento não é uma imposição da vida. Ela pode é não nos dar as melhores condições, mas isso é apenas para nos fazer lutar mais, não para nos fazer sofrer à toa. É um erro acreditarmos que só se aprende através da dor.

— Não percebes que a sensibilidade é uma fraqueza? Amar é uma fraqueza. Os namorados, amigos, pais e filhos são tudo fraquezas. Vais ter sempre medos associados a essas pessoas. Medo que se magoem, medo que eles te magoem. O amor é a maior fraqueza de todas. Felizmente estou imune. E não me venhas com essa conversa lamechas da treta de que a vida não faz sentido sem o amor e sem alguém que nos ame e não sei o quê...

— Se calhar dizes isso porque nunca te permitiste amar e ser amado, porque nunca te permitiste ter amigos verdadeiros, porque nunca tiveste irmãos, nem filhos. É o afeto que dá sentido à vida. Já reparaste que tu tens tudo? Tens uma vida de luxo, casa, trabalho, carro, dinheiro, juventude, boa aparência e se eu te perguntar se és feliz vais dizer-me que não. E se agora ficasses sem nada disso, mas em troca pudesses ter ao teu lado a pessoa que mais amas e viver com ela numa cabana, tu ias sentir-te o homem mais feliz do mundo. Esse amor seria a tua maior fraqueza, é certo, mas também seria a tua maior fonte de felicidade. Mas isso tu nunca vais alcançar enquanto mantiveres essa postura que prefere valorizar o poder, a supremacia e a materialidade. Tudo coisas úteis, mas fúteis. Tudo coisas que só alimentam o ego, e o ego quanto mais come mais quer comer. É um poço sem fundo, nunca enche, nunca está saciado. Por isso é que as pessoas nunca estão satisfeitas e não sabem porquê. E é precisamente porque andam a dar de comer à boca errada. É o amor que precisa de alimento. Estas pessoas vivem uma vida inteira enganadas a tentar ter o emprego, o carro, a casa, o dinheiro e o companheiro que sempre sonharam e, quando alcançam tudo isto, já querem um emprego melhor, um carro melhor, uma casa melhor, um companheiro melhor e mais dinheiro, sempre mais e sempre sem nada porque lhes falta o mais importante, a felicidade.

— Eu a pensar que vinha comer um gelado e afinal vim assistir a uma palestra sobre felicidade. *Suspirou.* Então vou fazer-te uma pergunta muito simples. Tendo em conta que tu não és nada dessas coisas e valorizas o mais importante, então és feliz, certo?

— As coisas não são assim tão lineares. Dentro daquilo que é o mais importante, as coisas também têm de correr bem. E nem sempre isso acontece. Eu que o diga! Mas isso é outra longa conversa. Agora, uma certeza eu tenho, alguém que vê as coisas como eu estará sempre mais próximo da felicidade do que alguém que valoriza o ego e as suas necessidades superficiais. Se sofro mais? Sim, mas sem dúvida que também vivo mais.

— Ai viver mais é chorar numa sala de cinema?

— Viver mais é sentir mais, e isso vai desde chorar numa sala de cinema até querer uma pessoa para sempre ao meu lado. Mas isso é algo que tu não sabes o que é porque nunca tiveste a coragem de abrir o teu coração.

— Não fales do que não sabes e muito menos do que achas que sabes. *Disse ele, repetindo a frase que lhe havia dito momentos antes.* Vamos embora. Já estou farto desta conversa.

Percebi que tinha tocado nalgum ponto que o deixara desconfortável e quem tinha ficado desconfortável com isso era eu. Ele despachou-se em direção ao carro e eu fui atrás dele.

— O que é que eu disse de errado?

— Nada! Isto tudo é que é um grande erro.

— O erro é tu achares que a solução é fechar o coração. É certo que assim não choras, mas também não sorris. Não te desiludes, mas também não sonhas. Não sentir nada é pior do que sentir dor, porque se dói significa que pelo menos ainda está vivo. Quer queiras quer não, fugir da dor fechando o coração é um ato de cobardia.

Leonardo parou, esfregou o rosto e olhou para mim.

— Já disse para não falares do que não sabes!

Assim que entrámos no carro não me dirigiu mais a palavra. Apeteceu-me desculpar-me, mas o orgulho por saber que não tinha dito mentira nenhuma fez-me recuar. Pouco depois admiti a mim mesma que fiz mal em ter falado na cobardia. Sim, podia ter sido por cobardia, mas essa cobardia tinha uma razão de ser que eu desconhecia e por isso não era justo julgá-lo. Cada um tem os seus medos, traumas e bloqueios, e o meu papel na vida de Leonardo era ajudá-lo a aprender a ultrapassá-los ou simplesmente viver com eles da maneira mais pacífica possível. Decidi então pôr o orgulho de lado e, no momento em que lhe ia falar, um animal atravessou-se à frente do carro na estrada. Soltei um grito, Leonardo travou a fundo e ouviu-se um estrondo.

— Oh, meu Deus! *Exclamei de olhos arregalados na direção de Leonardo assim que o carro estancou.* Será que morreu?

— Não sei, nem nunca vamos saber. *Respondeu friamente.*

Leonardo retomou a marcha e eu gritei-lhe para parar até que poucos metros à frente me fez a vontade. Saí do carro sem me dar ao trabalho de fechar a porta e corri na direção do local onde tinha ocorrido o choque. Assim que lá cheguei encontrei uma cadelinha deitada no meio da estrada a ganir muito baixinho como se não me quisesse incomodar com o seu sofrimento. Esperneava as patas dianteiras e olhava-me de lado com desconfiança. As patas traseiras não se moviam e percebi que tinha sido atingida naquela zona.

— Vai correr tudo bem! *Disse-lhe como se me entendesse.*

Pouco tempo depois, Leonardo abandonou o carro, dirigiu-se muito calmamente até junto de mim e colocou as mãos na cintura.

— Procura no telemóvel um hospital veterinário, rápido! *Gritei para Leonardo.* Temos de salvar esta cadelinha!

— O quê? Vamos andar agora atrás de um hospital a esta hora da noite para salvar um bicho? Encosta-a aí para a valeta.

Não conseguia acreditar no que tinha acabado de ouvir.

— O que é que tu disseste? Mas tu estás louco? Agarra logo nesse telemóvel e procura o hospital veterinário mais próximo. Anda rápido! Mexe-te, pelo amor de Deus!

Ele acabou por obedecer e eu peguei na cadela com o máximo de cuidado nos meus braços e entrei no carro, deitando-a no meu colo. Leonardo arrancou seguindo as indicações do GPS e menos de dez minutos depois estávamos a entrar pelo hospital adentro com a cadela nos meus braços. Expliquei o que tinha acontecido, fizemos a ficha e ela foi submetida a alguns exames enquanto aguardávamos na sala de espera. Não conseguia olhar para a cara de Leonardo. Senti algum desconforto da parte dele com toda aquela situação, mas ainda assim não era suficientemente grande para lhe vencer o orgulho e admitir que esteve mal. Algum tempo depois, o veterinário explicou-nos que a cadelinha ia precisar de fazer mais alguns exames na manhã seguinte e que teria de ficar em observação durante as próximas horas. Aparentemente não tinha partido nada e estava apenas em choque com a dor do embate. Dentro de um ou dois dias teria alta. Aconselhou-nos a regressar a casa e pediu-me que ligasse para lá no dia seguinte para ter novidades. Leonardo prontificou-se a pagar as despesas e logo de seguida fizemo-nos à estrada. Mantive-me fiel ao meu silêncio, mas Leonardo, talvez imbuído por um subtil sentimento de culpa, quebrou-o.

— De todos os nossos locais em comum, a maioria não agoura nada de bom. Um lar, que para todos os efeitos representa o aproximar de um fim. Um hospital, que é muitas vezes o fim. Um cemitério, que é literalmente o fim, e agora de novo um hospital. Parece-me um sinal de que esta tua missão não vai longe.

Era demasiado curiosa aquela observação para eu ficar calada, mas não consegui perceber bem qual a intenção dele ao fazê-la, se era para quebrar o silêncio constrangedor que eu fazia questão de alimentar ou se era apenas uma indireta para justificar e até incentivar uma desistência precoce.

— Há fins finais, há fins que são intervalos e há fins que são grandes começos. Tudo dependerá da tua coragem e habilidade de te agarrares ao lado bom das coisas más. Em vez de olhares para estes cenários como um sinal de mau agouro, devias olhá-los como um estímulo para despertares o teu lado mais sensível. Se reparares, todos eles apelam a uma grande sensibilidade.

— Claro. Tinhas de puxar a brasa à tua sardinha.

— Ninguém está a assar sardinhas aqui! Aquilo que aconteceu há bocado foi assustador, tens noção disso? Foi monstruoso e de uma desumanidade gritante. Cheguei mesmo a sentir medo de ti.

— Medo? Que exagero! *Disse ele, olhando para mim visivelmente surpreendido com aquela observação.*

Apercebi-me naquele momento de que ele não tinha noção da imagem que as pessoas tinham dele. Ouvir aquilo era, por isso, uma surpresa. A sua indiferença para com os outros era tão grande que o impedia de se aperceber do seu próprio comportamento para com eles. Talvez aquela minha reação involuntária fosse um grande passo para a transformação de Leonardo. Como dizia Nicolau, para se vencer um mal primeiro é preciso conhecê-lo, mas imediatamente antes é preciso reconhecê-lo e eu acreditava que era o que tinha acabado de acontecer com Leonardo.

— Qual é a sensação de saberes que as pessoas chegam a ter medo de ti como se fosses um monstro abominável?

— Estás a fazer uma caricatura distorcida de mim. *Disse sem tirar os olhos da estrada. Estávamos quase a chegar.*

— A caricatura é um exagero da realidade, mas não é uma mentira. Imagina-te a caminhar na rua e as pessoas começarem a fugir assim que te viam. As crianças fugiam assustadas e os moradores fechavam as portas e janelas para não serem vistos por ti. Imagina-te numa situação destas. Parece-te uma imagem agradável? Sim, é um exagero, mas estás a trabalhar bem para isso.

— Já chega dessa conversa, não? Basta-me uma mãe.

— Eu não quero comportar-me como tua mãe ou professora. Também não vou andar sempre a dar-te na cabeça para seres desta ou daquela forma, até porque a tua mudança nunca vai ser bem-sucedida se for incutida como uma obrigação. Tu próprio tens de te motivar a ser diferente e começar por perspetivares a tua vida daqui por uns anos através destes exercícios de visualização como o exemplo que te dei. Não é isso que tu queres, pois não? Então trata de aprender a querer a mudança e não apenas aceitar a ideia de que tens de mudar. Sem vontade, o esforço vai ser sempre a dobrar.

Leonardo entrou no jardim de casa, estacionou o carro na garagem e desligou-o, fazendo-nos mergulhar no escuro.

— Que estranho. *Comentou ele intrigado.* O carro da minha mãe não está aqui. Para onde é que ela terá ido?

— Não é assim tão tarde, deve ter tido assuntos a tratar. Ou ter saído com alguém. O namorado ou companheiro, talvez...

— Cala-te! Não digas asneiras. *Vociferou.*

— Asneiras? Mas estás parvo? Eu nem sei porque faço tantas vezes esta pergunta retórica. Já é o hábito. Tu não estás, tu és parvo. Então a tua mãe não pode muito bem ter um namorado?

— A minha mãe já tem idade para ter juízo.

— A tua mãe ainda tem muita vida para viver, Leonardo! Não digas parvoíces, ela é uma mulher jovem e muito bonita. Por dentro e por fora. Há quanto tempo é que se separou do teu pai?

— Não sei... eu tinha dez anos. Há uns treze anos, talvez.

— E era suposto ela não voltar a ter ninguém? Ficar sozinha para sempre e contar só com a tua companhia? E logo a tua companhia. Sozinha já ela se sente.

— Essa possibilidade é muito estranha para mim. Não quero pensar nisso. Está terminado o dia, já fizeste a tua parte. Já deste as tuas palestras, sermões, já te emocionaste e irritaste, e até já fizeste a tua boa ação do dia. Já podes dormir descansada.

— É melhor eu ir-me embora antes de voltar a ouvir mais alguma barbaridade dessa boca.

Levei a mão ao puxador da porta para sair e nesse momento entrou um carro na garagem e estacionou ao lado do de Leonardo. Era a mãe dele. Olhei para ele e fez-me silêncio com o dedo para que não fizesse barulho. Fiquei na expectativa a olhar para ela à espera que me visse, mas ela saiu e nem se apercebeu de que nós estávamos ainda dentro do carro. O escuro ajudou.

— Porque não querias que ela nos visse?
— Para filmes já bastou o de hoje. É melhor assim. Vai.

Segui até casa e no sossego da viagem recordei aquele dia, em jeito de resumo. Tinha sido um turbilhão de emoções. Mas as peripécias que aconteceram nesse dia não eram as únicas culpadas, havia um fator externo que intensificava tudo aquilo, estava para me vir o período. Soltei um suspiro profundo só de imaginar a semana de tortura que vinha aí. Assim que cheguei a casa, sentei-me na minha cama, abri a mala e retirei de lá o envelope que Nicolau me havia deixado. Senti uma enorme curiosidade em saber o que continha, mas ao mesmo tempo sabia que não era o momento de o fazer. Coloquei o envelope diante da luz do candeeiro e apertei o papel para tentar discernir alguma palavra. Deu para perceber que tinha muita coisa escrita, mas, como o papel estava dobrado, as palavras estavam sobrepostas e tornava-se praticamente impossível decifrar. Contudo, num dos cantos da folha pareceu-me ler *propósito no mundo*. O que, naturalmente, não fazia muito sentido na minha cabeça. Parei com aquela figura ridícula, guardei o envelope na gaveta da mesinha de cabeceira e fui arranjar-me para me deitar. Embora me sentisse exausta, o sono teimava em não aparecer. Os constantes *flashes* que me vinham à memória da figura de Leonardo e de tudo o que tinha acontecido naquele dia insistiam em espantar-me o sono, mas ele acabaria por vencer. No dia seguinte liguei para o hospital para saber da cadela e informaram-me que estava a recuperar bem, mas ainda era cedo para ter alta. Pediram-me para passar lá no dia seguinte e assim fiz. Mal terminei o serviço, passei no hospital para buscar a cadela, que assim que me viu começou a abanar o rabo, como se me tivesse reconhecido. Prescreveram-lhe uns comprimidos analgésicos e anti-inflamatórios, e como ela já conseguia andar foi apenas preciso pôr-lhe a trela e indicar-lhe o caminho até ao carro. Na viagem parei numa *pet shop* e comprei algumas coisas para ela. Continuei a viagem e só parei em casa da família Vilar. Agarrei no saco com as coisas que lhe comprara e convidei a cadelinha a descer do carro. Bati à porta e pedi à empregada que chamasse o Leonardo.

Assim que ele desceu, aproximou-se de mim com um olhar receoso. Numa das mãos coloquei-lhe o saco e na outra a trela da cadela, deixando-o quase num estado de choque.

— Ela tem de tomar o remédio uma vez por dia durante quatro dias. *Expliquei-lhe.* Colocas o comprimido no meio de uma bolinha de patê, queijo ou fiambre e dás-lhe. Não tem nada que saber. Comprei também umas coisinhas simples para ela que estão nesse saco.

— O que é que tu estás a fazer? *Perguntou aterrorizado.*

— Porta-te bem, pequenina. *Disse para a cadelinha antes de olhar para ele.* É o teu novo desafio. Trata-a como uma filha.

Virei costas e dirigi-me para o carro como se nada fosse.

— Onde é que vais? Volta aqui, Beatriz! *Gritou de trela na mão.*

Não consegui conter um sorriso enquanto me afastava.

    Por mais voltas que desse ao cabelo, não havia forma de ele ficar bem. Estava, sem margem para dúvidas, num *bad hair day*. Aliás, estava num *bad tudo* porque sentia-me superdesconfortável naquele dia. Sentia-me inchada e as dores de cabeça imploravam-me por um *Trifene*. O único lado bom disto tudo é que era fim de semana e eu não tinha de sair de casa. Tranquilizava-me saber que ninguém além da minha família ia ver-me naquele estado lastimável. Apanhei o cabelo, deixei-me estar dentro do pijama e enfrentei o dia. A minha mãe tinha uns exames médicos para fazer e por isso quem tratou do almoço fui eu com o apoio do meu pai. Quando ela chegou a casa sentámo-nos para almoçar. A minha irmã Leonor foi a última a chegar à mesa, mas a cara com que vinha fazia parecer que eu estava num dia bom. Alguma coisa não estava bem e eu sentia-me culpada por andar demasiado ocupada com coisas que não eram mais importantes do que o seu bem-estar. Sentia-me a falhar enquanto irmã.

    — Depois queixa-te de que estás gorda. *Disse o meu pai desde a outra ponta da mesa com o seu tom humorístico natural.*

Se eu tinha algum sentido de humor, sem dúvida que o tinha herdado dele. Não perdia uma oportunidade de se meter comigo e eu não perdia uma oportunidade de ripostar. Só depois de ele ter dito aquilo é que reparei no meu prato e vi que só não tinha mais comida porque não cabia. Senti uma certa vergonha ao aperceber-me daquele pormenor e de repente estavam todos a olhar para o meu prato. Era, com certeza, mais vontade de comer do que fome.

— Devias sentir-te orgulhoso por teres uma filha que está a esforçar-se para ser como tu. *Devolvi a tacada.*

— Espero que não estejas a pensar deixar crescer o bigode.

Só mesmo o meu pai para nos fazer soltar uma gargalhada coletiva, no entanto foi sol de pouca dura para Leonor, que rapidamente se voltou para o prato para continuar a remexer na comida, que insistia em não levar à boca. Olhei para ela e depois para a minha mãe, que me devolvia um olhar intrigado como se me estivesse a pedir para investigar sobre o assunto.

— É verdade, como é que o filho da dona Lurdes se tem comportado contigo lá na empresa?

— Não o vejo muitas vezes. *Disse a minha mãe.* Não voltou a ser desagradável comigo, mas também não voltei a fazer nenhuma asneira. Aliás, quando se cruza comigo até me cumprimenta.

— E chegou a pedir-te desculpa por causa daquele episódio?

— Não, nunca mais falou sobre isso. Só bom dia ou boa tarde.

Tinha-se escapado à ordem que lhe tinha dado, mas não ia ficar assim. Não descansaria enquanto ele não fizesse o que tinha de fazer. Podia ser um simples pedido de desculpas, mas para ele seria uma grande lição e eu não poderia desperdiçar aquela oportunidade. Contudo, não tive tempo, sequer, de refletir muito sobre isso, pois o meu telemóvel vibrou no meu bolso e eu tirei-o para olhar de soslaio para a pré-visualização da mensagem que acabava de receber. Era do Gabriel e perguntava apenas se podíamos falar. O meu coração disparou de tal maneira que o sentia no meu pescoço. Uma enxurrada de perguntas e de cenários ocorreu na minha mente e o meu olhar colou no suporte de guardanapos sobre a mesa.

— Estava a brincar, filha. Come à vontade. *Disse o meu pai ao sentir-se culpado por eu ter parado de comer.*

Assim que consegui devolvi a mensagem a dizer que sim, que podíamos falar, e ele respondeu a pedir-me para passar em casa dele. Tentei conter o entusiasmo, para não me iludir com a possibilidade de um reatamento da nossa relação. Não podia negar que desejava muito receber aquela mensagem e era difícil descobrir algum motivo para este encontro se não fosse para falarmos da nossa relação. Infelizmente aquele parecia não ser o melhor dia, dada a minha instabilidade emocional. Mas como nem sequer colocava a hipótese de não aceitar o convite, tomei um bom banho, pus-me bonita e segui até sua casa. Bati à porta do apartamento dele e naquela fração de segundo em que ele rodou a chave a minha mente ficou num vazio total. Assim que abriu a porta e olhei para ele foi como se uma rajada de memórias e de sensações vindas dele e daquele apartamento me atirasse com toda a força contra a parede atrás de mim. Tentei manter a postura, dei-lhe um beijo no rosto e dirigi-me para a sala. Cada passo que dei custou-me imenso. Sentei-me no sofá e assim que se sentou ao meu lado questionei-o.

— Querias falar comigo. O que tens para me dizer?

— Na verdade, não sei. Senti a tua falta. Queria ver-te.

Senti uma pequena desilusão com aquela resposta. Talvez fosse por eu não ter conseguido controlar as expectativas do que eu esperava daquele encontro, mas ainda era cedo para tirar conclusões. Embora me valesse de pouco saber isso.

— Do que é que sentiste falta?

— Da tua presença, do teu calor, das tuas mãos, do teu corpo, da tua boca... *Disse, sem tirar os olhos de mim.*

O meu corpo reagiu de imediato àquelas palavras. Soube tão bem ouvir aquelas palavras. O sangue começou a fervilhar-me nas veias. Comecei a perceber que, ao contrário do que eu pensava, ele tinha acertado em cheio no dia certo para conversar comigo, pois eu estava mais sensível do que nunca e qualquer coisa me estimulava.

— Como é que passaste estes últimos tempos? *Perguntei.*

— Não foram fáceis. Como eu já sabia que não iam ser. Tenho pensado muito em ti e em mim. E tu, como tens estado?

Reparei que não referira a palavra *nós*, o que era muito diferente de dizer *em ti e em mim*, mas não quis explorar isso.

— Tenho andado muito ocupada. Muito trabalho e muitas preocupações. Confesso que por vezes até me esqueço que me mandaste embora. O que é bom e me ajuda, mas muito longe de significar que já não sofro e muito menos que já não gosto de ti.

Preferiu não comentar as minhas palavras, fez uma pausa e olhou à sua volta, esfregando a mão no sofá.

— Lembras-te dos momentos que passámos aqui?

Julgava que era impossível o meu coração acelerar mais, mas afinal não. Assim que ele fez aquela pergunta, a minha mente puxou a fita atrás e em vários *flashes* vi resumidos os momentos intensos que vivemos os dois naquele sofá. Ainda estava à procura de me acalmar quando ele me pousou a mão na coxa. Quase por instinto, como se não fosse dona do meu corpo, rodei para ele, sentei-me no seu colo e beijámo-nos intensamente.

— Vais voltar para mim? *Perguntei por entre os beijos.*

Como se lhe desligasse algum botão, o rosto dele esmoreceu num instante, desviou o rosto do meu e suspirou.

— Beatriz... *Fez uma pausa.* A situação é muito complicada.

— Meu Deus! Já percebi... chamaste-me aqui para isto, não foi? Foi para me levares para a cama, para te satisfazeres e no final dizeres-me que não sabes o que queres e mandares-me embora.

— Não é nada disso. Chamei-te porque senti a tua falta.

— Mentira! *Gritei, saindo do colo dele.* Sentiste apenas falta do meu corpo, mas se não queres a minha alma não tens o meu corpo. Ias usar-me para matares a fome e já está? Era isso?

— Estás a interpretar tudo mal, Beatriz. Não íamos fazer nada que tu não quisesses. Não precisas de fazer este filme.

— A questão não é aquilo que queremos hoje, mas aquilo que ainda vamos querer amanhã. Se queremos algo só para hoje, escolhemos aquilo que nos satisfaz, mas se queremos algo para a vida, temos de escolher aquilo que nos realiza. E o sexo até pode satisfazer, mas só o amor realiza. E é isso que eu quero. De que me vale passar cá o dia e a noite a fazer tudo e mais alguma coisa se amanhã quando acordarmos me vais partir de novo o coração? De que me vale o sábado à noite se não me dás o domingo de manhã?

Fiz uma pausa a ver se ele respondia, mas não disse nada. Não conseguia. Não tinha como me dizer alguma coisa que fosse verdade e ao mesmo tempo não me magoasse e por isso escolheu ficar calado. E eu aproveitei para acrescentar mais alguma coisa.

— Eu não consigo pensar no momento. Ou deprimo pelo que aconteceu ontem ou estou ansiosa para saber o que vai acontecer amanhã. *Disse-lhe ainda.* Hoje estou aqui, mas já estou a pensar no que pode ou não acontecer daqui a uma semana e daqui a um ano. Entende que eu preciso de saber aquilo que me espera e aquilo com que posso contar no dia seguinte. O hoje nunca é suficiente para mim. É o único dia em que se pode viver, de facto, mas é precisamente o dia em que mais dificuldade tenho em fazê-lo. Mas obrigada. Obrigada por me teres feito perceber hoje que, se amanhã ainda aqui estivesse, seriam dois dias perdidos!

Agarrei na mala e precipitei-me para a porta. Gabriel ainda veio atrás de mim, mas já não a tempo de me fazer mudar de ideias. Abandonei o prédio, entrei no carro e desapareci dali sem olhar para trás. Sentia vontade de chorar enquanto conduzia, mas a raiva misturada com o nojo que estava a sentir por ele naquele momento bloqueava-me as lágrimas. Uma certeza pelo menos eu trazia comigo, a certeza de que ali já não havia nada a fazer, não havia volta a dar. O telemóvel começou a tocar na mala e peguei nele para ver quem era. Encostei o carro depois de ver que era uma chamada de Lurdes e atendi.

— Olá, Beatriz! Estou a ligar-lhe para saber da sua cadela. Já está melhor? Gostei muito dela. É muito meiga.

Ia explicar que a cadela não era propriamente minha, mas era uma longa história e além disso algo mais importante me intrigava.

— Porque me pergunta isso? Ela não está em sua casa?

— Não. O Leonardo tinha-me dito que a Beatriz a tinha deixado lá em casa, mas que era provisório. Depois disse-me que já a tinha devolvido e liguei para saber...

— Eu deixei a cadela em sua casa para ele tomar conta dela. Como uma daquelas tarefas que lhe tinha falado. Mas pelos vistos o seu filho livrou-se dela. Falta saber como. A dona Lurdes vai-me desculpar, mas isto para mim não dá.

— Oh, meu Deus...

Desliguei a chamada e desliguei as minhas forças. Aquilo tinha sido de mais para mim. Se tinha acabado de deixar Gabriel para trás definitivamente, tinha de fazer o mesmo com Leonardo. Olhei para o céu, pedi desculpa a Nicolau e segui até casa convicta de que não havia solução para o seu neto. Fui para o meu quarto, tranquei a porta, abri a gaveta, tirei o envelope e pensei, é agora.

    Já tinha rasgado a parte de cima do envelope quando bateram à porta do meu quarto. Voltei a guardá-lo na gaveta da mesinha de cabeceira e fui abrir. Era a minha irmã.

— Ouvi-te chegar e queria falar contigo... *Disse, muito calmamente e sem me olhar no rosto, assim que abri a porta.*

    Convidei-a a entrar, fechei a porta e sentámo-nos as duas na cama com a certeza de que dali não vinha coisa boa.

— Diz-me, o que é que se passa.

— É assim, eu tenho uma *crush* lá por um rapaz do colégio...

— Tens uma quê? Não percebi.

— Uma queda, uma paixoneta. *Explicou.* Enfim, eu gosto de um rapaz, lá do colégio, há já algum tempo. E nós começámos a falar e tal e coisa... e começámos tipo a namorar.

— Tipo a namorar? O que é que é tipo namorar?

— Ó Beatriz, tu sabes. Tipo a curtir e assim, mas uma cena só nossa. Ninguém sabia. Mas eu gostava muito dele, e gosto. E então a coisa foi evoluindo e aconteceu...

— Leonor! Diz logo as coisas de uma vez. Aconteceu o quê?

— O que é que havia de ser? Perdi a virgindade com ele...

Passei as mãos pelo rosto, ajeitei-me na cama e olhei-a.

— Tu tens dezasseis anos, Leonor! Não tens idade para andar a fazer essas coisas. Ainda por cima se me dizes que vocês *tipo namoram*. Devia ser um momento especial para ti e não uma coisa que tu fazes com um tipo por quem tens uma *crush*, ou lá o que seja.

— Em que mundo é que tu vives? Eu não conheço uma amiga minha que ainda seja virgem. Aliás, eu era a única que ainda não tinha feito nada. Via-as a falar sobre isso e eu ficava tipo burra a olhar para elas porque eu era a mais ingénua de todas.

— Eu devo viver mesmo num mundo à parte. No meu tempo não era nada assim. Quer dizer, havia sempre uma ou outra, mas muito longe daquilo que me estás a dizer. Ou então eu é que andava muito distraída. E só porque elas todas andavam por aí a fazer isso tu não tinhas de ir atrás delas. Cada um tem o seu tempo!

— Ó mana, isso agora não importa, eu fiz e está feito.

— Está feito, mas mal feito! Usaram proteção, pelo menos?

— Sim! Claro! Não sou nenhuma criança.

— E andas em baixo porquê?

— Pois, é por isso que eu estou a falar contigo. Depois de aquilo acontecer, ele mudou de comportamento e afastou-se de mim. Diz que não se passa nada e que são filmes meus, mas eu noto.

Naquele momento senti uma enorme raiva dos homens. Gabriel acabara de me maltratar, Leonardo era o que era e agora este rapaz de dezasseis anos... será que os homens são postos no mundo só para nos arranjarem problemas, lágrimas e dores de cabeça?

— Ó meu bebé, eu lamento que tudo tenha começado dessa forma. Infelizmente eu acho que ele só te deu conversa para conseguir isso de ti e agora que teve o que queria deu à sola. Não te vou dizer que os homens são todos iguais, mas a verdade é que são poucos os que fogem à regra.

— Eu vi logo. Já sabia! *Disse antes de baixar a cabeça*. Eu não devia ter feito nada. Que parva! Que estúpida!

Aproximei-me dela, abracei-a e passei-lhe a mão pelo cabelo.

— Não te sintas culpada de nada. Está bem, Leonor? Todas nós, mais tarde ou mais cedo, acabamos por nos cruzar com um tipo desses. Olha eu, por exemplo. Já vivi muito mais do que tu e esses canalhas continuam a cruzar-se comigo, só que hoje eu já consigo identificar melhor as situações e proteger-me. Não te culpes, revoltes, vingues ou arrependas. Tudo isso são pesos desnecessários que só te impedem de seguir em frente. Não tens de fazer disto um fim do mundo, não fizeste nada de tão errado assim. Confiaste na pessoa de quem gostavas. Só isso.

— Tu disseste há bocado que tinha de ser um momento especial e eu falhei. Já não há uma segunda hipótese.

— O importante é que seja sempre algo de acordo com o que sentes. É só disso que te tens de responsabilizar. Se era algo que tu desejavas e com alguém que desejavas, então pronto, foi especial. Assunto encerrado. Não deves dar assim tanta importância, mas também não podes ignorar o que aconteceu, para não voltares a passar por uma situação destas. E não te preocupes se esta ou aquela pessoa já fez isto ou aquilo e tu ainda não. Cada um de nós tem o seu tempo. E enquanto viveres num tempo que não é o teu vais sentir que estás sempre atrasada. Isso vai deixar-te ansiosa e levar-te a tomar decisões precipitadas. Lembra-te apenas de que o teu momento certo nunca é definido pelas outras pessoas, pela vida, pelo relógio, pelo calendário ou pelas circunstâncias, é sempre definido pelo teu coração, pois o coração nunca erra, mesmo que a sua escolha resulte em sofrimento. Por isso, escolher com o coração é a única forma de garantires que a tua escolha é acertada, mesmo que acabe por doer. E como foi isso que fizeste não há razão para achares que falhaste. Estás a entender o que quero dizer?

— Sim, mas não consigo não me sentir arrependida...

— Nada disso, meu amor! *Peguei no rosto dela e fi-la olhar-me nos olhos.* Nunca te arrependas de uma escolha feita com o coração, pois não há forma mais verdadeira de a fazeres. A questão é que não podemos deixá-lo escolher sozinho, porque também temos uma cabeça que pensa e tem uma palavra a dizer. A nossa grande dificuldade é encontrar a dose certa de cada um. O coração é bom quando for preciso desempatar, pois na dúvida devemos segui-lo. Se o medo de nos arrependermos também for muito, então mais uma vez a opção segura é seguir a vontade do coração, pois será a que corresponde à nossa verdade. Mas isto são demasiadas coisas para a tua cabeça e eu não te quero baralhar. Eu própria também ando todos os dias a aprender a usar o coração e a razão nas doses certas. Vá! Não te preocupes porque eu estou aqui para o que precisares. Nada te vai faltar. Por vezes parece que qualquer pôr do sol é o fim do mundo, mas se tivermos fé e paciência vamos resistir à noite e quando o Sol voltar a nascer percebemos que, afinal, foi só o terminar de mais um dia. Qualquer problema que tenhas diz-me, OK? Se eu puder livrar-te dos erros que cometi, ficarei feliz.

Ela deu-me um último abraço e abandonou o quarto pensativa. Não consegui perceber se tinha entendido as mensagens que lhe tinha passado, mas também não acreditava que ela tivesse ido ao meu quarto à procura de orientação. Às vezes não precisamos de alguém que nos oriente, mas sim que nos ouça e compreenda. Alguém que, em vez de nos enxugar as lágrimas, chore connosco até que elas acabem por si. Ela saiu pensativa e eu pensativa fiquei. Olhei para a gaveta fechada e imaginei o envelope dentro dela e ainda a receita que estaria dentro dele e decidi que assim ia continuar. A conversa com a minha irmã anulou a raiva que eu estava a sentir desde que saíra da casa de Gabriel. Se havia um problema com a minha irmã, os meus passavam automaticamente para segundo plano, e isso ajudou-me a ter a lucidez necessária para perceber que talvez ainda não tivesse feito tudo o que podia pela missão que Nicolau me deixara. Olhei para o relógio e vi que ainda tinha tempo. Como não tinha mais planos para esse dia, voltei a pegar na mala, saí de casa e segui viagem até à casa de Leonardo. Quando cheguei fui recebida pela mãe dele, que me lançou um largo sorriso assim que me viu.

— Peço desculpa por há bocado, dona Lurdes, mas quando me ligou eu estava a tratar de outros assuntos pessoais e quando me disse aquilo do seu filho eu senti-me sem forças. No entanto, eu quero saber o que ele fez à cadelinha.

— Eu vou chamá-lo, acho mesmo que é melhor falar diretamente com ele. Já vi que a Beatriz tem muita influência nele.

Convidou-me a entrar e eu esperei no *hall* de entrada enquanto ela subiu as escadas para chamar o filho. Fiquei a pensar na última frase que ela me tinha dito e não percebi se se referia à forma como eu o convencera a vir comigo ao cinema ou se ela já tinha notado alguma melhoria nele. Pouco tempo depois, Leonardo desceu ao meu encontro e vinha com a cara de quem sabia que ia levar um raspanete. Lurdes olhou-me de longe e recolheu-se.

— Podes começar, já sabes ao que venho. O que lhe fizeste?

— Está num lugar melhor do que este. *Respondeu com frieza.*

— O que é que lhe fizeste? *Insisti com um tom mais duro.*

— Entreguei-a a um canil aqui perto. Eu não tenho perfil, nem paciência, nem coisa nenhuma, para tomar conta de um animal e se tu te livraste dela, empurrando-a para mim, eu fiz o mesmo.

— Eu disse-te para tratares dela como se fosse a tua filha, Leonardo! Eu não a trouxe aqui para me ver livre dela. Tomara a mim ter um animal em casa, mas vivo num apartamento, não temos espaço. O que tu fizeste com ela foi o equivalente a entregares um filho a um orfanato. Tu já pensaste nisso? Imagina que tu tens um filho e pegas nele e o deixas numa casa com montes de outras crianças que foram abandonadas por pessoas iguais a ti. Faz um pequeno exercício de imaginação e visualiza isto. É horrível!

Ele fez um momento de silêncio, respirou fundo, começou a olhar em volta e colocou as mãos na cintura.

— Não tinha imaginado as coisas dessa maneira. *Admitiu.*

Aquela simples confissão tinha sido uma grande conquista. O facto de ele se ter apercebido de que o que tinha feito tinha aquele significado era uma prova clara da expansão da sua consciência. Um pequeno passo para mim, um enorme passo para ele.

— Anda comigo. *Disse-lhe, dirigindo-me para a saída.*

— O que é que estás a pensar fazer?

— Vamos recuperar a cadelinha!

Ele veio atrás de mim e fomos no meu carro. Segui as indicações dele até ao canil onde a havia deixado e fomos falar com um funcionário que estava de mangueira na mão a lavar o chão.

— Agora já é tarde de mais. *Disse-nos ele assim que descrevemos a cadela de que estávamos à procura.* Ela já foi adotada. O senhor Aguiar, que tem um armazém de fruta aqui à frente, veio cá e olhe... encantou-se com a cadela e lá foi todo contente. Mas dê uma volta aqui pelo canil, todos estes cães estão à espera de uma família.

Fiquei a olhar para Leonardo para ver a reação dele àquela sugestão do senhor, mas ele virou costas e dirigiu-se para o carro. Segui-lhe os passos e entrei depois dele. Ficamos os dois em silêncio e Leonardo olhava para o horizonte com um ar muito sério.

— Que isto te sirva de liç...

— Arranca! *Interrompeu Leonardo.* Eu sei onde é que mora esse tal Aguiar do armazém de fruta.

— O que é que estás a pensar fazer? *Perguntei*. O senhor adotou a cadela, agora não há nada a fazer. Espero que aprendas a lição!

— Não te preocupes. Vou conversar com o homem e explicar-lhe a situação. Vai correr tudo bem. Vamos!

Confiei nele e fiz o que me pediu. Conduzi até à morada que ele me indicou e estacionei na rua. Ele mesmo se prontificou a resolver aquele assunto sozinho e eu gostei daquela postura. Só o facto de ele querer a cadela de volta já era um sinal da sua mudança, e assumir aquela responsabilidade era uma atitude nobre da parte dele. Deixei-o ir e aguardei no carro. Nem cinco minutos depois vi-o surgir na rua, pelo retrovisor, a correr em direção ao meu carro com a cadelinha nos braços.

— Acelera! *Gritou assim que se sentou no lugar ao lado.*

— O que é que tu fizeste, Leonardo? *Perguntei assustada.*

— Arranca de uma vez com este ferro-velho!

Acedi ao pedido dele, sem perceber nada do que se estava a passar, e saímos dali. Alguns metros à frente, quando consegui acalmar as ideias, é que me senti capaz de fazer uma interpretação lógica.

— Não me digas que tu roubaste a cadela ao senhor.

— Não roubei porque a cadela é minha, além do mais eu expliquei o que tinha acontecido. Ele é que não quis ser compreensivo.

— Explicaste? E em que tom de voz é que fizeste isso?

— Pronto, se calhar foi num tom pouco agradável e talvez isso tenha dificultado o processo, mas isso agora não importa.

Seguimos viagem de regresso a casa, com a cadela, pequenina, que quase desaparecia no meio dos braços dele. Fez-me recordar a viagem que fizéramos em direção ao hospital veterinário, mas desta vez os papéis tinham-se invertido. Estava com pena do senhor que tão amavelmente tinha adotado a cadelinha e tinha ficado sem ela. Sabia que a atitude de Leonardo não era a mais correta, mas ao mesmo tempo não conseguia tirar o sorriso do rosto. Estava feliz por ele, que pela primeira vez se tinha importado e lutado por aquilo que queria. Quando parei o carro, Leonardo saiu, pousou a cadela no chão e caminhou até à entrada da casa, sentando-se na soleira da porta. A cadelinha seguiu-o com as suas pequenas patas até lá e eu fiz o mesmo percurso logo depois.

— Já pensaste num nome para ela? *Perguntei.*

— *Mika. Atirou muito rapidamente.* Vai chamar-se *Mika.*

— Há algum motivo para ser esse nome e não outro qualquer?

— Sim, mas não te vou dizer.

— Tudo bem. O importante é que ela já tem nome, casa e finalmente uma família que não vai voltar a abandoná-la.

Lurdes surgiu à porta e rejubilou com o retorno da cadelinha. Pegou nela para a acariciar e depois piscou-me o olho.

— E se a Beatriz ficasse para jantar connosco? *Sugeriu.*

— Eu, dona Lurdes? *Perguntei, surpreendida com o convite, mas ainda mais surpreendida fiquei depois de ter olhado para Leonardo como se esperasse dele algum tipo de aprovação.*

— Sim, jante connosco. Ficamos sempre os dois tão sozinhos aqui em casa, faça-nos companhia hoje. Já está aqui e tudo.

Leonardo olhou para o lado, dando a ideia de que se excluía da responsabilidade daquele convite, e eu acabei por aceitá-lo. Lurdes entusiasmou-se com a ideia, devolveu a *Mika* ao Leonardo, que continuava sentado na soleira da porta, e esticou-me a mão.

— Venha, quero mostrar-lhe uma coisa.

Segui-a até ao andar de cima, que ainda não conhecia, e fiquei impressionada com a limpeza e elegância da casa, que era ainda mais soberba do que o rés do chão. Com uma casa daquele tamanho, não me admirava a solidão que aquela mãe e aquele filho por vezes sentiam. Percorremos o corredor até ao fundo, depois Lurdes tirou uma chave do bolso e destrancou a porta à nossa esquerda, convidando-me a entrar. Não era difícil de perceber que aquela divisão era de acesso restrito e de alguma forma Lurdes estava prestes a partilhar algo muito pessoal comigo. Entrei e vi que era um quarto de criança. Havia pósteres de super-heróis nas paredes, peluches, brinquedos e videojogos. Era o quarto de sonho de qualquer criança, embora já um pouco desatualizado. Havia ainda muitas fotografias, todas elas com um rosto em comum, Leonardo. E um pormenor que me saltou logo à vista foi a figura da Torre Eiffel, que aparecia em diferentes formas naquele quarto, fosse como estátua, fotografia ou desenho. Além de inúmeras referências à cidade de Paris por todo o lado. Inclusive a cortina de uma das janelas era a imagem, semitransparente, de uma janela com vista sobre Paris. Lurdes olhava para todo aquele cenário com o mesmo interesse que eu, mas não disse logo o motivo pelo qual me havia levado ali, como se estivesse à espera de me despertar a curiosidade primeiro. Não sabia ela que eu já estava curiosa desde o momento em que me esticara a mão e me dissera que me queria mostrar uma coisa.

— Não é difícil perceber a quem pertencia este quarto. *Disse-me Lurdes com um sorriso.* Sabe... a Beatriz é a primeira pessoa além de mim, em muito tempo, a entrar aqui.

— Nem mesmo o Leonardo? Presumo que seja o quarto dele quando era criança. É certo que ele já não é criança há muito tempo, mas porque é que ele não havia de ter voltado cá?

Lurdes fez um momento de silêncio, olhou mais uma vez em volta e depois convidou-me a sentar numa pequena cadeira azul de criança, sentando-se também ela numa outra. Apesar do meu curto quase metro e sessenta de altura, aquelas cadeiras fizeram-me sentir um gigante numa casinha de bonecas.

— Eu decidi mostrar-lhe o quarto dele, não só porque eu acredito que a Beatriz tem tudo para o conseguir ajudar, mas também porque sabendo a sua história, que com certeza ele não lhe contou, tem muito mais condições de o fazer com sucesso. E depois a menina Beatriz... *Respirou fundo.* Deixe lá. Coisas de mãe. *Sorriu.*

— Como assim? Coisas de mãe? Não percebo.

— Enfim, coisas minhas, não ligue. Não é relevante isso.

— Agora vai ter de contar, por favor. A pior coisa que me podem fazer é deixarem alguma coisa por me dizer.

— Não interprete mal, mas a Beatriz é a nora que qualquer sogra gostaria de ter... *Disse ela com uma vergonha enternecedora.*

— Ah! Não! *Exclamei assim que percebi o que ela queria dizer.* Eu lamento imenso, mas neste momento da minha vida é a última coisa de que preciso, contudo agradeço-lhe imenso o elogio.

— Claro! Claro! Eu já estava aqui a sonhar alto, não me leve a mal. *Lurdes ficou ainda mais envergonhada e eu lamentei ter sido involuntariamente a causadora disso.* Vamos esquecer este assunto e falar do que realmente nos trouxe até este quarto. Vou contar-lhe assim por alto um pouco da minha história e da do Leonardo e a Beatriz aproveita aquilo que achar relevante para depois trabalhar esses pontos com ele. Tudo começou quando eu me apaixonei por um rapaz chamado Raphael. Aquilo era supostamente uma paixão de verão, ele era luso-francês e estava cá em Portugal de férias com os pais, e talvez por saber que ele se ia embora em breve foi tudo muito rápido e intenso. Era suposto ele regressar a França e ficar tudo por aí, a verdade é que eu não conseguia parar de pensar nele e ele em mim e cometi a loucura de deixar tudo e ir ter com ele a França. Sabe como é, Beatriz, sempre sonhei em viver um amor destes e eu era jovem e não queria desperdiçar aquele que eu acreditava ser o amor da minha vida. A verdade é que correu tudo como eu sempre sonhei, nós vivíamos numa pequena casa, mas muito bonita, numa localidade nos arredores de Paris, e tudo corria tão bem que até deu frutos, o Leonardo. Contudo, quando o meu filho tinha mais ou menos nove, dez anos, o Raphael decidiu, simplesmente, trocar-me por uma jovem e bela francesa. Não pode imaginar a dor que senti. *A voz dela começou a ficar embargada e fez uma pausa para evitar as lágrimas.* Aquilo atirou-me ao chão com toda a força, como deve imaginar. Eu fui para Paris por causa dele e, quando isto me aconteceu, estar naquela cidade e naquele país, que não eram os meus, deixou de fazer sentido. Pior do que isso, doía-me estar lá sabendo que o amor da minha vida não estava muito longe de mim, mas a viver com outra mulher. Tornou-se de tal forma insuportável que eu abandonei tudo e regressei para Portugal com o Leonardo nos braços e as minhas coisas às costas.

Ouvir aquele relato deu-me um aperto no peito como se tivesse sido eu a passar por aquilo. A dor no olhar dela era tão intensa que me trespassava a carne indo direta ao meu coração. Mas o que mais me doía era a bondade e a doçura nas palavras daquela mulher que davam a toda aquela história o enorme peso da injustiça da vida.

— Só que eu cometi o erro de ser egoísta e não perceber que, apesar de aquele não ser o meu país, era o país do meu filho. *Continuou ela.* Porque ele nasceu e cresceu lá... Durante os primeiros tempos da minha separação do Raphael, ele ia visitar o Leonardo de vez em quando, mas era cada vez mais raro. Quando lhe disse que não conseguia mais e que tinha de regressar a Portugal, ele não colocou qualquer entrave. Depois de regressar, ele ligou umas duas ou três vezes apenas para falar com o filho e depois nunca mais. Até hoje não voltou a ligar nem voltou a procurar o Leonardo. E o que mais me custa é que o meu filho adorava o pai, mas ele nunca se importou com ele. E o Leonardo sofreu muito, muito com a ausência do pai. Isso revoltou-o de tal forma que se fechou dentro de si. Eu sempre tentei compensar e ser uma mãe e um pai para o meu filho, mas não consegui. Na fase mais importante para ele, eu não consegui porque eu mesma não tive o discernimento suficiente para esconder, ou pelo menos disfarçar, a dor e a mágoa que me consumiam a alma naquela fase. E sendo eu o seu aconchego, muitas vezes ele acabava por absorver todas essas sensações vindas de mim. O meu pai ajudou-me muito, mas não podia fazer muito mais porque era em mim que o meu filho procurava conforto e segurança. *Os olhos de Lurdes reluziam, denunciando as lágrimas que iam resistindo.* Tive o cuidado de preparar todo este quarto exatamente como o quarto que ele tinha lá em França, mas ele nunca se deixou iludir, sempre foi um menino muito inteligente. Dormiu aqui algum tempo, mas logo disse que queria sair e mudou-se para outro quarto. *Lurdes levantou-se, foi até à janela e pegou na cortina com a imagem de uma vista sobre Paris.* Veja. Até mandei fazer esta cortina especialmente para ele, como se algum dia ele se fosse iludir com isto.

Lurdes abanou a cabeça e virou-se para a janela para tentar esconder as lágrimas e estancou a olhar algures para o terraço. Ficou imóvel e em silêncio durante longos segundos.

— Está tudo bem consigo? *Perguntei preocupada.*

Ela virou-se para trás e as lágrimas lavavam-lhe a cara.

— Venha ver com os seus próprios olhos. *Disse apenas.*

 Aproximei-me da janela e olhei através dela para o terraço da casa. Lá em baixo Leonardo brincava alegremente com a *Mika*. Ora correndo na sua frente para que ela o apanhasse, ora atirando uma bola para que ela a recuperasse. Ela virou-se para mim e abraçou-me, apanhando-me desprevenida. Devolvi o abraço e não disse uma palavra. Percebi que era um momento dela, uma necessidade sua, e decidi esperar que fosse ela a quebrar o silêncio. Pouco depois soltou-me com um ar envergonhada e limpou as lágrimas como se não devesse ter feito aquilo.
 — A Beatriz pode desistir a qualquer momento e seguir a sua vida como se nós não fôssemos nada para si, mas eu já lhe estou eternamente grata. *Começou por dizer.* Aquilo que vê ali naquele terraço é uma imagem bastante comum em qualquer jovem, em qualquer filho, em qualquer família, mas não nesta. Julguei que nunca mais ia ver o meu filho sorrir, divertir-se ou brincar com um animal de estimação e hoje a Beatriz deu-me esta alegria. É você a responsável, acredite nisso. *Fiquei sem saber o que lhe responder, mas ela ajudou-me continuando o seu desabafo.* Parece

impossível, mas é a primeira vez que vejo o meu filho alegre desde que regressei a Portugal com ele. *Pegou-me nas mãos.* Obrigada!

— Não me agradeça, pois não estou a fazer favor nenhum, dona Lurdes. Na verdade, toda esta questão da cadelinha nem foi intencional. Eu é que, dadas as circunstâncias, percebi que podia aproveitar este imprevisto para trabalhar a componente do afeto no seu filho. E ter um animal de estimação é muito bom para isso. No início tive de o obrigar, mas como podemos ver... *Olhei de novo pela janela.* Já não será necessário empregar essa metodologia.

— Sendo assim, além do agradecimento, permita-me congratulá-la pela sua perspicácia em perceber isso. *Começou a olhar em volta para os quadros espalhados pelas paredes.* Além do rosto do meu filho, consegue encontrar algo mais em comum nos quadros?

— São todos eles em Paris? *Perguntei em jeito de resposta.*

— Também, mas refiro-me ao sorriso. *Assim que disse aquilo reparei que de facto ele aparecia a sorrir em todos eles.* Acho que é mais por isso que venho aqui ao quarto tantas vezes. Pois é a única forma de o ver a sorrir, ainda que sejam retratos com muitos anos. Este quarto é a única ponte que eu tenho para regressar aos últimos momentos em que o meu filho era feliz. Deixo-o trancado porque tenho medo que ele entre aqui sem eu saber e tire estas coisas do lugar ou estrague alguma coisa. Eu perguntei-lhe várias vezes se queria vir cá comigo e ele sempre me respondeu torto, por isso achei que era melhor trancá-lo. Não fosse um dia a sua revolta vir ao de cima e ele destruir-me esta ponte. *Pegou numa moldura pousada sobre um móvel à entrada e entregou-ma.* É o Leonardo e o pai.

Virou costas e voltou para junto da janela como se não quisesse ver aquela moldura comigo. Eram os dois muito parecidos e igualmente muito bonitos. A julgar pela beleza de Raphael, não me admirava a paixão que Lurdes sentira. Reparei ainda num globo de neve com uma Torre Eiffel dentro que estava pousado sobre o móvel à entrada e pensei que me poderia dar jeito com Leonardo.

— A dona Lurdes empresta-me este globo?

— É só um globo... *Murmurou intrigada, enquanto olhava para ele.* Acha que pode ser relevante para alguma coisa?

— Talvez... posso levá-lo emprestado? *Ela anuiu com a cabeça e eu guardei-o na bolsa.* Quer dizer que as últimas referências de felicidade que o Leonardo tem estão ligadas todas elas a Paris e aos locais onde ele passou a sua infância. Certo?

— Diria que sim. Mas acha que isso pode ser a chave...

Foi interrompida, entretanto, pela voz de Leonardo, que chamava por ela desde o andar de baixo. Ela apressou-se a sair do quarto e eu saí na frente e esperei que trancasse a porta.

— É melhor ele não saber que estivemos aqui. Pode ficar um pouco incomodado. *Disse assim que deu a última volta à chave.*

Descemos e Lurdes disfarçou quando o filho lhe perguntou o que me tinha ido mostrar. Fomos para a sala, onde o jantar já estava servido pela empregada, o que me deu uma sensação ainda mais vincada de que estava numa realidade paralela à minha. Estava tudo muito direitinho sobre a mesa e eu tentei manter a etiqueta adequada a toda aquela envolvência. Não era o meu *habitat* natural. Começámos a comer e de repente instalou-se um silêncio constrangedor que eu queria quebrar, mas não sabia como, além de que eu era o elemento forasteiro daquela mesa e à partida a última pessoa a ter a obrigação de o quebrar. Leonardo, como seria de esperar, parecia não se preocupar com esse pormenor, sobrando assim para Lurdes, que acabou por cumprir essa função.

— Diga-me, Beatriz, gosta de ser terapeuta ocupacional e de ter esse papel tão importante naquela que é, para todos os efeitos, a parte final da vida dessas pessoas?

— A sério, mãe? *Adiantou-se Leonardo.* É assim tão difícil de perceber qual é a sensação de limpar o cu a velhos?

— Leonardo! Olha a linguagem! *Advertiu a mãe.*

— Pensei que a fase das piadinhas já tinha acabado, mas parece que era só impressão minha. *Disse-lhe, antes de me virar para Lurdes.* É muito gratificante. Por vezes a minha profissão é um pouco desprezada e até confundida com outras, mas é muito importante para os idosos. E sim, já se sabe que é a fase final das suas vidas, mas eu já vi tanta coisa... Às vezes somos novos e de um momento para o outro... acabou. Não é?

Instalou-se novamente um silêncio na mesa assim que terminei de falar e fiquei com a sensação de que tinha dito algo de errado ou então tocado nalgum ponto sensível.

— Disse alguma coisa que não devia? *Tive de perguntar.*

— Não, não! *Respondeu Lurdes, atrapalhada.* E gosta do que faz? *Perguntou logo a seguir para mudar de assunto e eu agradeci.*

— Sim, muito! Quando somos e fazemos aquilo de que gostamos é como se criássemos um escudo protetor à nossa volta que nos defende dos ataques que nos enviam em forma de crítica. Às vezes dizem-me que eu podia ser isto e aquilo, mas eu sou aquilo que me faz feliz, logo sou aquilo que tinha de ser. Se o Leonardo visse o que eu faço lá no lar, por exemplo, talvez começasse a respeitar mais a minha profissão. *Disse a ela, mas olhando de lado para ele.*

— Tem de o convidar a ir lá um dia destes. *Sugeriu.*

— O que é que eu vou fazer a um lar? Não está lá o avô, já te esqueceste? Lembras-te de cada uma, mãe.

— Boa ideia, dona Lurdes. *Congratulei.* Os utentes do lar adoram receber pessoas de fora e ouvi-las falar sobre aquilo que fazem. De vez em quando recebemos um ou outro convidado. São muito curiosos e recebem muito bem. Podes ir lá e dar uma pequena palestra sobre a história da vossa fábrica e explicar o processo de fabrico dos vossos produtos. Quem sabe até levares uns exemplares e fazeres um pouco de publicidade. Porque não?

— Fantástico! *Exultou Lurdes.* Nós temos uma linha de produtos especialmente para diabéticos. De certeza que eles vão adorar. Fica combinado. Vais lá em trabalho. Ordem da tua superior!

Lurdes estava praticamente a empurrá-lo para seguir a minha sugestão e era bom sentir o apoio dela como se fôssemos duas aliadas naquela batalha. Leonardo via-se encurralado e não lhe restava outra solução que não fosse aceitar aquela ordem.

— Vou lá fazer uma grande publicidade, vou. *Disse ele com ironia.* Quando chegar a hora de comprarem os produtos que lá fui publicitar, já os velhos morreram há muito tempo.

— Leonardo! Algum respeito, por favor! *Repreendeu Lurdes.* Lembra-te do teu avô que morreu idoso. Lembra-te de mim que para lá caminho e lembra-te de ti que um dia vais lá chegar.

— Ó mãe! Poupa-me. Sabes bem que não. *Tirou o guardanapo do colo e colocou-o sobre a mesa.* Tenho de sair.

— Para onde vais, filho?

— Tenho a Rita à minha espera. Com licença.

Lurdes pousou os talheres e baixou a cabeça. Senti-me mal comigo mesma por ter aceitado o convite para jantar e sem querer acabar por ser um fator extra de desconforto para ela. Pois com certeza sentia-se envergonhada por aquela situação ter acontecido à minha frente. Contudo, não era difícil de perceber que o que estava a sentir era muito mais do que vergonha. Era também angústia.

— O que é que ele quis dizer com aquilo? *Perguntei.*

— É mais um namorico dele. Nada de especial. Eu peço imensa desculpa por esta situação. Convidei-a para jantar connosco e só lhe proporcionei mais uma situação constrangedora. Perdoe-me!

Na verdade, a minha pergunta referia-se ao momento em que ele lhe disse *sabes bem que não*, mas não quis meter-me onde não era chamada e preferi deixá-la acreditar que estava interessada em saber com quem é que ele andava a sair. As perguntas eram tantas na minha cabeça que o resto do jantar foi mais esforço que apetite. Do lado de Lurdes, sabia que não era diferente, mas resistimos até ao fim e de seguida acompanhou-me à saída. Desculpou-se mais uma vez, embora sem necessidade, e despediu-se de mim. Percebi que ela precisava de estar urgentemente sozinha e também por isso não quis tocar mais no tema do filho. Meti-me no carro e fiz-me à estrada até casa, e uma viagem sozinha de carro à noite é a receita ideal para passar a pente fino os erros de uma vida inteira. Apercebi-me de que não me tinha lembrado mais de Gabriel durante o resto do dia e achei estranha aquela conclusão, mas logo cheguei a uma outra conclusão que me relaxou. Concluí que se calhar nós não temos assim tantas preocupações como parece, temos é poucas coisas mais importantes que nos ocupem o pensamento. Há, de facto, muitos problemas na nossa vida que se resumem a uma preocupação desnecessária, mas uma preocupação só é preocupação se houver tempo para pensar nela. Resumindo e concluindo, o meu mal não eram os problemas, mas o tempo livre que tinha para pensar neles. E naquele momento era o que tinha deixado de acontecer com a situação do Gabriel na minha vida. Além de ter demasiadas coisas mais importantes em que pensar, era como se de repente o caso dele tivesse sido arquivado por excesso de provas de que não valeria a pena continuar a lutar. Estava demasiado intrigada naquela viagem de regresso. Não só pelo que ouvira no antigo quarto de Leonardo e com o que podia fazer com essa informação, mas também com o que tinha ouvido e visto naquele jantar. Lembrei-me do que me havia dito Lurdes sobre o facto de eu ser a nora que qualquer sogra gostaria de ter e logo depois do motivo que Leonardo apresentou para abandonar o jantar a meio. Olhei o relógio do carro e presumi que naquele momento ele estivesse com a tal Rita a quem Lurdes se tinha referido como *namorico* e apercebi-me com admiração de que tinha ficado incomodada com aquilo. Abanei a cabeça e disse várias vezes para mim mesma, nem penses, Beatriz!

— Que letra é essa que tem na mão, senhora Teresa? *Perguntei a uma das minhas utentes do lar durante um exercício de estimulação cognitiva com um brinquedo educativo.*

— É um... A. *Respondeu depois de uma curta reflexão.*

— Diga-me um nome começado com essa letra.

— Um nome? *Perguntou, franzindo a testa, dando ainda mais relevo às rugas que lhe cobriam o rosto de noventa e dois anos.*

— Sim, um nome, senhora Teresa. Diga-me o nome de uma pessoa que começa com a letra A. Por exemplo, Amélia, Ana, Américo, Adelaide. Diga-me outro nome começado por essa letra.

— Adelaide. *Respondeu reticente e de olhos colados em mim, à espera de receber a minha aprovação.*

Antes que a pudesse corrigir, fui interrompida pela dona Zélia, que surgiu à porta do quarto com o aviso de que alguém tinha vindo ao meu encontro. Logo atrás surgiu a figura de Leonardo, que trazia uma mochila ao ombro e o seu habitual ar contrariado.

— Obrigada, dona Zélia. *A auxiliar afastou-se e fiz sinal a Leonardo para que se aproximasse de nós.* Já tinha começado a pensar que tinhas desistido da ideia.

— Eu já tinha desistido da ideia antes mesmo de ter conhecimento dela, mas a minha mãe não parava de me chatear para vir cá. Não me digas que vou ter de fazer publicidade um a um?

Olhei para a senhora Teresa e depois para ele.

— Não, claro que não, mas senta-te aí e assiste. Estou quase a acabar e depois reunimos os utentes todos na sala para te ouvirem falar. Espero que tragas a matéria bem estudada porque eles são muito curiosos e gostam de fazer perguntas. Não é, senhora Teresa? Mas não pense que já se vai ver livre de mim, ainda tem uma resposta para me dar. Diga-me um nome começado por A, mas não vale nenhum daqueles que eu disse. Diga-me outro.

— Não sei, doutora. A minha memória já me falha tanto.

— Não vale a pena! Não saio daqui enquanto não me disser.

— A... dão. *Disse ela, por fim, depois de um grande esforço.*

— Está a ver como sabe? Isso é tudo preguiça. Ai, ai, ai, menina Teresa. Vamos lá pôr essa letra na casinha dela para irmos para a sala ouvir este rapaz que tem umas coisas bonitas para nos dizer. *Enquanto ela procurava o formato no tabuleiro onde encaixar aquela letra de borracha, virei-me para Leonardo.* No fim da apresentação, gostava que conversasses um pouco com uma senhora.

— Conversar com uma velha, porquê? Não sou psicólogo!

— Cala-te! *Sussurrei entre dentes.* Vais conversar, sim, porque ela tem uma história de vida muito bonita. Vais gostar. *Reparei que Teresa já tinha encaixado a letra no local certo.* Vá, agora ajuda-me desse lado para levantarmos a senhora Teresa.

Ele arregalou-me os olhos como se lhe tivesse acabado de pedir algo extraordinário e eu fiz-lhe sinal com a cabeça para que se apressasse. Peguei-lhe num dos braços e do outro lado Leonardo copiou o gesto. Os pés de Teresa escorregavam para a frente, deslocando-lhe o centro de gravidade e impedindo-a de se levantar. Coloquei um dos meus pés à frente do pé direito dela, para ele não escorregar, e pedi a Leonardo que fizesse o mesmo com o seu pé esquerdo. Eu fazia inúmeras vezes aquilo sozinha e sem grande esforço, mas queria que ele colaborasse naquela atividade na tentativa de lhe desenvolver alguma sensibilidade.

— Agora acompanha a senhora Teresa pelo braço até à sala do outro lado do corredor. Tem cuidado. *Disse para Leonardo.*

— O quê? Eu? Mas eu não tenho jeito nenhum! *Exclamou desesperado quando o deixei sozinho a apoiar Teresa pelo braço.* Olha que a senhora pode cair e eu depois não me responsabilizo.

— Achas mesmo? Um jovem grande e forte como tu nunca deixaria cair uma senhora. *Peguei na mochila dele e dirigi-me para a saída.* Encontramo-nos na sala. Até já!

Deixei-o para trás e fui ajudar outros utentes a dirigirem-se até à sala de lazer. Leonardo e Teresa foram dos últimos a chegar. Eu, da outra ponta da sala, sorria na direção dele enquanto ele me devolvia um ar furioso por tê-lo, mais uma vez, forçado a sair da sua zona de conforto. Apesar de tudo, ele estava a ser muito cuidadoso enquanto acompanhava a senhora Teresa. Ia ao ritmo dela e sorria-lhe sempre que ela dizia qualquer coisa. Estava tão deliciada a olhar para ele e a ver o cuidado que ele tinha com a senhora que só me apercebi de que tinha ficado especada no meio da sala quando um dos utentes chamou por mim para me pedir ajuda. Assim que toda a gente se sentou disposta em U, puxei uma cadeira e fiz sinal a Leonardo para que se sentasse. Depois sentei-me eu num lugar vago junto a uma janela na lateral e deixei-o brilhar. Ele começou por fazer um breve resumo da história da fábrica de doces, referindo o incontornável Nicolau, que era muito bem conhecido por todos os presentes, e depois explicou por alto o processo de fabrico dos seus produtos principais. Antes de cada uma dessas explicações, retirava da mochila uma caixa de amostra com o doce correspondente. Fiquei admirada com todo o primor com que ele estava a realizar aquela apresentação. Por vezes uma utente não ouvia o que ele dizia e ele fazia questão de repetir mais alto e pausadamente. Como seria de prever, houve sempre muitas perguntas desde o início e ele respondeu a todas elas com muita paciência. No final pegou numa caixa com uns biscoitos específicos para diabéticos e levou-a a cada pessoa para que tirasse um biscoito. Terminada a sessão, pedi uma salva de palmas, e começou a azáfama de movimentações de um lado para o outro. Aproveitei o facto de as minhas colegas estarem a tomar conta dos trabalhos e fui até à beira dele.

— Gostaste da experiência? Saíste-te muito bem. *Elogiei.*

— Correu bem. Ninguém faleceu, ninguém teve um AVC, nem ninguém perdeu a dentadura. Por isso correu bem, sim.

Bati-lhe no braço em forma de repreenda.

— Parvo! Não digas essas coisas dos meus velhinhos.

O diretor do lar surgiu à entrada da sala e reparei que estava à procura de alguém com o olhar. Assim que me avistou ao fundo, dirigiu-se para a nossa beira ziguezagueando por entre os utentes.

— Peço imensa desculpa por não ter vindo assistir à sua intervenção. *Começou por se desculpar o diretor a Leonardo.* Mas tinha uma carga de trabalhos lá em cima que não tive mesmo possibilidade. Mas correu muito bem, tenho a certeza. Não foi, Beatriz?

— Sim, os utentes gostaram muito. Leonardo, este é o doutor Brandão, diretor aqui do lar. Doutor, este é o Leonardo, o nosso palestrante de hoje, que aceitou o meu convite para vir cá. *Apertaram a mão um ao outro.* Olhe... é o neto do senhor Nicolau.

— Ai é você o filho da Lurdes? *Perguntou com admiração.* Muito gosto em conhecê-lo. *Olhou-o com mais atenção.* Obrigado por ter aceitado o convite para vir cá.

O diretor dirigiu-se para a saída e assim que abandonou a sala Leonardo virou-se para mim e olhou-me com azedume.

— Filho da Lurdes? Mas que confiança é essa? *Disse-me.*

— Não arranjes problemas onde eles não existem. O doutor Brandão é uma pessoa muito afável. Ele é assim com toda a gente. Anda, quero apresentar-te a dona Filomena. *Peguei-o pelo braço, conduzi-o até junto da poltrona da senhora e sentámo-nos um de cada lado.* Dona Filomena, vou pedir-lhe um favorzinho antes de irmos ao lanche. Conte aqui ao nosso convidado de hoje um pouco da sua história de vida. Acho-a tão, tão bonita e inspiradora que se eu tivesse jeito escrevia um livro a contá-la. Não me canso de a ouvir.

— Claro que sim, doutora. *Sorriu, semicerrando os olhos escondidos atrás de duas grossas lentes.* Mas tem de me dizer que parte é que quer porque senão não chega o resto do dia.

— Conte-nos a parte que envolve o seu pai.

Leonardo olhou sério para mim assim que lhe disse aquilo.

— Muito bem. *Disse ela, animada por relembrar, mais uma vez, parte da sua história de vida.* Então foi assim, no dia em que eu nasci, a minha mãe morreu durante o parto e o meu pai, muito jovem, ficou comigo nos braços. Não sabia o que fazer e sem experiência nenhuma pediu ajuda a uns tios. Esse casal sempre quis ter filhos, mas nunca conseguiram, então, quando de repente o sobrinho lhes pede ajuda para cuidar da filha recém-nascida, eles viram aquilo como uma espécie de dádiva de Deus. Tomaram conta de mim e o meu pai vinha-me visitar de vez em quando. Só que quando eu comecei a crescer esses meus tios-avós começaram a falar-me mal do meu pai, a dizer que ele não queria saber de mim pois raramente aparecia e nem perguntava pela filha. Mais tarde vim a perceber que não era bem assim. Lembrei-me, inclusive, de episódios em que esses tios-avós me pediam para não fazer barulho que a polícia estava à porta para me vir buscar. E ouvia-os a dizer à polícia que eu estava a dormir e que não me podiam levar se estivesse a dormir. Bom, eu era criança e lá acreditei naquela história. Um dia percebi que essas visitas não eram da polícia, mas sim do meu pai, que me tentava visitar e não conseguia porque eles inventavam essas histórias para evitar que estivéssemos juntos. Enfim, eles plantaram de tal forma em mim um ódio pelo meu pai que me lembro de um dia ele ter ido à escola tentar ver-me e eu trancar-me numa sala para ele não se aproximar de mim. Fui crescendo, saí de casa, casei-me e no dia do meu casamento o meu pai decide aparecer. Eu perdi a cabeça, chamei-lhe nomes e expulsei-o da cerimónia tal como se fosse um cão. *Leonardo ouvia aquela história com atenção, mas ao mesmo tempo algo incomodado.* Entretanto, nasce o meu primeiro filho e no final da infância ele começa a desenvolver um problema nos olhos, e o médico disse-nos que não se podia fazer nada em Portugal, mas que havia um tratamento inovador em Cuba que podia salvar os olhos do meu menino. O problema é que era muito caro e o tempo era pouco. Nós não tínhamos esse dinheiro e começámos praticamente a pedir de porta em porta, a amigos e família, até que a dada altura, como por milagre, surge-nos uma mala à porta de casa, cheia de dinheiro, com a indicação de que se destinava a ajudar o meu filho. Nós nem pensámos duas vezes, agarrámos na mala e tratámos de tudo. O meu filho foi uma temporada para Cuba e ficou curado graças à ajuda daquele benfeitor. Uns tempos mais tarde, vou eu na rua descansada e deparo-me com um mendigo a pedir esmola para comer. Era nada mais nada menos que o meu pai. Quando lhe perguntei como é que chegou àquele estado, ele disse-me simplesmente que tinha vendido a casa e tudo o que tinha para juntar dinheiro, que pôs dentro de uma mala e deixou à minha porta para eu salvar o meu filho. *Olhei novamente para Leonardo e os olhos dele estavam raiados, mas a expressão facial dele era uma mistura de raiva e dor.* Fiquei sem saber o que dizer. Esse foi o primeiro momento em toda a minha vida em que me permiti ouvir as justificações que ele tinha para me dar. E percebi que esses tios-avós, que, entretanto, já tinham morrido, tinham feito tudo para quebrarem o elo que me unia a ele de forma a não me perderem. Trouxe o meu pai para casa e tentei compensar todo o tempo perdido, mas já não consegui. Com a vida que ele levava na rua, desenvolveu um conjunto de doenças e debilidades que não o deixaram viver muito mais tempo. E pronto. Assim por alto foi isto que aconteceu, mas os verdadeiros culpados...

— Acho que já ouvi o suficiente. *Disse-me Leonardo com os olhos lacrimejantes.* Não sei o que pretendias com isto!

Levantou-se, pegou na mochila e dirigiu-se para a saída.

— Espera! Deixa-me explicar!

Corri até à minha mala, peguei no globo de neve que havia pedido emprestado e que ainda trazia lá dentro e fui atrás dele.

Quando saí pela porta do edifício, já Leonardo tinha alcançado o passeio e preparava-se para entrar no carro ali estacionado.

— Espera! Não faz sentido estares a reagir assim. *Disse enquanto corria na direção dele.* Até foste mal-educado com a dona Filomena. Ela só estava a contar a história dela. Se o teu problema é comigo, deixavas essa reação para quando estivéssemos a sós.

Ele parou no meio do passeio de costas para mim e eu estanquei junto ao portão. Depois deu meia-volta e olhou-me.

— O que é que pretendias ao fazer-me ouvir aquela história?

Assim que terminou de formular a pergunta, coloquei-lhe o globo de neve nas mãos.

— Onde é que foste buscar isto? *Perguntou.*

— Ao teu quarto de quando eras criança. *Disse, sem medo de represálias da parte dele.* A tua mãe já me contou toda a tua história. Já não há nada a esconder. Só me falta saber a tua versão.

Leonardo baixou a cabeça, soltou um suspiro profundo, deixou cair os braços, com o globo numa das mãos, e ergueu a cabeça.

— A que horas sais do teu trabalho?

— Dentro de uma hora, mais ou menos. Porquê?

Foi à mochila, tirou um dos cartões da fábrica, pegou numa caneta e escreveu qualquer coisa na parte de trás.

— Encontramo-nos lá quando saíres. *Disse, ao mesmo tempo que me estendia o cartão.*

Contornou o carro, entrou nele e arrancou a toda a velocidade. Olhei o cartão que dizia apenas o nome de uma praça. Recolhi-me para o interior do lar, dei a Filomena uma justificação plausível para aquela situação e assim que terminei o serviço fiz-me à estrada. A praça que ele me havia indicado ficava numa zona secundária da cidade e quando lá cheguei percebi que não recebia muita atenção por parte dos seus responsáveis. Tinha muitas árvores altas e muito jardim em toda a extensão, mas o jardim era mais ervas do que flores. Tinha ainda umas máquinas para praticar desporto ao ar livre, que já não deviam funcionar por causa da ferrugem, e alguns divertimentos para crianças, que eram mais usados pelo sol e pela chuva do que pelas crianças. Olhei à minha volta para ver se o encontrava, mas sem sucesso. Continuei a caminhar praça adentro e ao longe avistei um vulto de costas, sentado num baloiço. Só podia ser ele. Aproximei-me e sentei-me no baloiço do lado.

— Parece um lugar insignificante, não é? *Perguntou assim que me sentei sem necessidade de me olhar para confirmar quem era.*

— Sim, mas de certeza que tem algum significado especial para ti. Um significado que, presumo, vais partilhar comigo agora.

— O meu pai quando chegava a casa do trabalho costumava levar-me a uma espécie de rulote que havia numa praça perto de nossa casa nos arredores de Paris. E nós íamos lá comer um *waffle*, daqueles feitos na hora, bem quentinhos, com geleia de morango por cima. *Começou a crescer-me água na boca só de imaginar.* Parece que ainda tenho o sabor gravado na boca. A minha mãe ficava chateada porque preparava o jantar e eu às vezes quando regressava não tinha apetite. E nessa praça onde estava essa rulote havia durante o ano inteiro uns pequenos carrosséis para as crianças, mas eu não achava graça àquilo. Então, enquanto comíamos o *waffle*, eu e o meu pai caminhávamos até um pequeno jardim que havia ali perto e que tinha um baloiço muito antigo. Lembro-me perfeitamente que o tempo que eu levava a comer o *waffle* era exatamente o mesmo que levava a ir daquela praça ao jardim. E o meu pai ficava a empurrar-me no baloiço por tempos infinitos até que a minha mãe lhe ligava para voltarmos para casa para jantar.

— E este baloiço é igual a esse tal em que costumavas andar com o teu pai e por isso é que vens para aqui, é isso?

— Não. Nem por isso. Este tem as pernas em madeira, o de lá era todo em ferro e tinha um desenho de um gato, também em ferro, em cima da trave. Lembro-me perfeitamente. Venho para aqui porque este é o baloiço mais próximo que eu conheço e que não tem pirralhos a correr de um lado para o outro e a fazer barulho. Eu não suporto crianças. Irritam-me profundamente.

— Não digas isso. As crianças são o melhor do mundo!

— Claro! Por isso é que trabalhas com idosos. *Atirou*.

— Trabalho porque a vida assim me guiou, mas não é porque não goste de crianças, como é óbvio. Aliás, eu até faço voluntariado numa associação com crianças em perigo. E tu dizes isso porque na verdade tu gostavas de voltar a ser criança, mas não podes. Pois é na tua infância que estão as últimas boas recordações que tens da tua vida. E o facto de vires para aqui é a prova disso mesmo. Vamos ter de trabalhar essa história das crianças e da tua infância.

— Meu Deus! Quanto mais falo, mais me arrependo. Não estejas já a ter ideias para fazer isto e aquilo.

— Tarde de mais, lembra-te de que nós não estamos aqui porque somos os melhores amigos do mundo, mas sim porque tu e eu temos um propósito a cumprir. Por isso, é claro que eu tenho de ter ideias para fazer *isto e aquilo*, mas depois falamos melhor sobre isso. Que outras recordações tens da tua infância em Paris?

Fez um momento de silêncio, olhou para o céu, agarrou-se aos cabos do baloiço e deu um pequeno balanço.

— Lembro-me de um campo de futebol. Aqueles pequenos, de bairro, com o chão em alcatrão. Também costumava ir para lá jogar com os outros miúdos da escola. Até porque o campo ficava mesmo em frente a ela. Eu queria jogar à baliza, por isso havia sempre lugar para mim, porque mais ninguém queria essa posição. Mas foi um gosto que o meu pai me passou. Não sei como. Aliás, o meu sonho era ser guarda-redes no Paris Saint-Germain, o meu clube do coração. Eu andava sempre a pedir ao meu pai para me levar ao estádio a ver um jogo, mas acabou por não chegar a acontecer. Entretanto, os meus pais separaram-se, viemos para Portugal e o encanto passou, mas sim... eram coisas que me divertiam e faziam sonhar.

— E porque é que reagiste daquela maneira no lar?

— Achas que é fácil ouvir a história de um pai que fez o que aquele pai fez pela sua filha quando tens um que não quer saber de ti? Aliás, não sei o que te passou pela cabeça para me fazeres ouvir aquela história tendo em conta que já sabias a minha.

— Precisamente porque aquela senhora passou grande parte da sua vida a acreditar que o pai não queria saber dela quando na verdade tudo não passava de um engano induzido pelos tios-avós.

— Estás a querer dizer que a minha mãe...

— Não! Claro que não! *Interrompi de imediato.* É óbvio que a tua mãe nunca faria uma coisa dessas, o que eu quero dizer é que deve haver uma razão forte para o teu pai não te ter procurado.

— A razão é simples, ele não quis saber mais de mim. Achas que eu já não pensei que ele podia ter tido um acidente ou mesmo morrido? Claro que já pensei em todos os cenários possíveis, no entanto ele não deixou de me falar de um momento para o outro. Lembro-me que ainda estávamos em Paris e ele já se tinha separado da minha mãe e já não era a mesma coisa. Viemos para cá e ligou muito poucas vezes. A última delas com uma diferença de meses. Eu era muito novo, mas lembro-me bem disto tudo. E é óbvio que a mulher com quem ele ficou também lhe fez a cabeça para se desligar desta família, pois a que importava era a que iam construir juntos.

— Ele se calhar perdeu o vosso contacto ou nem sabe onde é que vocês moram. Já pensaste nisso? *Sugeri.*

— É claro que ele sabe onde é que nós moramos. Vivemos sempre na mesma casa desde que voltámos e ele não me visitou uma única vez. Ele sabe onde estou, eu é que não sei nada dele.

Por mais que quisesse contrapor as ideias dele para lhe devolver alguma esperança, não conseguia. Eu tinha chegado há semanas à vida dele e só há poucos dias tinha conhecido grande parte da sua história. É claro que ele já tinha pensado em tudo e posto todas as hipóteses em cima da mesa. As desconfianças já tinham dado lugar às certezas e estas por sua vez tinham-se depositado como rochas no fundo da consciência de Leonardo. Eram elas que de certa forma vedavam o acesso ao lado bom dele e destruir essa barreira iria ser um enorme desafio. Nada que uma boa dose de paciência, persistência e bom humor não conseguisse resolver.

— Já pensaste em ir à procura do teu pai e resolver isso?

— Já, já pensei! *Respondeu prontamente com acidez.* Mas não seria para resolver coisa nenhuma, era só para ter o prazer de lhe atirar à cara tudo aquilo que ele me fez passar por me ter feito viver sem um pai, mesmo tendo um. Está tudo aqui entalado na garganta, mas não sei se por vergonha ou falta de coragem ainda não o fiz.

— Talvez te tenhas acomodado. Nós temos por natureza o mau hábito de adiar uma cura só porque ela dói. Não admitimos, mas a verdade é que preferimos ir sofrendo devagarinho com a possibilidade do que sofrer muito de uma só vez com a certeza. E é por isso que adiamos tanto. Adiamos porque nos falta coragem para assumir aquilo que é melhor para nós. Então vamos sempre deixando para depois até ficarmos encurralados e o destino nos obrigar a tomar uma decisão. Acomodamo-nos tão facilmente a uma meia-tristeza que chegamos a acreditar que ela é uma meia-felicidade, mas uma meia-felicidade nada mais é do que uma infelicidade disfarçada. Acredito que seja isso que está a acontecer contigo. E quando disse procurar e resolver, como é óbvio não foi no sentido de te vingares dele, nem de lhe atirares as coisas à cara, mas sim de desabafares, que é um pouco diferente, e depois perdoá-lo.

— Perdoar? *Olhou para mim como se eu o tivesse ofendido.*

Entretanto, surgiu um casal com uma criança pela mão, mesmo ao lado do local onde estava o baloiço. Descemos do baloiço e a família aproximou-se. Sorri-lhes enquanto nos afastávamos para o lado para que eles pudessem usufruir do espaço.

— Agradece aos meninos. *Disse a mãe à criança.*

O menino soltou um obrigado enrolado no chupa-chupa que tinha na boca e eu estiquei-lhe a mão para o cumprimentar.

— Agora cumprimenta o namorado da menina. *Pediu a mãe.*

— Nós não somos namorados. *Dissemos em uníssono.*

— Vamos embora daqui. *Atirou Leonardo, virando costas.*

Lancei um sorriso envergonhado àquela família e segui-o.

— Custava-te muito teres cumprimentado o rapazinho? *Perguntei, enquanto tentava alcançá-lo com o passo acelerado.*

— Já disse que não gosto de crianças, não tenho paciência. Além disso, estou atrasado. Já perdi muito tempo aqui.

— E tu já reparaste que sais sempre à pressa e amuado de todo o lado? Foi no jantar em tua casa, foi há bocado no lar, agora aqui. Também estás atrasado para ires ter com a tua amiga Rita, é?

Ele estancou no caminho e virou-se para trás na minha direção, quando parei diante dele já estava arrependida de ter dito aquilo.

— O que é que tu tens a ver com isso? E se for? Pelo menos ela não se mete na minha vida e não está sempre a chatear-me nem a dar palpites do que é ou deixa de ser. *Atirou ele com escárnio.*

Aquela frase magoou-me tão profundamente e de várias maneiras que senti vontade de o insultar.

— Chatear? Tenho-me esforçado tanto para te tentar ajudar e vens dizer-me que te ando a chatear? Não vales mesmo a pena. Eu é que sou estúpida por andar aqui a perder o meu tempo.

Virei-lhe as costas e arranquei sem olhar mais para trás.

    Tinha ficado a pensar no episódio do parque o resto do dia e ainda todo o dia seguinte. Quando eu começava a acreditar que havia alguma esperança, Leonardo cortava-me logo as asas. A ingratidão e incompreensão da sua parte eram gritantes. Estava a ser cada vez mais difícil não desanimar e arranjar forças para levar aquele desafio até ao fim. O problema é que, quanto mais me envolvia naquela tarefa e mais conhecia a história dele e da mãe, mais difícil era desligar-me e ficar indiferente. E logo eu que me preocupava com tudo e todos e sentia uma obrigação instintiva de ajudar toda a gente, mesmo quando não me pediam. Às vezes sinto que precisava de ser mais egoísta. Não no sentido de me preocupar só comigo, mas no sentido de me preocupar primeiro comigo. Por mais que eu soubesse que havia uma espécie de recompensa por aquele esforço, eu também sabia que não deixaria de fazer tudo aquilo mesmo que não fosse receber ou tivesse recebido algo em troca. Lembrei-me então das palavras de Leonardo quando me disse que eu era tão boazinha que não conseguia dizer que não. Talvez tivesse mesmo razão e talvez aprender a dizer não fosse o primeiro passo para eu andar para a frente e ser finalmente feliz em todos os campos da minha vida. Eu já sabia que ser feliz exigia, inevitavelmente, uma dose de egoísmo. Por vezes implica que alguém fique triste ou que alguém passe para segundo lugar na lista de prioridades, mas eu ainda não sabia como lidar com a culpa de escolher não colocar toda a gente em primeiro lugar por eu também ter direito a estar lá. Como se ao fazê-lo não tivesse mais direito a ser feliz por me considerar demasiado egoísta. Ponderei seriamente começar a fazê-lo com Leonardo. Dizer de uma vez que não tinha de andar a cansar-me por alguém que não se esforça e não se interessa quando ele é que devia ser o mais interessado, depois lembrei-me de algo que Nicolau me disse e que me fez repensar em tudo. Eu não devia, segundo ele, esperar nada de Leonardo. Não devia esperar que ele reconhecesse o meu esforço, o retribuísse ou recompensasse. Ou seja, a ingratidão que eu poderia sentir da parte dele não deveria ser argumento para a minha desmotivação, pois era suposto não esperar nada. E se eu esperava então era erro meu. Aquilo não era um relacionamento em que se dá e recebe, aquele jogo tinha regras particulares e talvez eu é que estivesse a jogar de forma errada ao esperar algum empenho da parte dele. Lembrei-me ainda de que Nicolau me pedira para não me sentir frustrada e por isso tentei esforçar-me mais para não querer nada em troca, pois não tinha de querer. Iria fazer o que podia e se fosse bem-sucedida melhor, mas, se não fosse, ai de mim que me sentisse mal com isso. Mas no dia seguinte àquela recaída de Leonardo, e quando eu ainda digeria a descompostura que me dera, a minha mãe chegou a casa com uma novidade.

— Lembras-te daquela situação que se passou com o filho da senhora Lurdes, no meu primeiro dia lá na fábrica? Tu até me perguntaste um destes dias se ele me tinha pedido desculpa.

— Sim, claro que me lembro. Ele já se desculpou? — Tu disseste-lhe alguma coisa, Beatriz? *Perguntou com ar curioso, enquanto cruzava os braços.* Não me mintas!

— Mãe, diz logo! Ele já se desculpou ou não?

— Então foi assim. Eu estava lá na minha secção a fazer o meu serviço e o rapaz apareceu sem eu contar, estava um pouco atrapalhado até, e começou a explicar-me que não tinha sido correto comigo no primeiro dia e que tinha exagerado. Notava-se que não era costume pedir desculpa. Nem sabia usar as palavras certas, mas foi um gesto muito bonito. Ele pediu-me desculpa e... Ah! Já me esquecia. *Foi à mala e retirou uma pequena caixa que me passou para as mãos.* Deu-me isto para te entregar.

Franzi a testa, peguei devagarinho na caixa e lancei um olhar intrigado à minha mãe na esperança de que me dissesse o que era. Tinha o logótipo da empresa no cimo, por isso não era difícil de perceber que era algo doce. Abri e eram bombons.

— Eu tenho de admitir que já sabia. *Disse a minha mãe.*

— A minha curiosidade tinha de ter sido herdada de alguém. Morrias se não abrisses a caixa antes de ma mostrares.

— Por acaso não abri. Ele é que me deu uma a mim também. *Disse, ao mesmo tempo que tirava uma segunda caixa da mala.* Imagino que ele também te deva um pedido de desculpas...

— Sim. Deve. Mas que não pense que me vai comprar com doces. Tal como fez contigo, também vai ter de me pedir desculpa pessoalmente. *Tirei um bombom da caixa e meti-o à boca.* O raio dos bombons são mesmo bons. Isto será recheio de framboesa?

— Só se forem os teus, eu provei um da minha caixa e o recheio era de caramelo. São deliciosos. Acho que resultavam bem lá na fábrica. Bombons de fabrico tradicional era uma boa ideia.

— Espera... Então vocês não fazem isto na fábrica? Mas a caixa vem com o logótipo da empresa, deve ter sido feito lá.

— Não, não produzimos bombons. A não ser que tenha sido ele próprio a confeccioná-los, mas não estou a ver isso a acontecer.

— Eu também não. De qualquer das formas, ele que não pense que me compra com isto. Vai ter de pedir desculpa cara a cara.

Agarrei na caixa e fui guardá-la no quarto. Sim, tinha sido um gesto bonito e até me tinha surpreendido, mas ele tinha de ter a coragem de admitir à minha frente que tinha errado. Talvez assim começasse a ganhar uma postura séria na vida. Podia ter dito aquilo da boca para fora, mas o que é certo é que me tinha magoado. Se havia coisa que me custava a engolir era a injustiça e a ingratidão. Os bombons eram, de facto, deliciosos e, como se não bastasse, eram muito poucos. Estava-se mesmo a ver que nas mãos de uma gulosa como eu não iriam chegar a ver o nascer do Sol. No dia seguinte, poucos minutos depois de a minha mãe ter chegado do trabalho, a campainha tocou e eu fui atender o intercomunicador. Quando perguntei quem era, do outro lado uma voz respondeu somente, *Leonardo*. Tapei o microfone com a palma da mão, dei um passo para o lado e olhei para a minha mãe, que estava junto à mesa da cozinha.

— O Leonardo está lá em baixo no prédio!

— Ah! Ele hoje quando se cruzou comigo na fábrica perguntou-me se tu tinhas gostado dos bombons. Eu disse-lhe que sim e acabei por confidenciar que tu lhe ias exigir um pedido de desculpas pessoalmente. Tu é que disseste isso, não me culpes. Quando soube disso, perguntou-me se podia passar por cá e eu dei-lhe a morada.

— Porque é que não lhe disseste para ir ter comigo ao lar?

— Ó filha! Não vais estar na conversa no teu local de trabalho.

Ela tinha razão e eu não podia fazê-lo estar à minha espera. Disse-lhe que já ia descer, peguei nas chaves e entrei no elevador. Quando saí do prédio, encontrei-o encostado ao seu *Mercedes*. Apertou os lábios assim que me viu e eu aproximei-me.

— Parece que já sabes onde eu moro. *Disse assim que cheguei junto dele.* Quando quiseres entregar bombons ao domicílio...

— Quarto esquerdo frente. Não me esqueço. A tua mãe disse-me que gostaste deles, mas aparentemente não foram suficientes.

— Oito bombons não chegam para nada. Sou muito gulosa e o meu quase metro e sessenta precisa de muito mais para se manter.

— Eu estava a referir-me às desculpas. Não foram suficientes para me desculpares aquilo que disse no outro dia no jardim.

— Ah bom! Sim, foi bonito, mas acho que deves concordar que fica sempre bem dares a cara e assumires olhos nos olhos que não estiveste bem. Se calhar outra pessoa não daria importância, mas eu dou. Não só ao que dizes, como também à forma como dizes.

E só eu sei o esforço que tenho feito para te ajudar, apesar de todos os problemas que tenho na minha vida pessoal, no trabalho e até em casa com a minha irmã adolescente, por exemplo. É claro que sabe muito mal ouvir-te dizer que preferes a companhia de outra pessoa porque eu te chateio e me meto na tua vida, quando eu sempre fiz isso com a melhor das intenções.

Um autocarro parou na paragem que havia mesmo em frente ao meu prédio e pouco depois, como se me tivesse ouvido a falar nela, surgiu a minha irmã, que regressava do colégio. Assim que me viu a conversar com Leonardo, começou a sorrir em jeito provocatório e não perdoou na hora de passar atrás de mim.

— Namorado novo, maninha? *Atirou com um riso.*

— Não é... Oh! *Desisti da ideia de a corrigir e retomei a conversa.* Diz lá o que tens para me dizer.

— É isso, quero pedir-te desculpa por essa saída menos boa da minha parte. *Disse, sem me olhar.* Eu tinha-te dito, quando fomos ao cinema, que não ia dificultar-te a tarefa que tinhas pela frente comigo e reparei que não estava a cumprir com a minha palavra. E reconheço que fui injusto contigo nesse momento.

— Nesse e não só, mas tudo bem. Desculpas aceites. No entanto, para eu arquivar o processo vou precisar de outra caixa dos bombons com recheio de framboesa, que estavam deliciosos. Já agora, a minha mãe disse-me que não se fazem estes bombons lá na fábrica, não me digas que foste tu que os fizeste? *Ele levantou a sobrancelha e acenou afirmativamente com a cabeça.* Isso é incrível! Então, sendo assim, vou reformular o meu pedido. Eu quero os bombons, mas também quero que me ensines a fazê-los.

Fez uma pausa, pensativo, antes de me responder.

— Estás com tempo? *Levantei o polegar.* Então vem comigo.

Entrámos no carro, iniciámos a viagem e reconheci o percurso todo que ele estava a fazer. Estávamos a ir na direção da sua casa, mas quando lá chegámos, em vez de entrar na casa, entrou para a fábrica que ficava em frente e estava deserta, uma vez que já tinha terminado o horário laboral. Saiu, sem dizer uma palavra, e eu segui-lhe os passos. Entrámos no edifício, percorremos um extenso corredor, dobrámos uma esquina e seguimos por mais um corredor até ele parar diante de uma porta que era diferente de todas as outras. Destrancou-a, acendeu a luz e fez-me sinal com a cabeça para que entrasse à sua frente. Era um laboratório, não tinha janelas e as paredes estavam forradas com recortes e apontamentos escritos à mão. Havia armários por todo o lado repletos de todo o tipo de especiarias e ingredientes e ainda uma banca com os mais variados utensílios, um forno e um frigorífico. Era um espaço que tinha tanto de acolhedor como de misterioso.

— Foi aqui que o meu avô criou grande parte das suas receitas. A maior parte delas nunca chegou à linha de produção, mas é como qualquer artista, há sempre umas criações que se destacam mais do que outras. E posso dizer que são algumas centenas que estão por aqui guardadas e perdidas nestas gavetas. Ele dizia-me que não era um criador de doces, mas de sensações, que juntando os ingredientes certos conseguiria despertar qualquer tipo de sensação na pessoa que provasse a receita. E essa ambição levou-o a conhecer a fundo não só a culinária de uma forma geral como o próprio ser humano. Por isso é que ele era tão sábio. Quando ele comentou na cozinha que eu quando era criança andava sempre à volta dele quando estava a criar as suas receitas, era nesta sala que isso acontecia. A dada altura, nós os dois, embora eu fosse criança e não percebesse nada, decidimos criar bombons de recheio que ele batizou de *Linha Lacroix*. E esses bombons corresponderiam a um determinado sentimento, gesto ou atitude. Num sentido positivo, claro. E determinámos, por exemplo, que o recheio de caramelo correspondia ao grupo associado à culpa, arrependimento, perdão, absolvição, etc.

— Espera... Se os da minha mãe eram de caramelo e tu lhos deste como símbolo de arrependimento e pedido de desculpas, então os meus, que eram de framboesa, foi com que significado?

— Os que preparei para a tua mãe simbolizam a pacificação entre duas pessoas. Invoca o perdão e reaproximação entre as duas, por exemplo. O teu invoca a gratidão. Ou seja, o teu não foi no sentido de um pedido de desculpas, mas sim de um agradecimento.

Ignorei a infinidade de perguntas que tinha para lhe fazer e saciar a curiosidade que despertou em mim e fui direta à pergunta que mais me interessava saber naquele momento.

— Tu tens um obrigado para me dizer? Mas porquê?

Leonardo encostou-se a uma das bancadas, apoiou as mãos sobre a pedra de granito e olhou à sua volta antes de parar em mim.

— Tenho de te agradecer por todo o esforço, tempo, paciência e dedicação que tens comigo. Mesmo sem eu fazer por o merecer, tu persistes, empenhas-te e preocupas-te. Tenho sido um verdadeiro imbecil contigo e não só, mas é como se fosse mais forte do que eu. Não é algo que eu controle. Sou assim, arrependo-me e engulo o arrependimento. Estou a dizer-te isto agora, mas se daqui a bocado tiver um motivo para ser desagradável vou ser.

— Mas se sabes que te vais arrepender e se sabes que é errado e desagradável, então simplesmente não o faças. Não custa nada pensar duas vezes antes de dizer as coisas. Eu também sou impulsiva, só que não no mesmo sentido que tu. Enquanto eu digo verdades a mais e desnecessárias, tu distorces a realidade só para magoar.

— Sim, talvez tenhas razão, mas quando naquele dia eu te disse aquilo no jardim e tu decidiste ir embora de repente e eu fiquei lá, parado, a ver-te afastar e a refletir, tomei consciência do parvo que estava a ser e isso levou-me a tomar duas decisões. Uma delas foi deixar de uma vez de resistir à mudança e começar por fazer o que tinha de ser feito, que era pedir desculpa à tua mãe por aquele episódio e agradecer-te a ti por tudo o que tens feito.

— E qual foi a segunda decisão que tomaste?

— Isso agora não interessa. Não viemos aqui para falar, mas sim para te ensinar a fazer os bombons caseiros. Por isso, começa por ir buscar ao frigorífico uma embalagem de framboesas, uma de mirtilos e um frasco de geleia de framboesa. Eu vou tratando do chocolate. Ah! E cuidado com essas mãos de manteiga...

Começava a desconfiar que as pessoas faziam de propósito para me deixarem curiosa. Mas também não ia fazer muito esforço para tentar descobrir qual tinha sido a segunda decisão, pelo menos naquele momento. Fiz o que me tinha indicado e começámos a preparar a receita. Entregou-me a responsabilidade de fazer o recheio, que era a parte mais importante, e durante o processo ia supervisionando tudo o que eu fazia e indicando cada passo seguinte. Sabia que não tinha mudado de um momento para o outro, mas enquanto estávamos envolvidos naquela tarefa era um Leonardo completamente diferente que estava ali. Um pormenor que eu já tinha reparado aquando da primeira experiência em sua casa com Nicolau e ainda na sua demonstração no lar. Provas não faltavam de que, quando estava concentrado em determinada tarefa, era como se o guarda que estaria dentro do seu coração adormecesse e permitisse que o seu lado bom fugisse da prisão. Evitei tocar em qualquer assunto que não tivesse a ver com aquela atividade para permitir que ele estivesse naquele estado de concentração durante o maior intervalo de tempo possível. Depois de deitar para um recipiente todos os ingredientes que me indicou e de os ter triturado e misturado com uma varinha mágica, entregou-me para a mão uma saqueta de canela para que polvilhasse a mistura.

— Cuidado! *Alertou assim que me preparava para começar.* Não faças como com a farinha para os *petit gâteaux*. Se deitares a mais, temos de recomeçar tudo de novo.

— Então é melhor seres tu a fazer esta parte.

— Não, não vou fazer, o que posso fazer é dar-te uma ajuda.

Colocou-se por trás de mim, pegou na minha mão que estava a segurar a saqueta e começou a abaná-la, fazendo a canela cair sobre a mistura. O seu corpo nunca esteve tão perto do meu como naqueles dois segundos em que me agarrou na mão. Senti um arrepio na nuca e depois uma sensação estranha a percorrer-me o corpo. Tudo aquilo era uma novidade e fiquei imobilizada a olhar para a mistura dentro do recipiente sobre a bancada. Leonardo estalou os dedos à minha frente e foi como se acordasse de um estado de hipnose.

— Está tudo bem? *Perguntou-me.*

— Desculpa... Acho que parei no tempo. O que faço agora?

— Agora mexes isso, que eu vou tirar as formas do frigorífico.

Leonardo já tinha deitado o chocolate nas formas, escorreu o excesso e colocou-as no frigorífico para a camada exterior do bombom solidificar. Quando as retirou, deitámos o recheio em cada uma e por fim mais uma camada de chocolate para fazer a base do bombom. Levou-se uma última vez ao frigorífico e agora só nos restava esperar durante alguns minutos. Reparei depois numa pasta pousada sobre a bancada que me despertou a curiosidade

— São as outras receitas de bombons para os diferentes sentimentos. *Disse Leonardo, antecipando-se à minha pergunta.*

Voltou a aproximar-se por trás de mim, abriu a pasta e começou a folhear as receitas uma a uma, fazendo-me uma breve exposição sobre cada uma delas. O meu corpo voltou a reagir àquela presença tão próxima e não conseguia perceber porquê. O ritmo cardíaco acelerou e estava a ficar desconfortável só pelo facto de não conseguir encontrar uma explicação lógica para aquela sensação. Comecei a sentir-me mal comigo mesma por me sentir bem e desejar que ele continuasse ali junto a mim. Leonardo continuava a folhear normalmente as inúmeras receitas que estavam dentro da pasta e parava em algumas que achava mais relevantes e desenvolvia um pouco mais acerca dos ingredientes utilizados no recheio e a simbologia que estaria implícita. Falava com a boca tão perto do meu ouvido que parecia que a sua voz estava a ressoar dentro da minha cabeça. Um pormenor que não ajudava a acalmar-me. Quando apontei para o nome de um ingrediente estranho que encontrei numa delas para que me explicasse o que era e para que servia, apercebi-me de que o meu dedo estava a tremelicar e recolhi-o rapidamente. Se se apercebeu de alguma coisa não o demonstrou porque deu a sua explicação como se nada fosse e continuou a folhear.

— Isto é tudo muito bonito, mas o que eu quero saber é se há alguma destas receitas de bombons que nos ajuda a despertar para o amor e a ser feliz nesse campo da vida? *Perguntei numa tentativa de afastar aquela sensação.* Isso é o que me interessa saber. Aposto que o recheio deve ter qualquer coisa a ver com morango.

— Não me digas que queres que eu passe a comer uma caixa desses por dia a ver se fico curado. *Deu uma gargalhada.* Mas isto também não funciona assim. Não são bombons mágicos. São apenas experimentos do meu avô. É mais simbólico do que outra coisa. Mas sim, tens aqui uma receita que está associada à amizade e companheirismo. Que também é amor, segundo o que ele me dizia. E depois tens outra que é mesmo sobre isso. Deixa-me ver se a encontro. *Afastou-se para o lado para folhear mais depressa e foi como se eu começasse a respirar melhor.* Mas não há nenhuma receita para ser feliz no amor, tira o cavalinho da chuva.

Naquele momento, os meus pensamentos viajaram instantaneamente até à primeira gaveta da minha mesinha de cabeceira, onde estaria a suposta receita para ser feliz no amor que Nicolau me havia deixado, e questionei-me se Leonardo tinha ou não razão naquilo que acabava de me dizer. Senti-me ingénua durante uma fração de segundo e depois voltei a confiar em Nicolau e a acreditar que ele sabia o que estava a fazer. Como me disse o seu neto, assim que entrámos naquele laboratório, ele era um grande estudioso do ser humano e por isso algo de relevante ele diria naquele envelope.

— Encontrei! *Exclamou Leonardo*. E não, lamento informar, mas o recheio não é de morango, é de romã.

Olhei para ela e questionei-me se seria aquela que estaria dentro do envelope. Certamente não seria um doce milagroso que me tinha deixado, mas começou a despertar-me algumas dúvidas.

— Só existem estes exemplares? Não há cópias?

— Não, por acaso tenho de tratar disso. Não vá isto arder por algum motivo e perdermos tudo. Mas se quiseres podes ficar com ela. Tiras uma foto com o telemóvel e já está. *Segui a sugestão dele e tirei uma foto*. Mas, como disse, isto é simbólico. É apenas para oferecer às pessoas por quem demonstras determinado sentimento. Seja arrependimento, gratidão, amizade, amor, etc.

— Já ofereceste algum destes com recheio de romã a alguém? *Não sei porque fiz aquela pergunta, mas agora já era tarde.*

— Não, claro que não. Os únicos que fiz foram para ti e para a tua mãe. A quem é que havia de oferecer um destes?

— Não sei, a uma namorada tua, talvez. Estou só a supor...

— Estava tramado, se assim fosse. Tinha de fazer uma linha de montagem aqui na fábrica só para bombons de recheio de romã.

Não sabia se havia de me sentir especial por ter sido das únicas a receber bombons feitos por ele ou de sentir-me mal por saber que tinha tido assim tantas namoradas, mas também não tinha nada a ver com isso e nem sequer percebia porque é que estava a ter aquela conversa. O que é que se passava comigo?

— Vou fazer de conta que não acabaste de te autoconsiderar um Don Juan. Adiante. Se agora finalmente te apercebeste de que estavas a ser injusto para comigo e tomaste consciência, espero eu, de que tens mesmo de mudar e que isso vai ser bom para ti e para quem te rodeia, acho que chegou a hora de começarmos a tratar desse complexo ou preconceito que tens com crianças.

— O que é que isso vai mudar em mim? Apenas não gosto de crianças. Eu também não gosto de feijões. Achas que se passar a gostar de comer feijões vou ser melhor pessoa? Não vou.

— Quando digo crianças, digo pessoas. No fundo, tu tens aversão a pessoas. E é das pessoas que vem o afeto. Ao evitares as pessoas, viras antissocial, tornas-te insensível, frio e distante. Mais uma prova disso é essa lista enorme de namoradas que me deste a entender que tiveste. Até podes passar uns bons momentos com elas, mas chega a um ponto em que esbarram num enorme cubo de gelo que tens no teu peito. Quando te começaste a fechar, ainda em criança, por causa de tudo o que aconteceu com os teus pais, isso fez-te afastar das pessoas e consequentemente do afeto. Vamos ter de trabalhar isso e eu proponho que seja através de voluntariado.

— Voluntariado? Mas onde? Com quem? A fazer o quê?

— Calma! Eu proponho que faças isso porque eu também faço e sei que são experiências verdadeiramente transformadoras e inspiradoras. O voluntariado é a melhor forma de te pôr em contacto direto com pessoas. Vais comigo e não tens de te preocupar com nada. Qualquer dúvida eu explico-te. Eu faço voluntariado com crianças e adultos e como tudo isto já é imposição que chegue para ti vou dar-te pelo menos a escolher com quais deles queres trabalhar.

— Tudo bem. Não vou colocar entraves, como te disse, mas já que me dás a escolher eu vou optar pelos adultos. Claro.

— Perfeito! Vamos lá tirar esses bombons do frigorífico que quero comprovar se tenho ou não jeito para isto.

Fiquei verdadeiramente animada com aquela mudança de postura por parte de Leonardo. Tendo em conta o que me disse Nicolau de que o neto o respeitava muito e faria o que ele lhe tinha pedido, eu imaginava que ele mais tarde ou mais cedo acabasse por seguir as minhas sugestões e orientações. Contudo, nunca senti abertura a uma mudança por parte dele, e aquele foi o primeiro momento em que ele demonstrou isso. Podíamos não chegar na mesma ao nosso destino, mas havendo vontade da parte de Leonardo pelo menos chegaríamos mais perto. E a pré-disposição manifestada por ele tinha sido como um balão de oxigénio. Nunca é a falta de ajuda o maior responsável por não chegarmos ao nosso destino, nem tampouco a falta de oportunidades, força, motivação ou sorte, mas sim a falta de vontade. Contudo, ela também não faz tudo sozinha. Pois de nada vale a vontade se não houver esforço, de nada vale o esforço se não houver paciência e de nada vale a paciência se não houver esperança. Ninguém muda ninguém, mas quando nos mudamos a nós mesmos, tudo à nossa volta muda automaticamente. Alguém se vai afastar, alguém se vai aproximar. Alguém se vai esconder, alguém se vai revelar. Mas tudo parte sempre de dentro para fora e nunca ao contrário. Consegui ter a certeza disso mesmo quando Leonardo me confessou que a minha reação no jardim o fez refletir sobre a pessoa que estava a ser e mudar a sua postura. Sem querer tinha-lhe dito pela primeira vez que não e isso fê-lo abrir os olhos. Ou seja, a mudança dele acabou por ser impulsionada por uma mudança minha. No dia seguinte fui mais cedo para o lar para ter tempo de falar com a dona Zélia e dizer--lhe que finalmente regressaria à ronda noturna com o grupo de voluntariado do qual era responsável naquele dia da semana e que levaria companhia. No entanto, assim que cheguei ao lar encontrei um carro conhecido parado na rua em frente ao portão. Era o carro de Lurdes e a primeira ideia que me ocorreu foi que ela teria ido lá à minha procura. Aproximei-me do carro e vi que não tinha ninguém no interior e assim que me preparava para entrar pelo portão ela surgiu acompanhada pelo doutor Brandão, diretor do lar, ambos bastante sorridentes. Um sorriso que se esfumou no rosto dela assim que me viu.

— Olá, Beatriz! *Respondeu atrapalhada.* Eu... eu vim cá tratar de uns papéis sobre o meu pai e não contava cruzar-me consigo.

— Olá, dona Lurdes. Gosto em vê-la. Não tem de se justificar.

— Claro! Tem toda a razão. Como estão a correr as coisas?

— Penso que estão a correr muito bem. Tivemos um bom avanço recentemente e tenho umas ideias muito interessantes para pôr em prática e se possível ainda hoje.

— Que boa notícia, depois temos de falar sobre isso...

Despedi-me e dirigi-me até à porta de entrada do lar. Durante aqueles escassos metros atrevi-me a olhar para trás na direção deles, como por instinto, e reparei que estavam a olhar para mim. O que tornou aquele momento ainda mais constrangedor. Continuei para o interior do edifício e assim que entrei todas as peças começaram a encaixar-se na minha cabeça. O momento em que Lurdes chegou a casa, já de noite, quando eu e Leonardo ainda estávamos dentro do carro e toda a conversa que se seguiu com ele sobre a possibilidade de ela ter algum companheiro. E mais tarde quando o doutor Brandão se cruzou com Leonardo no lar e ele próprio estranhou a confiança com que falara da sua mãe. Eu tinha-a justificado com a postura habitual do doutor Brandão, mas percebi que afinal a intriga de Leonardo tinha algum fundamento. Certamente havia algum caso entre os dois, o que era perfeitamente aceitável, justificável e até bonito, tendo em conta que eram duas pessoas livres. Quem não ia gostar muito da ideia era Leonardo. Quando encontrei a dona Zélia, partilhei com ela a minha intenção e ficou contente com a ideia. Explicou-me qual era o plano e o percurso que iria ser feito naquela noite, inclusive os bairros por onde iríamos passar, e eu transmiti a informação via mensagem para Leonardo para que estivesse preparado e não combinasse outras coisas para aquela noite. À hora marcada, Leonardo apareceu no local combinado. Era uma garagem onde o grupo de voluntários se reunia para tratar da comida que nessa noite seria distribuída pelos diferentes pontos da cidade onde se reunia um maior número de pessoas carenciadas. Durante algumas horas preparavam-se sacos com sandes, fruta e água. Preparavam-se grandes quantidades de sopa, salada de fruta, chá, leite e café e ainda se selecionavam algumas roupas e mantas que eram doadas e estavam em boas condições de serem distribuídas. Eu e Leonardo ficámos responsáveis pela roupa, enquanto o restante grupo tratou da parte alimentar. Admirava-me que Leonardo não fizesse nenhuma reclamação. Fora algumas expressões azedas de vez em quando, depois de alguns espirros provocados pelo pó da roupa, arriscava-me a dizer que estava a gostar de desempenhar aquela função. O que me deixou com um leve sorriso no rosto. Assim que toda a gente terminou de cumprir as respetivas tarefas, carregámos quatro carros com os diferentes mantimentos, que seguiram em caravana em direção ao primeiro bairro da ronda. O da frente, onde ia a dona Zélia, levava os sacos com as sandes, a fruta e a água, o segundo levava a sopa e a salada de fruta, o terceiro o chá, o café e o leite e, por último, o meu, onde ia eu e Leonardo, levava as roupas e as mantas. Quando a caravana chegou ao primeiro bairro da ronda, as pessoas já estavam à nossa espera, pois era um procedimento diário, embora cada dia com um grupo de voluntários diferente. Estacionámos os carros e elas mesmas foram-se aproximando de cada um recolhendo a sua dose diária. Algumas vinham até ao meu e perguntavam cheias de vergonha se tínhamos algumas calças à sua medida ou então alguma roupa para rapaz ou rapariga de uma determinada idade para levarem para os filhos. Eu e Leonardo íamos remexendo a roupa numa tentativa de satisfazer aqueles pedidos. Quando deixámos de ser solicitados e as pessoas se recolheram para os seus abrigos, regressámos aos carros e seguimos juntos, como era do protocolo, até ao bairro seguinte, que ficava fora do centro da cidade, não tinha muita iluminação e era ocupado essencialmente por toxicodependentes e sem-abrigo. Entrámos por uma ruela escura e não se viu ninguém por longos metros. Mas, assim que parámos os carros, começaram a surgir rostos nas janelas de vidros partidos. Olhei para Leonardo e vi-o apreensivo.

— Fica tranquilo. É um pouco assustador, mas eles já sabem ao que vimos. Não nos fazem mal porque só têm a perder com isso. Não são más pessoas, são apenas vítimas.

— Não duvido disso, o problema é que há sempre exceções.

— Só quando conhecemos um mundo destes é que começamos a dar valor àquele em que vivemos e a ter noção da sorte e da saúde que temos. É impossível sair daqui sem uma visão diferente da vida. Não da deles, mas da nossa.

Leonardo abanou a cabeça, dando-me a indicação de que tinha entendido onde eu queria chegar, e não abriu a boca. Aliás, pouco tinha falado desde que começámos a ronda. Parei o carro, saímos e o procedimento repetiu-se. A expressão de Leonardo estava mais carregada. Não podia culpá-lo, era uma realidade estranha para ele. Eu mesma senti aquilo na minha primeira vez como voluntária. Quando a afluência de pessoas baixou e nos começámos a preparar para ir embora, aproximou-se um homem também de aspeto débil, mas não tanto como os restantes, e perguntou-nos se tínhamos um vestido rosa para uma menina de oito anos que dizia ser sua filha.

— Deixe-nos ver aqui. Penso que deve haver algum. *Respondi-lhe*. Vê no saco daquele lado, por favor. *Pedi a Leonardo.*

Ele contornou o carro, abriu a porta de trás do outro lado e começou a procurar noutro saco. Encontrei um vestido de ganga e sugeri-o ao homem, que recusou insistindo que tinha de ser rosa.

— Sabe... ela sempre quis ter um rosa, como nos contos de fadas. *Dizia o homem enquanto remexíamos na roupa.* Mas eu não tenho dinheiro para lhe comprar um. É uma pena. É uma pena.

Estava tão empenhada em encontrar um vestido segundo a descrição daquele homem que nem me apercebi de que estava toda a gente à nossa espera para seguir para o próximo bairro.

— Temos de ir, Beatriz. *Avisou a dona Zélia.*

— Tenho de encontrar um vestido para a filha deste senhor, não me vou embora enquanto não verificar nos sacos todos. Vão indo.

— A Beatriz sabe que faz parte do protocolo andarmos sempre em grupo. Não vos vamos deixar para trás.

— Não se preocupe, é só o tempo de confirmar nos sacos e já vos apanhamos. Vão na frente senão a comida arrefece e é pior.

— Eu não quero atrapalhar o vosso trabalho, senhora, eu só queria mesmo o vestidinho para a minha menina.

— OK! Vamos andando, mas qualquer coisa liguem-me!

Os três carros arrancaram e eu fui verificar nos sacos de roupa que tínhamos na mala. Leonardo ajudou-me.

— Peço imensa desculpa pela demora. *Lamentou o homem.*

— Não tem mal, havemos de encontrar um. *Disse Leonardo.*

Pouco tempo depois de o restante grupo ter seguido viagem, um carro visivelmente deteriorado aproximou-se e parou ao lado do meu. O meu coração disparou nesse momento. Estávamos literalmente sozinhos ali. Leonardo olhou-me de olhos arregalados na expectativa. Saiu um homem de dentro do carro e abriu a mala.

— Eu procuro o vestido em casa. *Disse o homem que já estava connosco com um tom de voz muito diferente do anterior, ao mesmo tempo que deitava as mãos a um dos sacos de roupa.*

— Ei! Essa roupa é para dar a outras pessoas! *Gritei.*

Assim que acabei de dizer aquela frase, o homem deu-me um empurrão que me atirou de costas contra o passeio. Leonardo puxou-o para si, mas foi imediatamente agarrado pelo outro homem, que tirou uma seringa do bolso e apontou-a ao pescoço dele.

— Foge! *Gritou-me Leonardo.*

Fiquei paralisada no chão e enquanto isso o homem que nos pedira o vestido rosa, com certeza para nos fazer demorar de forma a ficarmos ali sozinhos, continuava a carregar o outro carro com os sacos de roupa que tínhamos trazido. Estava, claramente, mais preocupado em transferir a mercadoria do que comigo.

— Passa o telemóvel, miúda! *Ordenou o homem que apontava a seringa ao pescoço de Leonardo.*

Tirei o telemóvel do bolso e atirei-o para junto dos pés dele.

— Foge, porra! *Voltou a insistir Leonardo.*

— Eu não te vou deixar...

— Foge daqui e esconde-te! Agora!

Levantei-me e ponderei atirar-me para cima do homem, mas corria o risco de no meio da zaragata ele espetar Leonardo. Dei um passo em frente e Leonardo arregalou-me os olhos e moveu os lábios dizendo em silêncio a palavra *vai*. Olhei-o profundamente com os olhos a explodir de dor e impotência e desatei a correr por uma estreita escadaria.

Corri o máximo que pude, mas quanto mais corria mais me perdia. Tinha metido por atalhos aleatórios para espalhar o meu rasto, caso decidissem vir atrás de mim, que eu mesma já não sabia voltar para trás. Não havia iluminação praticamente nenhuma e não conseguia distinguir quais as casas que eram habitadas para pedir ajuda. No entanto, lembrei-me que, caso recorresse à ajuda de algum ocupante daquelas casas, o mais provável era não só não me ajudarem como me acontecer algo bem pior que nem queria imaginar. Não podia gritar para não ser rastreada e não podia ser vista por ninguém sob o risco de me fazerem algum mal. Não seria o primeiro caso de alguém que a fugir de um problema meteu-se noutro bem pior. Não aguentava correr muito mais e tive mesmo de parar e encostar-me numa esquina junto a um lanço de escadas onde a luz não chegava. Sentei-me, abracei as minhas pernas e pousei a cabeça sobre os joelhos, criando a ilusão minimamente tranquilizante de que, se naquela posição não conseguia ver ninguém, talvez também ninguém me visse. O peito arfava pela correria desenfreada, mas comecei a aperceber-me de que o tempo para o batimento cardíaco voltar ao normal já tinha passado e ele continuava acelerado. Nesse momento veio-me uma imagem tão assustadora como aquela que tinha tido minutos antes. Estava a desenvolver um ataque de ansiedade. O problema é que o remédio para os ataques de ansiedade, que não eram nada meigos comigo, tinha ficado no carro. Para piorar tudo, era noite cerrada, estava perdida no meio de um bairro onde não podia gritar a pedir ajuda, pois o resultado podia ser pior, e sabia que em segundos os meus membros começariam a adormecer e o rosto ia começar a paralisar-me. As pálpebras iam perder a força, os meus olhos fechar-se-iam involuntariamente e os músculos da boca iam contrair de tal maneira que mesmo que quisesse pedir ajuda não ia conseguir. Como se não bastasse, não sabia o que tinha acontecido a Leonardo. Se estava bem ou sequer se ainda estaria por ali. Todos aqueles cenários que despoletaram de forma automática dentro da minha cabeça aceleraram o meu estado de ansiedade e o pânico apoderou-se do meu corpo descontroladamente. Sabia que se ficasse ali não ia conseguir conter o ataque e tinha de arriscar voltar para trás até ao carro para tomar o remédio. Levantei-me e comecei a fazer o percurso inverso. Uma tarefa que era agora ainda mais difícil uma vez que o pânico impedia-me de ter um raciocínio lógico e a escuridão castrava-me o sentido de orientação. A dada altura limitava-me a dobrar esquina após esquina apoiando-me nas paredes grafitadas daqueles prédios abandonados, arrastando um corpo cada vez mais atrofiado. A cada passo que dava sem ver uma luz que me orientasse ou uma rua que reconhecesse, o pânico redobrava-se em mim. Não era mais o labirinto criado por aquelas ruelas que me assustava, mas sim o labirinto que se tinha criado dentro da minha própria cabeça e que se adensava cada vez mais sem que eu pudesse ter controlo sobre ele. Entretanto, pareceu-me ouvir uma voz e paralisei cada músculo para apurar a minha audição. O único som que conseguia distinguir era o do meu coração, mas entre o som das suas batidas reconheci ao longe o meu nome. Só podia ser Leonardo a chamar por mim algures numa ruela perto. Usei toda a minha energia para tentar emitir um som, fosse qual fosse, o mais alto possível. Obtive resposta do outro lado e isso ajudou-me a tranquilizar e encontrar mais forças para voltar a gritar. A minha boca já não me permitia pronunciar uma única palavra, mas não era relevante naquele momento. Tudo o que eu queria era ser encontrada. Continuei a gritar o mais alto que podia e o mais frequentemente possível para permitir guiá-lo até mim e não saí do lugar para não lhe trocar as voltas. Não demorou muito até a figura de Leonardo surgir na esquina à minha frente. Assim que o olhei foi como se tivesse visto um anjo e caí no chão a chorar.

— Pronto, pronto, pronto! Já está tudo bem! *Disse assim que chegou junto de mim e eu me abracei a ele.* Não aconteceu nada de mal, eles já se foram embora. Vamos, vou tirar-te daqui.

— Preciso do remédio... no carro... no carro. *Tentei dizer enquanto esfregava a mão no peito para sacudir a falta de ar.*

— Eu é que tenho problemas de coração e tu é que vais morrer? Era o que mais faltava. Vamos lá buscar esse remédio!

O facto de estar junto dele e de ter chorado ajudou-me a atenuar o ataque de ansiedade, mas continuava a precisar urgentemente de pôr um comprimido debaixo da língua. Leonardo colocou o meu braço por cima dos seus ombros e amparou-me na caminhada. Tentei facilitar-lhe o trabalho, mas os meus membros inferiores continuavam bastante atrofiados e eu só arrastava os pés. Ele percebeu que eu atrapalhava mais do que ajudava e pegou em mim ao colo. Meia dúzia de esquinas depois desembocámos na rua principal e já conseguia ver o meu carro alguns metros à frente. Voltou a pousar-me no chão e andando ou arrastando-me acelerámos até ele. Assim que cheguei, corri ao porta-luvas, tirei uma caixa de remédio, pois tinha sempre uma por perto, fosse na carteira, no carro ou em casa, pus um comprimido debaixo da língua e recostei-me no banco enquanto respirava pausada e profundamente.

— Vou levar-te ao hospital. *Disse Leonardo.*

— Não... não é preciso. Tira-me daqui.

Ele passou para o lado do condutor e acelerou pela rua principal do bairro no sentido inverso ao que tínhamos vindo. Assim que saímos daquela zona e chegámos a uma das artérias principais da cidade, com muitos carros atrás e à frente, o meu cérebro pôde finalmente relaxar, com a ajuda extra do ansiolítico, e apaguei por completo. Quando voltei a acordar, não tinha noção de quanto tempo tinha dormido, mas percebi logo que não teria sido muito, pois ainda era de noite. O banco estava todo inclinado para trás, tinha o casaco de Leonardo sobre mim e ele estava do lado de fora sentado sobre o capô. Ergui a cabeça para olhar pela janela e percebi que estávamos junto a uma praia. Levantei-me, vesti o casaco dele, que me ficava tão grande que mais parecia uma manta, e saí. Ele olhou para trás assim que ouviu a porta a abrir e ficou a olhar-me enquanto me aproximava dele. Senti uma vontade enorme de o abraçar e não me esforcei para a conter. Agarrei-o e, após um breve momento de inércia da parte dele, retribuiu-me o abraço.

— Foste um verdadeiro herói hoje. *Disse-lhe quando o soltei.*

— Fiz apenas o que tinha de fazer. Se alguém tinha de se sacrificar, nunca permitiria que fosses tu. Não foi por vontade própria, mas acho que provei que não sou um cobarde como dizias.

— Quando falei na cobardia referia-me a outras coisas, mas aquilo que fizeste foi mais uma prova de que és uma pessoa boa. Numa situação extrema, o teu instinto veio ao de cima, ou seja, a tua verdadeira natureza. E essa natureza demonstrou coragem, altruísmo, companheirismo e tudo o mais. Bem dizia o teu avô que no fundo eras um bom rapaz e eu também tenho a certeza de que sim.

— Sermos bons de vez em quando não faz de nós boas pessoas. Ser ou sentir de nada vale se não se mostrar e exprimir. É preciso demonstrar isso constantemente com palavras e atitudes. De vez em quando não é exemplo. De vez em quando todos nós podemos ser tudo. Mas aquilo que somos é também aquilo que fazemos e dizemos. Uma pessoa generosa não dá apenas quando tem muito. Uma pessoa generosa dá sempre, tenha muito ou pouco.

— Sim, tens razão, mas lembro-me de o teu avô me dizer o seguinte, se queres conhecer alguém de verdade, repara nessa pessoa quando está distraída, como reage quando a apanhas desprevenida ou como se comporta quando tem de improvisar. Pois um segundo pensado é um segundo manipulado. E tu naquele momento foste apanhado desprevenido e tiveste de improvisar. O bem está aí dentro, mais ou menos escondido, mas está aí dentro.

— Estou perdido há muito tempo e já me conformei com isso. Faz o que tiveres a fazer e eu farei o que tiver a fazer, mas sem grandes expectativas. Já sabes que, se não esperares nada, o que vier é lucro. Não quero ser responsável por desilusões involuntárias.

— Não estás perdido. Não digas isso! E não te preocupes com as minhas hipotéticas desilusões. Sempre esperei que me dessem tanto quanto eu dava e que gostassem de mim tanto quanto eu gostava e o correio quando me batia à porta nunca me trazia uma recompensa, mas sim mais uma desilusão. E eu percebi que o meu grande erro não era exigir ter ali uma recompensa à minha espera quando abria a porta, mas sim sentir-me frustrada e injustiçada por ela não estar lá. Não nos podemos matar a lutar as lutas de outra pessoa. Não podemos simplesmente fazê-la ver as coisas como nós vemos ou introduzir as nossas ideias na cabeça dela. Nem é correto. O que podemos fazer é dar o exemplo da melhor forma possível e, se concordar e se se identificar, então que o siga também. Às vezes é preciso mesmo deixá-la cair para perceber sozinha como é que se anda. E se mesmo assim não aprender só nos resta perdoá-la por compreendermos que não temos todos a mesma imagem realista e justa da vida. Cada um tem os seus problemas, traumas e bloqueios, que só cada um pode resolver, por isso não nos podemos sentir culpados por perder uma luta que não é nossa. Percebi isto depois de tu me teres dito aquilo no jardim e de ter refletido nas palavras que o teu avô me disse. Como é óbvio, continuarei a não suportar injustiças, mas no teu caso vou compreender e perdoar mais facilmente.

— E qual é o meu caso?

— O teu caso é que não há caso nenhum. É unilateral, digamos assim. Eu não estou aqui para dar e receber, estou a fazer isto por ti, mas não somos namorados. Não é um relacionamento.

— E se fosse?

— Não é e ponto final. O que importa agora é que eu estou bem e tu estás bem. Conta-me o que aconteceu.

— Resumidamente, enquanto o matulão me apontava aquilo ao pescoço, o franzino do vestido rosa carregou o carro deles com toda a roupa e limpou-me os bolsos. Vá lá que o teu carro não é grande coisa, senão também o tinham levado. Depois desapareceram e eu meti pela escadaria por onde tinhas fugido e fui à tua procura.

Soltei um suspiro e atirei os cabelos para trás.

— Meu Deus! Como é que uma coisa destas foi acontecer? Quanto tempo é que estive a dormir?

— Não sei, mais ou menos duas horas. Eu ia regressar ao ponto de encontro onde tenho o meu carro, mas tu adormeceste e achei melhor fazer este desvio para poderes dormir à vontade.

Tinha sido uma noite muito assustadora, mas todas aquelas atitudes de Leonardo ajudavam a compensar o susto.

— Oh, não! O resto da equipa. Devem andar aflitos à nossa procura, tenho de lhes ligar a explicar o que aconteceu. *Disse enquanto contornava o carro para ir buscar o telemóvel.*

— Esquece! *Atirou Leonardo.* Eles levaram-nos os telemóveis.

— Merda! Claro que levaram. Então vamos embora rápido. Vou levar-te ao teu carro para depois ir para casa e poder avisá-los.

Conduzi até à garagem que tinha sido o nosso ponto de encontro e no momento em que Leonardo se preparava para sair do meu carro e ir para o dele lembrei-me de algo que me disse quando me encontrou perdida no bairro e eu na altura, transtornada como estava, nem sequer prestei atenção.

— Quando me encontraste naquele estado de pânico, disseste que tinhas problemas de coração ou foi impressão minha? *Perguntei quando ele já estava com um pé fora do carro.*

— Ah! Isso. Sim. Devo ter dito...

— E o que é que isso quer dizer?

— Muitas coisas. Uma delas é que posso morrer a qualquer momento. Boa noite. *Atirou, antes de bater com a porta.*

    Fiquei imóvel a vê-lo afastar-se, entrar no carro e seguir viagem. Perdi noção do tempo em que fiquei naquele estado a tentar digerir o que acabara de ouvir. Percorreu-me o corpo uma leve sensação de medo e de compaixão e logo depois uma estranha falta por já não o ter ali por perto. Não sei se por querer voltar a sentir a segurança que ele me transmitia ou se apenas por querer retribuir-lhe o *já está tudo bem* que ele me tinha dito momentos antes quando mais precisara. A naturalidade com que me disse que podia morrer a qualquer momento não me ajudou a aceitar melhor aquela notícia. Muito menos quando tinha uma infinidade de outras sensações boas e más que aquela noite me tinha proporcionado ainda por assimilar. Pensei que talvez Leonardo estivesse a brincar comigo ou então a dramatizar demasiado e tentei não fazer filmes antes de conhecer melhor aquela história. Rodei a chave para pôr o motor a trabalhar e ao mesmo tempo foi como se abrisse uma caixinha da memória dentro da minha cabeça. Percebi que só podia ser aquele o problema que estaria a desmotivar Leonardo de se tornar melhor pessoa, segundo o que Nicolau me dissera. Lembrei-me ainda do momento em que confrontei Leonardo com a tese de que esse problema seria algum desgosto amoroso e ele defendeu-se dizendo que nunca sequer tinha amado alguém e se eu lhe queria bem que rezasse para que esse problema nunca se manifestasse. Por fim encontrei também a resposta à saída abrupta de Leonardo daquele jantar em sua casa. Agora fazia tudo sentido na minha cabeça. Para quê esforçar-se para ser boa pessoa ou criar ligações afetivas se de um momento para o outro podia morrer e todo esse esforço teria sido em vão, além de que o sofrimento alheio seria bem maior. Era, simbolicamente e talvez até inconscientemente, o seu maior ato de altruísmo e ao mesmo tempo egoísmo. Ou seja, quanto mais desprezo espalhava, menos ligações criava, mais ódio gerava por si e dessa forma menos lhe pesava uma hipotética morte precoce. Tanto a si como àqueles que o rodeavam. E toda a história associada ao pai e à ausência daquela figura paternal tinha sido a fonte de todos os maus sentimentos que ele alimentou dentro de si e espalhou em seu redor. Sim, fazia todo o sentido do mundo, mas ao mesmo tempo era a atitude mais absurda do planeta. Naquela noite já não conseguia pensar mais. Quando cheguei a casa pedi o telemóvel à minha irmã e consegui chegar ao contacto com a dona Zélia para lhe explicar toda a situação e tranquilizar o resto do grupo que estava preocupado connosco. Assim que me sentei na cama, senti o cansaço percorrer-me o corpo. Para trás ficavam as memórias daquela noite assustadora, mas a frase de Leonardo continuava a ecoar na minha cabeça. Deitada, comecei a pensar que talvez não tivesse sido por acaso que ele me tivesse dado aquela notícia naquele momento em concreto. Era uma espécie de antídoto, um elemento dissuasor para que a minha mente não gravasse os acontecimentos traumatizantes daquela noite. Agradeci-lhe em silêncio a generosidade. Tinha ficado sem telemóvel e como não me apetecia comprar um novo fui à última gaveta da mesinha de cabeceira e vasculhei à procura do meu antigo *Samsung*. Assim que o encontrei fui novamente abalroada por uma enxurrada de lembranças. Tinha sido com aquele telemóvel que eu tinha começado a falar com Gabriel, resultando depois no início da nossa relação. Contudo, apesar de todas as memórias que me ocorreram, senti-me tranquila. Pus a mão no peito e estava calmo como se não fosse mais uma dor que me pertencesse. Adormeci tranquila. No dia seguinte fui a uma loja tratar de recuperar o meu número de telemóvel e à hora do almoço tocou pela primeira vez com uma chamada de Lurdes. O meu primeiro pensamento foi que Leonardo lhe tinha contado o que se tinha passado e ela queria cancelar o desafio.

— Olá, Beatriz. Queria falar consigo.

— Pode dizer, dona Lurdes. Estou na minha hora do almoço e estou com tempo. É sobre aquilo que se passou ontem, não é?

— Sim, é sobre isso, mas preferia que fosse pessoalmente.

— Claro que sim. Eu passo na sua casa no final do serviço.

— Não, não quero que seja em casa, por causa do Leonardo. Se não se importa, encontramo-nos num café não longe do lar. Eu envio-lhe de seguida uma mensagem com as indicações.

Aguardei pela mensagem e quando saí do trabalho segui para a morada que me deu. Se antes achava que ela me ia dar uma reprimenda por ter colocado o seu filho em perigo, depois daquela chamada não tinha mais dúvidas de que o ia fazer. Quando cheguei ao café, encontrei-a na esplanada a tomar um refresco. Sorriu assim que me viu e deu-me um curto abraço quando a cumprimentei.

— Antes de mais deixe-me dizer-lhe que aquilo que aconteceu ontem no voluntariado foi uma total exceção. Aliás, nunca aconteceu nada parecido sequer. *Comecei por me explicar.*

— O que é que aconteceu?

— O seu filho não lhe contou?

— Não, não me disse nada. Como sabe, ele não é uma pessoa de desabafar ou contar o que anda a fazer. O que é que aconteceu?

Percebi que não estávamos a falar do mesmo e tive de contornar a questão. Se ele não lhe tinha contado, não seria eu a fazê-lo.

— Ah, bom! Aconteceram umas peripécias que me provocaram um ataque de ansiedade, mas já está tudo bem.

— Pois... a ansiedade. Às vezes também me vejo aflita com ela, mas ainda bem que está resolvido. O que quero falar consigo é sobre o que a menina viu ontem de manhã quando chegou ao lar. Vou pedir-lhe que não comente nada com o Leonardo.

— Claro que não, dona Lurdes. Não tenho porque fazer uma coisa dessas. Nem vejo o que isso tem para ser comentado.

— A Beatriz é uma mulher inteligente, eu sei que está a ser cordial, mas não é nenhuma criança. A minha situação é muito complicada... Não é muito bem aceite que uma mulher da minha idade refaça a sua vida, que volte a sair, ter um companheiro, namorar ou como lhe quiser chamar. Mas nem digo isto pelas outras pessoas, porque no fim de contas não faço a minha vida em função delas, digo-o porque tenho um filho em casa, que sei que não iria aceitar bem. Além disso, também sei que a minha atenção deve estar virada para ele e talvez eu não devesse andar distraída com...

— Não diga mais nada, dona Lurdes. *Interrompi*. O que me está a dizer não faz qualquer sentido. Independentemente de tudo, tem todo o direito de ser feliz. A idade, a família, o país, a condição económica, as opiniões dos outros ou a experiência de vida nunca serão condicionantes da felicidade. A única coisa que condiciona a felicidade é a falta de amor por nós mesmos. Não me diga que não falava sobre isto com o seu pai. Olhe que foi dele que tirei muitos destes ensinamentos. Não é por se ter mais de vinte que não se pode andar de baloiço, não é por se ter mais de trinta que não se pode jogar consola, não é por se ter mais de quarenta que não se pode namorar e por aí em diante. O senhor Nicolau dizia assim, é certo que tudo tem o seu tempo, mas não há um tempo certo para tudo. Ou seja, o que define a qualidade do tempo nunca será o quanto nem o quando, mas sim o como. E se também está preocupada com o seu filho, então tire essa ideia, porque ele não tem de querer ou deixar de querer, aceitar ou deixar de aceitar. E depois acho que não deve esconder esse pormenor dele, porque, ainda que acredite que o Leonardo não vai gostar, isso não apaga o facto de não estar a ser transparente com o seu filho.

— Eu sei, eu sei! *Disse enquanto se compunha na cadeira e rodava ligeiramente para mim.* Mas também sei que ele não se ia sentir bem com a ideia, e eu prefiro o bem-estar dele ao meu.

Se para ser uma boa mãe eu tiver de lhe contar e se ao fazê-lo o deixarei mal, então eu prefiro estar sozinha para o resto da vida.

— Ainda não sei o que é ser mãe, e se estiver a falar de mais ou a ir por onde não devo diga-me para parar, mas eu acredito que ser uma boa mãe passa por ser uma boa pessoa, e isso passa por ser correta consigo mesma e com as pessoas que a rodeiam. E tendo em conta este cenário isso significa contar ao Leonardo que tem uma pessoa na sua vida, que foi escolhida por você e que é uma pessoa que contribuiu para a sua felicidade e depois ajudá-lo a compreender e aceitar isso. E se ele não o fizer será por puro egoísmo.

— Mas ele pode não entender isso como egoísmo da parte dele, mas sim como egoísmo meu ao achar que eu estou a fazer algo que eu quero sem me preocupar com ele. Entende o que quero dizer?

— A interpretação acabará sempre por ser um pouco subjetiva. Só quero que saiba que não está a fazer nada de errado. A Lurdes, assim como tantas outras mulheres que estão na mesma situação, deve pensar em si e perceber que sendo uma mulher feliz será uma mãe feliz e com certeza que estará mais perto de conseguir que o seu filho também seja feliz. E se me permite esta confissão... a Lurdes e o doutor Brandão fazem um lindo casal. São duas pessoas com um enorme coração e de uma simpatia imensa.

— Ai muito obrigada, Beatriz! *Deixou fugir um sorriso envergonhado.* Eu continuo a achar que não tenho idade para estas coisas, mas confesso que tem sido uma experiência muito bonita.

— Claro que sim! E ainda vai ser mais quando puder partilhá-la com o seu filho. Assim que estiver preparada e sentir que é o momento. Quanto àquilo que me pediu, fique tranquila que não lhe vou contar nada, como é óbvio, mas tem todo o meu apoio e incentivo para o fazer. Há uns tempos dir-lhe-ia que ele ia reagir muito mal, mas tenho fé de que isso está prestes a mudar.

— Acha mesmo? Tem notado avanços significativos?

— Tenho notado algumas melhorias, sim, mas ainda é cedo para deitar foguetes. Enfim, vou continuar a fazer a minha parte com muita fé. Mas já que estamos a falar do Leonardo, e perdoe-me desde já se vou tocar num assunto sensível, o seu filho disse-me ontem que tinha problemas de coração e que isso significava que podia morrer a qualquer momento. Isso é mesmo verdade?

Lurdes voltou a compor-se na cadeira e fez uma pausa.

— O que ele quis dizer foi que está mais suscetível a uma morte precoce. O Leonardo sofre de miocardiopatia dilatada. É uma doença no coração que lhe irá reduzir inevitavelmente a esperança média de vida, mas que não o impedirá de ter uma vida longa e normal como qualquer outra pessoa. Apenas tem de ter cuidados e preocupações que as outras pessoas não precisam.

— Que cuidados são esses?

— Não pode, por exemplo, fazer grandes esforços. Drogas, álcool e essas coisas nem pensar. A alimentação é mais rigorosa e, claro, tem de tomar a medicação todos os dias para regular a frequência cardíaca. Caso contrário, não quer dizer que morra de repente, mas pode desenvolver complicações que resultem... Enfim, nem quero pensar nisso. Tenho fé que não acontecerá nada.

— E como é conviver com essa doença, para si e para ele?

— Quando lhe foi diagnosticada, o Leonardo tinha quatro anos e nos primeiros tempos vivíamos constantemente com medo, claro. Mas fomos aprendendo a conviver com o risco e, como também nunca teve nenhuma complicação, conseguíamo-nos esquecer da doença, mas o fantasma está sempre presente.

Não quis prolongar mais aquela conversa que deixava Lurdes visivelmente triste, despedimo-nos com um abraço e fui para casa. Só depois de ter estacionado em frente ao meu prédio é que reparei no carro que estava ao lado do meu. Era o carro de Leonardo. Olhei para o interior e não estava ninguém. Olhei para cima para o quarto andar e pensei, está em minha casa.

Quando cheguei a casa encontrei Leonardo sentado à mesa da cozinha e a minha mãe junto à bancada a preparar uma alface.
— O que é que estás aqui a fazer? *Perguntei desde a porta.*
— Com que então a menina ontem foi assaltada, perdeu-se num bairro cheio de drogados, teve um ataque de ansiedade e escondeu tudo de mim. *Protestou a minha mãe.*
Lancei um olhar de repreensão a Leonardo.
— Não disseste nada à tua mãe e vens dizer à minha, Leonardo?
— Eu não sabia que ela não sabia e também não sabia que tu não querias que ela soubesse. *Defendeu-se ele.*
— Tu já sabes que não gosto que vás fazer voluntariado lá para o meio desses delinquentes todos, filha. Era uma questão de tempo até uma coisa destas acontecer. Se queres ajudar as pessoas tens tantas possibilidades de o fazer. Olha, por exemplo a associação das crianças para onde vais de vez em quando. É muito melhor.
— Mais ou menos perigosos, não deixam de ser pessoas que precisam de comer e de se vestir. Apesar de tudo, também precisam

de ajuda e merecem viver com dignidade. Mas por acaso até preferia ir para a associação de acolhimento, acho que seria muito mais transformador para o Leonardo, mas ele escolheu os adultos.

A minha mãe voltou-se para Leonardo, que estava atrás dela, secou as mãos e pousou uma sobre o braço dele.

— Escolha as crianças. *Pediu-lhe.* Vai ver que vai gostar mais e pode ser que a minha filha deixe de andar lá no meio dos drogados. Já sei que são pessoas como nós e também merecem, mas se alguém tem de fazer isso que sejam os filhos dos outros. Não quero a minha menina naqueles ambientes. Por favor, escolha as criancinhas, escolha. E veja se muda as ideias desta rapariga, que ela tem a mania que tem a obrigação de ajudar toda a gente e mais alguma.

Leonardo olhou para mim de olhos arregalados e depois voltou a olhar para a minha mãe com um ar um pouco atrapalhado.

— Tudo bem, tudo bem. *Disse ele.* Vou dar uma oportunidade às crianças. Se soubesse o que sei hoje, se calhar tinha ponderado melhor na altura em que a sua filha me deu a escolher. Mas se ela insiste que é a melhor experiência para mim, então eu aceito.

— Muito obrigada, menino Leonardo! Nem sabe o peso que me tira dos ombros. E não te preocupes, filha. Se não fores tu, vai outra pessoa. Não lhes vai faltar roupa e comida só porque tu não vais.

— Se todos pensarem como tu, olha que vai faltar, sim, mas pronto, está bem, vamos mudar de assunto. Podes dizer-me então o que vieste cá fazer? *Perguntei a Leonardo.*

Ele levantou-se, pegou numa pequena caixa branca que tinha à sua frente e dirigiu-se para mim. O meu primeiro pensamento foi que ele tinha levado a sério aquilo que lhe tinha dito sobre entregar bombons ao domicílio, mas assim que me entregou a caixa vi logo que não tinha nada a ver com doces. Era um telemóvel novo.

— Ficaste sem o teu e de certa forma acabou por ser por minha causa porque, se não fosse por mim, se calhar não tinhas ido ao voluntariado exatamente ontem e não tinha acontecido aquilo. Acho que é isto que uma boa pessoa faz, certo?

— Mas tu não tiveste culpa, não tinhas obrigação nenhuma de me dar um telemóvel novo. Além disso, este é dos mais caros.

— Se não tinha obrigação nenhuma, entende isto como uma gentileza da minha parte, o que é melhor ainda tendo em conta o nosso propósito. Digo eu. E pronto, foi por isto que vim cá.

Ia agradecer-lhe, mas Leonardo apressou-se para a saída, até que a minha mãe lhe interrompeu as intenções.

— Jante connosco. *Atirou ela.*

— Eu? *Perguntou admirado.*

Naquele momento lembrei-me do jantar em casa dele e de todo o encanto e requinte que tinha a mesa de jantar. Em minha casa, não havia nenhuma daquelas mordomias e talvez isso o deixasse desconfortável e consequentemente a mim também. Além disso, era muito estranho, pois eu só tinha trazido uma pessoa a jantar em minha casa e era um namorado já com muito tempo de namoro. Não queria que ele e a minha família pensassem coisas erradas. Aquela ideia tinha tudo para não ir avante.

— Mãe! O Leonardo não tem tempo para...

— Está bem. *Respondeu ele.* Só tenho é de fazer uma chamada para a minha mãe a avisar que não janto em casa.

Aquela resposta apanhou-me desprevenida e deixou-me muito pouco descontraída, mas no fundo preferi uma resposta positiva. Lembrei-me então da conversa que tinha tido momentos antes com Lurdes e decidi dar-lhe uma sugestão antes de fazer a chamada.

— Faz isso, e já agora diz-lhe que vais jantar aqui e para ela aproveitar e ir jantar fora, assim não janta sozinha em casa.

— Se for jantar fora, vai jantar sozinha na mesma. Por isso...

Percebi que estava a ir além do perímetro de segurança.

— Olha... pelo menos... vê caras novas. Faz o que te digo.

Ele recolheu-se para o corredor para fazer a chamada e eu pousei as minhas coisas e comecei a ajudar a minha mãe. A adolescente da casa devia estar fechada no quarto e o homem da casa devia estar sentado no sofá da sala a ver televisão, a julgar pelo ruído que vinha de lá. Tudo dentro da normalidade, portanto. Quando Leonardo regressou à cozinha, sentou-se no lugar onde havia estado sentado e ficou a olhar para nós as duas. Eu encarei-o em silêncio e fiz--lhe sinal com a cabeça na direção da minha mãe, na esperança de que ele percebesse que naquela casa tínhamos de ser nós a preparar o jantar. Ele não estava a perceber o que eu queria dizer com aquilo, até que finalmente entendeu, abriu a boca de espanto e levantou-se.

— Precisa de ajuda? *Perguntou à minha mãe.*
— Não! Nem pensar. O Leonardo é nosso convidado.

Sorri para ele e inclinei ligeiramente a cabeça como forma de reconhecimento pelo gesto que acabava de ter, digno de uma pessoa bondosa e prestável. Era inegável que o lado bom dele tinha começado a aflorar, mas isso não significava que ele soubesse como é que uma boa pessoa se comporta no dia a dia e cabia-me a mim também dar-lhe algumas dicas. Assim que acabámos de preparar o jantar, chamou-se toda a gente para a mesa e começámos a comer.

— Vai bem o negócio dos doces? *Perguntou o meu pai a Leonardo para o introduzir na conversa.*
— Melhor que o dos amargos. *Atirou ele, despertando uma gargalhada coletiva pela naturalidade e rapidez com que deu aquela resposta.* Vai muito bem, sim, temos muitos clientes de norte a sul do país e estamos já a pensar em começar a exportar.
— É do que o povo gosta. Têm é de inventar um doce que adoce a alma, que anda para aí tanta gente amarga que Deus me livre.
— Esse doce já foi inventado há muito tempo, chama-se afeto. *Respondi ao meu pai enquanto lançava um olhar a Leonardo.* No entanto, embora a demonstração de afeto seja gratuita, dá muito trabalho e implica muita entrega, por isso as pessoas guardam-no para si, por preguiça e vergonha. Sentem mas não demonstram, pensam mas não dizem, querem mas não fazem.
— Não é assim tão gratuita, mana. Às vezes a demonstração de afeto tem o preço de um *iPhone* novo. *Disse a minha irmã.*
— Cuidado com a língua, Leonor. *Repreendeu a mãe.*
— O meu já está a dar as últimas, pai, bem que me podias dar um também. Senão tenho de arranjar um namorado como o dela.
— Ei! Não há aqui namorados. *Alertei.*
— Isso é que não! Namorados só a partir dos quarenta. *Brincou o meu pai.* Já sabes que não temos dinheiro para esses telemóveis.

— Fogo... E se for tipo dois ou três modelos anteriores? Já estão mais ou menos a metade do preço destes novos. Já pode ser?

— Já tivemos esta conversa, Leonor.

— Sim, mas antes a Beatriz não tinha este telemóvel. Assim vou começar a ter inveja dela e isso vai ser muito mau para a família.

O meu pai abanou a cabeça, respirou fundo, olhou de relance para a minha mãe e cedeu à intimação da filha mais nova.

— Pronto, está bem. Eu dou-te um, mas é desses modelos mais antigos que já estão a metade do preço como tu disseste.

— Estás a falar a sério? *Leonor levantou-se da mesa e correu a abraçar o pai, beijando-lhe várias vezes o rosto.* Obrigada, obrigada, obrigada! És o melhor pai do mundo!

Estava tão entretida com aquele espalhafato da minha irmã com o nosso pai que me esqueci de Leonardo. Olhei para ele, ele olhou-me de volta e senti o impulso de lhe agarrar na mão, mas não o fiz. Limitei-me a sorrir-lhe com uma compaixão do tamanho do mundo por imaginar o que ele estava a sentir com aquela imagem de uma filha a abraçar o pai. Encolheu os ombros para demonstrar que estava tudo bem, mas sabia que aquilo tinha mexido com ele.

— Pronto, já chega, Leonor. Senão fico com ciúmes de ti e vai ser muito mau para a família. *Disse em tom de brincadeira numa tentativa de não acentuar o desalento de Leonardo.*

A minha irmã retomou o seu lugar e o jantar continuou normalmente, mas Leonardo não mais perdeu o semblante esmorecido. O meu pai continuava com as suas piadas, mas percebia que ele só lhe sorria por simpatia. Assim que terminámos de jantar, Leonardo despediu-se da minha família e acompanhei-o até ao carro.

— Obrigada pelo telemóvel, não tinhas de o fazer, pois não tiveste culpa. E mesmo que tivesses já tinhas mais do que retribuído ao me teres salvado. *Disse-lhe assim que chegámos à rua.*

— Entende como uma demonstração de afeto.

— Entendo como um gesto bonito, mas uma demonstração de afeto, para mim, não é dar presentes caros. Não ligo aos objetos. Há uma grande diferença entre aquilo que dá jeito e aquilo que faz falta. Por exemplo, um telemóvel ou um carro dão jeito, mas um abraço ou uma companhia fazem falta. E nunca algo que dá jeito compensará algo que faz falta. Imagina um pai que esteve longe de casa uma semana e quando regressa traz um presente para cada elemento da família. Esse presente, que dá jeito, nunca compensará a ausência desse pai, que fez falta. Ou seja, se ele quisesse mesmo compensar a sua ausência, não seria dando presentes, mas sim passando mais tempo com a família nos dias seguintes.

— Como deves imaginar, eu deixei muito cedo de ter essa presença, por isso talvez tenha tentado compensar da melhor maneira que podia e sabia através de materialismos.

— Acabei de perceber isso também, mas acho que tenho uma ideia perfeita para trabalharmos esse aspeto. No entanto, antes disso, vou cobrar-te o pedido da minha mãe que tu aceitaste para fazermos voluntariado com crianças. Eu vou falar com a diretora da associação e depois falo contigo. Vai fazer-te muito bem.

— Que seja, fico à espera desse contacto.

Leonardo deu-me um beijo no rosto, virou-se para entrar no seu carro e parou a um passo dele. O meu coração disparou com a imprevisibilidade daquele gesto. Virou ligeiramente a cabeça para o lado para se fazer ouvir e perguntou.

— Isto nunca tinha acontecido, pois não?

Eu queria responder-lhe que não, mas por alguma razão não consegui pronunciar uma palavra que fosse. Leonardo também não quis esperar pela minha resposta, entrou no carro e foi embora.

Contactei a diretora da associação de acolhimento onde fazia voluntariado e expliquei-lhe que tinha um amigo que queria juntar-se ao grupo. Ela disse-me que ia haver umas atividades com os miúdos no sábado seguinte nos jardins de uma fundação que havia na cidade e pediu-nos para aparecer. As atividades ao ar livre eram muito comuns naquela associação e sempre que aconteciam implicavam uma supervisão reforçada. Normalmente, a diretora recorria à ajuda de voluntários e aproveitava para criar uma troca de experiências benéfica para todos. As crianças e os jovens que faziam parte da associação tinham sido todos eles retirados às suas famílias pelos mais variados motivos, embora o mais comum fosse a negligência e desleixo por parte dos pais. Todos eles tinham sido privados, na totalidade ou em parte, de estar com as suas famílias e eu acreditava que se Leonardo se predispusesse a conhecer aquela realidade por dentro certamente que iria olhar de uma forma diferente e entender melhor a sua própria situação. Às vezes só achamos que estamos mal porque não conhecemos alguém que está pior. Não é por isso que vamos aceitar o mal que temos, mas com certeza que vamos começar a reclamar menos dele e esse talvez seja o primeiro passo para o resolvermos. Não perdi tempo em avisar Leonardo. Ele aceitou o desafio e no dia das atividades eu mesma o levei até aos jardins da fundação. Quando chegámos deram-nos uma *T-shirt* identificativa e assim que vi a diretora da associação dirigimo-nos até ela.

— Antes de mais, muito obrigada pela vossa disponibilidade. *Começou por dizer a diretora após as apresentações.* Felizmente temos muita gente a querer fazer voluntariado nesta associação e só me posso sentir muito grata por isso. Temos aqui diferentes atividades a decorrer em simultâneo e vou distribuir-vos por elas, mas depois gostava muito que participassem numa atividade que é feita com um carrinho ao longo do jardim. Depois explico em que consiste. Tenho a certeza de que vão adorar.

A diretora acompanhou-me até um grupo de crianças, explicando-me o que tinha de fazer, e depois encaminhou Leonardo para um outro grupo que estava junto de uma árvore. Na área circundante estavam mais voluntários que desenvolviam outras atividades com ou sem crianças. Na que me foi atribuída tinha de coordenar um conjunto de miúdos para atirarem bolas contra pirâmides de latas ou contra uma baliza tapada com uma placa de madeira que tinha buracos de diferentes tamanhos por onde deviam passar as bolas. Uns vinte metros atrás estava Leonardo a arbitrar um jogo da pinhata. As minhas crianças estavam bastante animadas, mas pouco tempo depois de ter começado o ruído que vinha lá do fundo começava a sobrepor-se ao do meu grupo. Era uma algazarra tremenda em redor de Leonardo, que rodopiava os miúdos vendados para lhes dificultar a tarefa de rebentarem a pinhata e terem acesso aos doces que lá estavam dentro. Dei por mim mais concentrada no que estava a acontecer no grupo junto à árvore do que no grupo que me competia coordenar. Entretanto, um dos miúdos conseguiu finalmente rebentar a pinhata, fazendo os doces caírem, e vi Leonardo a atirar-se para o chão, apanhar uma braçada deles e sair correndo. O grupo de crianças desatou a correr em euforia atrás dele pelo jardim fora, até que depois de várias voltas em torno das árvores e alguns ziguezagues para despistar os seus perseguidores Leonardo deixou-se abalroar pela criançada e foram-lhe saqueados todos os doces. Olhei em meu redor e estava toda a gente parada a olhar para aquele cenário divertido. Houve depois uma troca de voluntários e de grupos e eu e Leonardo passámos para uma outra atividade que consistia em orientar um determinado jovem numa pintura cujo tema era o desporto. De repente, Leonardo tornou-se a estrela daquele evento e todas as crianças queriam ser as escolhidas por ele para fazerem a pintura. A escolha acabou por ser feita por uma das assistentes da associação, que pegou numa menina e sentou-a no banco junto de Leonardo, diante de uma tela. Eu, mesmo ao lado, fiquei responsável por um rapazinho muito meigo.

— Qual é o desporto que escolheste para pintar? *Perguntei.*

— Aquele que é com raquetes. *Respondeu envergonhado.*

— Ténis? *Abanou afirmativamente a cabeça.* Vamos a isso. O que vamos desenhar primeiro? Sabes como é o campo?

Estava a desempenhar a minha tarefa, mas estava sempre atenta ao comportamento de Leonardo e como ele interagia com a menina que estava a orientar. Inicialmente parecia estar tudo bem e continuava com um ar animado, mas passado alguns minutos começou a demonstrar alguma impaciência para com ela.

— De que cor é a minha pele? *Perguntou várias vezes à menina, expondo-lhe as palmas das mãos, e ela acabou por responder qualquer coisa que não consegui perceber.* Então porque é que ias pintar a cara do jogador de vermelho?

Chamei por Leonardo baixinho e fiz-lhe sinal com as mãos para ter calma com a menina. Ele franziu a testa e encolheu os ombros. Assim que finalizámos as pinturas, a diretora aproximou-se de nós e convidou-nos para irmos até outro ponto do jardim para fazermos a atividade que nos tinha sugerido quando fomos ao seu encontro. Ela foi na frente e eu e Leonardo seguimos no seu encalço.

— Eu não dava para professor. *Desabafou ele num sussurro.*

— Eu reparei nisso lá atrás. Vou explicar-te uma coisa, a ansiedade cria a ilusão de que a meta que queremos atingir está mais longe do que na verdade está. Essa ilusão gera impaciência e a impaciência afasta mesmo a meta. Por isso, o segredo é lutar sempre, mas forçar nunca. Quase tudo na vida é mais uma questão de jeito do que de força. E tu não estavas a seguir essa lei com a menina.

— Tu também tens sempre resposta para tudo. Então a rapariga escolhe basquetebol para pintar e começa a desenhar uma baliza? E depois ia usar o vermelho para a cor da pele?

— Sabes lá se ela conhece alguém com a pele avermelhada e foi buscar esse pormenor? A menina estava só a ser criativa.

Chegámos ao destino e a diretora explicou-nos em que consistia aquela tarefa. Tratava-se de uma atividade de relaxamento em que a criança se deitava num carrinho e duas pessoas empurravam esse carrinho ao longo de um carril que se estendia a toda a volta do jardim e terminava no ponto inicial. Enquanto esperávamos que o carrinho da frente se distanciasse o suficiente para iniciarmos a nossa viagem, o miúdo que iríamos transportar, que não devia ter mais de dez anos, meteu conversa connosco.

— São vocês que me vão empurrar?

— Somos, sim. Estás preparado? *Perguntei.*

— Sim! *Respondeu prontamente.* Vocês são namorados?

Soltei uma gargalhada pelo descaramento do rapazinho e Leonardo lançou-me um olhar de quem já estava habituado.

— Não, não somos namorados. Como é que te chamas?

— Chamo-me Lucas Martins Tavares e tu?

— Eu chamo-me Beatriz, mas podes tratar-me por Bia!

Assim que recebeu a minha resposta, olhou para Leonardo.

— Leonardo Xavier Almeida Meneses Vilar de Lacroix.

Então era dali que vinha o nome com que Nicolau batizara a linha de bombons que criara em conjunto com o neto, pensei.

— Iiiii... que nome grande e feio. Vou chamar-te Leo.

Leonardo olhou admirado para mim e eu não contive uma gargalhada. Não havia maldade nenhuma naquela criança e foi tão genuíno que não me controlei. Ele também pareceu não levar a mal.

— Olha, olha! A formiga já tem catarro. Sobe para o carrinho.

O rapaz fez o que Leonardo lhe disse e depois agarrámos um de cada lado no apoio traseiro do carro e começámos a empurrá-lo.

— Se vocês namorassem seria o casal Bia e Leo. Não era?

— Era, era, mas não namoramos. *Atirou Leonardo.* Tu é que com essa letra toda deves ter uma dúzia de namoradas.

— Oh! A minha mãe não deixa, diz que sou muito novo.

— Pois és. *Concordei.* Mas aposto que o teu pai já não diz isso.

— Não sei, nunca o conheci. *Respondeu com naturalidade.*

Olhámos de repente um para o outro e ficámos em silêncio. Caminhámos assim alguns metros, limitando-nos a olhar para o miúdo, que, deitado no carrinho, ia olhando sorridente para as copas das árvores que se erguiam do nosso lado e tapavam parte do céu.

— E não gostavas de o conhecer? *Perguntou Leonardo.*

— Sim! Mas não sei quem é. *Torceu o nariz.*

— E não sentes falta dele?

— Só quando me perguntam por ele e não sei o que dizer.

— Não estás chateado por não te ter procurado?

— Não! Deve andar ocupado. Quando estiver mais livre, vem.

A inocência de Lucas era deliciosa. Quanto mais os ouvia a falar, mais gostava daquela conversa e mais eu acreditava no destino.

— E se ele chegasse agora aqui, o que é que lhe dizias?

— Olá, pai!

— Só isso? Tanto tempo sem o ver e só dizias isso?

— Olá, pai! Vamos ver um jogo do Real Madrid.

— Ui, que mau gosto. *Brincou Leonardo.* Porque não do PSG?

— Oh! Esse é fraco. Eu só gosto do Real Madrid.

— Estás enganado. Olha que o Paris Saint-Germain é melhor, mas tudo bem. Então e porque é que estás aqui na associação?

— A minha mãe diz que tem uns problemas para resolver, mas que em breve vou para casa. Eu vou para lá alguns dias, mas depois tenho de voltar para aqui para a associação. Não sei bem.

Leonardo continuou a conversar com Lucas durante todo o percurso e eu apenas fazia algumas curtas intervenções de vez em quando. Queria que eles falassem o máximo possível para que

Leonardo absorvesse aquele ponto de vista isento, ingénuo e puro de uma criança sobre uma situação não muito diferente da sua. Não consegui despir o sorriso durante aquele tempo que viajámos pelo jardim e quando estávamos a chegar ao fim senti uma certa pena por aquela viagem acabar. Não só terminou a viagem como toda a atividade, pois, assim que chegámos ao ponto inicial, as crianças já estavam a ser recolhidas para as carrinhas para regressarem à associação. Despedimo-nos de Lucas e das restantes pessoas e dirigimo-nos para o meu carro para também irmos embora.

— O que é que achaste? *Perguntei.*

— Achei que o miúdo até tinha piada, mas no fundo acredito que não sabia bem do que estava a falar.

— Ou se calhar sabia, mas decidiu ver a situação com outros olhos. Vê-la de um ponto de vista menos doloroso, talvez. Não podemos mudar a realidade, mas podemos mudar a forma como olhamos para ela. Esse é um dos segredos da felicidade. E se calhar o rapaz já o está a aplicar, mesmo sem querer. Não escolhemos aquilo que nos acontece, mas escolhemos a forma como reagimos àquilo que nos acontece. Percebe que o perdão é a linha que cose uma ferida. A dor só vai passar quando tiveres a capacidade de perdoar. Por isso acho que tens mesmo de procurar o teu pai e fazê-lo.

— Achas que vou para Paris bater de porta em porta à procura do meu pai? Nem sequer sei se ele ainda está lá.

— Não te preocupes, eu vou contigo e vamos encontrá-lo. *Disse, sem pensar muito bem nas palavras que me saíram disparadas.*

— O quê? Nem pensar. Eu não quero ver esse homem e já te disse que se o visse era só para lhe atirar tudo o que me fez à cara.

— Já te expliquei que não é esse o caminho, Leonardo. O perdão é o caminho. Encontrares o teu pai depois de tanto tempo e usares essa oportunidade para te vingares e lhe demonstrares toda a raiva que sentes por ele só te deixaria com um vazio maior do que aquele que já tens. A tua vida só vai andar para a frente quando tiveres a coragem de voltar atrás e atar de uma vez as pontas soltas e tapar os buracos que ficaram abertos. Tu precisas de uma resposta para poderes seguir em frente, nem que essa resposta seja um não, mas precisas dela. E enquanto a evitares por medo da dor que possas vir a sentir, nunca vais conseguir avançar. Os *ses* e o *será que* são como areias nas engrenagens da vida que a impedem de fluir. E essa situação com o teu pai foi um camião de areia.

— Talvez eu apenas ainda não esteja preparado para isso.

— Não te preocupes porque eu vou ajudar-te. Não só a preparar-te como a encontrar o teu pai. Vamos fazer isso os dois, porque é aí que está a raiz do mal que o teu avô me pediu para te ajudar a resolver. E tu disseste que não ias colocar entraves.

— E não vou, mas eu não estou preparado.

— Não estás preparado para o ver ou perdoar?

— Ver e perdoar. Aliás, nem tenho motivos para o perdoar.

— Tens o maior motivo de todos que é o teu bem-estar, a tua consciência tranquila, o teu alívio. Tens de perceber que quando perdoas alguém és tu quem mais ganha porque és tu que estás a carregar a dor. Diz-me uma coisa, se soubesses que ias morrer amanhã não gostavas de estar com o teu pai hoje?

Leonardo refletiu alguns segundos antes de responder.

— Talvez... não sei... nunca pensei nisso.

— Admira-me uma pessoa que diz que pode morrer de um momento para o outro não procurar resolver a sua vida o mais depressa possível e tentar deixar um bom legado e boas recordações. Será que é porque assim lhe custa menos a partida, a si e aos outros?

Parou e ficou pensativo, como se, mais uma vez, eu o tivesse feito refletir sobre algo totalmente inédito. Sabia que estava a tocar num ponto sensível, mas não podia perder aquele *timing* para o confrontar com a realidade.

— Não vou falar sobre isso. *Disse antes de voltar a caminhar.*

— Diz-me mais uma coisa. *Parou de novo e virou-se para mim, dando-me sinal com a cabeça para fazer a pergunta.* Há bocado, quando disseste o teu nome ao Lucas, reparei no teu apelido de origem francesa e lembrei-me que quando me levaste ao laboratório do teu avô disseste que ele tinha batizado essa linha de bombons que vocês criaram com o nome *Lacroix*.

— Sim, é verdade. Foi tipo uma espécie de homenagem a mim, ou brincadeira, sei lá, por ter sido uma invenção feita com a minha ajuda. Embora eu atrapalhasse mais do que aquilo que ajudava.

— Mas o teu nome é Leonardo, não Lacroix. Aliás, esse apelido suponho que venha do teu pai, que nessa altura já nem sequer estava presente na tua vida, pois já estavas em Portugal.

— *Bombons Leonardo* ou *Linha Leo* ou *Bomboleo* não é tão elegante como *Lacroix*. Tem outra classe. E o meu avô não esquecia o *glamour* na altura de batizar uma receita.

— Não percebes mesmo nada. Achas mesmo que foi por uma questão de *glamour* que ele fez isso? Achas que, com tanto significado que ele dava às suas receitas e em especial a esses bombons que ele criou contigo e o que eles representavam, ele se iria limitar a batizá-los tendo em conta essa superficialidade?

— Não estou a perceber sinceramente o que queres dizer com isso. Acho até que isso é um não assunto. Montes de inventores deram o seu nome às suas invenções. Parece-me óbvio.

— Para e pensa um bocado. Lacroix é o nome que herdaste do teu pai e, por isso, está umbilicalmente associado a ele. E o teu avô sabia muito bem disso. E qual era o conceito desses bombons? Era cada um estar ligado a um determinado sentimento e sempre com uma conotação positiva, fosse de perdão, amor, gratidão, amizade, etc. Ou seja, o teu avô, sem que tu te tivesses apercebido, criou um triângulo cujos vértices eras tu, o teu pai e este conjunto de sentimentos. Como se fosse uma ponte de paz entre ti e ele, numa tentativa de te proteger de futuros sentimentos negativos e recalcados. É óbvio que, pelo conhecimento que ele tinha da vida e do ser humano em geral, essas experiências e essas receitas tinham um propósito. E esse propósito era trabalhar o teu inconsciente. Infelizmente, e apesar de todo o seu esforço, acabou por não dar resultado.

— Estás hoje muito forte no campo das descobertas. *Disse com um leve sorriso*. Nunca tinha pensado nisso. O meu avô era mesmo incrível. Sempre fez tudo por mim e eu nunca soube retribuir...

— Ainda vais a tempo, Leonardo. Já sabes qual é o primeiro passo que tens de dar e eu vou ajudar-te.

— Tenho de pensar, mas não tenhas esperanças. Vamos.

Retomámos a caminhada em direção ao meu carro e mesmo antes de abandonarmos o jardim pelo portão principal reparei num casal de mão dada, que vinha a caminhar na nossa direção por um passeio que contornava o jardim, e parei a olhar para ele.

— Isso é tudo saudades de andar assim de mão dada? *Perguntou Leonardo ao aperceber-se para onde eu estava a olhar.*

— Não propriamente. É que aquele rapaz que vem ali de mão dada é o meu ex-namorado. Vamos embora.

Acelerei o passo na frente dele e saí do jardim para que Gabriel não me visse. Leonardo veio atrás de mim em silêncio, respeitando o constrangimento que estava a sentir naquele momento.

— Deve ter doído. *Disse Leonardo, mas sem qualquer tom de zombaria.* Quer dizer, não sei há quanto tempo acabaram.

— Não é uma questão de muito ou pouco tempo. É uma questão de como se usa o muito ou pouco tempo que nos separa de um acontecimento negativo. Podemos andar a remoer uma vida inteira por uma coisinha de nada e algo muito sério superarmos em pouco tempo. Tudo depende de como aceitamos, compreendemos e perdoamos aquilo que nos acontece. O tempo não faz tudo sozinho e o pouco que faz, embora o faça bem, faz muito devagar.

— Continuo sem saber se doeu e se foi há muito ou pouco tempo que esse relacionamento acabou. Não que eu tenha alguma coisa a ver com isso, mas, como nunca sofri por ninguém, confesso que tenho uma certa curiosidade em saber como isso funciona.

Parei junto ao carro e antes de entrar olhei para Leonardo.

— Então eu vou explicar-te como é que as coisas acontecem no mundo das pessoas que têm sentimentos. É claro que, passe o tempo que passar, quando vês pela primeira vez uma pessoa que viveu muitas coisas contigo, e tu lhe fizeste todas as declarações de amor e mais algumas, ao lado de outra pessoa, isso vai mexer contigo. No entanto, aquilo que vi ali dentro, embora me tenha apanhado de surpresa, não me surpreendeu. Sim, preferia não ter visto, mas não posso dizer que me tenha doído porque já aceitei tudo o que tinha de aceitar e já segui com a minha vida.

Entrámos no carro e talvez por não lhe ter dito mais nada durante a viagem passei a imagem de que ainda estaria incomodada com aquilo que tinha visto e Leonardo decidiu intervir.

— Há alguma coisa que possa fazer por ti? *Perguntou.*

— Espera lá... isso é uma demonstração de preocupação?

— Se eu disser que sim é motivo para me internarem?

— Não, longe disso. Se disseres que sim é um excelente motivo para celebrarmos. O facto de demonstrares empatia e preocupação não é nenhuma doença, muito pelo contrário, é saúde.

— OK, entendido, mas não me respondeste.

— Não, não tens de fazer nada por mim. Também não é preciso exagerar, já expliquei que foi só desagradável. Nada mais.

O silêncio voltou a abater-se sobre nós e deu ênfase à ideia de que eu tinha ficado mesmo incomodada. Queria dizer alguma coisa para sacudir essa ideia da cabeça dele, mas a pressão fez-me bloquear e não me ocorria nada, até que, mais uma vez, ele interveio.

— Mete por essa rua. *Pediu, apontando com o dedo.*

Mudei repentinamente de direção.

— Para onde é que estamos a ir?

Ele não me respondeu e continuou a indicar-me as direções por onde tinha de ir, até que me pediu para estacionar. Abandonou o carro, começou a caminhar e, ainda sem saber o que ele tinha em mente, segui-o. Parou à entrada de uma rua e eu parei ao lado dele. A rua pedonal que se estendia diante de nós era conhecida pela rua das floristas, precisamente porque a maior parte das lojas, de um lado e do outro, eram ocupadas por floristas. Leonardo começou a andar devagar, a olhar à sua volta, e aproximou-se de uma das lojas, metendo-se por entre os vasos que estavam à entrada.

— Escolhe uma. *Pediu-me.*

— A sério que me vais dar uma flor?

— Escolhe uma.

Apontei para uma rosa vermelha, ele pegou nela, deu o dinheiro à florista e aproximou-se de mim. Quando já estendia a mão para a receber, ele passou por mim e dirigiu-se até outra florista do outro lado da rua. Voltou a meter-se por entre os vasos e fez o mesmo pedido. Na expectativa do que ia sair dali, disse-lhe que queria um dos cravos, também vermelhos, que estavam junto à perna dele. Leonardo pegou num, pagou-o e saiu segurando as flores numa das mãos sem nunca mas entregar. Comecei a duvidar se eram realmente para mim, mas continuei a fazer o que me pedia. À frente escolhi uma magnólia, depois um jasmim, mais uma rosa e o processo repetiu-se até ao final da rua. Quando terminou entregou-me o ramo, atado por um laço que tinha pedido na última florista. Tinha um aspeto um pouco desajeitado, mas não estava menos bonito por isso. Naquele momento percebi que nunca ninguém me tinha dado um ramo de flores, e não era difícil de perceber que Leonardo também nunca tinha oferecido um a alguém.

— Vi uma vez na *net* que receber flores ajuda as mulheres a ficarem mais bem-dispostas. *Disse quando me entregou o ramo.*

Ele falou-me de um jeito tão natural que não percebi se estava a brincar ou a falar a sério, mas também não era importante. Ou pelo menos não tanto quanto um pormenor que me ocorreu.

— Lá na Internet também diz alguma coisa sobre dar flores a outras mulheres quando se tem uma namorada?

— Já que falas nisso, lembras-te de quando te foste embora chateada no tal jardim do baloiço e depois mais tarde, quando fomos fazer os bombons, eu te ter dito que esse pequeno momento me tinha feito tomar duas decisões?

— Sim, lembro! E tu só me revelaste uma delas.

— Pronto, a segunda decisão foi afastar-me da Rita depois de perceber que aquilo não fazia sentido. Estava a ser injusto com ela.

Naquele instante foi como se caísse um muro imaginário entre nós e eu passei a vê-lo instantaneamente com outros olhos. Num impulso, agarrei-o pelo pescoço e beijei-o.

Leonardo ficou tão admirado quanto eu com aquilo que acabava de acontecer. Ficámos parados no meio da rua a olhar um para o outro e eu já estava profundamente arrependida por não ter conseguido controlar aquele impulso.

— Desculpa! Não sei porque é que fiz uma coisa destas. Esquece que isto aconteceu. Acho que é melhor irmos embora. *Disse antes de me apressar pela rua abaixo em direção ao carro.*

Caminhava na frente dele com as passadas mais largas que conseguia e a sensação que tinha era de que se visse um buraco ali por perto enfiava-me nele. Estava tão envergonhada que não parava de repetir a palavra *parva* dentro da minha cabeça. Ele veio atrás de mim e, certamente também perplexo, não disse nada. Entrámos no carro e seguimos viagem. Se na ida do jardim até àquela rua eu tinha dificuldades em dizer alguma coisa para mostrar que não estava incomodada, naquela ida para casa essa sensação tinha-se multiplicado por dez. Por várias vezes tentei dizer alguma coisa, mas as palavras esbarraram nos meus lábios tensos e voltaram para trás. Só quando parei em frente à casa de Leonardo para que ele saísse é que ganhei coragem suficiente para voltar a tocar no assunto.

— Não interpretes mal aquilo que aconteceu. Nunca me tinham oferecido flores e muito menos da forma como tu fizeste e eu deixei-me levar. Mas aquilo que aconteceu não quer dizer nada.

— Calma! Não disse que não gostei. Só não estava à espera.

— Nem tu, nem eu, pois como é óbvio não devia ter acontecido. Não fez qualquer sentido. Foi uma atitude adolescente.

— Porque dizes que não devia ter acontecido?

Olhei para Leonardo assim que me fez aquela pergunta e o semblante dele denotava que a sua dúvida era genuína. Ele tinha uma visão tão distorcida dos sentimentos e dos momentos que não entendeu mesmo porque é que eu disse aquilo.

— Leonardo... simplesmente não devia ter acontecido. Não consegues entender isso? Há um motivo claro para eu estar na tua vida e esse motivo não é criar laços e muito menos envolver-me contigo. A nossa relação tem o único propósito de te ajudar a despertar o teu lado bom. Foi essa a missão que o teu avô me deixou e assim que a tenha cumprido ou acredite que fiz tudo o que podia fazer vou seguir o meu caminho e tu o teu. Eu tenho a noção de tudo isto e não vou confundir, misturar ou estragar as coisas. Deixei-me levar pela beleza do teu gesto que nunca ninguém me tinha feito, mas não voltará a acontecer. Por isso, da minha parte, isto não se repetirá.

— Sim. Claro. Tens toda a razão. É melhor assim.

— Pois é... Obrigada pelas flores.

Leonardo entendeu a deixa, lançou-me um sorriso seco de quem não sabia o que dizer mais, saiu do carro e eu conduzi até casa com um peso na consciência. Comecei a desejar voltar atrás no tempo e reerguer aquele muro imaginário que existia entre mim e ele. Era impossível as coisas voltarem a ser as mesmas depois do que tinha acontecido. Seríamos capazes de fingir que nada se tinha passado? Ou seria melhor pôr um ponto final na minha missão e nunca mais o ver? Olhei para o banco do lado e para o ramo de flores sozinho sobre ele e sorri. Estava arrependida, era certo, mas, por mais que quisesse negar, a lembrança daquele beijo era maravilhosa. Quando cheguei a casa, de ramo na mão, fui para o quarto e caí sobre a cama. Durante segundos não me permiti pensar em nada, o que para mim era um feito raríssimo, mas não demorou muito até o meu estado de relaxamento ser quebrado pela minha irmã, que bateu à porta do quarto.

— Flores? *Atirou Leonor assim que entrou e viu o ramo pousado na mesinha.* Foi o namorado que deu?

— Diz lá o que é que queres. É outra vez o meu estojo de maquilhagem, não é? Ou será antes a minha blusa às riscas? *Perguntei sem sair daquela posição.* Leva o que quiseres. Hoje podes tudo.

— Não, não é. Só quero e preciso de falar contigo.

— Leonor, hoje não é um bom dia. Pode ser amanhã?

— É rápido, só quero que me dês um conselho.

Ergui-me da cama, sentei-me encostada à cabeceira e fiz-lhe sinal com a cabeça para que se sentasse e começasse a falar.

— Lembras-te daquele rapaz que te falei no outro dia?

— Sim, a tua *crush*. O que é que foi desta vez? Não me digas que ele voltou a dizer que gostava de ti e quer estar contigo de novo.

— É isso mesmo, como é que adivinhaste?

— Ó meu amor, porque há muitas pessoas assim, infelizmente. Vêm com cantigas de que gostam de nós, que querem tentar novamente, que sentem a nossa falta e tudo o mais, e nós como somos umas eternas sonhadoras caímos na lengalenga. Acabamos por nos entregar de corpo e alma, e depois quando têm o que querem, que é somente o nosso corpo, voltam a afastar-se alegando que foi um erro, que não sabem o que querem e essa conversa toda. Mas diz lá qual é o conselho que queres de mim?

— Acho que já o deste. Ia perguntar-te o que eu devia fazer. Se acreditava nele ou não, se dava uma oportunidade ou não...

— Antes de mais, eu continuo a achar que és muito nova para andares com estes dilemas, mas, se os tens, resta agora resolvê-los. Apetecia-me dizer uma coisa, mas não era a ti, era a esse rapazinho, mas não vou fazê-lo porque tenho de ser correta e deves ser tu a resolver os teus problemas. O que tenho para te dizer é que as pessoas, por natureza, são manipuladoras. E quando digo as outras pessoas também estou a falar de nós mesmos. Olha tu, por exemplo, no outro dia com o pai conseguiste convencê-lo a dar-te um telemóvel novo. Todos somos um pouco assim, por natureza, seja para o bem ou para o mal, e cabe a cada um saber defender-se quando essa manipulação o pode prejudicar. E aquilo que me parece que está a acontecer é que esse rapaz, como sabe que gostas dele, está a usar isso para se aproveitar de ti e do teu corpo. E eu só não vou tentar descobrir quem ele é e ter uma conversa com ele porque tenho de respeitar a tua privacidade e não é justo meter-me na tua vida. Mas ficam os conselhos.

— Está bem, e o que é suposto eu fazer agora?

— Diz-lhe que não. Ganha coragem e diz-lhe que não. Diz-lhe que gostas dele, mas sabes que mereces mais do que aquilo que ele te dá. Diz-lhe que também queres, mas que querer não chega nem nunca vai chegar. Só depois de aprenderes a dizer que não é que tomarás consciência do poder que tens sobre ti. Que é muito. Mas é um poder que tu mesma passas para as mãos da outra pessoa pelo simples facto de a amares mais a ela do que a ti própria.

— Não sei se percebi, mana...

— Deixa-me ver se eu te explico isto de uma forma mais simples. Imagina que tu levas um lanche para a escola e outra pessoa também leva o seu. Mas a outra pessoa umas vezes perde o lanche, outras vezes esquece-se de o levar e outras vezes come-o mas não chega e vem sempre pedir o teu lanche. E tu, como gostas muito dessa pessoa, dás-lhe o teu lanche e tu não comes nada. Aquilo que eu te digo para fazer com o lanche é o mesmo que te digo para fazeres com o teu amor-próprio, que é não o dares à outra pessoa porque ele é teu e tu também precisas de te alimentar. E se a outra pessoa não tem o dela ou foi por negligência sua ou porque é muito gulosa e não lhe chegou. Contudo, isso nada tem a ver contigo, o teu lanche continua a ser o teu lanche. Se abdicas dele todos os dias para o dares a outra pessoa, tu vais ficar sempre com fome enquanto a outra pessoa vai estar sempre de barriga cheia.

Achas justo? Não. Então tens de aprender a dizer que não e vais ver que depois te vais sentir muito melhor e não vais andar tão preocupada.

Antes que me respondesse, a porta do meu quarto voltou a abrir e do outro lado surgiu a minha mãe com o telemóvel na mão.

— É a vossa avó, quer falar convosco. Quem é a primeira?

Estiquei o braço para me passar o telemóvel e adiantei-me a Leonor. Enquanto respondia às perguntas da praxe feitas pela minha avó, a minha irmã ia remexendo nas minhas coisas à procura de alguma coisa que lhe interessasse pedir-me emprestada.

— Quando é que vens visitar os teus avós? *Perguntou-me a minha avó, como era costume sempre que me telefonava, mas daquela vez dei uma resposta diferente.*

— Por acaso lembrei-me disso há pouco tempo. Tenho um amigo que lhe fazia bem conhecer a realidade do campo. Um fim de semana em casa dos avós, longe dos luxos e mordomias, telefone, Internet e todas essas coisas ia ser uma boa experiência para ele.

— E porque não vêm? Estamos sempre aqui sozinhos. Tenho a certeza de que vai gostar. Queres que prepare um quarto ou dois?

— Ó avó, é claro que se for com ele são dois. Eu disse que é um amigo, mas neste momento parece-me impossível ir.

— Deixa-te disso, rapariga. Vocês vêm cá passar nem que seja só um fim de semana. Olha que já estou a contar com isso. Agora passa o telemóvel à tua irmã para falar um bocadinho com ela.

Passei o telemóvel à Leonor, saí da cama, agarrei no ramo de flores e fui à cozinha preparar uma jarra para o pôr. É claro que a minha mãe assim que me viu com ele não conteve a curiosidade.

— Foi o Leonardo, não foi?

Olhei para ela e por um segundo ponderei esconder a verdade, mas não valia a pena porque não a ia conseguir enganar. Pelo menos por muito tempo. Peguei numa jarra, coloquei água dentro e depois as flores. Fiz tudo com a maior calma do mundo só para a fazer duvidar por um momento se lhe ia saciar a curiosidade ou não.

— Foi, mas num contexto diferente desse que estás a pensar.

— Olha que o rapaz... gosta de ti.

— O quê? Eu já te disse que as flores foram num contexto diferente. Não foram para me conquistar ou demonstrar que gosta de mim, foi apenas porque eu estava um pouco em baixo.

— Eu nem estou a falar das flores. Estou a falar da forma como ele olhava para ti quando veio cá jantar. Sabes que eu reparo nessas coisas e não era um olhar qualquer. E por causa do beijo, claro.

— O beijo? Mas quem é que te contou?

— Ninguém me contou, eu vi, pois estava a vigiar daqui da janela para ver como vocês se despediam depois do jantar.

— Ah! Esse beijo. *Respirei de alívio e depois lembrei-me do facto de ela me ter espiado.* A sério que foste cuscar para a janela?

— É claro que depois de ver como vocês olhavam um para o outro tive curiosidade de ir confirmar se isso já era oficial.

— A forma como olhávamos um para o outro? Mas afinal eu também olhava para ele de um jeito diferente?

— Olhavas, pois. E em relação a ti não há que enganar.

— O que queres dizer com isso?

— Ó minha filha, tu estás apaixonada. Completamente.

    Ouvir aquilo da minha mãe tinha sido a confirmação de algo que eu temia. Até àquele momento eu ainda me conseguia enganar, dizendo para mim mesma que eram apenas coisas da minha cabeça e que não era possível que tão pouco tempo depois do fim do meu relacionamento com o Gabriel eu já estivesse metida noutro filme. Prometera a mim mesma que depois do que passei com ele não me deixaria cair em graças com tanta facilidade, mas parece que fui apanhada novamente desprevenida. Irritava-me aquela minha fraqueza e irritava-me ainda mais o facto de eu nem sequer ter feito propriamente por isso. O coração é muito rebelde, quanto mais o controlamos e tentamos impedir de se apaixonar por esta ou aquela pessoa, mais vontade ele tem de o fazer e de nos tramar. Neste caso foi como se eu o tivesse trancado no peito, de castigo, e ele me fugisse às escondidas por uma porta imaginária nas minhas costas para se ir apaixonar por quem não devia. Nos dias que se seguiram, aquelas palavras da minha mãe não saíram da minha cabeça e deixavam-me cada vez mais revoltada comigo mesma, uma revolta que, por sua vez, me fazia pensar ainda mais nisso e consequentemente envolver mais ainda. Não disse mais nada a Leonardo, com receio de como seria o nosso reencontro depois do que aconteceu. E, como ele também não me disse mais nada, decidi que era o momento de fazer uma pausa na missão que Nicolau me dera. Não sabia mais como lidar com ele e por várias vezes peguei no telemóvel para lhe falar e voltei a pousá-lo depois de não me ocorrerem ideias suficientemente lógicas para fazer parecer uma abordagem natural. Recebi, poucos dias depois, uma chamada da diretora da associação de acolhimento a contar-me que os miúdos não paravam de falar do Leonardo e insistiam com ela para que o chamasse para mais atividades. O que era compreensível, tendo em conta a euforia que ele despertou na pequenada aquando da atividade no jardim. Pediu-me que falasse com ele e lhe transmitisse a mensagem, uma vez que eu era a ponte de ligação entre eles os dois, mas não tive coragem. Disse-lhe que achava melhor ser ela a falar diretamente com ele e dei-lhe o número de Leonardo. Cerca de dois dias depois daquela chamada da diretora da associação, recebi finalmente uma chamada do próprio Leonardo. O meu coração quase que me saltava da boca quando olhei para o telemóvel e vi quem era. Atendi a medo e meio atrapalhada e, do outro lado, uma voz calma cumprimentou-me.

— Posso pedir-te um favor? *Perguntou logo depois.*
— O que é que precisas de mim?
— Posso passar agora em tua casa?
— É esse o favor que me queres pedir?
— Não, quero é pedir-te o favor pessoalmente.
— Tudo bem, avisa-me quando chegares e eu desço.

Assim fez. Quando chegou avisou-me e eu desci. Durante aqueles curtos segundos que o elevador levou a chegar ao piso zero, todas as estratégias que tinha delineado na minha cabeça para que quando o visse parecesse o mais natural possível começaram a desmoronar-se de forma descontrolada. Quando por fim saí do prédio e voltei a ver Leonardo, encostado ao seu carro, o meu rosto enrubesceu de vergonha ao ser abandonada pela razão e entregue à imprevisibilidade dos meus instintos. Sorri, ele sorriu-me de volta e não senti naquele sorriso uma segurança maior que a minha.

— Pensei que ias só deixar de me beijar de surpresa, afinal também deixaste de fazer tudo o resto.

— Não queria que pensasses coisas erradas a meu respeito, como, por exemplo, que gostasse de ti ou que não conseguisse estar longe de ti, enfim, todas essas coisas. Decidi afastar-me e quando tu achasses por bem ias acabar por me procurar.

— Ou seja, se eu não te procurasse não me dirias mais nada?

— Acabaria por dizer porque temos uma missão para cumprir. Ainda que às vezes a tentação de a deixar a meio seja grande, eu esforço-me sempre para levar as coisas até ao fim. Depois da difícil tarefa de aprender a dizer *não*, aprendi a dizer *se não vens, também não vou*. Não por não gostar de procurar, mas por também gostar que me procurem. Mas, como já te expliquei, nós não temos uma relação, logo, eu não tenho de estar à espera de que tu me procures, por isso o meu afastamento não foi um teste para tu demonstrares que sentias a minha falta, senão neste momento estaria a reclamar contigo por só me teres procurado para me pedires um favor.

— Hummm... Estou a entender. Isso quer dizer que se eu continuasse sem te dizer nada não ias ficar incomodada?

— Vais pedir o favor ou não?

— Pronto, está bem! A diretora da tal associação ligou-me porque aparentemente lhe deste essa indicação e disse-me que os miúdos tinham gostado muito de mim e queriam que eu voltasse a fazer atividades com eles. Eu fui e passei a tarde de ontem com eles...

— E como é que se comportou o Lucas?

— Pois, era a esse assunto que queria chegar. O Lucas não estava lá. Pelos vistos, ele já estava num processo de reinserção no meio familiar quando estivemos com ele. A diretora explicou-me que é um processo gradual em que a criança começa por ir passar uns dias a casa e depois volta, por isso é que ele nos disse que ia para casa da mãe uns tempos e depois tinha de voltar para a associação. Até que a criança regressa em definitivo e há umas visitas quaisquer da Segurança Social para verificarem se está a correr tudo bem e essas burocracias todas. E eu disse-lhe que gostava de voltar a ver o rapaz porque achei muita graça ao miúdo e que se ele ou a família precisasse de alguma coisa eu podia ajudar. Tal como tu me ensinaste a fazer. Ela acabou por me dar a morada e agora eu queria passar por lá, até porque comprei um presente para o rapaz, mas não queria ir sozinho. O Lucas conheceu-nos aos dois ao mesmo tempo e acho que fazia mais sentido se fosses comigo, mas compreendo se não quiseres ir.

— Eu acho que esse convite é mais porque tu não sabes como atuar numa situação dessas e precisas da minha ajuda. E fizeste questão de me fazer o convite pessoalmente para reduzir a probabilidade de eu o recusar. Mas não há razão nenhuma para não aceitar ir contigo, até porque também gostava de voltar a ver o rapaz.

Avisei a minha mãe de que chegava mais tarde e fui com ele até à morada que a diretora lhe tinha indicado. Quando lá chegámos encontrámos uma casa muito modesta, que ficava na periferia da cidade. Um portão enferrujado separava-nos do terraço da casa e, depois de chamarmos e ninguém aparecer, avançámos e batemos à porta de casa. Pouco depois surgiu uma mulher que pouco mais de trinta anos devia ter e que só podia ser a mãe de Lucas. Olhou-nos com desconfiança pela porta entreaberta e quando dissemos quem éramos e ao que íamos abriu um pouco mais a porta, expondo o interior da casa, que, apesar de degradada, estava arrumada.

— Eu acho que ele me falou de vocês. *Confessou a mulher.*

De uma das divisões surgiu a cabeça de Lucas, que espreitava para ver quem eram as visitas, e assim que nos reconheceu sorriu e caminhou até nós, descalço sobre a tijoleira.

— Bia e Leo! *Exclamou, levantando a mão para um* high five.

— Trouxe um presente para ti, consegues adivinhar o que é? *Perguntou Leonardo enquanto abanava um saco de papel.*

Lucas encolheu os ombros, dando a entender que não fazia ideia do que estaria dentro, e Leonardo não exigiu um esforço, passando-lhe o saco para as mãos. O rapaz não demorou a abri-lo e a tirar lá de dentro uma camisola do Real Madrid. Os seus olhos começaram a brilhar e um enorme sorriso desenhou-se no rosto.

— Olha, mãe! Uma camisola do Real Madrid!

Lucas não perdeu tempo a vesti-la por cima da camisola que já trazia vestida e a mãe ajudou-o. Leonardo olhou para mim, contagiado pela alegria do miúdo, e eu sorri de volta, orgulhosa por ele ter feito aquele pequeno gesto que muito valor tinha para o rapaz.

— Muito obrigada. *Agradeceu a mãe.* Ele já me pedia uma destas camisolas há muito, mas elas são tão caras...

— Anda comigo, quero mostrar-te uma coisa. *Disse o rapazinho, equipado a rigor, enquanto agarrava a mão de Leonardo.*

Olhou para a mãe de Lucas para receber a sua aprovação e ela estendeu os braços para o interior da casa, dando-lhe a indicação de que podia ficar à vontade. Perguntou-me se me podia oferecer alguma coisa e eu aceitei um copo de água para dar oportunidade que Leonardo ficasse a sós com o seu amigo e, quem sabe, absorver muitas das mensagens que só a pureza de uma criança lhe poderia transmitir. Fomos as duas para a cozinha, dei um gole no copo de água que me serviu e sentámo-nos à mesa.

— Quando conhecemos o seu filho, ele confidenciou-nos que não sabia nada do pai e este meu amigo também está numa situação idêntica, embora por outras razões, imagino. No entanto, foi interessante vê-los falar um com o outro e conhecer os pontos de vista de cada um sobre o mesmo assunto. Nada melhor do que o afeto de alguém que passa pela mesma situação para nos ajudar a superar.

— Também acho que sim. *Concordou com um ar pensativo.* Então se calhar é por causa disso que o Lucas me tem feito muitas perguntas sobre o seu pai desde que voltou aqui para casa. Ele antes não me perguntava sobre ele, só se alguém comentasse isso na escola, mas desde há uns dias que tem sido recorrente.

— A sério? É normal ele ter essa curiosidade e presumo que cada vez seja maior. Mas sem querer meter-me onde não sou chamada... não pensa um dia dizer-lhe quem é o pai, apresentá-los, aproximá-los talvez? Ou se calhar o pai é que não quer. Não me interprete mal, estou a falar sem saber. Peço desculpa.

— Não tem mal nenhum. *Respondeu de um jeito que não me convenceu e eu comecei a achar que tinha perdido um excelente momento para estar calada. Mais um.* A situação do Lucas é um pouco diferente. É que na verdade o pai dele morreu quando ele tinha pouco mais de um ano. Assassinado...

Fiquei sem saber o que dizer naquele momento. Apanhou-me completamente desprevenida. Do lugar da mesa onde eu estava dava para vislumbrar Lucas bastante animado a brincar na mesa da sala com Leonardo. Senti uma compaixão tão profunda por aquele rapazinho que tive de fazer um esforço para segurar as lágrimas. Voltei a olhar para aquela mulher que remexia com a ponta dos dedos umas migalhas de pão que tinham sobrado sobre a toalha da mesa e não consegui abrir a boca.

— A primeira vez que ele me perguntou pelo pai eu não sabia como lhe dizer que ele já tinha morrido, porque o Lucas era muito pequenino. *Continuou ela.* Então disse-lhe qualquer coisa do género que ele tinha saído e já vinha. E o tempo foi passando e de longe a longe as perguntas voltavam e eu mudava um pouco a versão da história, mas foi como se eu própria ficasse refém daquela mentira e nunca consegui contar-lhe a verdade. Depois comecei a achar que talvez quando fosse mais crescido estaria mais bem preparado para saber a verdade, mas isso talvez não passasse de uma forma de esconder de mim a minha própria cobardia. É uma história muito complicada. Com muito álcool, drogas, *boîtes*, crimes...

A conversa foi interrompida por Lucas, que chegou a correr à cozinha com uma folha na mão e Leonardo no seu encalço.

— Olha, olha, mãe! O que eu e o Leo fizemos para ti.

Ela pegou na folha, olhou-a, sorriu para o filho, passou-lhe a mão no cabelo e depois mostrou-ma. Era um desenho de Lucas com a mãe... e o pai. O meu coração partiu-se em bocadinhos.

Leonardo ficou à entrada da cozinha a olhar sorridente para Lucas, que falava entusiasmado com a mãe e até para mim sobre o pai dele e sobre o que eles iam fazer juntos quando ele decidisse voltar. Estava a ouvi-lo falar tão empolgado, mas sentia-me cada vez mais desconfortável. Queria sorrir para o rapaz e alimentar-lhe aquela ilusão porque sentia que isso o animava, mas era completamente impossível. Se eu sofria com aquilo, nem queria imaginar o que estava a sentir aquela mãe que sabia que mais tarde ou mais cedo teria de lhe contar a verdade. Senti um aperto no peito e anunciei que estava na hora de irmos embora. Notei que Leonardo estranhou a minha reação, mas não disse nada. Despedimo-nos daquela família com a promessa de que nos voltaríamos a ver e saímos. Assim que entrámos no carro, colei o olhar no tabliê e Leonardo não demorou a perguntar o que se passava.

— O pai do Lucas não o abandonou, nem tampouco a mãe o afastou do filho. Ele morreu. Assassinado. *Respondi-lhe.*

Leonardo mergulhou também no mesmo silêncio em que eu estava e ficámos calados, durante alguns segundos, dentro do carro estacionado em frente à casa. Tinha a certeza de que não lhe tinha sido indiferente aquela informação e que rapidamente fez uma comparação com o seu caso. Não me queria aproveitar da situação de Lucas para chamar Leonardo à atenção, mas senti que não podia ficar calada e desperdiçar aquele momento.

— Ainda achas tu que a tua situação é assim tão dramática? Então lembra-te daquele miúdo lá dentro, todo contente a fazer desenhos e planos para quando o pai dele voltar sem imaginar sequer que isso nunca irá acontecer. E tu escolhes alimentar um rancor pelo teu e não o procurares e perdoares como se isso te fosse tapar o buraco que ele deixou.

— O dele morreu, há uma razão óbvia para não o visitar, o meu está bem vivo, de certeza, e se não me procurou foi porque não quis saber de mim. Uma coisa é não poder, outra é não querer.

— Apesar de tudo, tens lembranças com o teu pai, e este rapaz com a mesma idade que tu tinhas quando vieste para Portugal não tem nada. Olha para a tua sorte dentro de todo o azar. Olha para o lado bom do mal que te aconteceu. Nem que seja pela lição que esse mal te trouxe. A natureza do ser humano é dramatizar tudo como se de alguma forma a vida fosse ter pena e recompensá-lo ou então ser mais benevolente com ele. Mas isso é uma utopia. Se queres que as coisas mudem, então muda primeiro a forma como olhas para elas. Se quando tens um problema te focas nele, ele vai parecer ainda maior e mais difícil de resolver, mas se em vez disso te concentrares logo na solução, não te vais preocupar tanto e por consequência vais resolvê-lo mais depressa. Por isso, para de gastar energia a reclamar com a vida e a culpar este e aquele por isto e aquilo e mete mãos à obra na construção da tua felicidade.

— Vamos ter esta conversa outra vez, Beatriz?

— Vamos tê-la as vezes que forem necessárias até abrires os olhos e perceberes que estás a viver um problema apenas e só porque estás a adiar a solução. Por medo, orgulho, cobardia ou preguiça, mas estás a adiá-la. E eu até posso correr o mundo, fazer tudo e mais alguma coisa por ti que nunca vou ser bem-sucedida na missão que o teu avô me deu enquanto tu não fizeres as pazes com o teu passado. E isso passa por perdoares o teu pai, independentemente das razões que o levaram a nunca mais te ter procurado. Lembra-te, não é por ele que estás a fazer isto, é por ti.

— Começo a acreditar que queres empurrar-me à força para Paris à procura do meu pai para talvez assim eu resolver todos os meus problemas e tu poderes finalmente veres-te livre de mim.

— Não sejas parvo. Primeiro, eu não me quero ver livre de ti, apenas quero que fiques bem o mais depressa possível. Segundo, eu não te vou forçar a nada. Farás sempre aquilo que quiseres, quando quiseres. E terceiro... vamos embora porque eu antes de ir para casa quero passar contigo num certo local.

Depois do que tínhamos acabado de descobrir acerca de Lucas e de termos retomado os temas habituais das nossas conversas, que se centravam em Leonardo, consegui esquecer um pouco os acontecimentos recentes entre nós. Foi como se tivesse criado uma ponte por cima deles, evitando dessa forma passar pelo constrangimento daquele beijo e voltar a sentir-me natural. Comecei a dar-lhe as indicações para irmos para o local que tinha em mente e fi-lo como se estivesse a imitá-lo quando me guiou até à rua das floristas. Quando lhe pedi para encostar, lançou-me um olhar de alguém que se soubesse para onde estava a ir não tinha aceitado.

— A sério, Beatriz? Um cemitério?

— Eu sei que não é um cenário idílico, mas não viemos pelas flores nem pela beleza do espaço. Se no outro dia me levaste à rua das floristas porque achaste que eu estava a precisar, eu também te trouxe aqui porque achei o mesmo de ti. *Leonardo revirou os olhos e soltou um suspiro.* Já tinhas vindo cá depois do funeral?

— Não. Não voltei. Não há nada aqui para eu fazer.

— Não acho que tenha sido por isso que não voltaste cá. Não voltaste porque é aqui que tu tomas realmente consciência de que o teu avô já não está cá. No fundo estás como o Lucas, mas sem teres as mesmas desculpas, pois já és crescidinho e sabes toda a verdade. Tu ainda acreditas que um dia chegas a casa e ele vai chamar por ti. Ou que chegas à fábrica e ele te vai convidar para irem para o laboratório fazer mais uma das vossas receitas.

Ainda acreditas que ele vai voltar a insistir contigo para seres mais meigo com as pessoas, para não teres medo do afeto, para as ajudares o melhor que puderes e para partilhares tudo o que puderes com elas. Para amares, para pedires desculpa e também perdoares. Mas ele já insistiu tudo o que tinha a insistir contigo e agora compete-te a ti fazer a tua parte. Desculpa se estou a ser dura contigo, mas já chega de ilusões. É importante admitires as coisas, sejam elas mais ou menos difíceis de engolir. A negação é a primeira barreira que tens de ultrapassar para venceres uma perda. Só depois de admitir que perdeste é que vais conseguir aceitar que perdeste e só depois de aceitar é que vais conseguir superar essa perda. Anda, vamos.

Saí do carro e fui à sua frente, como se lhe quisesse mostrar que aquilo que íamos fazer não tinha nada de estranho. Entrei no cemitério e percorri, da forma mais natural possível, a distância até ao sétimo jazigo do lado esquerdo, que pertencia a Nicolau. Leonardo veio atrás de mim e muito devagar colocou-se do meu lado de frente para o jazigo. Não lhe disse nada, nem tinha nada para dizer. Dei um passo atrás e deixei-o no seu momento de reflexão. Pouco tempo depois, levou a mão ao rosto e percebi que estava a limpar alguma lágrima. Voltei a colocar-me do seu lado e, um pouco a medo, segurei-lhe na mão para lhe transmitir alguma força. Sem me olhar, afastou os dedos para que entrelaçasse os meus nos dele e agarrou na minha mão com firmeza. Naquele momento foi como se um choque elétrico percorresse todo o meu corpo e senti que em vez de ter sido eu a transmitir-lhe força tinha sido ele a mim.

— Ele sempre disse que queria esta frase na sua sepultura, pois dessa forma sabia que mesmo depois de morrer poderia ensinar às pessoas a mensagem mais importante que aprendeu em vida. *Disse, apontando na direção da lápide, onde além do nome e das datas tinha uma inscrição que dizia, Não sentimos amor, somos amor.*

— E sabes o que é que queria dizer com isso?

— Não tenho bem a certeza, mas se ele dizia é porque é verdade. E, além disso, é uma frase bonita. Bem ao estilo dele... *Fez uma pausa como se de repente tivesse sido apoderado por uma imensa nostalgia*. No entanto, se fosse na minha eu mandaria escrever assim, Não sentimos amor, somos amor... e amar é uma eterna viagem interior. O que é que te parece? Por mim ficava assim.

— Parece-me que é muito cedo para te preocupares com essas coisas. *Dei-lhe um aperto na mão*. Ainda vais ter muito tempo para escolher um epitáfio.

— Não sabemos. Estou sempre à espera de que a próxima vez que entre neste cemitério não seja pelo meu próprio pé...

— Ai, Leonardo! Até me arrepiei agora, não digas parvoíces. *Disse, soltando-lhe a mão*. Acho que já percebeste a mensagem que te queria transmitir. Vamos. Já fizemos o que tínhamos a fazer.

Dirigi-me para a saída e logo depois Leonardo deu uma corrida para me alcançar. Apanhou-me já perto do portão.

— Ainda há bocado disseste que a negação é a primeira barreira. Essa, pelo menos, já venci há muito tempo. Mas não parece que estejas a seguir os teus próprios conselhos.

— Estou sim, mas mais uma vez parece que tu é que estás a dramatizar demasiado. Pois, ao contrário do que me deste a entender naquele dia, a miocardiopatia dilatada de que sofres não é propriamente sinónimo de morte e muito menos de morte a qualquer momento, como referiste. Por isso, sem exageros, está bem?

— Como é que sabes que é dessa doença que eu sofro?

Tinha-me esquecido de que não tinha sido ele a contar-me.

— Foi a tua mãe que me disse, Leonardo. Sim, eu falei com ela sobre isso e ela já me contou tudo o que eu precisava de saber.

— Muito falam vocês sobre mim. Está bem que posso não morrer de um momento para o outro por causa desta doença, mas isso não alivia a sensação de que tenho uma bomba-relógio no peito.

— Está bem! Como quiseres. Mas, se assim é, então ajuda-me lá a cumprir rapidamente a minha missão antes que seja tarde. Sim? *Disse com ironia numa tentativa de afastar aquela energia negativa que se apoderara de mim*. E já que te portaste bem aqui, vamos aproveitar o andamento e vamos para tua casa.

— Ui! Isso é assim? Nem um jantar romântico primeiro, nem nada? Eu não sou um objeto. *Disse em tom de brincadeira para também ele contribuir para o esquecimento daquele assunto.*
— Não sejas parvo. Quando lá chegarmos vais entender.
Entrámos de novo no carro e Leonardo dirigiu até sua casa. As conversas daquele dia pareciam todas ir dar ao tema da morte e eu sentia-me cada vez mais pesada. Aquilo que eu esperava conseguir fazer em casa dele não ia ser muito mais leve, por isso senti uma necessidade urgente de desanuviar e liguei o rádio do carro.
— Escolhe um número de um a cinco? *Pedi-lhe.*
— Três. *Atirou de repente como se soubesse o que eu queria.*
Escolhi a terceira estação de rádio que me aparecia no visor e estava a começar nesse momento a música *Halo* da Beyoncé.
— Parece que adivinhaste. Adoro esta música.
— Ouve-se. *Disse-me com sarcasmo enquanto me olhava de lado.* Estou a brincar. Eu por acaso também gosto dela.
Não demorou muito até eu começar a cantarolar a música e Leonardo, embora sem se fazer ouvir, acompanhava a letra com os lábios. Foram pouco mais de três minutos de música, mas parecia que tinha valido tanto como uma hora de ioga. Quando chegámos a casa de Leonardo, a mãe preparava-se para entrar no seu carro e voltou para trás para me vir cumprimentar.
— Queria pedir-lhe uma coisa. *Disse eu a Lurdes sob o olhar atento de Leonardo e ela fez-me sinal com a cabeça para avançar com o pedido.* Pode emprestar-me a chave do quarto dele?
— Está a falar a sério, Beatriz? *Perguntou.*
— Estás a falar a sério, Beatriz? *Repetiu Leonardo.*
Ela rapidamente abriu a mala, tirou a chave, que aparentemente trazia sempre por perto, e passou-ma para a mão.
— Pode ir à sua vida, dona Lurdes. Eu tomo conta dele.
Virei-me para Leonardo e mostrei-lhe a chave.
— Está na hora de matares saudades dos teus brinquedos.

    Leonardo parecia aborrecido com aquela notícia e senti-lhe uma certa obrigação pessoal em cumprir a minha indicação. Pus a mão nas suas costas e dei-lhe um ligeiro empurrão para que seguisse na minha frente em direção a casa. Entrámos, subimos a escadaria, percorremos o corredor até ao fundo e assim que chegámos junto da porta do quarto entreguei-lhe a chave. Ao contrário do que aconteceu momentos antes no cemitério, ali tinha mesmo de ser ele a ir na frente. Pegou na chave e começou a dar-lhe voltas na mão enquanto olhava para ela e percebi a pressão que ele estava a sentir por causa daquilo que estava prestes a acontecer. Seria algo absolutamente banal para qualquer pessoa entrar no seu quarto de infância, mas não para Leonardo. Já lá não entrava há muitos anos e ele, melhor do que ninguém, sabia a viagem no tempo que aquele quarto lhe iria provocar. Tinha-o evitado durante todos aqueles anos precisamente para não passar por aquela sensação, mas também sabia que tinha chegado a hora de parar de fugir. Por instantes senti-me honrada por ser a pessoa com quem ele ia partilhar aquela experiência. Uma prova que se adivinhava intensa por tudo o que aquele espaço e aquelas lembranças representavam na sua vida. Respirou fundo, anunciando a enchente de coragem que se apoderara de si, meteu a chave na fechadura, rodou a maçaneta e empurrou a porta. Começou a caminhar para o interior do quarto, de olhar colado nas paredes e nos quadros pendurados, e eu encostei-me à ombreira da porta a observá-lo. Parou no meio do quarto e olhou na minha direção, como se me estivesse a dar autorização para entrar. Entrei e fechei a porta atrás de mim numa tentativa de tornar aquele momento mais íntimo e privado. Continuou em silêncio e eu em silêncio continuei também, na expectativa do que ia sair dali. Leonardo continuava pensativo a percorrer com as mãos os objetos do quarto. Pegava, olhava e pousava as molduras com as fotografias onde aparecia sempre sorridente. Ora sozinho, ora com o pai ou a mãe, ora com os dois. E fazia o mesmo com os seus antigos brinquedos, chegando a manusear alguns deles. Comecei a acreditar que se esquecera de que eu estava também ali, mas percebi que não quando parou diante de uma das fotografias e me chamou. Era uma fotografia em que Leonardo estava aos ombros do pai em frente a uma casa.

— Era a casa onde vivíamos lá em Paris. *Disse assim que me coloquei do seu lado.* E este aqui sou eu com a minha famosa gabardina amarela. *Disse apontando para uma moldura em que aparecia sozinho em frente a uma casa.* Eu adorava andar assim, talvez por isso adorasse os dias de chuva. Acho que uma das melhores recordações que tenho de lá são desses dias. Adorava andar de gabardina à chuva porque era aconchegante a ideia de sentir a água a cair sobre mim sem me molhar. Sentia-me seguro, protegido...

Decidi não comentar o que tinha acabado de me dizer com receio de o distrair e estragar aquele momento. Queria que ele mergulhasse fundo nas lembranças dos últimos tempos em que se sentira feliz e de certa forma isso o fizesse recuperar, ainda que apenas mentalmente, os sonhos, a alegria, o conforto e a segurança dos seus tempos de criança. Era bom ver no rosto dele um semblante positivo e leve, e isso deixou-me mais tranquila por perceber que, ao contrário do receio da mãe, ele não ia desatar a partir aquilo tudo. A dada altura parou de olhar fixo numa pequena moldura, pousada sobre a mesinha de cabeceira. Apesar de ser mais uma fotografia em que aparecia com o pai, aquela não era uma moldura como as outras. Era pintada à mão e tinha umas letras coladas que formavam a frase *O Melhor Pai do Mundo*. Leonardo pegou nela e eu fiquei do seu lado também de olhos nela. Só me apercebi de que ele estava a chorar quando uma lágrima caiu sobre a moldura e eu levantei a cabeça para o olhar. Leonardo sentou-se na beira da cama e eu sentei-me com ele. Comecei a sentir uma certa culpa por o ter colocado, mais uma vez em tão pouco tempo, numa situação que o tinha feito emocionar-se. Por outro lado, sentia-me empolgada por perceber que ele estava a deixar de lutar contra si mesmo e a libertar-se. Apesar do motivo, aquelas lágrimas eram um bom sinal e aparentemente os meus passos tinham sido acertados.

— Fiz esta moldura na escola, por altura do Dia do Pai. Era o meu primeiro Dia do Pai aqui em Portugal, pouco depois de ter vindo para cá, e pintei-a todo contente e convencido de que um dia ia ter oportunidade de lha dar. Um dia... que nunca chegou. *Disse de voz embargada antes de explodir num choro.*

Peguei no seu rosto e encostei-o ao meu ombro. Também eu não consegui conter as lágrimas depois de me ter dito aquilo. A dor que ele estava a sentir trespassou-me o peito como se fossem flechas. Talvez até àquele momento ainda não tenha tido realmente a noção da importância que tinham aqueles pormenores no crescimento de uma criança e em especial de Leonardo. Talvez só depois de ouvir aquelas palavras é que eu me aproximei de verdade daquilo que ele sentia em relação ao pai. Começou então a percorrer-me o corpo uma sensação de culpa ao lembrar-me de todas as vezes em que insisti com ele de que devia procurá-lo e perdoá-lo e me dizia que não. Consegui, pela primeira vez, compreender a sua relutância em fazê-lo. Eu nunca tinha passado por uma situação idêntica. Sempre cresci num meio familiar saudável, com a presença do pai e da mãe, e isso dificultou-me a tarefa de me colocar no lugar dele. Achava eu que a empatia que criava por alguém era suficiente para me colocar no lugar dessa pessoa e afinal não. Era preciso calçar os sapatos dela, vestir as roupas dela e ver o mundo pelos olhos dela.

— Desculpa... *Disse-lhe por impulso.*

Leonardo levantou a cabeça do meu ombro e olhou-me com espanto. Limpei-lhe as lágrimas do rosto e expliquei-me melhor.

— Desculpa ter insistido tanto contigo para procurares o teu pai. Desculpa ter sido incompreensiva com a tua situação. Acho que só agora consegui colocar-me realmente no teu lugar e perceber o quão difícil foi assumires esta realidade na tua vida e como isso influenciou a tua personalidade. Desculpa por todas as vezes em que te acusei de seres isto e aquilo. Desculpa ter-te forçado a seres alguém que devias ser quando só tinhas de ser fiel a ti mesmo e deixar que o tempo te fizesse perceber que não era por aí o caminho. Desculpa se fui demasiado impaciente e insistente, mas só quis ser um estímulo extra para te fazer entrar no caminho da bondade.

— Tu sempre tiveste razão e eu sempre tive os olhos fechados. Não peças desculpa porque eu era mesmo má pessoa.

— Sim, tu eras má pessoa, mas porque não tinhas consciência de que o eras. E além disso havia uma razão por detrás dessa personalidade e que eu me recusei a usar como justificação. Podias ser uma pessoa desprezível, mas pelo menos eras verdadeiro. Ou seja, quem te conhecia sabia o que podia esperar de ti. E eu agora percebi que não é com os maus que devemos ter mais cuidado, mas sim com os falsos bons. Dos maus já sabemos o que esperar e nem os deixamos entrar, mas os falsos bons entram sorrateiramente na nossa vida e quando os descobrimos já é tarde de mais. Por mais que eu quisesse, não te posso acusar de nada porque foste sempre verdadeiro. Mesmo que isso me tenha magoado, mesmo que isso tenha magoado alguém, tu agiste em função do que a tua consciência te dizia. O mundo seria perfeito se todos nós tivéssemos a consciência expandida e a mesma noção do que é certo e errado, mas isso não acontece. Nem nunca vai acontecer enquanto nos preocuparmos mais em parecer alguém que temos de ser do que sermos nós mesmos. Isso não quer dizer que está certo tu magoares tudo e todos.

No entanto, foi o facto de mostrares sempre aquilo que eras que permitiu ao teu avô, à tua mãe e a mim percebermos que tínhamos de te ajudar a encontrar o caminho do bem. Que sempre existiu em ti. Se tu fizesses de conta que eras boa pessoa, nunca ninguém ia perceber que tu precisavas de ajuda. De facto, os piores males são aqueles que não conhecemos e, por isso, não conseguimos vencer. Pior do que ser mau é ser falso. Um falso é mau a dobrar.

— Achas que no fundo somos todos bons?

— Boa pergunta! Agora faz mais sentido aquilo que lemos na lápide do teu avô. Não sentimos amor, somos amor. Ou seja, no fundo todos somos bons, porque todos somos amor. Será isso?

Parámos os dois durante alguns segundos a refletir.

— Sendo assim, acho que o epitáfio que escolhi para mim foi acertado. *Lancei-lhe um sorriso apagado.* Apesar de tudo, acho que me fez bem ter vindo aqui, mas ainda não me explicaste qual foi a tua intenção ao fazer-me voltar a este quarto?

— Apenas gostava que fizesses as pazes com o teu passado. Que não o ignorasses, que não o abafasses nem reprimisses. O teu passado também és tu e quereres apagar os maus momentos é quereres apagar um pedaço de ti. Só és o que és porque foste o que foste.

— Que assim seja. Eu vou.

— Como assim? Não percebi. Vais o quê? *Perguntei intrigada.*

— Eu vou à procura do meu pai e vou aceitar a tua ajuda.

— Leonardo, eu já te pedi desculpa por ter insistido nessa ideia. E esse pedido de desculpas queria também dizer que não aceitaria mais que fizesses as coisas só porque eu te convenci ou impingi. Não vou mais forçar rigorosamente nada. Tudo tem o seu tempo e terás de ser tu a sentir que chegou a hora. Eu antes não entendia o porquê de tanta resistência, mas era apenas porque ainda não tinha tomado consciência do peso que isso representava em ti como pessoa e na tua vida de uma forma geral. Sou muito impaciente. Quero sempre tudo agora. Aliás, ontem já era tarde. Mas percebi que tudo tem o seu tempo. E se eu faço de tudo para que seja agora e não é agora... é porque não tem de ser agora. Percebendo isto, eu ganho a capacidade de deixar ir e tudo passa a fluir e a acontecer naturalmente.

— Eu não estou a tomar esta decisão por ti. Estou a fazê-lo por mim. Porque sinto que chegou a hora de o fazer. E além disso eu tenho este último presente que fiz para ele para lhe entregar.

— Tens a certeza? *Ele abanou a cabeça em jeito afirmativo.* Então vamos reunir o máximo de informação sobre o teu pai e os hipotéticos paradeiros dele e vamos para Paris.

Leonardo foi levar-me a casa e deixei a chave do quarto ao seu cuidado, convicta de que não havia mais razão para o medo que a sua mãe tinha de ele desfazer o quarto. Estava convencida de que Leonardo tinha, pelo menos em parte, feito as pazes com aquele pedaço do seu passado. Passei o dia seguinte a planear estratégias de como iríamos chegar até ao pai de Leonardo e de como é que esse encontro deveria acontecer, mas tudo mudou com uma chamada que recebi de Lurdes já perto do final da tarde.

— Desculpe estar a ligar-lhe, mas diga-me uma coisa, o que é que disse ao meu filho ontem? *Perguntou num tom preocupado.*

— Levei-o ao quarto e expliquei-lhe que queria que ele aceitasse o passado, que não o rejeitasse, etc. Mas porquê a pergunta?

— É que ele está a tirar tudo do quarto, mas está sempre a dizer-me para não me preocupar e eu não sei o que está a acontecer.

— Oh, meu Deus. Eu vou já para aí!

No caminho para casa de Leonardo não parava de pensar no que estaria a passar pela sua cabeça. Toda a boa sensação que tinha tido no dia anterior de que estava a dar os passos certos tinha sido substituída pela sensação de culpa por lhe ter deixado a chave daquele quarto. Assim que cheguei a casa dele encontrei o seu carro de traseira voltada para a porta de entrada e com a mala aberta. No interior da mala estavam várias caixas com aquilo que imaginava ser o conteúdo do quarto. Assim que me aproximei da porta apareceu a *Mika*, muito animada de rabo a abanar, certamente à parte do que estaria a acontecer dentro de casa, e eu fiz-lhe festinhas na cabeça. Logo atrás surgiu Lurdes com um ar apreensivo.

— Ele só diz para não me preocupar e que depois me explica. *Disse assim que me viu.* Vá lá cima falar com ele, por favor!

Subi a escadaria apressadamente e quando cheguei ao quarto Leonardo estava a colocar uma consola dentro de uma caixa. As paredes e os móveis continuavam vestidos com os inúmeros quadros e molduras e, apesar de bastante mais desnudado, a disposição permanecia intacta. Quando apareci à entrada do quarto,

Leonardo olhou-me com um ar admirado e logo o seu semblante se alterou como se de repente tivesse entendido a razão de eu estar ali. Ainda assim não deixou de fazer a inevitável pergunta.

— O que é que estás aqui a fazer?

— A tua mãe ligou-me, preocupada, a dizer que estavas a tirar tudo daqui de dentro. Quando estive cá ela disse-me que mantinha o quarto fechado com medo que te desse alguma coisa e decidisses ver-te livre disto tudo. Afinal não estava assim tão enganada.

— Que exagero. *Disse, enquanto colocava os comandos da consola na caixa.* Eu só estou a encaixotar os brinquedos, os peluches e os jogos. O resto permanece tudo intacto. Está isto aqui a apanhar pó sem necessidade nenhuma quando há crianças que estão a ser privadas de uma infância saudável só porque os pais não têm dinheiro para lhes darem brinquedos.

— Isso quer dizer que vais doar todos os teus brinquedos?

— Parece-me a decisão mais acertada. Eu já não uso nada disto, nem voltarei a usar. E com certeza também não são estes brinquedos que farão a minha mãe lembrar-se dos tempos em que eu era criança. As fotografias chegam e se não chegarem ela que converse comigo e lembramo-nos juntos desses tempos. Sabes, quando ontem fomos a casa do Lucas e ele me levou para a sala para me mostrar uma coisa, essa coisa era apenas uma capa com folhas desenhadas. Muitas delas arrancadas de cadernos. Ou seja, desenhar era o único entretenimento do miúdo porque não tinha brinquedos. E por isso o que fizemos juntos foi aquele desenho que tu viste. Não deixa de ser uma atividade estimulante, mas há muitas mais coisas que podia fazer e não faz porque não pode. E depois de ter vindo aqui e de ter visto todos estes brinquedos inutilizados decidi que eles podiam fazer o Lucas um pouco mais feliz. Vou levá-los agora a casa dele. Fazes-me companhia? *Perguntou enquanto erguia a caixa com a consola, anunciando que estava feita a arrumação.*

Leonardo saiu do quarto e eu deixei-me ficar para trás, reflexiva, mas com um sorriso na alma. Aquele era um gesto muito bonito da parte dele e que me surpreendeu. Algo que começava a ser cada vez mais recorrente e me deixava animada. Fiquei durante alguns segundos a olhar as fotografias que se destacavam ainda mais nas paredes, agora que o espaço estava mais desocupado, e dei por mim a desejar que Leonardo não tivesse mudado de ideias em relação ao pai. Depois de tantos avanços que ele tinha demonstrado no seu comportamento, atitudes e personalidade, comecei a ter receio de que o facto de se reencontrar com o pai pudesse estragar toda aquela evolução positiva. No entanto, também sabia que estava a ser incoerente comigo mesma, e ainda que pudesse reverter o avanço dele ia manter-me firme na minha intenção. Apesar de tudo, sentia que aquele reencontro tinha de acontecer, e se Leonardo me disse que tinha chegado a hora eu acreditava. Gostei muito da ideia de dar os brinquedos a Lucas e não ia perder a oportunidade de ver a alegria do miúdo. Desci até ao andar de baixo para me juntar a Leonardo e Lurdes olhou para mim com muita esperança de obter uma resposta para o que estava a acontecer.

— Não se preocupe, dona Lurdes. O seu filho apenas vai doar todos os seus brinquedos a um rapaz que nós conhecemos num voluntariado e que não tem com que brincar. Depois ele conta-lhe a história toda. Tudo o resto permanece intacto no quarto. Fique descansada. Não há qualquer revolta, é apenas um gesto bonito da parte dele. Pode estar orgulhosa do seu filho.

Lurdes arregalou-me os olhos de espanto e logo a seguir deu-me um abraço apertado. Houve naquele abraço uma troca mútua de alegria por aquela pequena vitória e um alívio por o pior dos cenários não se ter confirmado. Só podia sentir-me grata por contribuir para a felicidade que aquela mãe estava a sentir naquele momento, tenha tido eu muito ou pouco mérito nessa conquista. Voltou a agarrar-me nas mãos como tão gentilmente costumava fazer e lançou-me um sorriso antes de eu entrar no carro de Leonardo. No caminho até à casa de Lucas ia a pensar no abraço que Lurdes me dera e no que aquilo representava em toda a história e lembrei--me da receita que Nicolau me deixou. Percebi que não era mais essa receita que me movia. Fazia o que fazia porque me sentia bem a fazê-lo, porque queria, gostava e precisava. Envolvi-me de tal maneira naquela história que ela passou a ser também a minha história. Talvez fosse inevitável isso acontecer, mas sempre me tentei colocar do lado de fora para não ser influenciada pelos sentimentos e assim poder ter sempre um ponto de vista isento. E se calhar foi por isso mesmo que só quando visitei aquele quarto com Leonardo é que tomei consciência da dimensão da sua dor e do que ela representava na sua vida. Quando chegámos a casa de Lucas, foi como se connosco tivesse também chegado o Natal. Carregámos as caixas cheias de jogos e brinquedos para o interior da casa e Lucas não perdeu tempo a começar a remexer nelas todas, mostrando-nos os brinquedos que mais chamavam a sua atenção. Os seus grandes olhos brilhavam de alegria e a mãe olhava-nos timidamente como se nos quisesse agradecer de outra forma e lamentasse não ser capaz. Em pouco tempo, Lucas despejou as caixas e a sala virou um autêntico parque de diversões, mas a consola pareceu ter conquistado o primeiro lugar nas suas preferências. Leonardo ajudou-o a ligar o aparelho à televisão e entretiveram-se durante alguns minutos a jogar um jogo de futebol com as equipas favoritas de cada um. Leonardo acabou por ganhar, mas Lucas não se importou minimamente com isso. Quando regressámos a casa, trazíamos o coração cheio. Com um simples gesto, Leonardo conseguiu fazer felizes pelo menos cinco pessoas naquele final de tarde e era inevitável o sorriso nos nossos rostos. Um sorriso que se desvaneceu rapidamente quando viu a mãe a conversar com alguém que estava dentro de um carro na rua em frente à casa. O carro arrancou na nossa direção após o sinal de Lurdes, mas Leonardo ainda foi a tempo de reconhecer a pessoa que o conduzia. Era o doutor Brandão. Soltei um suspiro quando me apercebi do que estava prestes a acontecer. Assim que estacionou o carro, dirigiu-se à mãe e eu acompanhei-o.

— O que estava aqui a fazer o diretor do lar onde estava o avô? *Perguntou muito calmamente, mas desconfiado.*

Lurdes ficou toda atrapalhada, ainda o filho não lhe tinha feito nenhuma pergunta, e o seu desconforto contagiou-me.

— O doutor veio trazer-me uns papéis do teu avô.

— Não me pareceu muito formal aquela despedida. Além disso, pareceu-me muito apressada, como se não quisesses que eu visse...

— Talvez seja melhor eu deixar-vos a sós. *Disse-lhes antes de me começar a afastar em direção ao carro.*

— E onde estão esses papéis se não tens nada nas mãos? *Ouvi ainda Leonardo perguntar à mãe.*

Entrei no meu carro para me vir embora, pois a minha parte já estava feita e não queria fazer de plateia à conversa entre Lurdes e o filho, mas antes que pudesse ligar o meu carro vi o de Leonardo sair a toda a pressa do recinto de sua casa. Saí e fui ao encontro de Lurdes, que estava sozinha, cabisbaixa no meio do terraço.

— Eu sabia que ele não ia aceitar bem. *Disse com os olhos lacrimejantes.* Nem sequer me deixou explicar. Acho que ele já desconfiava. Eu sabia que isto mais tarde ou mais cedo ia dar errado.

— Calma, dona Lurdes. É claro que no início é sempre complicado, mas eu acredito que é uma questão de tempo até ele assimilar a ideia. Eu vou falar com ele e talvez consiga ajudar.

— Ó Beatriz... A menina não pode andar sempre a tentar resolver os nossos problemas. Você tem a sua vida e nós já lhe demos demasiadas preocupações. Tenho de ser eu a resolver isto.

— Não diga isso. Vocês os dois já são como família. E se eu puder ajudar em alguma coisa, eu ajudarei. Para onde é que ele foi?

— Não sei! Ele saiu disparado, eu mal consegui falar.

— Deixe comigo. Eu acho que sei para onde é que ele foi.

Arranquei em direção ao jardim onde tinha ido uma vez ao seu encontro. Se ele precisava de pensar, só podia ter ido para lá. Sentia-me, de facto, uma bombeira que andava de um lado para o outro a tentar apagar fogos que não eram postos por mim e tampouco eram no meu terreno, mas não era por isso que não me pertenceriam. Quando cheguei ao jardim, foi como se tivesse um *déjà vu*. Lá estava ele, como da última vez, a baloiçar de olhos postos no chão. Aproximei-me dele e quando se apercebeu da minha presença assustou-se e ficou a encarar-me durante um segundo.

— Como sabias que tinha vindo para aqui?

— Só podias ter vindo para cá. Não foi difícil de perceber.

— Eu até tenho pena de ti. *Disse, deixando-me intrigada.* Passas por tantas coisas sem necessidade. Se fosse eu já tinha desistido há muito tempo. Confesso que admiro a tua persistência.

— Pois! Até eu às vezes me surpreendo com ela. *Sentei-me no baloiço ao lado.* Mas não vim cá para falarmos de mim. Ouve, Leonardo, eu sei que é complicado, mas a tua mãe...

— Beatriz! Poupa-me a esse discurso. Eu já sei que ela é mãe mas não deixou de ser mulher e que tem direito a refazer a vida dela, a ser feliz e tudo o mais, mas é estranho! Que queres que eu faça?

— É estranho, mas não tem nada de errado. A escola no primeiro dia também é estranha. A primeira vez que pegas num carro também é estranho. O que seria estranho era não ser estranho.

— Acho que já me habituei tanto à ideia de não ter um pai que já não quero nenhum. Nem mesmo o meu. Isto está a ser muita informação para assimilar ao mesmo tempo.

— Esta questão é fácil de resolver. E se morresses amanhã? Como estás sempre à espera que aconteça. Quem é que faria companhia à tua mãe? Seria a *Mika*? Tens noção de que ela ficaria completamente sozinha se te perdesse? Alimentaste a ideia de seres desprezível para que também a tua mãe sentisse menos a tua perda, o que, se me permites, é um absurdo, contudo nem sequer pensaste na ideia de que ela sem ti ficaria sozinha no mundo.

— Não consigo pensar agora no que pensei ou no que devia ter pensado e não pensei. Só sei que não consigo olhar para a minha mãe da mesma maneira agora. Precisava de sair daqui uns dias. Não achas que podemos apressar a viagem a Paris?

— Essa viagem convém ser bem preparada e não vais para lá para espairecer. Digo eu. Por isso acho que devemos ir quando as coisas estiverem calmas e preparadas. Mas se queres sair daqui eu sugiro fazermos algo que já tinha pensado há uns tempos. Queres ir passar dois ou três dias na casa dos meus avós... no campo?

— Campo? Eu odeio campo! Mas neste momento qualquer coisa é melhor do que estar aqui. Quando é que podemos ir?

    Telefonei à minha avó a avisá-la de que aceitaria finalmente o seu convite e ela ficou eufórica com a novidade, perguntando-me logo quando vinha, a que horas vinha e com quem vinha para ter tudo pronto para a minha chegada. Já há muito tempo que não a via e senti-me uma neta desnaturada. Talvez andasse a dar demasiada atenção aos outros e muito pouca aos meus. Senti-me desconfortável com essa conclusão, mas depois lembrei-me de que os outros já tinham passado a ser meus também e uma vez que tinha sido uma decisão minha cabia-me a mim conseguir desdobrar-me por eles todos. A verdade é que quem ama está, quem ama arranja sempre forma de estar e sempre tempo para estar. E eu estava a desleixar-me nesse aspeto. Tinha de me lembrar que nem só as relações entre casais precisam de ser alimentadas, as relações com a família, com os amigos e com nós mesmos também precisam de tempo e alimento. Preparei as minhas coisas depois de sair do trabalho e passei em casa de Leonardo para o ir buscar. Esperei-o no terraço e quando saiu de casa aproximou-se de mim com uma mochila.

— Não estás a pensar ir naquele ferro-velho, ou estás? *Disse, apontando para o meu humilde* Opel *de 99.*

— Quando pensei pela primeira vez em levar-te a passar uns dias no campo era com a intenção de te conectares com a natureza e também para trabalhares precisamente esse materialismo e falta de humildade. Pensei que já não era preciso, mas afinal...

— E não é. Só que pelos vistos a terra da tua avó não fica perto e além de irmos mais depressa no meu o conforto era outro.

— A ideia foi minha, por isso prefiro ser eu a levar-te. Se não te importares. Além disso, o local para onde vamos é um pouco remoto, e as estradas são muito más. Não quero que estragues o teu carro novo e eu depois fique a sentir-me culpada. Vamos embora.

— Ansioso por conhecer esse fim do mundo para onde me vais levar. *Disse com ironia antes de se dirigir para o meu carro.*

Fiquei parada no local onde estava e reparei que Lurdes olhava na nossa direção desde a porta de entrada, segurando a *Mika* no colo, certamente para não correr atrás de Leonardo. Sorriu-me envergonhada como se estivesse de castigo e não pudesse sair de casa e eu pisquei-lhe o olho e fiz um leve movimento com a cabeça, dizendo-lhe gestualmente para não se preocupar que ia ficar tudo bem. Entrei no carro e fizemo-nos à estrada. Pela frente tínhamos pelo menos duas horas de viagem até uma pequena aldeia no interior do país onde ficava a quinta dos meus avós maternos. O Sol começava a pôr-se e pelas minhas contas chegaríamos lá à hora do jantar. Não era a primeira vez que Leonardo andava no meu carro, mas talvez por saber que a viagem era mais longa, parecia mais preocupado, reparando em todos os pormenores e barulhos do carro.

— Tens gasolina que chegue?

— Sim! Enchi o depósito antes de vir, como é óbvio.

— E aquela luzinha amarela está acesa porquê?

— Essa luz está sempre a acender e a apagar. Relaxa. Não vamos ficar pelo caminho. O carro é velho, é natural acender luzes no painel. Descontrai e escolhe uma rádio, já que da última vez fui eu.

Começou a mexer nos botões do rádio e depois de alguns segundos sem grande êxito olhou-me com ar de enfado.

— Que engraçadinha. Só encontra uma estação!

Soltei uma gargalhada e ele revirou os olhos na brincadeira. Aumentei o volume do rádio e durante os minutos seguintes fomos desfrutando da paisagem à nossa frente pintada pelas sombras provocadas pela luz rasteira daquele final de dia. A cada quilómetro que passava as casas iam, aos poucos, dando lugar às árvores e aos montes, até que deixaram mesmo de aparecer. Ficámos em silêncio durante algum tempo e percebi que tanto eu como ele queríamos desfrutar daquela sensação de paz. O facto de nos estarmos a afastar de casa criava a ilusão de que também nos estávamos a afastar de todos os problemas e era reconfortante. Entretanto começou a tocar a música *Halo* da Beyoncé e olhámos em simultâneo um para o outro.

— Ainda bem que gostamos da música. É que mesmo que não quiséssemos parece que esta tinha mesmo de ser a nossa música.

Leonardo limitou-se a sorrir e pus de novo os olhos na estrada. Senti que ele ficou a olhar para mim, ainda que fosse de lado, mas não me apeteceu olhar para ele para confirmar. Sabia-me bem aquela sensação de estar a ser observada disfarçadamente e não quis arriscar descobrir que estava enganada. Voltei a cantarolar a música, tal como tinha acontecido da última vez, mas desta vez a voz de Leonardo juntou-se à minha. Assim que terminou de tocar, como se anunciasse um fim de ciclo, abandonei a estrada principal e meti por uma secundária, bastante mais estreita e ladeada por extensos campos de cultivo. Tudo parecia perfeito com os últimos raios de sol a iluminarem o horizonte até que o carro começou a soluçar. Leonardo olhou-me assustado e eu não consegui devolver--lhe um olhar que o tranquilizasse, pois eu mesma estava admirada. Olhei para o painel e a luzinha amarela que estava acesa desde o início da viagem no painel do carro estava agora a piscar. Experimentei reduzir a velocidade e depois aumentá-la, mas não teve qualquer influência. O carro continuou a soluçar como se estivesse engasgado e pouco mais de um quilómetro à frente, e depois de muito esforço, estancou junto à berma.

— Isto nunca me aconteceu. Foi a primeira vez que me deixou ficar mal. *Lamentei sem olhar para ele.* Desculpa...

— Não faz mal. Abre o capô para ver o que se passa. *Puxei a patilha, saímos do carro e ele levantou o capô.* Olho, mas não vejo nada. Lamento não te conseguir ajudar. Chama o reboque.

Tentei dar à chave mais algumas vezes como se estivesse a fazer uma reanimação ao carro, mas não deu mais sinal de vida. Levei as mãos à cabeça e respirei fundo várias vezes. Estava a custar-me acreditar que aquilo estava mesmo a acontecer, mas tentei não entrar em stresse, ser pragmática e ligar para o reboque. Não estávamos muito perto do destino, mas estávamos bem mais perto do destino do que do ponto de partida. Liguei logo depois para a minha avó, que já andava às voltas com o jantar a contar com a minha chegada em breve, e expliquei-lhe o que tinha acontecido. Pedi-lhe para chamar o meu avô e expliquei-lhe da melhor forma que consegui a estrada onde eu estava e pedi-lhe para nos vir buscar. Voltei para junto de Leonardo, que olhava para o motor do carro a tentar encontrar o problema, mas o facto de já estar a escurecer tornava a tarefa ainda mais complicada. Desistimos de tentar descobrir a causa da morte inesperada do meu *Opel*, até porque, mesmo que descobríssemos, dificilmente conseguiríamos arranjá-lo, e fechei o capô. Entrámos para o carro para esperarmos pelo reboque e pouco tempo depois ele chegou. O senhor do reboque carregou o carro, tratámos das burocracias e perguntou-nos se queríamos boleia para algum lado. Era no sentido contrário ao nosso destino, mas antes de recusar liguei para a minha avó para saber do meu avô.

— Ele saiu logo de casa mal pousou o telefone. Deve estar mesmo a chegar. *Disse ela muito confiante do outro lado da linha.*

Acabei por recusar a boleia, pois acreditava que o meu avô já deveria estar próximo. Infelizmente os meus avós não usavam telemóveis, apesar dos muitos que lhes eram oferecidos, e naquele momento fazia muita falta ele ter um. Quando o reboque começou a afastar-se de nós, voltámos a mergulhar no silêncio e escuro da noite e uma leve sensação de arrependimento começou a apoderar-se de mim. Estávamos sozinhos, no meio do nada e a vários quilómetros da próxima casa habitada, e a culpa era minha. Leonardo parecia tranquilo, mas eu começava a ficar assustada. Os minutos passavam e o meu avô não aparecia.

— Já me arrependi de ter recusado a boleia. *Desabafei.*

— O homem ia levar-nos para outro lugar qualquer, depois o teu avô passava aqui, não nos via e ia andar por aí perdido à nossa procura. Íamo-nos desencontrar sem necessidade.

Admirava a tranquilidade dele, mas infelizmente ela não me contagiava como acontecia com outras sensações mais desagradáveis. Entretanto, um carro surgiu no horizonte e eu respirei de alívio. Começou a aproximar-se de nós e eu estranhei o facto de não começar a abrandar. Quando passou por nós vi que não era o meu avô e se antes me sentia mal comecei a sentir-me muito pior.

— Não estou a gostar nada disto. Quero sair daqui!

— OK, vamos esperar só mais um bocado e se entretanto aparecer algum carro que não seja o do teu avô pedimos boleia ou então chamamos um táxi. Basta uma chamada e já está. Fica tranquila.

— E se eu me começar a sentir mal? Está bem que o táxi chega aqui, mas até ele chegar já eu morri ou sei lá o que me aconteceu.

Ter-me lembrado daquilo foi o bastante para eu começar a entrar em pânico. Já não tinha como controlar o que me estava a acontecer. O coração disparou e eu comecei a hiperventilar.

— Estou a ter um ataque de ansiedade, Leonardo!

— Trouxeste o remédio contigo?

— Sim, trago sempre uma caixa na mala. Vou buscá-la.

— Não! Perguntei só para saber para o caso de precisares.

— Mas eu estou a precisar! E estou a precisar agora!

— Tu não podes viver dependente desse remédio. O facto de o teres aí já tem de te tranquilizar um bocado. E além do remédio estou eu também aqui. Não estás sozinha como da última vez. Se acontecer alguma coisa, eu vou ajudar-te, esse medo é irreal.

— Eu sei, Leonardo, mas eu não controlo. Não percebes?

— Calma. Repete esta sequência, sete, quinze, vinte e três...

— O que é que estás a dizer? *Perguntei de mão no peito.*

— Vi numa série uma personagem que estava a ter um ataque desses e pediu que lhe dessem uma sequência aleatória de números para ele repetir porque supostamente o cérebro não consegue pensar em duas coisas ao mesmo tempo.

— Mas isto não é ficção, Leonardo! Obrigada, mas eu tenho mesmo de tomar o remédio para que faça efeito o quanto antes.

Assim que agarrei na mala para tirar o remédio, Leonardo precipitou-se para mim, agarrou-me no rosto e deu-me um beijo intenso e demorado. Quando soltou a boca da minha, fiquei em choque a olhar para ele e perguntei-lhe.

— Porque é que fizeste isto?

— Vê lá se agora consegues ou não pensar no meu beijo ao mesmo tempo que pensas na crise de ansiedade que estás a ter.

— Foi por isso que me beijaste?

Os olhos dele colaram-se ao fundo da estrada atrás de mim e eu voltei-me para trás para ver o que era. Ao longe, dois pontinhos brilhantes faziam-me sonhar que seria a carrinha do meu avô.

— Acho que o melhor dos comprimidos vem ali ao fundo.

Assim que a carrinha chegou à nossa beira, parou e foi uma autêntica injeção de tranquilidade. Era o meu avô.

— Perdoem-me a demora. *Desculpou-se o meu avô*. Eu pensava que estávamos a falar da mesma estrada e afinal não. Fui para outro sítio e andei para trás e para a frente à vossa procura e nada. Só depois é que me lembrei desta. Vá, entrem que já é tarde.

    Eu entrei para o banco da frente e Leonardo para o banco de trás e seguimos viagem. Aquela carrinha do meu avô era ainda mais antiga que o meu carro e imaginei o que estaria Leonardo a pensar naquele momento. Já eu, por mais que quisesse participar na conversa que o meu avô tentava manter connosco, não parava de pensar naquele beijo. A ansiedade começou a desvanecer e não consegui perceber se a principal razão tinha sido a chegada do meu avô, que me fez sentir, finalmente, um pouco mais segura, ou aquele beijo. Não tinha sido no local mais bonito, nem tampouco no momento mais idílico, mas se a intenção de Leonardo tinha sido apenas terapêutica, então tinha acertado em cheio. Contudo, não consegui evitar uma leve desilusão ao imaginar que tinha sido essa a sua única intenção. Alguns quilómetros à frente metemos por uma estrada ainda mais estreita e degradada, até que chegámos a uma estrada de terra que nos levaria diretamente à quinta dos meus avós. Lembrei-me do fim do mundo de que me falara Leonardo no início da viagem e de facto parecia que aos poucos ele começava a ganhar forma, só a julgar pela qualidade do caminho, mas com certeza que seria compensador. Quando chegámos, a minha avó esperava-nos no cimo da escadaria de pedra, sob a luz trémula do candeeiro da entrada, e mal nos viu desceu-a para nos vir receber. Apertou-me com veemência no meio dos seus braços, que teimavam, e ainda bem, em não perderem a força, e logo depois deu dois beijos a Leonardo assim que o apresentei.

— Parece que a viagem foi um pouco atribulada, mas ainda bem que já chegaram e eu agora só quero que relaxem. Venham comigo. *Disse ela, apressando-se a subir a escadaria.* Vou mostrar-vos onde vão dormir e depois vamos comer qualquer coisa.

— Avó... peço desculpa, mas acho que perdi o apetite.

— Vais comer nem que eu tenha de te dar a comida à boca como quando eras bebezinha. *Atirou ela sem olhar para trás.*

Entrámos na casa dos meus avós, que, embora já fosse bastante grande, à medida que os filhos foram casando e ela se foi esvaziando parece que ficou ainda maior. Quando era criança não vivia longe daquela casa e por isso grande parte da minha infância e pré-adolescência foi passada ali. Fomos até ao andar de cima e depois de uma breve apresentação do piso que a minha avó fez a Leonardo encaminhou-nos até um dos quartos.

— Este era o quarto onde esta menina ficava quando dormia cá. *Contou ela a Leonardo, lançando-me um sorriso.* E vai ser aqui que o menino Leonardo vai ficar. Esteja à vontade.

— Mas não devia ser a Beatriz a ficar neste?

— Ah! Pois! É só porque este é o melhor quarto da casa e temos como regra que o melhor fica para os de fora. Assim sendo, o Leonardo fica neste e a Beatriz fica já aqui ao lado. Ponha-se à vontade e depois desça para comer connosco, que já é tarde e deve estar com fome. Anda, meu amor. *Disse para mim, agarrando-me no braço.* Vou dizer-te onde vais ficar.

Assim que me mostrou o quarto onde eu ia ficar, deixou-me com o mesmo convite que tinha feito a Leonardo e eu tratei de tirar algumas coisas da mala antes de descer. A casa era muito antiga, toda em pedra e ainda com um soalho em madeira que denunciava cada passo que se dava sobre ele, mas era muito acolhedora. O ranger das tábuas que ouvi no corredor deu-me a entender que Leonardo já se tinha dirigido para a sala de jantar, que ficava no rés do chão da casa, assim como o quarto dos meus avós. Pouco depois foi a minha vez e quando cheguei à sala já ele estava sentado à mesa à conversa com os meus avós. A luz fraca do interior da casa dava um ar lúgubre ao ambiente e parecia que tinha recuado um século, mas sentia-me bem, Leonardo também aparentava estar bem e isso era o mais importante. Sentei-me em frente a ele e apercebi-me de uma ligeira vergonha em mim sempre que o meu olhar se cruzava com o dele. Depois pensei que se alguém tinha de se sentir embaraçado era ele e não eu, pois desta vez a iniciativa do beijo tinha partido de Leonardo. Há, de facto, dores que não nos pertencem. Há culpas que não são nossas e que decidimos assumir porque gostamos tanto da outra pessoa que não queremos que ela sofra com elas. Ou ainda porque não queremos que ela as use como argumento para se afastar de nós e assim enganarmo-nos um pouco mais acreditando que está connosco por amor. Isso acontecia-me muito no meu relacionamento com Gabriel e prometi a mim mesma que nunca mais me permitia passar por algo semelhante. Sem dúvida que pedir desculpa é uma prova de amor pela outra pessoa, mas assumir uma culpa que não é nossa só para que ela não se chateie é uma prova de falta de amor por nós mesmos. A conversa estava animada e a minha avó parecia estar mais interessada em saciar as curiosidades que tinha sobre o elemento novo na mesa do que propriamente saber novidades sobre a neta, mas eu desculpava-a. Após uma pergunta sobre a atividade profissional de Leonardo, decidi usar a palavra para acrescentar um pormenor.

— Já agora, eu não lhe disse, mas o Leonardo é o novo patrão da minha mãe. E também tem jeito para os doces.

Leonardo pareceu ficar envergonhado com aquela revelação.

— Ai sim? Então já sei quem nos vai ajudar amanhã a fazer o teu bolo de aniversário. *Disse, batendo três palmas.*

— Fazes anos amanhã? *Perguntou-me Leonardo.*

— Depois de amanhã, mas na minha família temos o hábito de cantar os parabéns sempre à meia-noite com um bolo.

Abanou a cabeça, surpreendido com aquela notícia, e senti que queria dizer-me mais alguma coisa, mas não o fez certamente por causa da presença dos meus avós. Quando o jantar terminou, o meu avô foi para o sofá desfrutar do seu vinho do Porto, como era seu hábito desde que me lembro, e pouco depois também nos juntámos a ele, mas antes Leonardo fez um pedido à minha avó, que pousava no escorredor o último copo que acabava de lavar.

— Peço desculpa, posso beber um copo de água?

Enquanto me dirigia juntamente com a minha avó para a zona dos sofás, ia olhando para trás e observando o que estava a fazer Leonardo junto à bancada e apercebi-me de que levou qualquer coisa à boca antes de beber um pouco de água. Imaginei que fosse o remédio que tinha de tomar todos os dias para o coração e senti pena dele. Era tão novo e o seu bem-estar dependia daquelas doses diárias de uma droga qualquer. Devo ter colado a olhar para ele porque só me apercebi de que ainda estava a encará-lo quando se voltou para mim e me viu. Aproximou-se para se sentar num dos sofás e ao passar por mim lançou-me um sorriso apagado e desviou o olhar como se dessa forma me dissesse sem falar que também ele lamentava a sua situação, mas não havia nada a fazer. O convívio pós-jantar com os meus avós durou poucos minutos porque logo se despediram de nós e foram deitar-se. Ficámos somente os dois, naqueles sofás, debaixo da luz de um candeeiro de pé alto.

— Quantos anos fazes? Nunca me disseste a tua idade.

— Porque nunca me perguntaste nem nunca encontrei um momento em que fosse pertinente falar sobre isso. Faço vinte e oito.

— Porque não me disseste que fazias anos em breve?

— Porque também nunca me perguntaste nem nunca encontrei um momento em que fosse pertinente falar sobre isso.

— O momento em que te disse que precisava de me afastar de casa e tu concordaste que fosse este fim de semana, por exemplo. Tu já sabias que o facto de virmos te ia impedir de passares o teu aniversário junto da tua família e amigos. Mas, mais do que isso, sabias que isso implicaria festejares essa data importante... comigo.

— Ajuda só é ajuda se for na hora em que precisamos. Se peço ajuda agora é porque eu preciso da ajuda agora. Se fosse só daqui a duas semanas, eu pedia só daqui a duas semanas. A maioria diz que ajuda porque fica bem, e depois vai adiando, até que deixamos de precisar. Assim não têm o trabalho de ajudar. Eu já tinha tido esta ideia e decidi pôr de parte, mas quando tu me disseste que precisavas de te afastar eu decidi dar esta sugestão para te ajudar. Uma vez que esta nossa vinda foi numa altura em que tu precisavas, ela tem a conotação de ajuda, se fosse daqui por um mês seria apenas um convite para passarmos um fim de semana no campo, o que, como deves imaginar, seria um pouco estranho vindo de mim.

— Não seria assim tão estranho tendo em conta que tu até gostas da minha companhia. Já para não falar de um certo beijo...

— Já expliquei que foi um mero impulso! Mas não te deves ter lembrado disso há algumas horas. Se queres falar de um certo beijo, acho que devias falar desse.

— Era uma situação de emergência. Foi para te ajudar.

— Foi só para me ajudares? *Ficámos em silêncio durante um momento e depois recuei.* Esquece. Não quero saber a resposta.

O relógio da sala tocou, anunciando a meia-noite.

— Parece que chegou a meia-noite.

— Expliquei que não é hoje que faço anos, é amanhã.

— Eu sei, eu sei. Amanhã é o primeiro de muitos dias com vinte e oito anos, mas hoje é o último de muitos com vinte e sete. Por isso, se calhar o dia de hoje não é menos especial do que o de amanhã. E esse dia começou agora mesmo. Já tinhas pensado nisso?

— Sim, mas para mim o dia de hoje, o de amanhã, e depois, e depois, são igualmente especiais. Não os distingo pelas datas.

— Essa é uma forma bonita de ver as coisas, mas na realidade não é bem assim. Como estás a pensar aproveitar o dia?

Estava tudo tão silencioso que a voz de Leonardo parecia ganhar outra intensidade. Ou era apenas uma ilusão criada pelo efeito sedutor que as sombras no rosto dele estavam a criar em mim.

— Como achas que devo aproveitar? *Perguntei e voltei a arrepender-me muito rapidamente. Esquece a pergunta. Vou para a cama, vens também? Disse que sim com a cabeça.* Então deixa-me só acender a luz das escadas e depois apagas essa do candeeiro.

Leonardo ficou à espera de que eu acendesse a luz e logo de seguida apagou o candeeiro e acompanhou-me na subida. Subi as escadas à frente e ele veio atrás de mim, talvez fosse só impressão minha, mas senti o olhar dele colado no meu corpo e não consegui perceber se era uma sensação boa ou má. Começámos a percorrer o corredor e a cada passo o meu coração acelerava mais.

— Não... *Disse Leonardo, agarrando a maçaneta da porta.*

— Não o quê? Não percebi.

— Estou só a responder à pergunta que me fizeste. Não foi só para te ajudar que te dei aquele beijo...

E entrou no seu quarto, fechando a porta atrás de si.

    Quando acordei ainda era relativamente cedo. As portadas das janelas deixavam entrar alguns raios de luz, mas não eram suficientes para me terem acordado. Logo depois ouvi uns ruídos vindos do lado de fora e lembrei-me de os ter ouvido durante o sono. Presumi que tinham sido eles a razão de ter acordado tão cedo num fim de semana. Ergui-me da cama, abri as enormes portadas de madeira e espreitei pela janela para saber a origem dos barulhos. Lá em baixo vi Leonardo, atrapalhado e medroso, a montar o cavalo *Jeremias* sob as indicações do meu avô, que lhe segurava nas rédeas. O *Jeremias* era o cavalo de estimação do meu avô e lembro-me de ele ser pequenino quando eu era criança, por isso devia ter uns vinte anos. O que, para um cavalo, já era uma idade avançada. Abri a janela devagar, debrucei-me sobre o parapeito e falei na direção deles.
    — És muito pesado para o *Jeremias*! *Atirei na brincadeira.*
    Leonardo olhou para cima, assustado, desequilibrou-se e caiu sobre um monte de erva que estava ali amontoada para dar de alimento aos animais. Soltei um guincho e levei a mão à boca com medo que se tivesse aleijado.

— Magoaste-te? *Gritei da janela.*

Como Leonardo caiu para o lado de lá do cavalo, deixei de o ver, mas depois o animal deu dois passos em frente e vi a figura cómica dele, prostrado sobre a pilha de erva, a encarar-me com um ar aborrecido. Percebi logo que estava tudo bem e não consegui conter um riso com aquela imagem inédita para os meus olhos.

— Não me magoei, mas agradeço imenso o teu bom-dia.

Leonardo ergueu-se, começou a sacudir a roupa e eu recolhi-me para o interior do quarto. Acabei de me vestir e desci. A minha avó esperava-me na cozinha pronta para me preparar o pequeno-almoço, mas só quis comer duas torradas com queijo fresco e saí. Fui encontrá-los no estábulo, onde o meu avô parecia estar a explicar algumas curiosidades sobre cavalos a Leonardo.

— Gostaste da experiência? *Perguntei quando cheguei perto.*

— Gostei! Foi um voo agradável, valeu pela adrenalina.

— Parvo! *Dei-lhe um safanão no braço.* Estou a falar do *Jeremias*, se gostaste de andar a cavalo. Nunca tinhas experimentado?

— Foi a minha primeira vez, sim. Fiquei um pouco dorido.

— Espero que te divirtas e te distancies de todos os pensamentos menos bons dos últimos tempos, mas não foi só para isso que vieste cá. Lembra-te de que esta viagem é dois em um, também tem o objetivo de estares em contacto direto com a natureza.

— E estou! Ainda há bocado me atirei de cabeça, vê lá tu.

— Estás a ir muito bem, então. E uma vez que já conheceste o *Jeremias*, acho que está na hora de conheceres a nossa *Milinha*.

— *Milinha*? Quem é a *Milinha*?

Saí do estábulo, contornei-o e os dois vieram atrás de mim. Os meus avós tinham vários tipos de animais, mas era mais por gosto e passatempo do que propriamente por necessidade. E para aquilo que tinha trazido Leonardo ali era perfeito. Quando abri o portão que ficava do lado de trás do estábulo, a *Milinha* levantou-se e sacudiu a palha agarrada ao seu pelo com o rabo. O meu avô apressou-se a encher-lhe a taça com água e eu fiz-lhe festas no focinho.

— Uma vaca... claro. *Disse Leonardo de mãos na cintura.*

— Queres fazer-lhe festinhas também?

— Não, deixa estar. Estou bem assim. Ainda me morde...

O meu avô deu uma gargalhada e eu juntei-me a ele a rir sob o olhar impávido de Leonardo, típico de alguém que nunca tinha estado próximo de um animal daqueles. Era hilariante o ar assustado dele e confesso que estava a dar-me um certo gozo.

— Pode confiar. *Tranquilizou o meu avô*. Ela não morde.

— Dá-me a tua mão. *Agarrei-lhe no pulso e pousei-lhe a mão sobre o focinho da* Milinha, *fazendo-a deslizar com o meu apoio.* Vês. Não há perigo nenhum. Ela é muito meiga e gosta de festas.

Ele pareceu relaxar um pouco mais e deixei-o sozinho a acariciá-la. Para mim aquilo era perfeitamente natural, mas compreendia que para ele fosse estranho, pois era a sua primeira vez. Peguei numa porção de ração e levei-a à boca da *Milinha* para que comesse diretamente da minha mão. Leonardo ficou a olhar para mim e fiz-lhe um gesto com a cabeça para que fizesse o mesmo que eu. Ele aceitou o desafio, pegou num pouco de ração e assim que ela acabou de comer o que lhe dei ele aproximou a mão da sua boca.

— Baba-se toda. Estou com receio de que ela não esteja satisfeita com a ração e prefira comer a minha mão.

Voltámos a repetir o processo e Leonardo ficou mais à vontade com a *Milinha*, que aos poucos foi conquistando a sua confiança.

— Os seus animais têm todos nome? *Perguntou Leonardo ao meu avô, que trocou logo um olhar comigo.*

— Não, só aqueles que essa menina decidiu batizar.

— A sério, Beatriz? *Voltou-se para mim.* Batizaste uma vaca? E que animais batizaste mais? Uma galinha? Um coelho?

— Não gozes. Estes animais também têm direito a ter um nome. Foi um hábito que ganhei em pequena. A desvantagem é que, como eu os batizo, depois crio uma ligação com eles e tenho pena quando morrem, como aconteceu com o meu *Fanuco*.

— Acho que nem te vou perguntar que animal era...

— Era um faisão... *Revelei envergonhada.*

Leonardo revirou os olhos e voltou a concentrar-se no que estava a fazer, escusando-se a comentar aquele meu hábito, do qual, apesar de tudo, me orgulhava. O resto do dia foi uma autêntica aula sobre o campo. Uma vida completamente desconhecida para Leonardo. O meu avô fazia questão de lhe explicar tudo com muito detalhe e foi bom também ver a curiosidade dele sobre todos os assuntos. Estava a entender aquela nossa visita aos meus avós como uma viagem enriquecedora para si e não apenas como um escape às preocupações recentes sobre o seu pai e sobre a sua mãe. E isso era bom. Era importante ele ter aquele contacto com um estilo de vida muito menos avantajado do que aquele que sempre tivera e talvez assim começasse a dar mais valor ao conforto e desafogo de que desfrutava. Com certeza que quando se fosse embora levaria consigo uma visão diferente do mundo e da vida que nunca poderia ter enquanto não sentisse de perto todas aquelas sensações. Leonardo já tinha mudado tanto que talvez já não fosse necessário, mas não era de mais e além disso não iria desperdiçar aquela oportunidade. Não podia negar que eu me sentia bem junto dele e sabia que indo para casa dos meus avós estaríamos inevitavelmente mais próximos. Ainda que eu não quisesse alimentar o que começava a sentir por ele, eu sabia que lutar contra um sentimento, além de o intensificar, também gera em nós uma revolta nada saudável que só vai manchar esse sentimento. Percebi que o melhor que podia fazer era encará-lo com serenidade. Acolhê-lo, abraçá-lo e não o sobrecarregar com a obrigatoriedade de ser correspondido. Se for, perfeito, se não for, tal como veio, também se vai embora. Não com a mesma rapidez, mas vai. O melhor é sempre não lutar contra um sentimento, porque quanto mais lutamos mais perdemos, quanto mais perdemos mais dependentes de alguém ficamos e mais vazios e incompletos nos tornamos. Os acontecimentos recentes na minha vida ajudaram-me a perceber que o que tem de ser vai ser, se eu fizer por ser e se eu souber deixar acontecer. Se eu tiver de forçar e insistir para que algo aconteça, se calhar é porque esse algo não tem de acontecer na minha vida ou não tem de acontecer já porque não é já que vai surtir os melhores efeitos se acontecer. Por isso, tudo o que estivesse associado sentimentalmente a Leonardo eu iria encará-lo de uma forma natural. Sem pressão nem obrigação. Até porque não era esse o meu propósito quando entrei na vida dele e nem era correto eu acrescentar essa variável à minha equação. O meu avô fez-nos uma visita guiada pela quinta, apresentando os animais e as hortícolas, e por fim deixou-nos a sós no jardim.

— Quando era criança era sempre para esta casa que vinha quando saía da escola. E depois os meus pais passavam cá a buscar-me. Por isso a minha avó acabou por ter muita influência no meu crescimento e até nos meus próprios gostos.

— Incluindo o teu gosto pelas flores? *Perguntou, apontando com o queixo para um canteiro de orquídeas à nossa frente.*

— Sim. Acredito que seja ela a culpada por eu gostar tanto de flores. E também por saber muito sobre elas.

— Agora percebo porque é que naquele dia em que te dei o ramo e te fiz escolher as flores uma a uma tu sabias o nome de todas elas. Será que também sabias o que cada uma significava?

— Sim. Sabia. Não te vou dizer, mas eram tudo coisas boas, claro. *Sorri para ele com ar de caso.* Não deixa de ser irónico que em quase vinte e oito anos de vida, e depois de um ou outro relacionamento sério que tive, a primeira pessoa a lembrar-se de me dar um ramo de flores foi um rapaz que além de não ter nenhum relacionamento comigo nem sequer tinha coração.

— Mas ainda vou a tempo de ter.

— Tu tens coração. Estava era apenas escondido e...

— Relacionamento! Estava a referir-me ao relacionamento.

Ficámos a olhar profundamente nos olhos um do outro e senti um friozinho na barriga que logo me desceu para as pernas, enfraquecendo-as. Fiquei sem saber como continuar aquela conversa. A insegurança acabou por me vencer e mudei de assunto.

— Como foi dormir no quarto de uma rapariga?

Fez um compasso de espera antes de responder para me dar a entender que tinha percebido aquela minha fuga.

— Foi tranquilo. A única coisa que eu achei estranha foi a sensação de estares a olhar para mim durante toda a noite.

— Eu? A olhar para ti? Só por ser o meu quarto?

— Calma. Eu disse que foi estranho. Não que foi mau. Digo isto porque havia fotografias tuas por todo o lado. E o problema não eram as fotografias, mas o facto de serem apenas fotografias...

Voltei a ficar em silêncio. Era mais do que óbvio que Leonardo estava a apertar o cerco, mas desconfiei que talvez fosse uma ilusão criada pela minha vontade de que fosse verdade. Já me tinha deixado levar pela ilusão noutras situações da minha vida, sendo agora inevitável ter um pé atrás em relação às minhas perceções. Estava tão confusa que deixei de perceber se Leonardo estava a seduzir-me, a testar-me ou só a brincar comigo. E logo naquele dia que estava tão bem-disposto que tinha feito várias piadas. O que só piorou a tarefa de o decifrar. Comecei a ficar confusa e os pensamentos começaram a sair das gavetas, desgovernados, e percebi que estava a acontecer um curto-circuito na minha cabeça. Entretanto, a minha avó surgiu à porta de entrada e foi como se me desligasse o interruptor e eu pudesse respirar de alívio.

— Vamos fazer o bolo, meninos? *Gritou da porta.*

    Apressei-me para o interior da casa como se, quanto mais depressa lá chegasse, mais depressa reencontraria a paz dentro da minha cabeça. A verdade é que durante aqueles escassos metros que separavam o jardim da casa, e que eu percorri em passo acelerado à frente de Leonardo, percebi que todas aquelas dúvidas e inseguranças eram infundadas. Sacudi todos aqueles pensamentos, que só me estavam a confundir e a tirarem-me a paz, e sorri para a minha avó quando a encontrei na cozinha a preparar os ingredientes.

    — Eu vou à casa de banho e já venho. *Disse Leonardo assim que entrou, metendo pelas escadas até ao andar de cima.*

    — Parece ser um bom rapaz o teu namorado. *Atirou a minha avó com a maior naturalidade do mundo.*

    — Mas será que toda a gente pensa que somos namorados, menos eu? É só um amigo. Ele estava a precisar de espairecer e eu estava há muito tempo a dever uma visita à avó. A oportunidade coincidiu com a necessidade e decidi juntar as duas coisas. Só isso!

    — E eu nasci ontem, não é? Mas tudo bem, eu respeito.

Comecei por partir os ovos para dentro de um recipiente para ajudar na confeção do bolo e também para evitar alimentar aquela conversa sobre Leonardo. Cada vez que falava sobre ele era como se ele ganhasse uma dimensão maior em mim pelo simples facto de ser motivo de conversa. Ninguém fala de nós se não nos considerar suficientemente importante para ser tema de conversa. Fale bem ou mal, se fala é porque de alguma forma mexemos com essa pessoa. E Leonardo já tinha, mesmo involuntariamente, conquistado muito terreno no meu coração e não precisava que eu o ajudasse nessa tarefa. Assim que terminei de partir os ovos, Leonardo surgiu na cozinha com ar de quem vinha com energia para colaborar.

— Em que é que posso ajudar? *Perguntou ele.*

— Eu estava a brincar consigo. Não tem de fazer nada. Mas se quiser ajudar, olhe... pode pesar o açúcar e a farinha, por exemplo.

— Claro que sim. E qual será o bolo, já agora?

— Será o preferido deste meu amor. *Disse a minha avó enquanto me passava a mão nas costas.* Bolo de ananás.

Rapidamente Leonardo se desenvencilhou por entre os utensílios e começou a fazer a pesagem do açúcar. Mais desafogada nas tarefas, a minha avó aproveitou e ausentou-se da cozinha.

— É curioso e até irónico... *Comecei por dizer e Leonardo parou o que estava a fazer para olhar para mim.* A última vez que fiz este bolo foi a pedido do doutor Brandão. Que, de certa forma, é um dos responsáveis por estarmos aqui hoje. Ele de vez em quando pede-me para levar uns bolos para os lanches lá no lar e nesse dia eu decidi fazer este mesmo que estamos aqui hoje a fazer. Quando cheguei ao lar, no caminho para a cozinha, o teu avô viu-me com o bolo e chamou-me para saber que bolo era. Acabámos por ter uma conversa sobre algo negativo que tinha acabado de acontecer na minha vida. Entretanto tive de sair e quando voltei estavas lá tu.

Ficou pensativo durantes alguns segundos e retorquiu.

— Deixa-me ver se entendi. Isso quer dizer que, se não fosse o atual companheiro da minha mãe a pedir-te para levares esse bolo, tu não o terias levado, e por isso quando passasses pelo meu avô ele provavelmente não te teria chamado e tu não terias conversado com ele... Espera, mas tu disseste que tiveste de sair e depois voltaste e foi aí que me encontraste. Se não tivesses voltado, não me terias encontrado e muito provavelmente não estaríamos aqui. Logo, não posso dizer que foi o doutor Brandão e um bolo de ananás os responsáveis por tudo isto que tem acontecido nos últimos tempos.

— É mais incrível do que isso. Eu só voltei para trás porque a conversa tinha ficado a meio. Mas eu só tive aquela conversa com o teu avô porque me tinha acontecido algo muito mau dias antes. Quando o doutor Brandão me pediu um bolo, e como eu estava em baixo e sem cabeça para nada, só podia ser este a minha escolha, porque era o meu preferido. E foi precisamente a conversa que tive com o teu avô nesse dia, e o facto de depois nos termos cruzado no quarto dele, que o fez perceber que eu era a pessoa certa para te ajudar a despertar o teu lado bom. E aqui estamos hoje.

Leonardo parecia ter ficado bloqueado com tanta informação cruzada que acabava de lhe transmitir. Eu mesma não sabia de onde tinha vindo aquela epifania, mas não contive um sorriso ao lembrar-me de uma vez em que Nicolau me questionou se eu acreditava no destino. Recordo-me de lhe ter respondido que já tinha acreditado mais. Se me fizesse a pergunta novamente, responder-lhe-ia que já tinha acreditado menos. A minha avó entrou na cozinha e apercebemo-nos de que não tínhamos feito nada desde que saíra.

— Já estão pesados os ingredientes? *Perguntou ela.*

— Eu ajudo-te com a farinha. *Ofereci-me.*

— Não! *Exclamou Leonardo assim que peguei no pacote.* É melhor ser eu. Já te esqueceste do que aconteceu da última vez?

Revirei os olhos e soltei um suspiro ao lembrar-me da receita dos *petit gâteaux* que fizemos na cozinha dele. Acabei por deixá-lo com as pesagens e dediquei-me a preparar a forma do bolo. Quando finalmente o levámos ao forno e pudemos relaxar, a minha avó aproximou-se de Leonardo e começou-lhe a falar num sussurro suficientemente alto para que eu pudesse ouvir também.

— Sabe... a Beatriz quando era pequenininha andava sempre à minha volta quando eu me punha aqui a fazer os meus bolos.

— Parece que temos algo em comum. *Disse Leonardo olhando para mim, mas sem desviar o rosto da minha avó.*

— Mas sabe o que é que ela era boa a fazer? Era a lamber as colheres e os recipientes onde eu mexia os bolos. Olhe... era uma limpeza total. Quase que nem precisava de lavar com água. *Deu uma gargalhada e eu encolhi-me de vergonha.* Ela andava sempre à minha volta, mas não era para me ajudar, era para ver quando podia meter o dedo para provar o bolo. Depois claro que era gordinha. Olhe, os dedinhos e as mãos dela pareciam almofadados.

— Pronto, avó, já chega. Não é preciso tanto detalhe. Era gordinha, mas fofinha. Agora sou só fofinha. *Disse com um sorriso.*

Ela contornou a mesa da cozinha e veio agarrar-me.

— Claro que és, meu amor. *Beijou-me o rosto.* Sais à avó. Vá, vou deixar-vos sozinhos. Vigiem-me o forno, por favor.

A minha avó saiu e eu fiquei a olhar para Leonardo com um ar meio envergonhado e meio apaixonado por todo aquele mimo.

— Presumo que os bolos foram uma das tais influências que a tua avó te passou e de que me falaste lá fora no jardim.

— Sim, admito que este gosto em fazer bolos é mais uma influência dela. Em certa parte, ela também acaba por ser uma das responsáveis pela nossa história. Se é que lhe posso chamar história. Se não fosse este gosto que ela despertou em mim, se calhar nunca teria criado afinidade com o teu avô lá no lar e nunca teria tido todas as conversas que tive com ele. Incluindo aquele desabafo no dia em que nos conhecemos.

— Já agora, há bocado a tua avó chegou e eu não te consegui perguntar, que conversa foi essa que tiveste com o meu avô e que o fez perceber que tu eras a pessoa certa para me ajudar?

— Eu tinha acabado recentemente o relacionamento com o meu ex que viste à saída daquele jardim. Estava um pouco desesperada porque as coisas no amor não davam certo e o teu avô falou-me numa receita para ser feliz no amor, ou então fui eu, já nem sei, e depois eu tive de sair, e depois tu apareceste, enfim...

— Receita para ser feliz no amor? *Perguntou intrigado.*

Percebi que tinha falado de mais. Tinha acabado de me meter num buraco e agora tinha de sair dali sem ser notada.

— Provavelmente foi só uma forma de falar do teu avô.

— Está bem, mas o que é que isso tem a ver connosco? O que é que o facto de as coisas no amor não estarem a dar certo para ti tem a ver comigo? Explica-me onde é que eu entro nessa história?

Eram tantas perguntas que comecei a bloquear e não conseguia encontrar um caminho para fugir dali sem que o deixasse a pensar. Era tarde de mais. Tinha de lhe falar sobre a receita.

— Pronto, Leonardo, vou contar-te isto e se achares que não queres falar mais comigo ou que é justo afastares-te estás no teu direito e não te culpo por isso. Não foi só por uma questão de gratidão que eu me empenhei em fazer tudo o que fiz por ti. Ou melhor, acabou por ser o grande responsável, mas não foi isso que levou o teu avô a dar-me este desafio e a despertar o meu interesse em cumpri-lo. Foi sim uma espécie de recompensa que eu teria por fazê-lo e que nada mais era do que uma suposta receita para ser feliz no amor. Que era o que eu mais precisava. Mas isso foi só no início, numa altura em que mal te conhecia e nem sequer tinhas significado para mim. Depois comecei a envolver-me na história e como é óbvio não era mais essa fórmula ou receita que me movia. Mas compreendo que aches que fiz tudo isto por interesse ou...

— Calma! *Disse Leonardo, pousando a mão sobre o meu antebraço e fazendo de novo um choque elétrico percorrer-me o corpo todo.* Eu não te iria acusar de nada caso fosse esse o único motivo pelo qual tivesses feito tudo o que fizeste comigo e por mim. Mas eu também acredito que não foi isso que te moveu este tempo todo. Eu sempre desconfiei que havia algo mais do que apenas uma retribuição de gratidão. E no início até poderia ser essa receita, mas depois esse algo mais era... *Interrompeu o que ia a dizer e calou-se durante alguns segundos. Olhámo-nos nos olhos de um jeito tão intenso que estremeci e engoli em seco.* E que receita é essa afinal?

— Não sei. *Respondi, soltando o meu braço da mão dele.* Ainda não decidi ver o que está dentro do envelope que o teu avô me deu.

— E não vais ver? *Perguntou sem olhar para mim.*

— O teu avô disse que só deveria ler a receita quando sentisse que tu estavas diferente e te tivesses tornado uma pessoa melhor ou quando percebesse que tinha feito tudo o que podia por ti.

— Eu já estou uma pessoa diferente. Acho que já podes ter a tua recompensa e seres finalmente feliz no amor. Boa sorte.

Levantou-se e dirigiu-se para a saída da cozinha.

— Mas eu... *Atirei e bloqueei inexplicavelmente logo depois.*

Ele parou, olhou para trás, como se esperasse alguma mensagem ou pedido da minha parte, e perante o meu silêncio saiu da cozinha. A meia-noite chegou e juntámo-nos todos na sala de estar com o bolo sobre a mesinha central. Cantaram-me os parabéns e recebi um forte abraço de cada um dos meus avós. Logo depois aproximou-se Leonardo com um sorriso calmo e doce.

— Desculpa não ter nenhum presente para te dar.

— Tu és o meu presente favorito... só te falta o embrulho.

E embrulhei-o num abraço.

    O Sol no meu dia de aniversário nasceu sobre uma cortina de nuvens. Iria chover mais tarde ou mais cedo e, embora os dias de chuva não fossem os meus preferidos, não iria encarar aquele dia com menos alegria por causa disso. Peço os dias de sol porque gosto deles, mas aceito os dias de chuva porque sei que preciso deles. Nesse dia, Leonardo recebeu um convite do meu avô para ir com ele ao centro da vila recolher uma encomenda a casa de um amigo e assim aproveitava para conhecer um pouco melhor a localidade. Já eu fiquei por casa a ajudar a minha avó. Gostava de a ver animada por me ter ali perto dela durante aqueles dias e queria que aproveitasse ao máximo a minha companhia. No dia seguinte já estava de partida e sabia que ela ia ficar de coração partido. Lembrar-me disso dava-me um aperto no peito que só me fazia querer abraçá-la constantemente. Mas também não era o fim do mundo e nada que duas horas de carro não resolvessem. Quando ouvi a carrinha do meu avô chegar, fui ao encontro deles. Assim que cheguei ao exterior e vi Leonardo, que saía da carrinha, apercebi-me de que a razão por eu os ter ido receber não era por cortesia da minha parte, mas apenas porque não queria desperdiçar um minuto que fosse do prazer que sentia em olhar para Leonardo. Percebi que sentia, de facto, algo muito sério por ele, o que me assustava, mas que também era algo muito bom, único e raro, o que por sua vez me relaxava.

— Beatriz. *Chamou o meu avô.* Dizes ao Leonardo onde é que fica a cave para ele me levar para lá uns sacos de ração que trouxemos? Já me custa um bocado e ele disse que não se importa.

— Claro, avô! Nós guardamos os sacos. Deixe connosco.

Aproximei-me de Leonardo, que descarregava da caixa da carrinha um conjunto de pequenos sacos de ração, peguei em dois e ele seguiu-me, carregando os restantes. Contornámos a casa, descendo um pequeno desnível, e entrei numa porta que dava acesso à cave, que na verdade era uma divisão onde os meus avós guardavam os instrumentos agrícolas, a ração dos animais e um amontoado de coisas velhas sem uso. Mas quando me preparava para abandonar a cave, um brilho metálico chamou a minha atenção. Era uma pequena bicicleta cor-de-rosa de quando eu era pequena e que eu já não me lembrava que existia. Junto a ela estava uma outra maior, azul, que os meus avós me tinham dado quando já era mais crescida, mas que eu acabei por usar poucas vezes.

— Percorri muitos quilómetros de estrada à volta desta quinta com estas duas. Adorava ir até um moinho de vento que existe numa colina aqui perto e depois ficava por lá esquecida das horas. Muitas vezes quando voltava encontrava a minha avó desesperada à minha procura, mas depois percebeu para onde eu ia e já ficou mais tranquila. Era o meu entretenimento na altura. Os meus primos eram quase todos muito mais velhos do que eu e já não brincavam comigo. E os que eram da minha idade raramente vinham para aqui. Daí a minha avó ter um carinho especial por mim e eu por ela.

— E porque não pegas nela e vais até esse moinho? Assim revives um pouco da tua infância. Não é só a mim que isso faz bem.

— Olha para os pneus. Estão furados. E depois não deve faltar muito para começar a chover. Além de que o moinho deve estar a cair de velho, tendo em conta os anos a que isso foi.

— Vamos confirmar. *Atirou Leonardo, metendo-se por entre o amontoado de ferro-velho que nos separava das bicicletas.*
— O que é que vais fazer? Os pneus estão furados!
— Não estão nada. Estão só em baixo porque foram perdendo pressão ao longo do tempo que estão aqui paradas as bicicletas. Procura uma bomba de encher pneus. Deve haver alguma por aí.
Enquanto ele trazia as bicicletas para uma zona mais ampla da cave, eu procurei a bomba, e assim que a encontrei entreguei--lha. Logo depois começou a dar à manivela e encheu os pneus das duas.
— Vês. Estão como novas. Vamos? *Sugeriu.*
— Já estou a ver que tenho de ir na cor-de-rosa, que é também a mais pequena. Eu sei que sou pequenina, mas não assim tanto.
— Não te preocupes. Eu vou na mais pequena.
Agarrou na bicicleta cor-de-rosa, montou-a e saiu a pedalar. Fiquei boquiaberta com aquela prontidão. Peguei na outra azul e fui a pedalar atrás dele. Era deliciosa a imagem daquele mais de um metro e oitenta de corpo encolhido em cima de uma bicicleta pequenina e ainda para mais cor-de-rosa.
— Só não me ofereço para trocar contigo porque estou a adorar ver-te nessa bicicleta. *Disse-lhe assim que o ultrapassei.*
— Eu também não trocava. Esta é bem mais divertida.
Continuei a pedalar ao lado dele, com a noção de que o esforço dele era maior do que o meu e por isso não podia acelerar muito. À medida que galgávamos os metros de estrada sentia-me a fazer uma autêntica viagem no tempo, como se aos poucos eu fosse rejuvenescendo até aos meus tempos de criança, em que eu fazia aquele mesmo percurso. Mais de quinze anos depois eu estava de volta e com uma companhia muito improvável. Pelas feições de Leonardo, também me parecia estar a desfrutar tanto quanto eu daquela viagem em duas rodas, ou não tivesse sido uma ideia sua, e isso deixou-me ainda mais animada. À nossa frente a estrada começava a subir para dar acesso ao topo da colina onde estava o moinho de vento e decidi parar. Leonardo parou logo à frente.
— Não será de mais para o teu coração subir isto? *Perguntei.*

— Não te preocupes, não vou cair para o lado. Vou cansar-me mais do que qualquer outra pessoa com a minha idade e com o meu físico, mas, se vir que é demasiado, saio e levo-a à mão.

— Leva antes a minha, que é mais fácil para ti.

Ele ignorou a minha sugestão e retomou o andamento. Fiquei por um segundo a vê-lo a afastar-se de mim. Não sei se ele falava daquela forma porque não tinha noção da doença que tinha ou precisamente porque tinha um profundo conhecimento dela. Decidi arriscar na segunda. A inclinação no início era mínima, mas pouco antes de chegar ao topo, onde estava o moinho, a subida ficou um pouco mais íngreme e percebi que Leonardo estava a esforçar-se demasiado, mas talvez para não dar parte fraca não disse nada.

— Já chega, Leonardo. *Disse, parando a bicicleta e descendo dela.* Vamos parar e descansar, voltar para trás, ou continuar a pé.

— OK. *Disse, ofegante, em jeito de rendição.* Continuamos a pé com elas na mão. Voltar para trás está fora de questão e esperar aqui só fará com que comece a chover antes de chegarmos ao objetivo.

Continuámos o percurso, levando as bicicletas pela mão, e não demorou muito até alcançarmos o topo da colina, que era também o expoente máximo da minha regressão temporal. Ver aquele moinho de vento, consideravelmente mais degradado, mas não tanto como eu imaginara, fez-me sentir de novo a pequenina Beatriz que se lembrava de pedalar e pedalar até se perder nas horas e na distância. Demos uma volta ao moinho e expliquei a Leonardo o que eram e de quem eram as habitações que conseguíamos ver de lá de cima, como se isso fosse importante para ele. Olhei para a erva verde e aparada da ladeira que rodeava o moinho e não resisti em deitar-me sobre ela de olhos postos no céu, que, apesar das nuvens, estava lindo. Leonardo fez-me companhia e deitou-se também.

— O que achas da paisagem? *Perguntei.* Vale o esforço de teres pedalado isto tudo numa bicicleta de criança?

— Claro que vale, mas eu não fiz isto pela paisagem, fi-lo pela companhia. *Ergui o meu tronco, apoiei-me no cotovelo e olhei para ele.* Que cara é essa? *Perguntou.* Queres dizer-me alguma coisa?

— Há coisas que não foram feitas para serem ditas porque se forem ditas não conseguem dizer tanto.

— A frase é bonita, mas continuo a saber o mesmo.

— Pois, esse é o meu problema, estar sempre à espera de que os outros adivinhem o que quero. Isto acontece porque tenho sempre a sensação de que, se falar, pedir ou perguntar, já não será a mesma coisa. Vivo agarrada à ideia de que tudo tem de acontecer naturalmente e no final acabo sempre naturalmente desiludida, porque, mesmo que até adivinhem o que quero, nunca será da forma que imaginava. Enfim, olha, só me resta aprender a conviver com isto.

Assim que terminei o desabafo voltei a deitar-me.

— Quer dizer que eu vou continuar sem saber, não é?

Antes que lhe pudesse responder, uma gota de água caiu-me na bochecha e percebi que a chuva nos ia estragar o momento.

— Acho que vai começar a chover, senti uma gota no rosto.

— Queres que te abrigue? *Perguntou ao mesmo tempo que ergueu o tronco e colocou o seu rosto por cima do meu.*

O meu coração disparou com aquela visão e Leonardo começou a aproximar o seu rosto do meu e de olhos fixos na minha boca.

— O que é que vais fazer, Leonardo?

— Vou dar-te um beijo...

— Eu não estou ansiosa agora.

— Mas estou eu.

Os lábios dele tocaram levemente nos meus, com as nossas bocas semiabertas a sentirem a respiração ofegante uma da outra, e logo depois entregámo-las por completo num beijo violento que fez o meu corpo todo arrepiar-se. Leonardo colocou a sua perna entre as minhas e deixou o seu corpo cair sobre o meu, pressionando-o na dose certa para conseguir eletrizá-lo até aos cabelos. Agarrei-lhe no rosto com as duas mãos e vivi aquele beijo como se fosse o primeiro e último que existiria entre nós. Desci as mãos para lhe sentir o tronco e percebi que as costas dele já estavam a ficar muito molhadas com a chuva que ele estava a levar por mim.

— Meu Deus! Estás a ficar molhado. Temos de fugir daqui.

Esquivei-me por baixo dele e levantei-me. Leonardo ficou no chão a olhar para mim e com os olhos semicerrados para os proteger das gotas que começavam a intensificar-se a cada segundo.

— Não adianta muito, nunca chegaríamos a casa enxutos.

— Sim, mas quanto mais depressa chegarmos, menos tempo permanecemos molhados. Vamos! Agora a descer é mais rápido.

Corremos para as bicicletas, subimos para elas e arrancámos pela estrada abaixo. Leonardo vinha um pouco atrás de mim a gritar como se tivesse a idade das crianças que usariam uma bicicleta daquelas, ao mesmo tempo que se ia desviando dos buracos que encontrava pelo caminho. E eu achava aquilo tão hilariante que tive de entrar na brincadeira. A chuva, que se intensificava cada vez mais, já nos tinha ensopado as roupas quando ainda nem tínhamos chegado ao sopé da colina e fizemos o restante percurso até casa debaixo de uma chuva intensa que enlameou todo o caminho. Quando chegámos a casa parecíamos duas verdadeiras crianças todas molhadas, sob o olhar incrédulo dos avós. Apressámo-nos a tomar um duche e voltámos para jantar. Durante a refeição, eu e Leonardo não parávamos de trocar olhares um com o outro, mas não passámos disso. No final da noite subimos para os quartos e despedimo-nos somente com um boa-noite que tinha subentendido um milhão de outros desejos que nenhum dos dois teve coragem de revelar. Fui para o meu quarto, deitei-me na cama, tentei adormecer, mas não parava de pensar nele, que estava ali tão perto de mim e ao mesmo tempo tão longe. Afastei os pensamentos, tentei voltar a adormecer, mas não demorei muito a perceber que era impossível. Levantei-me da cama, completamente dominada pela vontade que me consumia o corpo todo, percorri lentamente o soalho do corredor, que rangia a cada passo meu, e parei diante da porta do quarto dele. Sentia que nenhum daqueles passos que dei desde o meu quarto até àquela porta tinha sido racional. Não era a razão a responsável por aquilo que estava prestes a fazer. Era o coração, que tinha acabado de tomar de assalto o controlo do meu corpo e me tinha conduzido até ali. Respirei fundo, sentindo o batimento do coração no meu pescoço, e levantei a mão para bater à porta.

Acobardei-me no último segundo e não fui capaz de bater à porta. Comecei a pensar que aquilo era uma loucura. Não fazia qualquer sentido. O que é que ia dizer quando ele me abrisse a porta? Como ia justificar a minha ida até ali se nem sequer tinha pensado numa boa desculpa? Se ainda tivesse alguma coisa naquele quarto que eu precisasse urgentemente, e com certeza não lhe diria que era ele mesmo, ou se me tivesse esquecido de lhe dizer alguma coisa que não podia esperar para o dia seguinte, mas não tinha nada. Tudo o que eu tinha era um mero impulso de voltar a sentir as mãos dele no meu corpo e a sua boca na minha. Ele ia abrir a porta e eu ia dizer-lhe que se apoderasse de mim e fizesse o que tivesse de ser feito? Não tinha coragem. Sentir-me-ia uma depravada qualquer e isso não tinha nada a ver com a minha personalidade. Por mais vontade ou desejo que tivesse, ele ainda não conseguia ser maior do que a minha vergonha. Talvez estivesse a ser uma cobarde ao reprimir os meus instintos. Já tinha admitido para mim mesma aquilo que eu sentia por ele e aquilo que eu desejava dele. Já me tinha rendido às evidências e já tinha deixado de lutar contra elas, mas ainda não tinha o atrevimento necessário para subir o último degrau. Voltei para o meu quarto e cerrava os dentes a cada passo que dava como se de alguma forma isso diminuísse o ranger das tábuas por baixo de mim. Regressei ao meu quarto. Fechei a porta e fui até à janela. Continuava a chover com intensidade e era reconfortante ouvir a chuva cair lá fora. Lembrei-me então da sensação de proteção que Leonardo me havia falado quando vimos a sua fotografia com a gabardina amarela e pude sentir o mesmo que ele me descrevera. O que me deixou ainda pior porque já bastava todo o meu corpo estar a pedi-lo naquele momento, não precisava de me identificar também com as sensações que ele tinha em relação ao tempo que estava lá fora. Fechei as portadas e sentei-me na cama de costas contra a cabeceira e pousei os meus braços sobre os joelhos. Fiquei por momentos a pensar na minha vida na companhia da luz fraca do candeeiro antigo pousado na mesinha e do ruído da chuva que caía no exterior. Concluí que é mais pesado o medo do arrependimento do que o próprio arrependimento. O arrependimento é a prova de que errámos, mas também de que vivemos e aprendemos. E o medo do arrependimento é a prova de que somos demasiado cobardes para errar e por isso viver e por isso aprender. Ninguém é digno da vida que tem se não tiver a coragem e o atrevimento de errar porque viver é precisamente caminhar na corda bamba entre a sorte e o azar. Já estava a começar a acreditar que eu era uma dessas pessoas que não eram dignas da grande dádiva que é a vida quando me pareceu ouvir alguém bater à porta do quarto. Estava tão concentrada nos meus pensamentos que não consegui distinguir se tinha sido alguém a bater à porta ou um barulho semelhante no exterior. Fiz silêncio, apurei a audição e ouvi de novo três toques leves na porta. Perguntei quem era e do lado de fora, baixinho, respondeu-me.

— É o Leonardo. Posso entrar?

O meu coração voltou a disparar e olhei sobressaltada à minha volta a ver se tinha alguma coisa exposta que não convinha ser vista por ele. Ao perceber que não, sentei-me na beira da cama, ajeitei o *top* e os calções do pijama e disse-lhe para entrar. Assim que lhe dei a indicação, olhei para baixo e reparei que os meus mamilos se notavam por baixo do *top* e cruzei os braços no instante antes de ele abrir a porta, esforçando-me para parecer o mais natural possível.

— Aconteceu alguma coisa? *Perguntei e engoli em seco.*

— Ouvi uns passos no corredor até à minha porta. Eras tu?

— Sim. *Admiti sem pensar duas vezes.* Eu ia ter contigo, mas recuei, pois não queria que pensasses coisas erradas de mim.

— O que é que ias lá fazer? *Perguntou, segurando a maçaneta da porta entreaberta e com o corpo já todo do lado de dentro.*

— Ia ver-te. Falar contigo. Na verdade, não sei bem.

— Se eu fechar agora esta porta, vais expulsar-me do quarto?

Conseguia ouvir o batimento acelerado do meu coração, o peito arfava e as mãos ficavam cada vez mais trémulas.

— Não... *Desviei o olhar para o chão, envergonhada.*

Ouvi depois o som da porta a fechar-se e pelo canto do olho acompanhei os pés dele a aproximarem-se de mim, até que parou mesmo à minha frente. Pegou no meu pulso, afastando o meu braço do meu peito, e puxou-o para si, fazendo-me erguer. Mas por algum motivo não conseguia olhá-lo nos olhos e mantinha o meu olhar no chão. Depois levou as duas mãos ao meu rosto e ergueu-o para si. Olhou-me intensamente nos olhos e senti a sua respiração tão ofegante quanto a minha. Logo a seguir deu-me um beijo demorado, beijou-me o pescoço, a clavícula, e quando me começou a subir o *top* agarrei-lhe na mão num movimento automático.

— Os meus avós, Leonardo. *Sussurrei.* Eles podem ouvir.

Ele colocou o dedo junto aos meus lábios, fazendo-me calar e eu só podia obedecer-lhe. Voltou a agarrar no meu *top* e tirou-mo, deixando-me nua da cintura para cima. Baixou a cabeça, agarrou num dos meus seios, levou-o à sua boca e lambeu-o delicadamente. Deixei cair a cabeça para trás consumida pela excitação e deliciei--me com as formas das nossas sombras projetadas nas paredes. Envolveu o meu tronco com um só braço, levantou-me e eu agarrei--me à cintura dele com as minhas pernas. Apoiou-se na cama com um joelho e uma mão e deitou o meu corpo sobre ela. O ranger das juntas da madeira antiga da cama fez-me cerrar de novo os dentes, mas isso parecia não incomodar Leonardo. Começou a beijar-me o peito, a barriga, sempre com a maior delicadeza do mundo, depois o baixo-ventre, até que não aguentei mais aquela excitação e tive de o puxar para cima e beijar-lhe a boca para acalmar o fogo e respirar um pouco. Mas ele não queria saber se eu aguentava ou não. Despiu a *T-shirt* que trazia vestida e logo a seguir tirou-me os calções do pijama e as cuecas. Durante uma fração de segundo senti-me desprotegida e tive o impulso de esconder o meu sexo com as mãos. Mas rapidamente ele começou a beijar-me as coxas e em vez disso decidi agarrar-me aos lençóis para tentar libertar através deles a energia que se acumulava em mim. Quando finalmente me beijou o sexo, tive de levar as mãos à boca para não soltar um gemido que nos denunciasse. Comecei a pensar nos meus avós, que estariam a dormir descansados no andar de baixo e certamente longe de imaginarem o que estava a acontecer no andar de cima, e isso deixou-me com um sentimento que era uma mistura de rebeldia com medo e que inexplicavelmente me excitou ainda mais. Quanto mais Leonardo me beijava e lambia o sexo, mais força eu fazia com as mãos na minha boca para conter os gemidos. Comecei a estremecer toda e a perder o controlo sobre os meus músculos, que se contorciam com o talento da boca dele. Apesar dos relacionamentos sérios que tivera na minha vida, aquelas sensações pareciam inéditas para mim e isso estava a deixar-me nas nuvens. Leonardo ergueu-se, limpou a boca à *T-shirt* que tinha acabado de despir, desceu a sua roupa, expondo o seu sexo ereto, debruçou-se sobre mim, ficando os seus olhos ao nível dos meus, e penetrou-me. A minha boca abriu-se, sem soltar qualquer som, ao senti-lo dentro de mim e o meu impulso foi beijá-lo. Precisava dos lábios e da língua dele na minha boca, precisava do seu olhar fundo nos meus olhos e da sua respiração junto à minha pele para sentir que aquilo tinha um significado maior que sexo, maior que a satisfação de dois corpos, maior que o próprio desejo e o prazer. Leonardo deixou-se estar imóvel durante alguns segundos, dentro de mim, enquanto nos beijávamos. Depois começou os movimentos pélvicos, calmos e pausados para não fazer muito barulho, e ainda que eu o quisesse beijar não conseguia. Prendeu os meus braços contra o colchão e eu tive de virar o rosto de um lado para o outro para controlar a excitação. Os minutos que se seguiram foram de pura entrega e magia. Leonardo foi meigo comigo em todos os momentos como nenhum homem o tinha sido e aquilo fez-me apaixonar ainda mais. Tudo parecia irreal e sem qualquer sentido, tendo em conta a forma como entrámos na vida um do outro e o propósito que tínhamos em cada uma. Era como se o universo gritasse para pararmos com aquilo, pois não tinha sido para isso que nos cruzámos um com o outro, e quanto mais eu pensava nisso mais vontade tinha de me entregar. Ao mesmo tempo sentia que todas as experiências que tínhamos vivido juntos tinham muito mais sentido depois daquela suprema entrega mútua de nós os dois. Em silêncio, e enquanto os nossos corpos relaxavam nus sobre os lençóis, agradeci-lhe em silêncio ter vencido por mim aquele último degrau que nos separava.

— Porquê a demora se já queríamos isto há tanto tempo? *Perguntou Leonardo, ainda com a respiração acelerada.*

— Prefiro acreditar que se não foi antes é porque não devia ter sido, porque talvez ainda não estivéssemos preparados para tirar da experiência o máximo de sensações e lições. A verdade é que, se foi bom e nos fez feliz, então não importa se foi na altura certa, no momento certo, no local certo ou com a pessoa certa. Se nos fez feliz e não prejudicámos ninguém, então tudo está certo.

— Isso só vamos descobrir amanhã quando falarmos com os teus avós e percebermos se eles conseguiram dormir sossegados.

Demos uma gargalhada em uníssono e depois voltámos a mergulhar num silêncio que era embelezado pelo som da chuva. Procurei a boca dele com a minha e depois deitei o meu rosto no colchão a olhar deliciada para as linhas do rosto dele.

— Há alguma coisa que eu deva dizer neste momento?

— A sério que nunca estiveste num momento assim com as tantas namoradas que já tiveste? Aparentemente. É que pelo menos no resto... parece que sabes muito bem o que fazer.

— Eu não costumo ficar assim depois do sexo. Normalmente visto-me e vou-me embora. Por isso não sei o que devo fazer agora.

— Não faças nada. Deixa-te só ficar aqui. Às vezes é o melhor que podemos dar a alguém. A nossa presença.

Comecei a sentir o corpo arrefecer e foi nesse momento que me lembrei de que ainda estava nua. Ergui-me, vesti o meu pijama e voltei para junto dele, que era o lugar onde só queria estar.

— Posso deitar-me no teu peito? *Perguntei sob o olhar intrigado dele.* Sim, também é algo que costuma acontecer entre duas pessoas que gostam uma da outra. Mas se não quiseres...

Fez sinal com a cabeça dizendo que podia e eu achei graça à forma como olhava para mim como se tudo aquilo fosse novidade para ele e eu lhe estivesse a ensinar como se comportar. E não era mentira. Deitei-me sobre o seu peito e não demorei muito a adormecer. Devo ter acordado uma hora depois e vi que Leonardo também tinha adormecido. Ponderei convidá-lo para dormir comigo naquela cama, mas depois lembrei-me de que a minha avó podia vir ao quarto de manhã e ver-nos ali e não queria que ela ficasse com aquela imagem de mim. Abanei Leonardo e acordei-o.

— É melhor ires para a tua cama.

Ele concordou com a ideia, exibindo-me o polegar e um ar ensonado, pegou nas suas roupas e saiu cambaleando. Meti-me debaixo do lençol e voltei a adormecer. No dia seguinte acordei com um sorriso tão largo que parecia ser esse o meu dia de aniversário. Não era difícil de perceber a razão. Arranjei-me, voltei a fazer a mala para me vir embora e desci para tomar o pequeno-almoço. Leonardo ainda não tinha descido e a minha avó, que pelo seu ar natural parecia não ter ouvido nada de estranho na noite anterior, sugeriu que o fosse chamar. Voltei a subir a escadaria, fui ao quarto dele e encontrei-o com o lençol pela cintura, febril, tremelicante e mergulhado numa poça de suor.

— Preciso de ir para o hospital. *Disse-me.*

— Oh, meu Deus!
Corri para ele, pus-lhe a mão na testa e estava a escaldar. Fui à casa de banho, molhei uma toalha, torci-a e pousei-a na testa. Desci até ao andar de baixo e entrei pela cozinha com alvoroço.
— O avô? *Perguntei à minha avó, deixando-a em pânico.*
— Está lá fora, filha! O que é que aconteceu?
— Não foi nada de grave. *Tranquilizei-a, tentando-me convencer do mesmo.* Diga-lhe para se preparar porque vamos ter de levar o Leonardo ao hospital. Ele está a arder em febre. Rápido, avó!
Voltei a correr para cima e fui à casa de banho pegar noutra toalha, desta vez seca. Quando cheguei ao quarto, Leonardo já estava sentado na beira da cama. Tirei-lhe a *T-shirt* encharcada, sequei-o com a toalha, e ajudei-o a vestir uma roupa seca.
— Consegues andar? *Fez-me um sinal afirmativo com a cabeça, mas sem tirar os olhos do chão.* Então vamos para baixo.
Ajudei-o a levantar-se e ele começou a caminhar amparando-se nos móveis. Apressei-me a juntar as coisas dele dentro da mochila e trouxe-a comigo na eventualidade de ele ter alguma coisa de que

fosse precisar ali dentro. Pus um dos seus braços por cima do meu ombro para que se amparasse em mim e descemos a escadaria. Quando chegámos à porta de saída já lá estavam a minha avó e o meu avô com as chaves da carrinha na mão.

— O que é que aconteceu? *Perguntou o meu avô sob o olhar preocupado da minha avó, que não conseguiu dizer nada.* De certeza que foi aquela molha que apanhou ontem. Ficou a cozer dentro dele durante a noite e acordou assim. Coitado do rapaz. Vamos lá!

Adiantou-se na nossa frente para a carrinha e eu acompanhei Leonardo, entrando com ele para o banco detrás. O meu avô arrancou a toda a velocidade e eu olhei pela janela para me despedir com um olhar da minha avó, que me levantou a mão antes de a levar de novo ao peito. Leonardo encostou a cabeça para trás no banco e eu agarrei-lhe no braço para manter o seu corpo direito e não fugir nas curvas apertadas e solavancos que encontraríamos pelo caminho. Levou cerca de meia hora até chegarmos ao hospital mais próximo. Parecia mais um centro de saúde do que um hospital, tendo em conta os tão poucos serviços que tinham a funcionar, mas era o mais próximo de nós e não havia tempo a perder. Quando lá chegámos, Leonardo parecia ainda mais debilitado e mal conseguia caminhar. Um enfermeiro trouxe de imediato uma cadeira de rodas assim que nos viu entrar, levou-o para dentro e pediu-me para aguardar. Liguei para Lurdes para a deixar a par do que se estava a passar e prontificou-se de imediato a vir ao nosso encontro. Tentei tranquilizá-la dizendo-lhe que não acreditava ser nada de grave e que ele ia ficar bem rapidamente. Disse-lhe que não valeria a pena fazer todos aqueles quilómetros, pois caso não fosse nada de grave eles seriam capazes de tratar dele naquele hospital e com rapidez e caso fosse algo mais grave certamente ele teria de ser transferido para outro hospital e acabaríamos todos desencontrados. Durante os minutos que se seguiram não soube nada de Leonardo e Lurdes continuava a ligar-me de cinco em cinco minutos para saber novidades. Não conseguia parar de pensar no que estaria Leonardo a sentir, como é que estaria e onde estaria. Já o começava a imaginar com uma máscara de oxigénio, cheio de fios por todo o lado e muitos médicos à sua volta. Sabia que estava a exagerar e mesmo assim não conseguia pôr um travão na minha imaginação. A minha mente é como um armário lá de casa. Se houver nesse armário uma prateleira vazia, eu vou inventar alguma coisa para lá pôr só para ela não ficar vazia. Na minha mente acontece o mesmo. Se por acaso não tenho uma resposta para alguma pergunta, essa pergunta é como se fosse uma prateleira vazia. E se não me dão uma resposta, então vou inventar uma para lá pôr. O que é pior, porque por norma é sempre uma resposta exagerada, seja para o bem ou para o mal. E há dois momentos em que a minha imaginação atinge o seu auge, quando estou preocupada e quando estou desconfiada. E eu naquele momento tinha demasiada preocupação e muito pouca informação, o que fez disparar a minha imaginação. Entretanto, do altifalante da sala de espera ouviu-se a chamada pelos acompanhantes de Leonardo Lacroix e eu precipitei-me para junto da porta, onde me aguardava uma médica. Explicou-me que o que Leonardo tinha não era, por norma, nada de grave para qualquer pessoa dita saudável, mas que dado o problema que ele tinha no coração era necessário um cuidado especial, além de alguns exames extras que eles não conseguiam fazer naquele hospital. Ele teria, por isso, de ser transferido para a unidade hospitalar onde era habitualmente seguido e onde receberia o tratamento adequado.

— A senhora vai acompanhá-lo na ambulância?
— Sim. Vou! *Respondi com prontidão.*
— Então siga-me, por favor. *Disse, começando a afastar-se.*

O meu avô, que nos observava ao longe, aproximou-se de mim assim que viu a médica afastar-se, para saber de novidades.

— O que é que ele tem? Ela disse-te?
— Não percebi bem, mas senti que ela não me disse tudo. Não sei se por não ter a certeza ou se foi apenas para não dramatizar desnecessariamente. Estou com um mau pressentimento, avô...
— Oh, filha! Deve ser uma constipação ou qualquer coisa assim. Ontem vocês chegaram a casa todos molhados e sabes que uma

pessoa fica sempre sujeita numa situação dessas. Mas ele é um rapaz jovem e saudável e vai ficar bem num instante.

— Vamos acreditar que sim. Eu vou com ele na ambulância. Ele vai agora para o hospital onde costuma ser seguido. O avô pode ir descansado para casa. Dê um beijo por mim à avó. *Despedi-me dele e corri para junto da médica.*

As palavras do meu avô eram reconfortantes, mas incapazes de me tranquilizarem e afastarem os cenários mais negativos que continuavam a surgir na minha cabeça. Gostava de acreditar que era apenas uma constipação, mas a própria médica fez questão de frisar o problema que Leonardo tinha no coração e era isso que me estava a perturbar. Liguei para Lurdes e disse-lhe qual o hospital para onde seria transferido o filho e que o iria acompanhar na ambulância. Transmiti-lhe o que a médica me tinha dito sobre o estado dele e tentei ao máximo fazer uma voz de quem estaria confiante de que não era nada de grave, o que pareceu não ajudar muito. Assim que desliguei a chamada, voltei a cair em mim e foi como se tivesse transmitido tanta confiança àquela mãe que eu mesma tinha ficado sem ela. Quando voltei a ver Leonardo, ele estava a ser transportado numa maca para a ambulância com uma máscara de oxigénio no rosto e era tão cinematográfica aquela imagem que não parecia verdade. Numa questão de horas tinha descido do céu ao inferno e estava a custar-me lidar com aquele turbilhão de sensações. Entrei para a ambulância e agarrei a mão dele numa tentativa de lhe transmitir alguma da minha energia. Tal como os choques elétricos que ele me dava sempre que tocava em mim.

— Vai ficar tudo bem. *Disse-lhe, e ele rodou o rosto ligeiramente para mim.* Vou estar sempre por perto e a tua mãe também já está à nossa espera. Vês, é em momentos destes que dá jeito ter alguém que goste de nós. *Disse-lhe com o sorriso dolorido.*

Leonardo tentou comentar o que lhe tinha dito, mas o enfermeiro que nos acompanhava desaconselhou-o. Lembrando-o de que devia permanecer no máximo de repouso. Eu limitei-me também a segurar-lhe na mão e a olhá-lo durante o resto da viagem. Quando chegámos ao hospital, Lurdes, que nos aguardava à entrada das urgências, correu ao nosso encontro e ainda conseguiu trocar umas palavras com Leonardo e passar-lhe a mão no cabelo, mas rapidamente ele foi levado para o interior e barraram-lhe a entrada com a indicação de que receberia informações acerca do estado do filho quando fosse oportuno. Destroçada, sentou-se na primeira cadeira vaga que encontrou e eu sentei-me ao lado dela e abracei-a para dividir um pouco da dor dela comigo. Começou a chorar e eu fiz um esforço enorme para aguentar as minhas lágrimas. O doutor Brandão aproximou-se de nós e ajoelhou-se ao lado de Lurdes, agarrando-lhe na mão. Dava para ver que tinha sido ele a trazê-la para o hospital, pois ela não estava em condições de conduzir, mas percebi que se resguardou na hora em que a ambulância chegou para não ser visto por Leonardo. Começou a possuir-me um sentimento de culpa ao lembrar-me de que tudo aquilo era culpa minha, pois tinha sido minha a ideia de irmos para os meus avós.

— Eu não devia tê-lo levado para o campo. Ele é um rapaz da cidade. É claro que o corpo dele ia estranhar. Perdoe-me, dona Lurdes. Ele estava a divertir-se tanto que eu nem pensei nas consequências. *Lamentei, levando as mãos à cabeça.*

— A menina não tem culpa nenhuma. *Disse, erguendo o rosto e os olhos lacrimejantes para mim.* Eu mesma gostei da ideia e acreditava que lhe ia fazer bem. Aliás, tenho a certeza de que fez, mas ele deve ter apanhado qualquer coisa que o deixou assim. Mas não vamos pensar nisso, vamos só rezar para que fique tudo bem.

Afastei-me, fiz sinal ao doutor Brandão para tomar o meu lugar e vim para a rua. Quando saí, agachei-me contra a parede e expulsei a culpa e o medo que estava a sentir num choro compulsivo. Só tivemos mais notícias de Leonardo ao final do dia e não foram boas. Explicaram-nos que o seu estado clínico tinha piorado e que a situação dele era mais grave do que aquela que lhes tinha sido comunicada pelo hospital anterior, tendo sido encaminhado para os cuidados intensivos. Lurdes desatou a chorar e eu também não me contive. Não conseguia acreditar que aquilo estava mesmo a acontecer. Não fazia sentido que de um momento para o outro Leonardo tivesse ficado num estado que justificasse os cuidados intensivos.

Lembrei-me então de quando Leonardo me contou que tinha um problema no coração e que poderia morrer a qualquer momento. Sacudi imediatamente aquele pensamento, contudo, logo depois, veio-me à memória a conversa que tive com Lurdes na esplanada sobre a doença dele. Revelou-me nessa conversa que era improvável que ele morresse de repente, mas que se não fosse cuidadoso poderia desenvolver complicações que resultariam na sua morte. Uma lembrança que não melhorou o meu estado de espírito. Durante os três dias que se seguiram Leonardo permaneceu nos cuidados intensivos e tudo o que nos diziam era que estava em observação. Até que ao quarto dia um médico surgiu à entrada da sala de espera e chamou pelos familiares do Leonardo. Corremos para junto dele e pediu-nos para o acompanharmos até uma sala para falarmos em privado. Tive um *déjà vu* aterrorizante naquele momento ao aperceber-me de que tinha acontecido exatamente o mesmo quando soubemos da situação de Nicolau e começámos a temer o pior. Sentámo-nos, demos as mãos e ouvimo-lo com atenção.

— Antes de mais, deixe-me dizer-lhe que o seu filho saiu hoje dos cuidados intensivos e passou para os cuidados intermédios. *Começou por dizer o cardiologista que acompanhava Leonardo desde que veio para Portugal.* Além disso, tudo o que lhes vou dizer agora já lhe disse também a ele. Há quatro dias, o Leonardo deu entrada aqui no hospital com uma infeção respiratória grave. Entretanto já detetámos a bactéria que a despoletou e ele agora está a fazer o antibiótico específico para a combater. Contudo, não é a infeção que me preocupa, mas sim o coração dele. Eu já acompanho a miocardiopatia do seu filho há muitos anos e sempre conseguimos mantê-la estável, mas esta infeção exigiu um esforço demasiado grande do seu organismo e teve sequelas. Nomeadamente uma descompensação da função cardíaca, que neste caso é uma alteração irreversível. Neste momento é a medicação que está a fazer o coração dele trabalhar, mas só porque ele está num estado de repouso.

— O que é que isso significa, doutor? *Perguntou Lurdes.*

— Significa que, para o seu filho voltar a ter uma vida normal, tudo indica que ele precisará de um coração novo.

    No momento em que o médico partilhou aquela informação, apetecia-me chorar por saber que Leonardo não tinha condições de ter uma vida normal com o seu próprio coração, e ao mesmo tempo apetecia-me sorrir porque ele tinha melhorado e havia a possibilidade de ficar tudo bem caso fosse transplantado. Supus que Lurdes estivesse a passar pela mesma confusão emocional que eu porque ficámos ambas sem reação durante alguns segundos. O cardiologista deu-nos algum tempo para digerir a notícia e depois explicou-nos que o transplante não era uma imposição médica, mas sim uma necessidade para ele voltar a ter uma vida normal. Disse-nos ainda que, por Leonardo ser jovem e a sua situação ser urgente, subia na lista de prioridades para receber um coração, mas que ainda assim deveria contar com alguns meses na lista de espera. Meses esses que teriam de ser passados ali no hospital para ser monitorizado e medicado constantemente de forma a manter a sua situação estável até ao momento do transplante. Finalizou dizendo que ele já poderia receber visitas, mas que teria de ser pouco tempo e uma pessoa de cada vez. Regressei para a sala de espera e o médico acompanhou Lurdes até ao quarto onde ele estava. Recebi logo a seguir uma chamada do doutor Brandão dizendo-me que tinha acabado de chegar ao hospital, mas que Lurdes não lhe atendia o telemóvel. Indiquei-lhe onde estava e juntou-se a mim. Contei-lhe o que o médico nos tinha dito e aguardámos juntos pela vez da minha visita. O diretor do lar contratara uma terapeuta ocupacional temporariamente para o meu lugar só para que eu pudesse apoiar Lurdes quando ele não podia, e também para eu seguir de perto o estado de Leonardo, uma vez que ele sabia da nossa proximidade. Sempre que o serviço no lar abrandava, regressava de imediato ao hospital para nos fazer companhia, o que mais uma vez demonstrava a boa pessoa que era. Nem trinta minutos depois, Lurdes surgiu na sala e eu corri para ela.

— Como é que ele está?

— Bem-humorado, pelo menos, e perguntou-me por si. Venha. *Disse, estendendo-me a mão.* Vou mostrar-lhe o caminho.

Deixou-me à porta do quarto e afastou-se com um sorriso de força como se compreendesse o receio que eu estava a sentir de o ver numa cama de hospital. O quarto era bastante amplo e tinha quatro camas alinhadas e espaçadas umas das outras. A de Leonardo ficava num dos cantos do quarto e dirigi-me até junto dela sem que se apercebesse da minha aproximação. Estava com a máscara de oxigénio colocada e assim que me viu retirou-a.

— Deixa-te estar com a máscara. É melhor. *Disse-lhe.*

— Sou mais bonito sem ela. Além disso, quero dar-te um beijo.

Debrucei-me sobre ele e dei-lhe um beijo demorado. Ajeitei-lhe o cobertor e passei a mão pela sua barriga e pelo braço estendido ao longo do corpo. A cor dele não era a melhor, mas o seu sorriso emanava uma energia positiva que me tranquilizou. Queria dizer-lhe alguma coisa, mas não sabia por onde começar uma conversa tendo em conta aquele cenário. Ele percebeu isso e deu uma ajuda.

— Lembras-te do diálogo que tivemos no regresso a casa depois de termos levado a *Mika* ao hospital?

— Mais ou menos, porquê?

— Acho que foi nesse momento que te disse que a maioria dos nossos locais em comum não agourava nada de bom, visto que eram lares, hospitais e cemitérios. Parece que a saga se mantém.

— Dizes isso porque estás a desprezar todos os outros locais bons e agradáveis onde estiveste... Incluindo a minha cama.

— Sim, de facto na tua cama passei momentos muito bons.

— Eu estou a falar da cama onde tu dormiste. Se bem te lembras, essa é que era a minha cama. *Disse em tom de brincadeira.*

— Claro, claro! Passei momentos muito bons de sono nessa cama. Do que é que achas que estava a falar?

Trocámos olhares atrevidos e logo se apagou o meu sorriso ao lembrar-me de que também foi naquela cama que tudo aquilo começou. Mas não quis alimentar esse pensamento e continuei.

— Lembra-te de que se nos focarmos só no que de mal nos acontece vai sempre parecer que a nossa vida é um desastre. Um dos segredos da felicidade é tirar o foco das coisas más, para que não pareçam tão más, e focar nas coisas boas, para que pareçam ainda melhores. Penso que foi uma ideia destas que também te transmiti nessa viagem de regresso do hospital veterinário.

— Acho que sim. *Fez uma pausa e respirou lenta e profundamente duas vezes.* Eu só disse isto talvez porque sabia que me ias dizer alguma coisa positiva para me animar e eu queria ouvir.

Fiz um esforço enorme para lhe sorrir assim que acabou de falar, pois a vontade era de começar a chorar quando vi o brilho nos olhos dele a desvanecer-se enquanto me estava a fazer aquela confissão. Era como se momentaneamente tivesse caído a máscara do *faz de conta que não se passa nada* e admitíssemos um ao outro, através do olhar, que a situação era má e que estávamos cheios de medo. Contudo, Leonardo parecia não se render assim tão facilmente, vestiu à força um novo sorriso e voltou a falar-me.

— Como vês, sou mesmo uma pessoa com fraco coração.

— Estava a ver que nunca mais dizias essa piada.

Não contivemos uma gargalhada perante a previsibilidade daquelas duas deixas, mas o riso foi demasiado esforço para ele, que começou a ofegar e teve de voltar a colocar a máscara de oxigénio.

Perante o meu olhar assustado e já atento a uma das enfermeiras, Leonardo levantou o polegar para me dar a indicação de que estava tudo bem e ajudar-me a tranquilizar. Ficámos em silêncio durante um momento e as minhas mãos não pararam de tremer. Deixei que fosse ele a dizer-me alguma coisa quando se sentisse preparado e quando o voltou a fazer foi através da máscara de oxigénio.

— Além de filmes de *suspense*, parece que também não vou poder ver filmes de comédia durante os próximos tempos.

— Vais ter muito tempo para ver todo o tipo de filmes depois de receberes um coração novo. Que com certeza será bom e muito mais compatível com o também novo coração da tua alma.

— Já viste? Agora que lhe comecei a dar uso é que ele foi avariar. É uma posição um pouco ingrata a minha.

— Porque dizes isso? Por favor, responde devagar. Leva o tempo que precisares. Não me voltes a assustar como há bocado, senão acho que vais conseguir um dador ainda hoje.

— Ingrata porque sem querer e sem maldade... acabo por desejar que alguém saudável morra para me deixar viver a mim. É como o velho ditado do coveiro... não quer que ninguém morra, mas quer que a sua vida corra. *Fez uma pausa.* Será que se pode dizer que eu tenho um mau coração por querer o bom coração de alguém?

— Não te ponhas com esses trocadilhos porque depois ris-te e já vimos que é um esforço grande para ti. E é claro que não te podes julgar má pessoa por isso. O instinto de sobrevivência tem sempre uma grande dose de egoísmo. É mesmo assim a nossa natureza. E tu não estás a desejar o mal a ninguém, apenas o teu bem.

Uma enfermeira olhou para mim e comprimiu os lábios, dando-me a entender que estava na hora de nos despedirmos.

— Acho que tenho de me ir embora.

— Não tens nada. *Ergueu ligeiramente o cobertor.* Esconde-te aqui debaixo. *Atirou com um piscar de olho apaixonante.*

Segurei na mão dele e debrucei-me para o olhar nos olhos.

— Acredita que adorava poder ficar, mas não me deixam. Prometo vir visitar-te todos os dias enquanto estiveres aqui. Vai correr tudo bem. Aliás, tem de correr. Até porque temos uma última tarefa para cumprir, que é reencontrar o teu pai. Ou já te esqueceste?

— E se eu já não for a tempo?

— Chiu! *Encostei o dedo indicador aos meus lábios.* Eu garanto-te que vou contigo a Paris encontrar o teu pai. Por isso não tens outra solução que não seja ficares bom. Entendeste? *Abanou a cabeça e dei-lhe um leve beijo na testa.* Volto amanhã.

Assim que cheguei ao corredor respirei tão profundamente que parecia que tinha sustido a respiração durante o tempo em que estive junto de Leonardo. Mas percebi logo que o alívio que estava a sentir não era por poder respirar um novo ar, mas sim por ter despido a armadura de ferro invisível com que me apresentei a Leonardo. A minha vontade era ter-me escondido debaixo do cobertor e ficar ali como ele tinha sugerido ou então trazê-lo embora comigo. Não poder estar perto dele naquele momento em que tanto precisava matava-me por dentro. Estive em tantos outros momentos ao seu lado, momentos em que ele não precisava, não merecia e até nem eu queria, e logo naquele eu não podia estar. Comecei a caminhar pelo corredor, de olhos no chão e guiando-me pela parede, e mergulhei tão fundo nos meus pensamentos que deixei de ouvir os barulhos à minha volta. Lembrei-me de Nicolau, lembrei-me da receita, lembrei-me da ideia de ser feliz no amor e depois juntei tudo no mesmo saco onde já estava Leonardo. Olhei para dentro dele e alguma coisa não batia certo. Tinha-me apaixonado por ele enquanto lutava para merecer a receita para ser feliz no amor que me tinha sido dada pela pessoa que me fez entrar nessa luta. A dada altura deixei de ter vontade de conhecer a receita com medo de que o que estivesse lá não correspondesse ao que tinha vivido com Leonardo e percebesse que, afinal, também não era por ali o caminho e não seria ele o meu grande amor. Por outro lado, quando começava a acreditar que o destino tinha conspirado a meu favor para me fazer feliz no amor e que eu já tinha descoberto a receita mesmo sem a ter lido, ele decidiu pregar-me aquela rasteira. Senti-me perdida e desamparada por instantes e depois lembrei-me de que estava, mais uma vez, a fazer filmes desnecessários na minha cabeça e a preocupar-me com coisas que não eram as mais importantes naquele momento. Os dias que se seguiram foram de espera, incerteza e receio. A qualquer momento, Leonardo podia encontrar um dador compatível. Por um lado, queria muito que acontecesse o mais depressa possível para ele ficar logo bom e por outro tinha medo que a operação corresse mal e aquilo que podia ser a sua salvação fosse, afinal, a sua perdição. Mas não havia muito por onde fugir, por isso era mais uma preocupação desnecessária, mas incontornável. Tal como lhe prometi, visitei Leonardo todos os dias em que me foi permitido. Quando voltei a trabalhar, ajustei os meus horários no lar e nos domicílios que fazia para que estivesse sempre livre na hora das visitas e aquele hospital virou a minha segunda casa. Comigo tinha sempre Lurdes e não muito menos vezes o doutor Brandão, que insistia em fazer-nos companhia, mesmo sem nunca sequer ousar visitar Leonardo. Os dias foram passando e já se contavam semanas. Os escassos minutos que me permitiam estar junto dele não davam para muito a não ser uma curta conversa que muitas vezes não passava de um resumo do meu dia de trabalho. Era ele mesmo que o pedia e ouvia-o sempre com muito entusiasmo como se fosse a melhor ligação que ele podia ter com o mundo lá fora. Gostava de fazer alguma coisa de diferente com ele, mas sentia-me limitada por todos os lados. No entanto, certo dia, tive uma ideia que, não sendo nada de outro mundo, era muito boa e nem sei como é que não me tinha ocorrido mais cedo. Exigiu-me uma chamada, um pequeno disfarce na hora de entrar no quarto e, claro, um rápido e inofensivo *suspense*, antes de revelar a surpresa que tinha trazido para ele.

— Tenho uma surpresa para ti.

— Não é muito difícil surpreender-me aqui. *Disse com um sorriso.* Tendo em conta o tédio deste espaço, acho que ver uma mosca já é considerado surpresa. Mostra-me.

Lucas, que tinha caminhado agachado até junto da cama para não ser visto, ergueu-se e atirou um vigoroso *olá*.

— Olha quem é ele! *Rejubilou Leonardo, levantando logo a mão para um* high five. Dá cá mais cinco. Como é que estás?

— Estou bem e tu? *Respondeu sorridente.*

Em pouco tempo já estavam a falar de futebol e das novidades que o pequeno Lucas trazia do exterior. De repente era como se eu já não estivesse ali, um pormenor que não me incomodava nada, pois estava deliciada a vê-los conversar animados um com o outro. Desde que fora para o hospital, Leonardo nunca tinha tido contacto com mais ninguém além de mim, a mãe e os médicos, e era bom lembrá-lo de que havia mais pessoas que gostavam dele e de quem ele gostava também. Com o tempo, Leonardo foi-se habituando mais à sua condição física e já conseguia gerir melhor o esforço e não estar tão dependente do oxigénio. A conversa que mantinha com o rapazinho parecia, por isso, uma conversa perfeitamente normal, com a particularidade apenas de estar numa cama. A dada altura, Lucas começou a perguntar o que eram e para que serviam as máquinas e os instrumentos que estavam junto à cama, e Leonardo ia-lhe explicando da melhor forma que sabia, até que lhe fez uma pergunta que nos deixou aos dois a olhar um para o outro.

— Será que o meu pai também estava numa cama destas quando morreu? *Perguntou com uma inocência doce.*

— Porque perguntas isso, Lucas?

— A minha mãe disse que o meu pai morreu no hospital porque estava muito doente. Devia estar numa cama assim cheia destas máquinas à volta. *Disse com um encolher de ombros.*

Voltámos a trocar olhares ao percebermos que a mãe lhe tinha finalmente contado a verdade acerca do pai. Ou, pelo menos, parte dela. Lucas falava com o seu jeito naturalmente ingénuo, mas genuíno, o que me deixou um pouco mais tranquila, por saber que ele já sabia a verdade, e que de certa forma a sua ingenuidade o estava a proteger dela. Decidi assumir eu a responsabilidade de lhe dar uma resposta e senti que Leonardo me agradeceu.

— Sabes, estas máquinas e estas camas servem para as pessoas não sofrerem muito. De certeza que o teu pai estava numa destas ou ainda melhor e por isso não lhe doeu tanto. E de certeza que ele gostava muito de ti e está a olhar por ti lá de cima.

— Eu sei. *Respondeu rapidamente.* A minha mãe disse-me. Mas eu já lhe pedi um pai novo. Um daqueles que me leve a ver um jogo de futebol como os pais dos meus amigos lá da escola.

— Pediste-lhe um pai novo? *Perguntou Leonardo, intrigado.*

— Pois. Já que o meu não vai voltar, então quero um novo.

— E não ia ser estranho teres um pai que não é o teu?

— Não! Desde que me leve ao futebol e me dê *Bollycaos*.

— Já vi que só queres um pai para te dar coisas. *Atirou Leonardo em tom de brincadeira, afagando-lhe o cabelo.*

— Estou a brincar. *Respondeu Lucas, envergonhado.*

— Vês como ele não se importa que a mãe tenha um amigo novo. Acho que podias aprender umas coisas com ele. *Disse-lhe.*

Leonardo ficou a olhar para mim, mas eu fiz de conta que não reparei e pus-me a brincar com Lucas.

— Alguma vez falaste com ele sobre mim? *Perguntou-me.*

— Sim. Muitas vezes. Quando a tua mãe te vem visitar, eu fico na sala de espera a conversar com ele. Quase sempre sobre ti.

— Na sala de espera a falar com ele? Como assim?

Fiz uma pausa, respirei fundo e virei-me para Lucas.

— Meu amor, eu vou precisar de falar a sós com o Leo, está bem? Vou pedir-te que te despeças dele e depois vou levar-te à tua mãe, que está lá fora à tua espera. Dá um abraço ao Leo.

Lucas abanou a cabeça afirmativamente e debruçou-se sobre a cama, encostando o rosto na barriga de Leonardo e abraçando-o. Depois despediu-se dele com o habitual *high five* e dei-lhe a mão para o acompanhar até à saída do quarto. Antes de sair ainda foi a tempo de me fazer uma pergunta que me abalou.

— O Leo não vai morrer como o meu pai, pois não?

Agachei-me ao lado dele para o poder olhar nos olhos e lancei-lhe um sorriso forçado, mas cheio de esperança.

— Vou pedir-te que desejes muito, muito, muito que ele fique bom e que vocês possam voltar a jogar consola juntos. Fazes isso?

Disse que sim com a cabeça, depois dei-lhe um beijo na testa, abri a porta para que fosse ter com a mãe e regressei para junto de Leonardo. Apesar de todas as restrições e limitações que não podia contornar, os médicos e enfermeiros já me conheciam e davam-me um pouco mais de liberdade de tempo para estar com ele.

— Não sabia que a mãe dele estava lá fora, podia ter vindo.

— Ela preferiu não vir, mas mandou-te muita força. *Olhei à minha volta antes de continuar num tom de voz mais calmo.* Em relação ao doutor Brandão... Ele vem para cá sempre que pode só para nos fazer companhia durante o período da visita. Além disso, nos primeiros dias em que estiveste nos cuidados intensivos, ele contratou de propósito uma terapeuta para me substituir e me permitir estar aqui o dia todo para o caso de ser necessário alguma coisa e mesmo que não fosse só para eu poder estar perto de ti. Depois, como se não bastasse, facilitou a alteração do meu horário lá no lar para que eu pudesse estar livre nas horas da tua visita. Tem sido ele o verdadeiro suporte da tua mãe durante todo este tempo e se ela muitas vezes chega aqui com um sorriso para te dar é muito por causa dele também.

Leonardo desviou o olhar e ficou pensativo.

— Tenho sido muito injusto com eles, não tenho?

— Não gosto desse termo. É demasiado pesado. Só acho que deves ter em atenção tudo o que ele tem feito sem exigir nada, só para que a tua mãe tenha um pouco mais de conforto e alegria. Ele tem sido um pilar para ela e tenho pena que uma relação tão bonita não seja aprovada por ti. Confidenciei-te tudo isto sobre o doutor, não com a intenção de te fazer mudar de ideias, mas para saberes que é uma boa pessoa. Se gostas da tua mãe vais gostar dele também porque ele faz-lhe muito bem. Devias dar-lhe uma oportunidade...

— Eles estão lá fora? *Perguntou inseguro.*

— Sim... Devem estar na sala de espera. Porquê?

— Porque talvez esteja na hora de deixar de ser teimoso.

— Não tens de fazer nada agora. Eu só falei neste assunto porque a conversa para lá me levou. Tens tempo para tratares disso.

— Eu não sei quanto tempo tenho, Beatriz...

Agarrei-me a ele de imediato e encostei o meu rosto no seu.

— Sabes que eu não gosto que digas essas coisas. *Passei-lhe a mão no rosto e Leonardo segurou no meu pulso.* Mas tudo bem. Se é isso que queres... Eu tenho de me ir embora e quando me cruzar com eles peço-lhes para que venham ver-te. Diz-me só que tens a certeza de que queres mesmo fazer isso agora.

— Se há coisa que aprendi desde que fiquei agarrado a esta cama é que o depois não existe. O depois é um lugar imaginário para onde gostamos de empurrar as decisões da nossa vida. O depois é o lugar favorito dos indecisos, que só empatam a vida de quem já sabe o que quer. E eu sei que não quero ser mais essa pessoa.

Fiquei feliz ao ouvir aquela declaração tão bonita que acabava de fazer, mas fiquei ainda mais feliz por ele ter chegado àquela conclusão. Despedi-me dele com um beijo e fui ao encontro de Lurdes, que estava acompanhada pelo doutor Brandão. Quando lhes disse que Leonardo queria falar com eles, ficaram os dois boquiabertos.

— Tem a certeza, Beatriz? *Perguntou-me Lurdes*. Não acha que é melhor esperar que ele saia daqui e falarmos com calma. Ele não reagiu nada bem da última vez. Não me parece boa ideia.

— Não é uma questão de momento certo ou de *timing* ou se é uma boa ou má ideia. É mais do que isso. É uma necessidade dele e de certa forma também vossa. E a necessidade não espera. A necessidade automaticamente define que o momento certo é agora. Este é o vosso momento. Podem ir. Ele já está à vossa espera.

Fui-me embora com um leve receio, mas ao mesmo tempo confiante de que aquela história teria um final feliz. E Lucas iria ser, quem diria, o seu herói improvável, pois tinha sido ele a provocar o derradeiro clique para Leonardo tomar aquela decisão. No regresso a casa vinha a pensar nas bonitas palavras que Leonardo me disse antes de me vir embora e percebi que talvez o seu grande mal não tivesse sido a indecisão, a dúvida ou o medo, mas sim a falta de noção da brevidade do tempo. Um tempo que caminha inevitavelmente de mãos dadas com o limbo imprevisível da vida. Dizia-me que estava sempre a contar que a qualquer momento poderia morrer, mas começava a acreditar que era uma ideia mais habituada e mecanizada do que propriamente sentida. No fundo ele deixara de acreditar que de facto poderia mesmo acontecer e talvez por isso foi sempre adiando as decisões e valorizando pouco as coisas que só a falta de tempo nos mostra o quão são importantes. Mas se calhar aquele era um defeito de fabrico de todos nós. Se por um lado a ideia de que ainda temos muito tempo nos ajuda a viver mais descontraídos, por outro apela ao vício de empurrar tudo para depois. O que nos deixa constantemente suscetíveis ao abismo dos *tardes de mais* da vida. Quando cheguei a casa e abri a porta de entrada reparei que a porta do meu quarto estava entreaberta. Não era normal. Quando a empurrei para trás encontrei a minha irmã sentada na cama a ler aquilo que aparentava ser a receita que Nicolau me deixara.

— O que é que estás a fazer, Leonor? *Perguntei ao mesmo tempo que lhe tirei o papel das mãos.*

— Desculpa! Pensei que não tinha mal nenhum. Eu vim ao teu quarto procurar aquele teu verniz *bordeaux* e encontrei este envelope na gaveta. Como já estava aberto, achei que não tinha mal ler.

— Poça! Também tu herdaste a curiosidade da mãe. Isto não é para tu leres. *Disse enquanto guardava o papel dentro do envelope e depois o envelope dentro da minha mala.*

— Pronto, desculpa! Também só li o início. Além disso, essa letra não se percebe nada. Não precisas de ficar assim.

Lancei-lhe um olhar de reprimenda e logo depois amansei.

— Lembras-te de eu te ter dito que não ia tentar descobrir aquele rapaz com quem tu andavas para ter uma conversa séria com ele pois, apesar de tudo, respeitava a tua privacidade?

— Eu sei. Desculpa. Já aprendi e não volta a acontecer.

— Acho bem. Já agora como é que ficou essa história com ele?

— Fiz aquilo que me disseste para fazer. Ele voltou a procurar-me e eu disse-lhe que não. Apesar de gostar dele. Ganhei coragem e disse-lhe que não. Porque sabia que ele só me queria para aquilo.

— Boa! É isso mesmo. E como é que te sentiste depois disso?

— Muito melhor. Custou no início, claro, mas depois foi como se me sentisse outra pessoa. Mais independente, mais crescida, mais confiante. Obrigada, mana!

Deu-me um abraço demorado e foi a melhor forma de terminar o meu dia. Antes de sair não resisti a perguntar-lhe.

— O que é que conseguiste ler naquele papel?

— Quase nada, qualquer coisa sobre consciência e tabus, mas, como disse, foi só o início. Nem deve ter muito a ver com o resto.

    Os dias e as semanas continuavam a passar e a situação de Leonardo mantinha-se inalterada. Já tinham passado mais de dois meses desde que tinha sido internado e, embora nos dissessem que era mais do que normal aquele tempo de espera, mesmo sendo um caso prioritário, era inevitável começar a desesperar com tanta demora e indefinição. No entanto, Leonardo parecia cada vez mais tranquilo e conformado. Talvez porque a sua condição o fez deixar de olhar para o tempo como uma unidade de medida e sim como uma dádiva. Os seus dias não eram mais dias em que estava à espera de alguma coisa, eram dias em que podia estar junto de quem mais gostava. E isso dava-lhe a paz e a paciência que ele precisava para não desanimar com aquela espera. Parecia que os papéis se tinham invertido e agora era a minha vez de aprender com ele que as coisas acontecem mais depressa quando fazemos as pazes com a lentidão do tempo. E mesmo que não aconteçam mais depressa, pelo menos conseguimos aguentar melhor a sua demora. Quem também teve de ser internado foi o meu *Opel*, que, mais uma vez, acusou a idade e tive de o deixar na oficina entregue aos mecânicos. Por isso, nesse dia fui de transportes públicos desde o lar até ao hospital e pedi à minha mãe que depois passasse por lá a buscar-me no final da visita. Quando cheguei junto de Leonardo, ele recebeu-me com um sorriso e uma paz que me intrigaram.

— Estás muito bem-disposto ou é impressão minha? Não me digas que uma doutora bonita e jeitosa te roubou o coração. *Perguntei, com um ar ciumento, depois de lhe dar um beijo.*

— Por acaso, foi. E está mesmo aqui à minha beira.

— Ai é? Segundo o que me disseste uma vez, uma terapeuta ocupacional de doutora não tem nada. Deixaste de pensar assim?

— Só deixei de ser parvo. Porque dizes que estou bem-disposto? Eu fico sempre assim quando te vejo chegar.

Fiquei um momento em silêncio a saborear aquela frase.

— Não sei. Talvez seja só uma invejazinha minha por parecer que estás a lidar com isto melhor do que eu. Também gostava de me sentir tranquila como tu, mas não estou a conseguir. Ver-te assim é estranho. Fico contente porque estás calmo, mas ao mesmo tempo é como se te tivesses rendido e não te importasses mais se o desfecho desta história não for... o melhor.

Leonardo pegou-me na mão e olhou tão seriamente para mim que me deu um aperto no peito e me fez lacrimejar.

— Tu disseste-me para me focar nas coisas boas para as coisas más parecerem menos más. É só aquilo que tenho tentado fazer. É claro que quero um final feliz, mas também sei que se não for feliz já não se perdeu tudo porque ainda fui a tempo de perceber aquilo que realmente importa. Ainda fui a tempo de te conhecer, por exemplo. Agora percebo o desperdício que seria vir ao mundo e não ter conhecido alguém como tu. Junto a ti todos os minutos são lucro. E estou grato por ainda ter ido a tempo de perceber isso.

— Isso foi tão bonito, Leonardo... *Disse-lhe, olhando-o nos olhos.* Mas eu nunca me vou perdoar se te perder.

— Não te vais perdoar? O que é que queres dizer com isso?

— Porque me sinto culpada por tudo isto. Fui eu que dei a ideia de irmos para o campo e foi lá que apanhaste a bactéria que resultou na infeção, que te debilitou o coração e que pode...

— Para, Beatriz! Nem sequer vás por aí, por favor! *Avisou, puxando-me a mão para ele.* Tu deste a ideia porque de certa forma fui eu que a pedi e eu aceitei-a. Não me obrigaste a fazer nada. Fiz porque quis e porque achava que devia. Aliás, a ideia de irmos andar de bicicleta mesmo sabendo que poderia chover foi minha. Eu sempre soube os riscos que corria e não deixei de fazer nada por causa disso. *Fez uma pausa.* Fiz tudo o que fiz porque queria, porque precisava, porque estava a gostar e porque me estava a sentir como nunca tinha sentido. Foi lá, mas podia ter sido noutro local qualquer, noutra altura qualquer com outra pessoa qualquer. E sabendo o que sei hoje, sinceramente, voltaria a fazer tudo outra vez.

— Mas agora estás agarrado aqui a esta cama à espera da sorte de que alguém saudável tenha o azar de morrer. E se isso não acontecer, quem pode morrer és tu, e eu também serei culpada.

A minha voz ficou embargada e as lágrimas começaram a escorrer-me lentamente pelo rosto. Virei-me para o lado para ele não me ver chorar e Leonardo soltou-me a mão para me segurar no rosto e com o polegar limpar-me as lágrimas.

— Olha para mim. Tu não és a culpada por eu morrer. Tu és a culpada por eu ter vivido. E deves sentir-te orgulhosa por isso porque eu sinto-me um sortudo por o teres conseguido. Eu pensava que vivia, mas não. Eu apenas existia. Agora vejo a diferença entre existir e viver. E a diferença é sentir. Umas coisas boas e outras coisas más, mas acima de tudo sentir. E eu fui-me privando disso ao longo dos anos até que apareceste tu.

— Quero tanto acreditar nisso, Leonardo. Quero tanto focar-me nesse lado bom para que o lado mau pareça menos mau, mas...

— Tens de começar a aplicar também aquilo que dizes. Se dizes mas não fazes, vou começar a acreditar que esses teus momentos filosóficos não passavam de conversa fiada. *Disse sorrindo.*

Tentei devolver-lhe um sorriso, mas uma estranha sensação de despedida foi-se impregnando em mim à medida que fomos falando. Começava a sufocar numa espécie de choro misturado com um grito de revolta e uma enorme declaração de amor. Era como se tudo aquilo quisesse sair ao mesmo tempo e tivesse empancado na minha garganta. Precisava urgentemente de uma atmosfera diferente e de respirar ar fresco, mas precisava ainda mais da sua companhia, do olhar e do toque dele. Apanhei o cabelo, desabotoei um botão da camisa e bebi o que restava de uma pequena garrafa de água que trazia na minha bolsa.

— Porque é que sempre me trataste bem? *Perguntou para mudar de assunto.* Porque é que sempre foste tão boa comigo, mesmo quando era injusto contigo ou não me esforçava como devia?

— Porque se eu retribuísse o desprezo, ou o desleixo, ou o que quer que fosse de mau, só iria alimentar isso em ti e em mim. Se eu queria que fosses bom, eu tinha de ser boa contigo. Tentar vencer o mal com o mal é o mesmo que tentar apagar um fogo com gasolina. Só vai piorar tudo. Nenhuma discussão se vence gritando mais alto que o outro. Eu não posso esperar um beijo ou um abraço de alguém a quem dei um murro. Mas é quando essa pessoa me dá um beijo ou um abraço depois de eu lhe ter dado um murro que eu consigo perceber o quão errado estou. E foi isso que fiz contigo. Além de que o teu avô me disse que eu não deveria esperar nada de ti.

— Acho que o meu avô estaria orgulhoso de nós.

— Ou então um pouco chateado por nos termos desviado do foco. Penso que não era suposto termo-nos aproximado tanto.

— Se calhar era preciso essa proximidade entre nós para que a mudança acontecesse em mim.

— Ou se calhar a proximidade aconteceu porque houve uma mudança em ti. Ou afinal era tudo destino e independentemente da ordem isto tinha mesmo de acontecer de uma forma ou de outra.

— Acreditas em destino?

— Já acreditei menos. Às vezes surgem pessoas na nossa vida que parece que foram colocadas no nosso caminho por uma daquelas máquinas de tirar peluches que são controladas por um *joystick*. Por vezes parece que a pessoa que controla esse *joystick* está entediada e decide juntar duas pessoas incompatíveis só para dar conflito e ela ter com que se entreter lá em cima. Outras vezes parece que está bem-disposta e faz cruzar duas pessoas que se dão bem e acabam por ficar juntas para sempre. Mas num caso ou no outro, eu prefiro acreditar que ela sabe o que está a fazer e que tira e põe as pessoas certas nos momentos certos. Às vezes cruzamo-nos com pessoas e passamos por situações que nos magoam que no fundo são como aquelas vacinas que tomamos quando somos crianças. Não queremos tomá-las porque sabemos que vai doer e algumas até deixam cicatrizes, mas também sabemos que depois de as tomarmos estaremos protegidos de dores e males muito maiores.

— E achas que a pessoa que controla esse *joystick* é o destino?

— Não sei qual o nome mais adequado. Não sei se lhe chamo destino, universo, Deus, O Todo ou simplesmente amor. Só sei que não lhe chamo acaso. Não é o acaso que controla tudo isto.

— Não sabemos o nome da pessoa que controla esse *joystick*, mas sabemos pelo menos o nome do seu intermediário. *O olhar que trocámos deu para perceber que tínhamos pensado na mesma pessoa, Nicolau.* E estou-lhe eternamente grato por isso.

— Resta-nos desejar que o responsável pelo *joystick* se esqueça de nós os dois e acabemos por ficar juntos para sempre.

Leonardo sorriu-me com a mesma aura de quando me viu chegar e não resisti em dar-lhe um beijo demorado.

— E por falarmos no meu avô... Já leste a tal receita?

— Não. Ainda não a li. Quer dizer, já conheço algumas palavras, mas não as suficientes para saber propriamente o que lá diz.

— Porquê a demora? Disseste que era até eu ficar diferente.

— Não tenho pressa. Talvez porque já sou feliz no amor... *Fizemos silêncio.* E porque ainda não fiz tudo o que podia por ti.

— Falta o regresso oficial à minha infância e o reencontro com o meu pai, não é? Eu estive a pensar nisso e, se eu me livrar desta e conseguir encontrá-lo, não vou conseguir dizer-lhe tudo o que queria. Porque com os nervos ou a emoção vou esquecer-me de tudo e não vou conseguir dizer nada.

— Em primeiro lugar, tu vais safar-te desta. E, em segundo lugar, se é essa a tua preocupação, isso resolve-se facilmente. *Fui à minha bolsa e tirei o meu caderninho e uma caneta. Ditas-me* tudo o que lhe dirias se o encontrasses agora, eu escrevo aqui e no dia em que o reencontrares é só leres o que escrevi e já está.

Leonardo gostou da ideia e os minutos seguintes foram um autêntico regresso à infância. Da parte dele porque se estava a recordar dos seus tempos em Paris e da minha parte porque me estava a lembrar de quando fazia ditados na escola primária. Terminada a redação, aproveitei o tempo que ainda me restava da melhor forma até a minha mãe me ligar e dizer que já estava à minha espera no exterior do hospital para irmos embora. Despedi-me dele com um beijo e com a promessa de que no dia seguinte estaria lá à mesma hora, como sempre fazia, e saí ao encontro da minha mãe.

— Como é que ele está? *Perguntou ela, mal entrei no carro.*

— Está estranhamente bem e calmo. Fiz de tudo para parecer natural, mas hoje alguma coisa estava a deixar-me desconfortável. Era como se ele já estivesse preparado para partir...

— Filha, eu não te quero assustar, mas já lhe disseste tudo o que tinhas para dizer? Já lhe disseste que o amas, por exemplo?

— Nunca disse. Ele também nunca me disse. Talvez nunca tenha sido necessário. Sabes bem que as últimas vezes que disse essa palavra não deu em nada. Talvez seja melhor deixar as coisas amadurecerem e, quando tivermos certezas, então aí dizer tudo.

— Beatriz, tu sabes que nunca se sabe quando é que ele... Além disso, há muitas formas de dizer que se ama alguém.

Fiquei a olhar para ela e percebi que talvez tivesse razão.

— OK. Tudo bem. Talvez seja um erro estar a adiar. Mas para isso vou precisar que faças um desvio pelo supermercado.

— Pelo supermercado? O que é que vamos lá fazer agora?

— Vou preparar uns bombons com um recheio especial. Mas preciso de comprar chocolate e... romãs.

De facto, nunca tínhamos dito um ao outro que nos amávamos. Não que fosse uma obrigatoriedade ou requisito fundamental, mas também não seria completamente descabido se já o tivéssemos feito. Se calhar já tínhamos dito várias vezes que nos amávamos com o olhar, gestos, atitudes e até nas entrelinhas, que, convenhamos, valem muito mais do que palavras, mas enquanto não verbalizássemos era como se não fosse oficial. Deixara de valorizar tanto a palavra *amo-te* à medida que as desilusões amorosas se foram acumulando, mas ainda não tinha deixado de acreditar nela, de ter vontade de a dizer e, principalmente, de a ouvir. No entanto, aquela observação da minha mãe fez-me repensar na forma como eu estava a lidar e a expressar aquilo que sentia. Já tinha reparado que por várias vezes tinha bloqueado na hora H e comecei a perceber que talvez não fosse só uma questão de medo da falta de reciprocidade. Era, porventura, um bloqueio que desenvolvi depois de todas as minhas deceções. Já tinha admitido várias vezes para mim mesma aquilo que queria e sentia por Leonardo, mas por nunca o ter verbalizado era como se eu ainda pudesse voltar atrás e ainda fosse a tempo de não sofrer caso desse errado. Contudo, ao mesmo tempo era como se o sentimento não conseguisse avançar porque teoricamente não era oficial dentro das nossas cabeças. Conscientemente parecia ridículo pensar naquilo desta forma, mas por mais ridículo e sem sentido que fosse era algo que eu não conseguia controlar. Comecei depois a ponderar que talvez Leonardo nunca me tivesse dito que me amava porque de facto não amava, até que me lembrei de que ele me tinha dado a entender que nunca tinha amado ninguém e se calhar nem ele sabia que aquilo que sentia por mim era amor. O que é certo é que nós nunca o tínhamos dito um ao outro e eu já estava à procura desenfreadamente de uma explicação para pôr naquela prateleira vazia na minha cabeça. Tentei abstrair-me de todas as questões e suposições e concentrar-me apenas em fazer a minha parte. A minha mãe tinha razão. Por mais que me custasse admitir, a situação de Leonardo era incerta e a verdade é que eu ainda não lhe tinha dito tudo. Lembrei-me então da receita de bombons que ele me mostrou quando fomos ao laboratório de Nicolau, cujo recheio que eles descobriram estar relacionado com o amor era o de romã, e pensei que era uma forma bonita de lhe dizer o que sentia. Assim que cheguei a casa com a minha mãe, concentrei-me na receita que tinha fotografada no telemóvel e agarrei-me aos ingredientes. Ela ficou a olhar-me curiosa e comentou.

— Tens sido posta à prova com este rapaz.

— Posta à prova? Como assim?

— Eu digo isto porque tens passado por tantas coisas com o filho da dona Lurdes. Parece uma autêntica travessia do deserto.

— Desde o início que encarei isto como uma missão porque também foi nesse sentido que me foi atribuída, mas também não estava à espera de que fosse tão difícil e tivesse tantas peripécias.

— O que quero dizer é que olho para a vossa história como algo superior. Mas se calhar é por não ter sido convencional. Pelo menos comparado com os teus outros namorados. Eu sei que fazes tudo isso porque começaste a gostar do rapaz e já tens esse instinto de ajuda dentro de ti. Só que também me custa ver-te passar por estas coisas porque me lembro de tudo o que já viveste e sofreste e sabes que aquilo que te dói a mim dói-me a dobrar por ser tua mãe.

Parei o que estava a fazer e olhei para ela. Vi-lhe a compaixão nos olhos e o amor que só uma mãe pode sentir. Nesse instante lembrei-me de outra mãe, Lurdes, que tinha deixado tudo para trás por um homem que acreditava ser o amor da sua vida e que lhe deu o seu único filho. Um homem que a viria a trocar por outra mulher mais nova. Viu-se novamente obrigada a deixar tudo para trás e regressar ao seu país com um filho ainda criança. Um filho que trazia uma bomba-relógio no peito. Era ele que estava mal, mas quem sofria era a mãe, porque sentia. E logo uma mãe que, como a minha me acabava de dizer, sofria a dobrar pelos filhos. Durante anos evitou o amor para se dedicar exclusivamente ao filho e quando o reencontrou viu-se obrigada a escondê-lo. Não muito depois viria a perder outro dos seus pilares. O homem que a acolheu e fez tudo o que podia por ela e pelo filho, o seu pai. Agora tinha o filho numa cama de hospital mergulhado na dúvida agonizante se cada visita seria a última. Pensei depois em mim e em tudo o que eu tinha passado e senti-me como uma adolescente que faz do fim de um namorico um autêntico fim do mundo. Apesar de todas as coisas menos boas que tinha vivido antes de Leonardo, mas principalmente desde que ele entrara na minha vida, eu olhava para ele e para a nossa história como uma bonita e positiva história. Quanto mais não fosse por termos crescido e aprendido tanto com ela.

— Não penses assim. *Respondi por fim à minha mãe e lembrei--me de algo que Leonardo me tinha dito umas horas antes e que se aplicava na perfeição àquele momento.* Sabendo o que sei hoje, acredita que voltaria a fazer tudo outra vez.

Voltei a entreter-me com os bombons e a minha mãe saiu da cozinha conformada e confortada com a minha resposta. Pouco depois voltou a surgir à porta da cozinha com um ar intrigado.

— Esses bombons são para o Leonardo comer, certo?

— Não necessariamente, são apenas simbólicos. Mas sim, convinha ele prová-los para poder associar o recheio à mensagem que tinha pensado transmitir-lhe. Porquê a pergunta?

— Mas os médicos não controlam tudo o que ele come?

Sim, controlam. Não tinha pensado nesse pormenor. Contudo, não tive tempo de responder à minha mãe porque o telemóvel tocou com uma chamada de Lurdes. Atendi de imediato e assim que ela me começou a falar congelei e deixei cair a colher de pau que tinha na mão para espanto da minha mãe.

— O que é que aconteceu, filha? *Perguntou preocupada.*

Desliguei a chamada com o coração a tentar fugir-me do peito e engoli em seco antes de conseguir responder-lhe.

— Foi encontrado um dador compatível para o Leonardo. Será operado dentro de horas, disse-me agora a dona Lurdes. *A minha mãe ficou a olhar para mim sem saber o que dizer.* Vou buscar a minha bolsa. Vou apanhar um táxi até ao hospital.

— Não é preciso ires de táxi, eu levo-te lá.

Corri para o quarto, agarrei na minha bolsa, confirmei de repente se não me faltava nada e preparei-me para sair de casa.

— Não. Já me foste buscar e não quero que andes para lá e para cá por minha causa. Darei notícias assim que as tiver.

Dei-lhe um beijo, apanhei um táxi e fui direta para o hospital fazer companhia a Lurdes. Quando lá cheguei e ela me viu veio logo ter comigo e embrulhou-me num abraço demorado. Assim que me soltou, segurou-me nas mãos e apertou-mas, ao mesmo tempo que me lançava um olhar lacrimejante, carregado de medo, mas também de fé. Não era preciso dizermos nada uma à outra para sabermos o que cada uma estava a sentir. Levou-me pela mão para um corredor onde estava sentado o doutor Brandão. Assim que chegámos ao pé de si, ele prontificou-se a ir buscar qualquer coisa para comermos durante as horas de espera que se avizinhavam e deixou--nos a sós. Lurdes sentou-se de olhos fixos no chão e ia esfregando os próprios braços para sacudir o stresse que se acumulava dentro de si. Tentei pensar em alguma coisa para iniciar um diálogo de forma a abstrairmo-nos do que estaria a acontecer com Leonardo numa daquelas salas, mas Lurdes adiantou-se.

— Talvez seja ridículo isto que vou dizer, mas sabe em quem estou a pensar agora, Beatriz? *Perguntou com uns olhos que emanavam uma mistura de raiva e tristeza*. No pai do Leonardo. Quando o médico, ainda em França, nos disse que ele sofria desta doença, o Raphael estava lá. E hoje, neste dia tão importante para o filho, neste dia em que nos podemos ver livres desta doença, ele não está cá. *Faltou-lhe a voz e fez uma pausa*. Lembro-me que nesse mesmo dia, quando regressámos a casa, comprometemo-nos um com o outro de que faríamos tudo para que o Leonardo tivesse uma infância o mais parecida possível com a dos outros miúdos. E que, em vez de o privarmos das brincadeiras, pensaríamos numa forma de ele participar nelas sem que se sentisse menos capaz por causa do problema que tinha. Isso aconteceu por exemplo com o futebol. Sabíamos que era inevitável ele vir a gostar de jogar à bola, então o Raphael lembrou-se de lhe incutir o gosto de ir à baliza. Assim ele podia participar nos jogos com os outros miúdos sem se aperceber das suas próprias limitações. E a verdade é que o gosto foi tanto que se tornou um sonho e depois virou um problema. A doença que tinha não o iria deixar ser jogador de futebol, e o Raphael evitava alimentar aquela ideia para o proteger de uma desilusão. Recordo-me de que andava sempre a adiar levá-lo a ver um jogo do maior clube da cidade, que até hoje é o clube do coração dele, por causa disso.

Assim que me disse aquilo fui atirada para trás no tempo até ao momento em que eu e Leonardo nos encontrámos pela primeira vez no baloiço. Ele confidenciara-me que tinha sido o pai que lhe tinha passado o gosto por ir à baliza, mas que nunca o chegara a levar ao estádio para ver um jogo do seu clube do coração. Depois de ouvir aquele desabafo, tudo fazia mais sentido na minha cabeça.

— Eu acredito que se o pai dele tivesse conhecimento não ficaria indiferente a este momento. E já que tocou nesse assunto, deixe-me dizer-lhe que me comprometi com o seu filho em ajudá-lo a encontrar o pai. Por isso, a primeira coisa que vamos fazer quando ele recuperar desta operação será uma viagem a Paris.

— Por essa não estava à espera agora... *Respondeu atrapalhada*. Eu nunca pensei que ele quisesse voltar a ver o pai.

— Eu penso que essa seja a derradeira pedra do muro que ele tem de derrubar. Ele precisa de fazer as pazes com o seu passado.

— Tem toda a razão, Beatriz. Você é um anjo!

— Não sou. Não sou mesmo. E se me quer agradecer, agradeça continuando a ser quem é. Se há pessoa que merece ser feliz é a dona Lurdes, e eu só me posso sentir grata por contribuir para isso. E não se importe com quem não veio, porque quem importa é quem se importa e quem se importa sempre está. Dizia-me tantas vezes isto o seu pai que com certeza é uma das pessoas que está aqui hoje a dar-nos força. A nós e principalmente a Leonardo.

Lurdes voltou a abraçar-me calorosamente e recolheu-se logo depois no seu silêncio e orações. As horas que se seguiram foram de uma exigência emocional e psicológica extrema para conseguir manter-me calma e de pensamentos positivos. Foram mais de cinco horas de espera até surgir um médico caminhando de olhos postos em nós até parar à nossa frente de mãos nos bolsos da bata.

— São os familiares do Leonardo Xavier? *Perguntou.*

Passaram-se setenta e seis dias desde a operação e cada um foi uma autêntica batalha de superação. Nos últimos dias tinha falado com Lurdes sobre tudo o que ela sabia de Raphael e estavam reunidas as condições para cumprirmos aquela que eu acreditava ser a última etapa de transformação de Leonardo. Abri a bolsa e confirmei que tinha os bilhetes de avião comigo e ainda os bilhetes para vermos um jogo do PSG na liga francesa que tinha comprado pela Internet para fazer uma surpresa a Leonardo. Olhei por fim para o envelope aberto que Nicolau me tinha dado e que desde que a minha irmã o descobrira andava sempre comigo na bolsa. Feitas as confirmações, agarrei na mala e dirigi-me para a porta de saída, onde já me esperava a minha mãe de chaves na mão. Ia levar-me ao aeroporto, mas antes ainda tínhamos de passar em casa de Leonardo. Olhou-me como, mais uma vez, só uma mãe consegue olhar. Dos olhos brotava-lhe uma angústia enorme, mas também um brilho de orgulho que foi como uma injeção de força que me daria muito jeito nos dias que se avizinhavam. Seguimos até à casa de Leonardo e durante o percurso ia com o olhar colado no infinito a imaginar tudo o que me esperava, até que a minha mãe me interrompeu a viagem que já estava a acontecer na minha cabeça.

— Aquilo que estás a fazer é muito bonito. Não tenho palavras para expressar o orgulho que estou a sentir por ti. Oxalá que corra tudo bem e cumpras com sucesso essa missão.

— Vou fazer o que tem de ser feito, mãe. Comprometi-me com o Leonardo que o faria e vou cumprir a minha palavra.

Quando chegámos a casa da família Vilar, a minha mãe aguardou no carro e eu fui tocar à campainha. Foi o doutor Brandão que me recebeu, pois entretanto tinha-se mudado para lá, e chamou logo a Lurdes mal viu quem era. Enquanto aguardávamos que ela chegasse, aproveitei para lhe agradecer as férias extra que me deu no lar para que eu pudesse fazer aquela viagem.

— São merecidas, Beatriz. Boa sorte nessa jornada e já sabe que tudo o que for preciso é só ligar. Estaremos sempre disponíveis.

Atrás dele surgiu Lurdes, que não demorou a dar-me mais um dos seus sempre tranquilizantes abraços. Parecia estar a fazer um enorme esforço para não chorar e, apesar de eu sentir que me queria desabafar alguma coisa, acabou por não o fazer.

— Pode subir. *Limitou-se a dizer*. Fique à vontade.

Lancei-lhe um sorriso e dirigi-me para a enorme escadaria que dava acesso ao piso superior. A cada degrau que subia era como se fosse ficando cada vez mais pesada e quando finalmente cheguei ao andar de cima tive de respirar fundo para aliviar algum daquele peso. Dirigi-me para o antigo quarto de Leonardo e quando abri a porta encontrei-o, sentado na beira da cama de costas para mim e segurando a moldura que nunca chegara a oferecer ao pai. Como se adivinhasse quem tinha acabado de entrar, nem se deu ao trabalho de olhar para trás e fiquei por momentos em silêncio a observá-lo. Depois dirigi-me para junto dele e sentei-me do seu lado.

— Vamos fazê-la chegar ao seu destinatário. *Disse-lhe*.

— Embora uns anos mais tarde do que aquilo que eu pensava.

— Certo... mas agora essa moldura tem vinte vezes mais significado do que naquela altura. Hoje ela representa muito mais.

— Representa mais de uma década de abandono. No fundo é o que ela representa. Mas já me conformei com essa ideia há muito tempo. Agora é hora de enfrentar o meu passado e resolver isto.

— Gosto mais dessa forma de pensar. Já tens tudo pronto?

— Sim. Já preparei uma mochila. Só falta guardar isto.

— Eu guardo-a. *Disse, pegando na moldura.* Onde é que tens a mochila? Eu ajudo-te a carregá-la.

— Não. Não é preciso. Não quero que sejas uma bengala. Quero que sejas uma companhia. Já chega de preocupações, senão não valia a pena ter um coração novo.

Lembrei-me da conversa que tive com Lurdes no momento da operação, em que ela me falou do cuidado que teve, juntamente com Raphael, para que Leonardo tivesse uma infância o mais normal possível e não se sentisse menos capaz que os outros miúdos da sua idade. Percebi que estava a fazer o oposto ao oferecer-me para lhe carregar uma simples mochila e recuei na intenção. Leonardo contornou a cama, colocou a mochila ao ombro e saiu do quarto. Segui-lhe os passos e no momento em que me preparava para bater com a porta atrás de mim deu-me um aperto no peito. Ele parou a meio do corredor e rodou na minha direção.

— Está tudo bem? *Perguntou-me.*

— Sim! *Respondi prontamente com um sorriso vestido à pressa.* Vamos. É melhor chegar cedo do que andar a correr.

Descemos, despedi-me de toda a gente e seguimos viagem até ao aeroporto. Antes de me deixar, a minha mãe deu-me um beijo, um abraço e fez um pedido de mãe.

— Avisa-me quando chegares e liga-me todos os dias.

Quando chegámos às portas de embarque, olhei para o relógio e ainda faltavam quarenta minutos para o voo. Leonardo sentou-se ao meu lado, colocou a mochila no chão e começou a olhar em volta com um ar muito descontraído. Completamente o oposto de mim. À medida que os minutos iam passando e a hora do voo se aproximava, ficava cada vez mais tensa e as minhas mãos mais suadas. Comecei a ficar irrequieta na cadeira e Leonardo apercebeu-se.

— Tens medo de andar de avião, não tens? *Perguntou-me.*

— A última vez que andei ainda não me tinham diagnosticado a ansiedade. Não sei como vou reagir ao facto de estar duas horas fechada lá em cima sem possibilidade de sair para apanhar ar se precisar. Não é propriamente como um comboio, em que posso sair na próxima paragem caso me comece a dar alguma crise.

— Ei, rapariga! *Disse, apertando-me a mão e eletrizando-me o corpo.* Não vai acontecer nada lá em cima nem cá em baixo. Tu estás comigo e eu vou proteger-te e ajudar-te. *Abanei a cabeça, tentando convencer-me do que me estava a dizer.* Sempre que tu agarrares a minha mão estarás segura e nada de mal te acontecerá. Ouviste? *Sussurrou-me ao ouvido com uma voz que me hipnotizou.*

Repetiu aquela frase mais duas vezes e, sem saber se ele sabia o que estava a fazer, a verdade é que me comecei a sentir mais tranquila e segura com as nossas mãos dadas. Logo depois deu-me um beijo na testa e foi o melhor calmante que podia ter recebido. A hora do embarque chegou, entrámos no avião e ele ficou com o lugar à janela. Continuei a agarrar-lhe na mão, julgando que a esmagava na hora da descolagem, e alguns minutos depois consegui finalmente relaxar e soltá-la. Há, de facto, muitos problemas que se resolvem com uma mão dada, um beijo na testa e um *estou aqui*. E talvez a minha ansiedade fosse um deles. Se as pessoas que nos dizem amar tivessem mais tempo, mais paciência e mais vontade de estar, com certeza que eram precisos menos médicos e remédios.

— Obrigada por me ajudares a lidar com este meu fantasma. *Disse-lhe enquanto apreciava as nuvens lá em baixo.* Parece que fazemos uma boa dupla. Pelo menos ajudamo-nos um ao outro.

— Fazemos mesmo. *Confirmou com um sorriso.* Mas estou muito longe de te poder retribuir tudo o que fizeste por mim. Se calhar nem mesmo esta segunda vida me permitirá fazê-lo.

— Não, nada isso. Numa relação saudável não se deve nem se cobra nada um ao outro. Tudo é dado sem se esperar nada em troca porque se sabe que a outra pessoa fará o mesmo por nós. E se isso não acontece, cabe a cada um a responsabilidade de ficar ou ir embora. E eu sei que em qualquer momento que eu precisasse de ti tu estarias lá para me apoiar. Apenas não quero que o faças porque achas que me deves alguma coisa, fá-lo apenas se sentires que queres, gostas e precisas de o fazer para estares bem.

— Eu quero, gosto e preciso de o fazer para estar bem, mas também sei que me deste muito mais do que eu te dei a ti. Alguém me deu um coração novo, mas foste tu que me deste uma nova vida. Bem mais interessante do que a que tinha. É mais forte do que eu sentir que estou em dívida contigo e não sei como retribuir.

— Se queres assim tanto retribuir, então está e fica. É tudo o que peço. Não fiques na minha vida se não for para estares ao meu lado, nem estejas ao meu lado se sentires que não vais ficar na minha vida. Ah! E enquanto estiveres nunca me negues o teu peito para eu deitar a cabeça antes de adormecer. Parece-te justo?

— É bonito, sem dúvida, mas parece-me pouco.

— Eu sei que parece, mas só parece. Para mim, nunca foi uma questão de ser muito ou pouco, foi sempre uma questão de ser tudo ou nada. Por isso, eu não peço muito, nunca pedi, mas exijo tudo do pouco que peço.

— Sendo assim, resta-me lamentar não estar a cem por cento para te dar tudo do pouco ou muito que eu seja. Mas em relação ao meu peito para dormires, ele é todo teu, no entanto, se por acaso quiseres fazê-lo agora, terás de te contentar com o meu ombro. *Lançou-me um sorriso delicioso.*

Aceitei a sugestão dele apesar de não acreditar que fosse capaz de adormecer por causa do medo. E embora não tivesse chegado mesmo a adormecer, consegui desligar-me por momentos da realidade em meu redor e esquecer o relógio que estava a ser consultado a cada segundo para perceber se ainda faltava muito. Quando o avião começou a descer, compus-me no acento e Leonardo não tirava os olhos da janela. Era um olhar inexpressivo e percebi que se começava a apoderar dele uma sensação de nostalgia, incerteza e medo. Era a primeira vez que regressava à cidade desde que tinha vindo para Portugal. O avião pousou no Aeroporto de Orly e apanhámos o comboio até ao centro de Paris. Depois fomos de metro até ao hotel que tinha reservado e que ficava próximo da localidade onde Lurdes me disse que eles tinham vivido. Comemos qualquer coisa e não perdemos tempo a fazermo-nos ao caminho. Tudo o que tinha era umas fotografias e indicações de edifícios e locais característicos que Lurdes me tinha dado e que poderiam ter informações sobre Raphael. O primeiro local que decidi procurar era um bar onde supostamente ele costumava parar, e que ficava próximo da casa onde tinham vivido. Se chegasse até lá e se tivesse a sorte de o dono ainda ser o mesmo e se lembrar de Raphael, seria uma tarefa, à partida, fácil de ser concluída. Mais fácil do que isso só mesmo encontrá-lo através do Facebook, mas nenhum dos perfis encontrados com o seu nome correspondia ao do pai dele. Era mesmo preciso palmilhar o terreno dando uso ao francês de que ainda me lembrava dos tempos de escola. Leonardo também ainda se lembrava de muitas palavras em francês, por isso agarrei-me ao ditado de que quem tem boca vai a Roma e aventurei-me com ele nas ruas de Paris. Lurdes tinha-me dado o nome do tal bar, mas o único registo que aparecia na Internet era de um em Marselha e por isso tinha mesmo de perguntar às pessoas. No primeiro estabelecimento em que entrei para pedir informações não faziam ideia de que bar estava a falar. O dono do segundo reconhecia o nome, mas as indicações que deu não foram as melhores. Finalmente, o terceiro parecia ter acertado. Segui as indicações e encontrei finalmente o bar. Contudo, o aspeto bastante degradado e o cadeado na porta eram esclarecedores. Tinha encerrado.

— Estou a ter alguns *flashes* de memória, mas são quase impercetíveis. Que sensação estranha. *Disse Leonardo enquanto intercalava o olhar entre o bar e a rua atrás de nós.*
— O que é que sentiste? Conseguiste voltar no tempo?
— Não... foi muito superficial e rápido. Foi como se uma ponte até à minha infância se começasse a construir e quando eu decidi percorrê-la desapareceu. Não tive tempo de voltar no tempo.
— E agora? Esta era a nossa melhor oportunidade. *Nesse momento reparei numa senhora idosa que ajeitava um vaso no parapeito da janela do rés do chão do prédio ao lado.* Vem comigo!

Fui falar com a senhora, pondo à prova o meu melhor francês, para ver se ela sabia de alguma coisa sobre o dono daquele bar. Pelo que consegui entender do que ela disse, a gerência tinha mudado de instalações para umas galerias num *arrondissement* ao lado. Soube-me dizer o nome das galerias para onde se tinha mudado e ainda o primeiro nome do dono, o que eu agradeci.

— Vamos já para lá para não perdermos tempo? *Perguntou.* Está a ficar tarde e não quero que andes nestas ruas de noite.

— Espera. *Respondi pensativa e olhei para o fundo da rua no sentido contrário ao que tínhamos vindo.* Ainda não fizemos tudo o que temos a fazer aqui. *Disse, começando a caminhar.*

Ele veio atrás de mim, intrigado, e enquanto isso eu ia percorrendo um conjunto de fotografias que Lurdes me tinha passado dos tempos em que vivera ali, na tentativa de reconhecer algum edifício ou monumento, mas as fachadas pareciam-me todas iguais. Dobrei uma esquina e poucos metros depois estanquei diante de um portão verde gradeado. Voltei a olhar para o monte de fotografias que trazia nas mãos e a foto que estava no topo era precisamente aquela em que Leonardo aparecia com a sua gabardina amarela em frente àquela mesma casa e que ele me tinha mostrado quando visitámos o seu quarto. Leonardo ficou a apreciá-la durante um momento com um leve sorriso no rosto.

— É esta... *Disse num sussurro enquanto a contemplávamos.* Uma vez caí daquelas escadas e esfarrapei-me todo. *Disse, apontando com a cabeça na direção da pequena escadaria à entrada.* Íamos fazer qualquer coisa nesse dia e já não fizemos porque rasguei a roupa e a minha mãe teve de me fazer o curativo.

Lembrei-me de Lurdes me ter contado aquele episódio numa das nossas últimas conversas antes de vir, mas não lhe quis dizer que já conhecia a história para não lhe roubar o entusiasmo. Era importante que ele mergulhasse o mais fundo possível nas suas memórias para conseguir criar aquela ponte imaginária de que me tinha falado e pudesse assim aceder à sua infância.

— Que outras memórias tens desta casa?

Semicerrou os olhos e a sua expressão denunciava o esforço que fazia para se tentar lembrar de algo relevante.

— Recordo-me de alguns episódios. Lembro-me de uma ou outra festa de aniversário, de ter recebido alguns presentes e lembro-me bem do meu quarto. De resto recordo-me daquilo que costumava fazer com o meu pai, e que já te contei, e acho que é só...

Quando me preparava para lhe fazer uma proposta com base no que acabava de me dizer, a porta da casa abriu-se. De dentro saiu um casal de crianças, a brincar uma com a outra, e que aparentavam ser irmãos. Logo atrás veio uma mulher que puxou a menina para si, agachou-se à sua frente e começou a ajeitar-lhe a roupa. O rapazinho agarrou-se ao gradeamento da escadaria e ficou a olhar para mim muito atentamente com o dedo na boca. Depois saiu um homem que fechou a porta, pegou no rapaz ao colo e desceu as escadas. Quando saíram pelo portão fiz de conta que estava atenta às fotografias que tinha na mão, para disfarçar, e depois ficámos a observá-los enquanto se afastavam.

— Saudades? *Perguntei, metendo-me debaixo do braço dele.*
— Não sei se são saudades. Estou só a apreciar aquela família.
— Costumo dizer que a família é como a vida. Temos duas. Uma que nos deram e uma que escolhemos ter. Por isso, se for mesmo saudades o que estás a sentir, podes sempre substituí-las pelo sonho de um dia teres a tua família. Escolhida por ti, construída por ti.
— Como pode um homem ser um bom pai quando o seu pai foi um mau exemplo? Ou melhor, não foi exemplo nenhum.
— Não estava lá o teu pai, mas estava a tua mãe, que foi mãe e pai todos estes anos. Se calhar o mau exemplo do teu pai foi o melhor que podias ter recebido. Pelo menos agora sabes aquilo que nunca deves fazer. O teu pai, pelos vistos, não tinha essa noção.
— Também é verdade. E assim dois filhos parece-te bem?
— Porque me estás a perguntar isso?
— Porque estamos a falar sobre isso. Não respondeste.
— Sabes que se um casal só tiver dois filhos não contribui para o aumento da população, certo? E eu gostava de contribuir.
— Então tem de ser no mínimo três. Muito bem, vou registar essa informação. *Disse sorrindo, olhando-me de cima.*

Pus-me em bicos de pés e beijei-o. Se havia tema que me fazia sonhar era a ideia de ser mãe e ter uma família. O maior dos meus muitos sonhos. E quem tocava naquele assunto ia direto ao meu coração. Sempre fui uma pessoa de sonho fácil e isso trouxe-me mais desilusões do que realizações. Ainda assim insisto em sonhar porque enquanto sonho sorrio e sou feliz, e mesmo que nunca se venha a concretizar, a felicidade que senti enquanto sonhei já ninguém ma tira. Tal como aquela sensação boa que as palavras de Leonardo me deram. Muitos dos meus sonhos foram permanentemente adiados pelas pessoas que eu permiti que entrassem na minha vida e me fizeram acreditar que eram sonhos sem sentido. Esse foi, sabia-o agora, o meu grande erro. Deixar ficar na minha vida pessoas que me cortavam as asas. Que me limitavam os horizontes e me chamavam de louca quando confessava o que queria. Pessoas que castravam as minhas vontades e me tentavam impor as suas convencendo-me de que eram melhores. Pessoas que empatavam a minha vida porque nem elas sabiam o que fazer com a sua. Mas toda a história recente com Leonardo tinha-me mostrado que o tempo nunca chega para quem insiste em adiar, por isso cada dia em que não alimentava ou lutava pelo que queria era um desperdício de tempo irreversível. Mesmo sem querer e sem saber também ele me tinha ensinado muito nos últimos meses. Faltavam poucas horas para anoitecer e se nos aventurássemos a ir à procura do bar o mais certo era regressarmos já de noite e não valia a pena o risco. Tínhamos a viagem de regresso marcada para segunda-feira de manhã, o que significava que ainda restavam três dias inteiros para encontrar o pai dele. E eu acreditava que era tempo suficiente.

— Quando me falaste do teu pai, naquele dia em que fui ao teu encontro no jardim, disseste que quando ele regressava do trabalho costumava levar-te a uma espécie de rulote, não foi? E que ela ficava numa praça aqui perto com divertimentos infantis.

— Sim, já não me lembro onde fica, mas não estamos longe.

— Vamos lá. Quero provar esses *waffles* com geleia de morango de que me falaste e que me deixou com água na boca.

Agarrei na mão dele e seguimos em frente. Por onde havia passado não tinha encontrado nenhuma praça semelhante à descrição que ele tinha feito, por isso só poderia ser naquele sentido. Cheguei depois a uma encruzilhada e pela expressão de Leonardo dava para perceber que não fazia ideia de qual a direção a seguir. Tive de confiar na minha intuição e optei por seguir em frente. Um palpite que se revelou acertado porque alguns metros depois à minha direita surgiu uma praça que só poderia ser aquela que ele visitava com o pai, contudo estava completamente diferente. Não havia divertimentos para crianças, mas sim uma enorme esplanada no centro, e também não conseguia vislumbrar nenhuma rulote. Apenas um quiosque com um aspeto antiquado.

— O que é que te parece? É esta? *Perguntei-lhe.*

— Tudo indica que sim, mas não posso jurar.

Nada como perguntar a quem sabe. Fui ao encontro do senhor do quiosque, que usava um bigode e uma boina engraçados, e me explicou que em tempos houve de facto naquela praça um carrossel, mas que a esplanada já estava lá há uns dez anos.

— Pelo menos ficamos com a certeza de que era aqui.

— Sim, mas as únicas referências que eu tinha já cá não estão. Ou seja, este local é como qualquer outro para mim. Se a intenção é fazer-me regressar à minha infância, isto de pouco serve.

Tinha toda a razão, mas nesse momento vi algo que podia mudar um pouco aquela sua impressão.

— Olha! *Disse, apontando para uma pequena banca que tinha por cima a inscrição Crepes & Waffles.* Podemos ir embora sem ver os carrosséis e a rulote, mas não sem provar os *waffles.*

Só o cheiro já era meio prazer e quando finalmente dei uma dentada no *waffle* quente com geleia de morango por cima apaixonei-me. Já Leonardo parecia ter congelado depois da primeira trinca. De olhos arregalados e olhar no infinito, ficou imóvel à minha frente. Não era difícil de perceber o que estava a acontecer.

— Esta foi forte. *Disse assim que recuperou do seu estado empedernido.* Foi muito rápido, mas consegui fazer a viagem no tempo! *Os seus olhos estavam humedecidos pela emoção.* Foram dois ou três segundos, mas voltei a ser criança. Uau! Que sensação incrível. É o momento certo para dizer que tive um *déjà vu.*

Fiquei tão contente em saber aquilo que só me voltei a lembrar do *waffle* que tinha na mão quando comecei a sentir a geleia a escorrer-me pelos dedos. Parte da missão da nossa ida a Paris estava quase cumprida, mas eu ainda não estava satisfeita com aqueles dois ou três segundos de infância como ele me tinha dito.

— Perfeito! Estamos a ir bem! Tu também me disseste que depois tu e o teu pai iam comendo o *waffle* pelo caminho até um jardim que tinha o tal baloiço e que o tempo que tu levavas a comê--lo era o mesmo que levavam a chegar lá, correto?

— Sim, mas já não me lembro em qual das direções era e esta praça tem várias ruas. Com tantas variáveis, de pouco vale saber o tempo que levava a lá chegar. Temos de tentar a nossa sorte.

A minha intuição não chegava para resolver aquele problema e também não confiava assim tanto na sorte. Comecei a fazer contas de cabeça e percebi que, se eles iam de casa à praça, da praça ao jardim e do jardim de volta a casa, o jardim teria de ficar numa direção circular. Para trás não era porque tínhamos vindo de lá e não vimos nada, só podia ser para a frente. Começámos a caminhar por uma das ruas e eu fui dando trincas pequenas no *waffle*, simulando uma criança e aproveitando para ele durar um pouco mais, pois estava a saber-me muito bem, assim como também reduzi o tamanho da passada. Quando terminei de comer o *waffle*, sabia que não podia estar longe. Andei mais alguns metros, já mais guiada pelo instinto do que pela matemática, e lá estava ele, o inconfundível gato desenhado em ferro, anunciando que tinha chegado ao derradeiro elo de ligação com o Leonardo-criança.

— Olha, Leonardo! *Disse, apontando na direção do baloiço.*
Agarrei-lhe na mão, atravessámos a rua e corremos em direção ao pequeno jardim, orgulhosa e entusiasmada com o sucesso dos meus cálculos e intuição. O baloiço era tal e qual como Leonardo o tinha descrito, todo em ferro, com um gato desenhado também em ferro sobre a trave e todo ele com um aspeto antiquado.
— Há coisas que não mudam. *Disse ele com um ar sonhador.*
Nesse momento estavam dois miúdos a andar no baloiço e já só restavam alguns fios de luz, o que tornava aquele ambiente ainda mais poético. Notava-se que o jardim tinha sido propositadamente mantido com um estilo de um ou dois séculos atrás, por isso não me admirava que o baloiço ainda permanecesse igual à descrição que Leonardo me fizera dele. Fiquei durante um momento a observar os miúdos a divertirem-se, até que a mãe os chamou para irem embora e desocuparam o baloiço. Olhei para Leonardo e não foi preciso dizer nada. Apoderámo-nos do baloiço e começámos a baloiçar feitos duas crianças. Parecia-me a maneira perfeita de terminar aquele dia e o facto de o jardim estar vazio ajudou a desfrutar

ainda mais daquela sensação. No entanto, não demorou muito até o sorriso dar lugar às lágrimas no rosto de Leonardo. Parou de baloiçar e começou a soluçar num choro descontrolado. Desci do baloiço e agachei-me diante dele, pousando os meus braços sobre as suas pernas, e ele desviou ligeiramente o rosto para o lado.

— Chora à vontade. Precisas de chorar tudo o que ficou preso aí dentro durante todos estes anos. Diz-me o que estás a sentir, a lembrar ou a pensar. Não tenhas vergonha, podes falar.

— É uma mistura de muitas coisas. É uma avalanche de sensações. É saudades, raiva, frustração, alegria, pena... é tudo ao mesmo tempo. *Engoliu em seco.* Era aqui que eu devia ter crescido. Era para este baloiço que eu devia ter vindo sempre que queria lembrar-me da minha infância. O de madeira lá em Portugal é um bom escape, mas não é este, nem nunca será este. Era aqui que eu era feliz, era com estas casas, estas pessoas, estes jardins, estes cheiros, esta luz, tudo! *Fez uma pausa, ofegante, e o choro parou repentinamente. Logo a seguir ergueu a cabeça e começou a olhar em volta.* Estou a sentir uma estranha paz agora. É como... é como se eu nunca tivesse saído daqui. Como se todos aqueles anos em Portugal não tivessem existido e eu fosse de novo aquele rapaz que vinha para aqui ao final da tarde com o pai.

— Isso é incrível! *Exultei, enquanto me erguia. Puxei-o para mim e abracei-o.* Isso é uma grande vitória, Leonardo!

— É uma boa sensação, sim, mas não sei até quando durará.

— Isso não é importante agora. Conseguiste reencontrar-te com essa paz e alegria que sentias quando eras criança e vivias aqui. Se calhar daqui a cinco minutos já passou, mas o mais difícil já conseguiste. Estou muito feliz e orgulhosa de ti. Estou convicta de que encontraremos o teu pai, mas caso não seja possível fazê-lo nesta viagem, pelo menos já não se perdeu tudo. *Voltei a abraçá-lo.*

— Mas não é suposto eu sentir-me sempre assim?

— É impossível sentires-te sempre assim. As pessoas felizes também não se sentem felizes a todo o momento. Senão não seriam felizes, seriam loucas. As pessoas felizes quando não se sentem felizes, porque como é óbvio todos temos fases menos boas, lembram-se de que são felizes porque sabem que têm tudo o que precisam para o ser. Apenas naquele momento não se sentem, mas sabem que são. A felicidade acontece como essas tuas conexões fugazes à tua infância. Ela acontece como um relâmpago, mas um relâmpago que serve para nos lembrar que essa felicidade vive em nós. Apenas não estão reunidas as condições para se manifestar, mas está lá. E tu neste preciso momento percebeste que essa paz está aí dentro, já sabes que ela existe e como ela é, agora é muito mais fácil agarrares-te a ela. Não te assustes quando ela desaparecer, pois não se foi embora, apenas se voltou a esconder no seu cantinho.

— E como é que eu a recupero quando ela se esconder?

— Tu sentiste agora essa paz como se fosses de novo criança porque estás aqui em Paris, porque estavas a andar de baloiço e porque tinhas acabado de comer o *waffle*, que funcionaram, na verdade, como âncoras que estavam agarradas à tua infância. No entanto aquilo que tu sentias já estava, pelos vistos, aí dentro. Apenas precisavas de um estímulo extra para acederes a isso. Agora o desafio é encontrares essas âncoras dentro de ti mesmo para te conectares com esse bem-estar constantemente até que se torne um processo contínuo e automático.

Leonardo ficou a olhar para mim com um ar intrigado e surpreendido com a explicação que acabava de lhe fazer.

— Estou impressionado! Onde é que aprendeste isso tudo?

— Falei bem, não falei? *Perguntei por entre uma gargalhada.* Acho que é uma mistura de experiência, necessidade de aprender e muitas, muitas conversas com um senhor chamado Nicolau Vilar. Mas, tal como tu e a maioria das pessoas, ainda me falta o mais importante, aplicar. Sei por onde ir, mas ainda não cheguei lá.

— Agora sinto-me criança, mas não é por causa do baloiço nem do *waffle*, é mesmo porque não sei nada comparado a ti.

— Não digas isso. O teu problema era teres os olhos fechados. A maioria das coisas está mesmo à nossa frente, nós é que nem sempre temos os olhos abertos para as conseguirmos ver.

— Então ainda bem que os abri a tempo de te ver ao meu lado.

— Claro que sim. *Passei-lhe a mão no rosto.* Mas não chega ver, é preciso agarrar e segurar.

Mal eu acabei de lhe dizer aquilo, ele agarrou-me pelo fundo das costas, pegou em mim e rodopiou comigo no ar.

— Deixa isso comigo. Eu agarro-te, seguro-te e não te largo. *Deu-me um beijo e pousou-me.* E agora o que é que vamos fazer?

— Quanto a ti não sei, mas eu vou voltar para o baloiço.

Sorri e corri para o baloiço. Leonardo juntou-se a mim logo a seguir e voltámos a ser crianças durante mais alguns minutos. No dia seguinte acordámos cedo para aproveitar bem o dia e apanhámos o metro em direção às galerias que a senhora nos tinha indicado. Quando lá chegámos deparámo-nos com uma infinidade de cafés, restaurantes e bares distribuídos por vários pisos. Demos uma volta para ver se encontrávamos algum bar com o mesmo nome, mas não vimos nenhum. Depois lembrei-me que a senhora também me tinha indicado o nome do proprietário, então fui falar com um dos seguranças, que me indicou o nome do espaço e me disse mais ou menos onde ficava. Era um café bastante grande, mas nem dez clientes devia ter. O homem que estava na caixa era o mais velho do grupo dos empregados e presumi que fosse ele o proprietário. Algo que ele me confirmou quando lhe perguntei como se chamava. Falei-lhe do que me tinha trazido ali, sem, contudo, lhe revelar que era sobre o filho da pessoa que andava à procura, e ele confirmou-me que conhecia Raphael. Respirei de alívio quando me disse que sim, mas foi sol de pouca dura. Logo depois disse-me que não o tinha voltado a ver desde que se tinha mudado para aquelas galerias. No entanto, lembrava-se do nome da companhia que ele tinha levado. Segundo ele era uma mulher loira e *très belle*. Chamava-se Louise, mas não me soube dizer o seu apelido. Devia haver milhares de mulheres com aquele nome na região de Paris, mas decidi tentar. Peguei no telemóvel, pus o nome no Facebook e fui fazendo *scroll* sob o olhar atento do homem, que felizmente era muito paciente. À medida que ia passando e ele não reconhecia nenhuma das caras que iam aparecendo, a esperança ia-se esvaindo, mas enquanto ele não desistisse eu também não ia parar de fazer *scroll*, até que ele colocou o dedo no ecrã do telemóvel e atirou, para meu rejúbilo, *c'est cette femme!* Agradeci-lhe o tempo e saímos.

— Tudo indica que seja esta a atual companheira dele. *Disse-lhe enquanto olhávamos para a foto do perfil dela.*

— Pois, mas agora fazemos o quê com isso? Adicionamo-la? Mandamos-lhe uma mensagem? Além disso, ela não tem nada aí, só uma foto do perfil e uma de capa com não sei quantas pessoas.

Cliquei na foto de capa, onde aparecia um grupo de pessoas todas com a mesma farda. Só poderiam ser colegas de trabalho. Retirei o nome que aparecia na farda e procurei na Internet. Era uma cadeia de supermercados e assustei-me quando vi que tinha dezenas e dezenas de lojas em Paris. O que fazia daquela tarefa uma missão impossível. Lembrei-me então que, se ela vivia com o pai de Leonardo e se eles tinham ido ao tal bar juntos, certamente não viveriam muito longe daquela zona, por isso ela deveria trabalhar num supermercado próximo. Fiz *zoom* no mapa da zona onde ficava o bar e depois de contar os supermercados olhei para Leonardo.

— É um tiro no escuro, mas tendo em conta as informações que temos, não nos restam opções melhores. Temos de tentar a nossa sorte. O melhor é começarmos pelo mais próximo do bar e se não a encontrarmos passamos para o seguinte e assim sucessivamente.

Abandonámos as galerias e metemo-nos no metro de volta ao *arrondissement* onde tínhamos começado aquela aventura. Tinha contado pelo menos uns oito supermercados na área circundante do bar devoluto e por isso era uma questão de persistência e muita sorte, até porque havia ainda a probabilidade de ela não estar a trabalhar na hora em que iríamos visitar o respetivo supermercado. Entrámos no primeiro, fizemos uma ronda, dando especial atenção às funcionárias de cabelo loiro e aos seus crachás para confirmar o nome, e ninguém correspondeu à descrição. No segundo também não, muito menos no terceiro e tampouco no quarto. O dia estava a chegar ao fim e eu já estava a desanimar e a acreditar que era uma luta em vão quando no quinto supermercado uma empregada chamou a minha atenção. Era loira, tinha o cabelo apanhado e estava nas caixas. Chamei Leonardo e apontei na direção dela.

— Se for ela o que fazemos? *Perguntou-me.* Dizemos quem somos e ao que vimos e ela leva-nos até ao meu pai?

— Calma. Se for esta a mulher por quem o teu pai trocou a tua mãe, também deve ter sido esta a mulher que, digo eu, contribuiu para que ele se afastasse de ti. Portanto, não me parece que ela vá gostar muito da ideia que nos traz cá. Anda comigo.

Passei disfarçadamente pelas caixas, por trás de uma senhora que estava a ser atendida nesse momento, e olhei de relance para o crachá da mulher. Era o mesmo nome que tinha visto no perfil do Facebook. Não havia dúvidas. Era ela. Continuei a caminhar para a saída e Leonardo veio atrás de mim.

— Então? Não fazemos nada? *Perguntou assim que saímos.*

— Não deve faltar muito para acabar o turno dela. Vamos para aquele café do outro lado da rua e vamos vigiar a entrada do supermercado. Quando sair, seguimo-la. Ela vai levar-nos ao teu pai.

Leonardo olhou-me com ar de caso e sorriu-me em forma de elogio pela minha perspicácia. A verdade é que apesar do cansaço aquele espírito aventureiro de detetive estava a entusiasmar-me e a dar-me uma energia extra para ir até ao fim. Quando a vi sair do supermercado, bati no braço de Leonardo e apressámo-nos para a saída de olhos colados nela. Entrou pela estação de metro e corremos atrás dela. Apanhámos o mesmo metro, saímos na mesma estação e, mantendo uma distância de segurança, seguimos cada um dos seus passos até que finalmente entrou numa casa. Parámos em frente a ela, do outro lado da rua, e virei-me para Leonardo.

— Preparado para conhecer o teu pai?

— Não! *Atirou e virou costas.*
Memorizei o nome da rua e o número da porta e fui atrás dele.
— Depois de tanto esforço, vais desistir à última hora?
— Eu não desisti, apenas não acho que seja o momento apropriado para o conhecer. É tarde e além disso estamos cansados. Acho que uma noite de sono vai fazer-me bem para pensar melhor em como lidar com esta situação. Por isso... voltamos amanhã.

Entendi o seu ponto de vista, embora soubesse que havia uma pontinha de falta de coragem, mas ele tinha razão. Não eram horas para uma visita e estávamos muito cansados depois de tanto termos caminhado naquele dia. Não era a melhor altura para um momento que se adivinhava de emoções fortes caso se confirmasse que Raphael vivia naquela casa. Voltámos para o hotel e antes de adormecermos expus todos os cenários que consegui imaginar do que poderia acontecer. O primeiro de todos era o pai dele nem sequer viver lá e aquilo ter sido tudo um engano. Outro era ele não o reconhecer e ignorá-lo por completo. Ou ainda não reagir nada bem e expulsar-nos de casa, revoltado. Podia ainda a companheira dele tomar as rédeas da situação e virar-lhe a cabeça para não nos dar atenção. Ou podia simplesmente emocionar-se e querer retomar de imediato a relação com a família, mas esse era um cenário que parecia não fazer parte das pretensões de Leonardo.

— Quando perdoas uma pessoa que te fez mal, por exemplo um namorado, isso significa que o aceitas de volta na tua vida? É isso que significa perdoar alguém? *Perguntou.*

— Acho que são duas coisas distintas. Uma coisa é perdoar uma pessoa, outra é aceitá-la de volta. Perdoar significa que tens um bom coração e que és capaz de entender as fragilidades e defeitos da outra pessoa. E aceitá-la de volta pode apenas significar que és parvo e não tens qualquer respeito por ti mesmo. Mas também pode significar que és suficientemente humilde para dar uma nova oportunidade de ela provar que aprendeu com os seus erros, o que é um gesto muito nobre. Depende da situação e a tua é muito particular.

— Pronto, eu quero perdoá-lo, mas não pretendo que ele volte a fazer parte da minha vida. É como se já fosse tarde de mais, sabes? Os pais e as mães fazem sempre falta em qualquer altura da vida, mas é inegável que precisamos muito mais deles quando somos crianças e adolescentes. Eles são aquelas duas rodinhas extra na primeira bicicleta que recebemos para aprender a andar. E na minha bicicleta faltou durante grande parte da minha aprendizagem a rodinha de um dos lados. Mas hoje já sei andar de bicicleta. Essa é a diferença. Eu não posso dizer que sinto a falta dele. Eu sinto é falta de tudo aquilo que eu podia ter vivido com ele quando tinha de o ter vivido. Não agora. Há coisas que são irreversíveis. Eu consigo fazer viagens no tempo, mas não significa que o tempo volte para trás. O que se perdeu está perdido para sempre.

— Não sejas tão absoluto. Tira essas conclusões só depois de estares com ele. Se calhar até te vai surpreender. Lembra-te da história de vida da senhora Filomena lá do lar. Ela passou uma vida inteira com uma imagem errada acerca do pai. Não coloques já nenhum cenário de parte. O que está perdido, perdido está, mas acredito que o que vem aí compensará.

No dia seguinte quis aproveitar a manhã para dar uma pequena volta pela cidade e deixámos para a tarde o derradeiro compromisso que nos tinha trazido ali. Almoçámos com toda a calma e no final do almoço olhou para mim e fez-me sinal com a cabeça de que estava pronto. Apanhámos o metro, dirigimo-nos até à casa onde tínhamos visto entrar a mulher no dia anterior e olhámos um para o outro antes de tocar à campainha. Leonardo estava cada vez mais nervoso e vi que talvez fosse melhor ser eu a introduzi-lo. Foi Louise que, alguns segundos depois, veio abrir a porta e ficou a encarar-me com um ar desconfiado. Perguntei-lhe se era ali que vivia Raphael Lacroix e confirmou-me que sim, embora receosa. Virou-se para trás e chamou por ele, voltando a colar o olhar em mim enquanto segurava a porta. Leonardo aguardava atrás de mim, igualmente receoso, e eu fiquei ali, na sua frente, como se fosse um escudo. Não demorou muito a surgir junto à porta Raphael, que, apesar de consideravelmente mais envelhecido, foi fácil de reconhecer pelas fotografias que já tinha visto dele. Não havia dúvidas de que aquele era o pai de Leonardo, pois os traços do rosto eram os mesmos. Nesse instante, Leonardo deu um passo para o lado, fazendo-se destapar, e eu reapresentei-os um ao outro.

— Senhor Raphael, penso que percebe bem português, por isso permita-me apresentar-lhe, embora um pouco mais crescido, o Leonardo Xavier Almeida Meneses Vilar de Lacroix, o seu filho.

Fez-se de repente um silêncio ensurdecedor. Parecia que no momento exato em que terminei aquela frase o mundo tinha parado e posto os olhos naqueles dois, frente a frente. Nada aconteceu durante longos segundos, como se alguém tivesse clicado no botão de pausa para criar *suspense* sobre o que vinha a seguir. Raphael engoliu em seco e a sua expressão de admiração transformou-se num semblante indefinido de quem não sabia o que dizer nem fazer. Olhou Leonardo de cima a baixo várias vezes como se estivesse a ver uma aparição e os seus olhos começaram a humedecer.

— Parece que ganhaste coragem primeiro do que eu... *Disse Raphael, desviando o olhar como se denunciasse a sua cobardia.*

Louise continuava com o ar de quem não sabia o que se estava a passar e eu deixei-me estar à parte na expectativa.

— Se o pai não foi capaz de o fazer, alguém tinha de ser. *Respondeu com uma tranquilidade assustadora.*

— Estás tão crescido, Leo. A última vez que te vi eras tão pequeno que pensei que ainda eras uma criança.

— Não sou mais, mas ontem voltei a ser criança, por momentos, quando passei na praça onde o pai me levava a comer *waffles* e depois no jardim onde me empurrava naquele baloiço.

— Ainda te lembras...

Raphael não aguentou mais e começou a chorar compulsivamente. Apoiou-se na ombreira da porta e Louise pôs-lhe as mãos nas costas e disse qualquer coisa em francês que não consegui perceber. Leonardo parecia fazer um esforço para conter as lágrimas como se achasse que não era ele que tinha de chorar porque também não era dele a culpa. Raphael ergueu o rosto para Leonardo, que poucos mais centímetros de altura tinha que ele, e começou a caminhar vagarosamente de braços caídos na direção do filho. Assim que chegou perto dele, envolveu-lhe o tronco muito lentamente com os seus braços e, após um segundo de apatia, Leonardo devolveu-lhe o abraço. Se antes parecia que alguém tinha clicado no botão de pausa, naquele momento parecia que alguém tinha clicado no botão de *slow motion*, pois tudo tinha acontecido tão devagar que parecia em câmara lenta. Talvez por Raphael não conseguir esconder o sentimento de culpa que se apoderava dele e sentir que não merecia aquele abraço. Era como se com aquela lentidão e resistência confessasse que tinha sido cobarde durante todo aquele tempo. Quem também tentou resistir foi Leonardo, mas não por muito tempo, pois as lágrimas também começaram a escorrer--lhe pelo rosto e a pingar sobre a camisa do pai. Foi então a minha vez de chorar perante aquele atestado de culpa e respetiva declaração de perdão em forma de abraço. Era o reencontro entre pai e filho que durante mais de treze anos não se viram e não havia mais a fazer que não fosse vibrar com cada uma daquelas sensações e esquecer todas as razões daquela ausência. Olhei para Louise e tive tanta pena dela por causa da sua expressão desorientada que tive de lhe sussurrar *père et fils* para ela perceber o que estava a acontecer e logo levou a mão à boca. Raphael e Leonardo ficaram abraçados em silêncio, Louise aproximou-se de Raphael e tocou-lhe nas costas, fazendo-lhe sinal para que entrassem. Encaminhou-nos até à sala de estar e deixou-nos a sós. Raphael sentou-se com Leonardo num sofá e eu sentei-me numa poltrona ao lado.

— É a namorada? *Perguntou, com um olhar dividido entre os dois para que decidíssemos nós quem responderia à pergunta.*

— Sim. *Adiantou-se Leonardo.* E a Louise é a mulher por quem trocou a mãe? *Perguntou-lhe sem papas na língua.*

— Como é que sabem o nome dela? E, já agora, como é que descobriram onde nós morávamos?

— Isso não é importante. A mãe sabia algumas coisas e com alguma dose de persistência e sorte chegámos até aqui. Não respondeu. Foi por esta mulher que trocou a sua família?

Raphael baixou a cabeça, fez um momento de silêncio enquanto entrelaçava os dedos uns nos outros e depois ergueu de novo a cabeça, soltou um suspiro profundo e começou a falar.

— Como deves imaginar é uma longa história e com tempo...

— Pai! *Interrompeu ele.* Nós não temos muito tempo. Eu vim cá porque tinha algo muito importante a dizer-lhe e a dar-lhe. *Lembrei-me da moldura que tinha dentro da minha mala e ainda do caderninho onde tínhamos escrito o que ele lhe diria.* Não vim com a intenção de reatar relações ou o que quer que seja. Se isso acontecer será uma mera consequência positiva, mas não o objetivo desta minha vinda. Aliás, temos viagem marcada para depois de amanhã. Se é uma longa história, resuma-a. Mas também não lhe peço justificações. Já deixei de precisar delas há muito tempo.

— Devo-te todas as justificações do mundo. *Disse o pai, ainda com o olhar colado no chão, impregnado de arrependimento.*

— Foi por ela que trocou a sua família? *Insistiu Leonardo.*

— Não. Foi por outra mulher. Apaixonei-me por essa mulher depois de ela ter entrado para a empresa em que eu trabalhava na altura e fiquei completamente cego. Sei que não adianta de nada dizer isto agora, mas foi algo que me apanhou desprevenido, e lembro-me de que a relação com a tua mãe não estava a passar por uma boa fase. Apareceu aquela mulher na pior altura possível e eu não consegui lutar contra isso. Entrou como uma avalanche na minha vida. E foi como se tudo o resto... não fosse mais importante.

— Tudo o resto significa eu e a mãe, é isso?

Abanou a cabeça sem coragem para pronunciar um *sim*.

— Foi algo que ainda hoje não sei como explicar e a minha cegueira criada por essa paixão fez com que deixasse tudo para viver unicamente para aquela pessoa que, vim a perceber mais tarde, não era a melhor para mim. Confesso que muito tempo depois, ao olhar para trás, percebi que ela própria usava formas de me afastar de vocês e fez-me acreditar que o que faria sentido era começar uma família do zero com ela. É claro que lhe fazia confusão que eu tivesse uma outra família porque seria sempre um fantasma na nossa relação. Então arranjou forma de apagar o meu passado e quando me apercebi o mal já estava feito. Alguns anos depois, a relação acabou e apareceu a Louise, que sempre me incentivou a procurar-te, mas nunca me pressionou, e eu, por cobardia e vergonha, fui adiando, adiando, como se estivesse à espera de um momento certo. Se calhar o que eu estava à espera era que alguém me obrigasse. Sim, fui um cobarde durante todos estes anos. Fui um homem fraco e um pai ainda pior. *Voltou a olhar para o chão.*

Ficámos todos em silêncio a digerir aquele relato e Leonardo ia abanando a cabeça, dando a entender que compreendia a história, mas que isso não mudava nada. Olhou para mim e apontou com o queixo para a minha mala. Tirei o caderninho e passei-lho. Tinha chegado a vez de ser Leonardo a contar a sua parte da história.

Leonardo abriu o caderninho e começou a ler o que algumas horas antes da sua operação tínhamos decidido escrever para o pai.

— Apesar de tudo, obrigado, pai. Obrigado pelas vezes em que podia estar e esteve. Obrigado pelas lembranças que me deu quando teve oportunidades de as dar e não as desperdiçou. Sim, lembro-me bem daquilo que fazíamos juntos. Lembro-me bem do pai que era e do filho que fui. Mas infelizmente não é porque eu tenha boa memória, mas sim porque essas lembranças foram poucas. Boas, mas poucas. Infinitamente escassas comparadas com aquilo que podia ter sido e o pai escolheu que não fosse. Na gaveta do meu coração reservada para si, hoje sobra um monte de espaço. *Sorri ao lembrar-me de que tinha sido eu a dar-lhe aquela ideia da gaveta.* Com certeza que se continuasse a enchê-la de lembranças, algumas tinham inevitavelmente de sair. Talvez muitas das coisas que me lembro de quando tinha oito e nove anos não me lembraria, pois teriam dado lugar a outras bem mais importantes. Essa gaveta tem hoje meia dúzia de coisas, encostadas a um canto, e acredito que se gritasse lá dentro faria eco, mas essas coisas são tudo o que tenho de si e por isso tenho de as estimar. Confesso que foi muito difícil crescer sem um pai sabendo que o tinha. Agradeço à mãe todo o esforço que fez para compensar a sua insubstituível presença. Agradeço-lhe todos os dias por ter dado o melhor que sabia e por ter tido a coragem de assumir sozinha o cargo que o pai deixou vago. Mas era o mesmo que um treinador de futebol chegar à beira do guarda-redes e explicar-lhe que o avançado tinha sido expulso e ele agora não só teria de defender os golos como também de os marcar. Parece uma missão impossível, não parece? Mas felizmente a palavra *impossível* tem um significado para as mães diferente daquele que tem para o resto do mundo. Diga-me, como se explica a uma criança que o pai não quer saber dela? Como se explica a um miúdo de onze e doze anos que o seu pai trocou a sua família por outra? Como se diz a esse rapaz que não é importante para determinada pessoa quando o mais natural era ele ser a pessoa mais importante para ela? Não, não há inocentes nesta história, nem eu mesmo me considero inocente, pois foi preciso ter vindo alguém de fora dizer-me que eu tinha de fazer isto que estou a fazer agora. Mas há mais e menos culpados e eu não sou de certeza o mais culpado. Já sei que não lhe digo novidade nenhuma, mas às vezes o óbvio também tem de ser dito. Não porque a outra pessoa precise de o ouvir, mas porque nós precisamos de o dizer. Lamento, pai, por todas as vezes em que eu regressava da escola com um Excelente debaixo do braço e não estava lá para me felicitar e ainda por cada um dos treze aniversários que festejei sem receber os seus parabéns. Lamento por todas as vezes em que caía e me magoava e o pai não aparecia para me erguer do chão e dizer-me que era só um arranhão. Esperei sempre por um herói que nunca chegou a aparecer. Acho que ainda hoje o espero. Chamei-o tantas vezes, pai, porque é que nunca veio? *As lágrimas lavavam o rosto de Raphael, que permanecia imóvel e em silêncio a olhar para o filho.* Queria tanto ter tido os seus conselhos quando não sabia o que fazer com as miúdas e tinha vergonha de perguntar à mãe. Queria tanto a sua companhia quando queria jogar e brincar e não tinha com quem. A mãe podia fazer de pai, mas nunca seria um homem, não tinha os gostos de um homem, nem pensava como um homem. Mas eu perdoo-o. Apesar de tudo, e acima de tudo, eu perdoo-o. Porque lhe entendo as fraquezas e a incapacidade de vencer o medo e a culpa. Porque compreendo a sua falta de sabedoria e de noção do que tem de ser, mesmo quando não temos coragem para o fazer ou quando acreditamos que já é tarde de mais. Como este encontro. É tarde de mais para tapar o buraco que ficou aberto, mas o desabafo tinha de acontecer. Eu precisava de o perdoar e o perdão vem sempre a tempo por mais tarde que seja. Perdoo-o não porque mereça, pois não fez nada por ele, mas porque eu preciso para me sentir bem comigo mesmo. Servem por isso estas palavras para lhe dizer que não lhe guardo rancor, apesar de tudo o que sofri por não ter estado lá quando eu precisava e mesmo quando não precisava, e por nem sequer me procurar, por poucas vezes que fossem. Servem por isso estas palavras para lhe dizer que não lhe trancarei a porta, mas não espere que a abra por si, pois eu perdoei tudo, mas não esqueci nada.

Voltou a entregar-me o caderninho e eu guardei-o. Raphael ficou sem saber o que dizer e as lágrimas continuavam a descer-lhe pelo rosto. Imaginava que tinha sido difícil de ouvir aquelas palavras, mas sem dúvida que tinham sido purificadoras, tanto para um como para o outro. Leonardo olhava para o pai com uma expressão de tristeza, mas ao mesmo tempo notava-se nele um sentimento de dever cumprido porque sabia que aquilo tinha de ser dito.

— Eu mereci ouvir tudo isso. *Disse assim que se recompôs do choro.* Fui o pior exemplo de pai que podias ter tido e por mais anos que viva nunca vou conseguir compensar esta minha ausência. Se ao menos tivesse tido a coragem de te procurar uma vez que fosse... mas eu estive anos sem dizer nada e depois tive medo de perceber que já não era importante para ti. Ou que já nem me reconhecesses. Ou que tivesses tanta raiva de mim que me afugentasses como se fosse um animal qualquer. Se calhar eu só estava à espera de morrer em breve e isso servisse de justificação para a minha ausência. Mas o que é certo é que não morri e cada dia que passava tornava-se cada vez mais difícil de lidar com essa ideia, até que tive mesmo de... apagar-te da minha vida, assumindo para mim mesmo que era um caso perdido. Esforcei-me para não pensar mais nisso, mas houve algo que eu guardei sempre comigo. *Levantou-se, abriu uma gaveta de um dos móveis da sala e tirou uma fotografia de dentro, que entregou a Leonardo assim que voltou para o sofá.* Lembras-te dele?

Leonardo sorriu para a fotografia. Era uma foto dele agachado ao lado de um cão do seu tamanho enquanto o abraçava.

— Afinal gostavas de cães. *Disse a Leonardo.* Era o teu?

— Não. *Respondeu por sua vez o pai.* Era o cão do dono de um bar onde eu costumava parar. Quando levava o Leo comigo deixava-o sempre a brincar com esse cão na esplanada e ele adorava-o. Esta fotografia até foi tirada pelo próprio dono, que só ma deu anos mais tarde. Tenho-a guardada desde então. É a única que tenho dele.

— Que fofo! *Comentei com um sorriso.* Como se chamava?

— Chamava-se *Mike*.

Olhei logo para Leonardo, que comprimiu os lábios ao perceber que tinha sido descoberto. Era essa, afinal, a razão pela qual ele tinha batizado a cadelinha que atropelámos com o nome *Mika*.

— Eu também tenho uma fotografia para lhe entregar. *Disse Leonardo, esticando o braço na minha direção.*

Peguei na moldura com a inscrição *O Melhor Pai do Mundo*, passei-lha para a mão e ele logo a entregou ao pai. Assim que Raphael olhou para ela começou a chorar. Fiz um esforço enorme para não chorar quando ele lhe estava a ler o que tínhamos escrito, mas naquele momento não me consegui conter. Pela primeira vez, Leonardo tomou a iniciativa de reconfortar o pai e abraçou-o.

— Papa? *Disse uma voz com sotaque francês.*

Olhámos todos para a porta de entrada da sala e uma menina de cabelos claros e que devia ter uns sete ou oito anos espreitava na nossa direção. Logo atrás estava Louise com as mãos sobre os ombros dela e olhava para Raphael à espera da sua aprovação para a libertar. Raphael estendeu os braços e a menina correu para o seu colo. Eu e Leonardo ficámos a olhar um para o outro de olhos arregalados e a adivinhar o que aquilo significava.

— Sim, Leo, é mesmo isso que estás a pensar, tens uma irmã. *Atirou Raphael enquanto ajeitava a menina no seu colo.*

Durante as horas seguintes, a meia-irmã de Leonardo, que viemos a saber que se chamava Ariane, ficou na nossa companhia e logo se juntou também a mãe dela e atual companheira de Raphael. A presença de Louise e Ariane acabou por intimidar o lado sensível de ambos e passaram a conter-se um pouco mais. Se por um lado acalmou as emoções, por outro arrefeceu o ambiente e em pouco tempo parecia um encontro casual entre dois amigos que não se viam há muito tempo. Podia existir a culpa, o arrependimento, a nostalgia, etc., mas ninguém podia exigir nem a um nem ao outro um vínculo que não tinha existido durante anos. Só o tempo e a convivência poderiam vencer aquela inércia e reforçar a ligação entre ambos. Leonardo começou a ficar irrequieto e percebi que estava na hora de irmos embora.

— Acho que já fiz o que tinha de ser feito, que era dizer-lhe tudo aquilo e entregar-lhe essa moldura. Chegou a hora de irmos.

Leonardo ergueu-se, eu juntei-me a ele e Raphael levantou-se logo depois para tentar mudar-lhe as intenções.

— Fiquem mais um pouco. *Pediu.* Jantem connosco. Disseste que só se iam embora depois de amanhã, ainda temos tanto tempo.

— Pai... eu já cumpri o meu propósito. Não tenho mais nada a fazer. O pai agora tem a sua família e eu estou a mais aqui.

Raphael ia responder-lhe, mas mudou de ideias no último segundo. Sabia que independentemente do que dissesse naquele momento não ia mudar nada. Baixou a cabeça em jeito de rendição àquela despedida e Leonardo deu-lhe um abraço demorado. Despedimo-nos todos uns dos outros e quando nos preparávamos para abandonar a casa Raphael interveio.

— Dá-me um contacto teu, filho, pelo menos.

Eu já estava do lado de fora e Leonardo estava mesmo atrás de mim, ainda do lado de dentro de casa, e olhou para o pai.

— Sabe porque é que o encontrei? Porque quis e fiz por isso. E não foi preciso nenhum contacto seu. Isto não é vingança nenhuma, longe disso. Apenas acho que, se estiver arrependido como mostra, deve prová-lo. Como disse, não lhe trancarei a porta, mas não a vou abrir por si. *Voltou-se para sair e assim que pôs os pés no exterior virou-se para trás e acrescentou.* Por favor, dê à Ariane aquilo que eu não tive, uma bicicleta com as duas rodinhas extra.

Tinham sido muito intensas aquelas últimas palavras. Deixei-o no seu silêncio enquanto caminhávamos e lembrei-me dos bilhetes para ver um jogo do seu Paris Saint-Germain que eu tinha comprado e que ainda não lhe tinha oferecido. O jogo era no dia seguinte e tendo em conta que já tínhamos cumprido as nossas missões não havia tempo a perder. Vi no mapa onde era a escola mais próxima de onde ele tinha vivido e pedi-lhe para irmos até lá e aceitou sem me questionar por julgar que ia tentar fazer mais uma viagem no tempo com ele e, embora não fosse essa a intenção, não seria muito diferente. Quando chegámos vi o campo da bola que ele me tinha falado que ia para lá jogar depois das aulas e levei-o comigo. Nesse momento estavam uns miúdos a jogar e nas bancadas algumas pessoas, que julguei serem família, assistiam à partida.

— Toma. *Disse, entregando-lhe os bilhetes.* Acho que era um desejo teu de criança e que o teu pai nunca chegou a cumprir. Pensei que podíamos fazer isso amanhã. O que dizes?

Leonardo olhou para mim admirado e sem saber o que dizer.

— Uau! Que gesto lindo! Mas tu nem ligas a futebol.

— Não faço isto por mim. Se gostas eu aprendo a gostar.

Parou, refletiu e olhou-me como se acabasse de ter uma ideia.

— Se tu não gostas não faz sentido irmos só porque eu gostaria. A minha vontade de nada serve se a tua não corresponder. Eu agradeço imenso o gesto, mas, se me permites, tenho uma ideia melhor. *Voltou-se e foi ter com um grupo de pessoas. Começou a falar com algumas delas enquanto apontava para o campo, até que se demorou mais a falar com um dos homens e acabou por lhe entregar os bilhetes. Quando regressou para junto de mim vinha com um largo sorriso.* Eu não tive a alegria de o meu pai me levar a ver um jogo do PSG, mas um daqueles miúdos terá.

Tinha sido um gesto muito bonito de Leonardo e cheio de significado. Percebeu que, apesar de ser um desejo antigo seu, não era ele nem eu quem mais poderia desfrutar daqueles bilhetes. Podia não ser aquilo que eu mais adorasse fazer, mas não tinha qùalquer problema em acompanhá-lo no jogo e adoraria ver a reação dele, tal como tinha acontecido nos anteriores reencontros com o passado. Contudo, Leonardo tinha tomado uma decisão nobre e altruísta ao oferecê-los a um pai e filho, que iriam certamente aproveitar bem a experiência. Vê-lo tomar aquela atitude e ver o seu sorriso quando regressou até mim era ainda mais gratificante que qualquer sensação que pudéssemos vir a ter se fôssemos nós a usar os bilhetes. Só quando regressámos ao hotel e nos deitámos é que, após um momento de reflexão, Leonardo voltou a tocar no tema do pai e do que tinha acontecido em casa dele. No entanto, não lhe notei arrependimento na voz por alguma coisa que tivesse dito ou feito e isso deixou-me mais tranquila. De uma forma mais ou menos dura, mais ou menos direta e sincera, sei que estava consciente de que tudo tinha acontecido como tinha de ser. Adormeci a meio da conversa, apoderada pelo cansaço, e deixei-o a falar sozinho durante alguns minutos. Mas no dia seguinte eu acordei primeiro e foi a vez dele de retribuir porque tentei acordá-lo e tapou os ouvidos. Era o último dia em Paris e queria aproveitá-lo da melhor maneira e por isso não me ia render e abri os cortinados.

— Parece que temos mais um domingo de chuva juntos. *Disse assim que vi o tempo que fazia lá fora.*

Aquela informação despertou a atenção dele. Saiu da cama, espreitou pela janela e ficou apaixonado a olhar a chuva.

— Os meus dias favoritos. *Disse, sorridente.* Acho que já tinha perdido a esperança de voltar a sentir a chuva de Paris.

— Não me digas que é diferente das outras.

— Não. A chuva é a mesma, só que é em Paris. *Atirou com uma gargalhada e depois abriu a janela e pôs o braço de fora.*

As pingas foram caindo sobre o braço dele e Leonardo começou a sorrir tão genuinamente com aquela sensação que tive de experimentar também. Assim que comecei a sentir os chuviscos sobre a pele, uma serenidade revitalizante começou a percorrer-me o corpo a partir do meu braço. Era agradável a impressão de estar a ser molhada e ao mesmo tempo estar protegida e segura.

— É uma sensação boa, sim, mas nem penses em ir correr para a chuva. Já chegou o susto que apanhámos da última vez.

— Ai sim? *Lançou-me um olhar desafiador.* Não podemos ir para a chuva, mas a chuva pode vir até nós.

Recolheu o braço e passou-me a mão molhada no pescoço, fazendo-me arrepiar e soltar um grito. Empurrei-o logo a seguir para a cama e vinguei-me da mesma maneira. A chuva teimava em não parar e à medida que as horas foram passando percebemos que isso já não ia acontecer antes do final do dia. Ainda temia por tudo o que tinha acontecido e não quis arriscar aventurarmo-nos no exterior com aquele tempo. Tudo apontava, por isso, para que o dia fosse passado dentro do hotel, dividido entre o quarto e o restaurante. Uma ideia que, apesar de tudo, agradava a ambos. A dada altura, quando eu apreciava pela janela o nevoeiro que começava a engolir a cidade numa imagem assustadoramente bela,

Leonardo aproximou-se por trás de mim e encostou o seu corpo no meu. Abraçou-me pela barriga, afastou-me o cabelo do pescoço e beijou-o. Senti naquele segundo uma fraqueza nas pernas e o meu corpo vibrou da cabeça aos pés. Não havia sensação no mundo que superasse aquela presença tão junto a mim e aquele calor tão reconfortante. Tudo o que estava à minha volta, desde o prédio mais distante que a minha visão podia alcançar até aos lençóis amarrotados sobre a cama, era amor. Se havia imagem que definisse o que era amor, era aquela. Não tinha dúvidas. Voltei-me para ele, coloquei as minhas mãos por trás do seu pescoço e estiquei-me para o beijar. Leonardo pegou em mim, deitou-me sobre a cama e deixámo-nos levar pelo desejo dos nossos corpos de se entrelaçarem, alimentarem e desfrutarem um do outro. Durante horas não ousámos colocar sequer um pé fora da cama como se ao fazê-lo pudéssemos quebrar todo aquele cenário cristalino e frágil de entrega mútua. Sentia que alguém tinha voltado a brincar com o comando da vida e pôs o tempo a correr mais depressa dentro daquele quarto. Dei por mim a olhar constantemente o relógio e a pedir-lhe para ter mais calma porque não queria que aquele momento acabasse. Parecia que tinha esperado uma vida inteira por aquele dia, que se tinha resumido a um simples quarto de hotel, nos arredores de Paris num dia de chuva. Deitei-me ao lado de Leonardo, ainda ofegante, e deixei-me ficar por instantes a apreciar a sua beleza. Ele fez o mesmo, voltou-se para mim e olhou-me com uma energia que nunca tinha sentido.

— Eu nunca te disse isto porque não sabia o que era... *Começou a dizer-me num sussurro*. Mas eu estive a ler os sintomas na Internet e a estudar sobre o assunto e percebi que bate tudo certo.

Comecei a ficar assustada com aquela conversa.

— Como assim? O que queres dizer com isso, Leonardo?

Fez um silêncio antes de responder e enervou-me ainda mais.

— Percebi que aquilo que me une a ti é amor. Eu amo-te.

Fiquei imóvel depois de ouvir aquela tão doce declaração. As lágrimas começaram a fugir umas atrás das outras dos meus olhos pelo significado que aquela simples palavra tinha ao ser dita por ele.

Perdi a noção do tempo e percebi que agora era ele quem começava a ficar preocupado por eu não dizer nada após a sua declaração.

— Eu também te amo, Leonardo. *Disse-lhe por fim e notei que soltou um suspiro.* Provavelmente amo-te muito antes de saber que amava, mas acabei por nunca chegar a dizer-te isso.

— Talvez porque ainda não tivesse chegado o momento certo.

— Não tenho a certeza se há um momento certo para dizer que se ama alguém. Mas o que é certo é que me soube pela vida.

Aproximei o meu rosto do dele para lhe dar um beijo e depois Leonardo ajeitou a almofada, rodou para cima e puxou-me para ele para que deitasse a minha cabeça no seu peito. Um silêncio enternecedor apoderou-se do quarto e permitiu-me ouvir o batimento do seu coração. Era a primeira vez que eu o ouvia com tanto detalhe desde a operação e ouvi-lo bater depois das declarações que tínhamos acabado de fazer um ao outro era uma sensação indescritível. Tinha trocado o coração, mas não tinha trocado o inquilino e era eu que morava ali dentro daquela caixinha.

— Estás a sentir-te feliz? *Perguntou e respondi-lhe que sim com a cabeça.* Se calhar é esta a tão desejada receita para seres feliz no amor. Eu, tu, uma cama e um domingo de chuva. Juntas tudo, levas ao forno debaixo dos lençóis, temperas a gosto e *voilà*.

— Parece simples, não é? Lembras-te do dia em que fomos ver um filme romântico ao cinema e tu gozaste com ele? A meio disseste que já sabias que um dos protagonistas ia morrer no auge da história e que era sempre assim nas grandes histórias de amor.

— E por acaso acertei, também te lembras desse pormenor?

— Acertaste em relação ao filme, mas olha para nós. Pelos vistos nem em todas as grandes histórias de amor tem de morrer algum dos protagonistas. E acho que a nossa é uma grande história.

— Então ainda bem que há exceções.

A noite chegou e eu fiquei tão entretida a ver um filme romântico na televisão que o sono não quis nada comigo. O mesmo não podia dizer de Leonardo, que já deveria ir no quinto sono. Quando o filme acabou e mesmo antes de apagar a luz do candeeiro, reparei na minha bolsa pousada sobre a mesa debaixo da televisão e lembrei-me do envelope que estava lá dentro. Percebi então que já tinha feito tudo o que podia fazer por Leonardo e com a revelação que me fez nesse dia funcionou como um carimbo naquele dossiê. Estava na hora de ler, finalmente, a receita para ser feliz no amor que Nicolau me tinha deixado. Fui buscar o envelope e comecei a ler.

Querida Beatriz. Como prometido aqui vai a receita que me pediu. Como deve imaginar, o que lhe vou dizer não é uma fórmula mágica, mas são alguns princípios importantes. Apesar de óbvios para mim, sei que a maioria das pessoas não tem a consciência suficientemente expandida para os acolher, por isso peço-lhe que antes de continuar a ler ponha de parte os seus tabus. Baseando-me nos desabafos que foi fazendo desde que nos conhecemos, em especial o último por causa do seu recente término, e baseando-me na perceção que tenho da menina Beatriz, percebi que o seu problema é o mesmo que o de quase toda a gente que não consegue ser feliz, não só no amor, mas também noutros campos da vida. O que a Beatriz tem vivido não são relações de amor, mas sim de apego. Que são dois termos que se confundem muito, mas que a maioria das pessoas, apesar de ouvir falar, nunca se deu ao trabalho de investigar. Partindo do apego é preciso chegar à origem dele. Essa relação de apego nasce de uma carência da Beatriz. Ou seja, falta qualquer coisa na menina que, inconscientemente, procura e encontra noutra pessoa. E como ela lhe dá algo que não tem e precisa, cria uma relação de apego com ela. E uma relação de apego é uma relação de dependência. Exatamente como uma droga. Tal como uma pessoa fica dependente de uma droga para se sentir bem, também fica dependente de uma pessoa. E tanto num caso como no outro sabem que são relações destrutivas e nem por isso deixam de querer. Recapitulando, o insucesso das suas relações é causado pelo apego, o apego vem da carência, e essa carência é sinónimo de falta de amor-próprio. E falta-lhe amor-próprio porque a menina nunca fez verdadeiramente o exercício de autoaceitação. Mas para aprender a aceitar-se, primeiro tem de saber o que é que tem de aceitar. E isso só acontece depois de se conhecer. E para se conhecer precisa de fazer uma enorme viagem interior de autoconhecimento.

E essa viagem precisa de um pequeno impulso inicial, que é dado quando toma consciência de que o seu propósito no mundo é ser feliz e que merece sê-lo. Em todos os campos da sua vida. Porque a vida é para ser feliz. Nunca duvide disso nem nunca duvide de que é merecedora disso. A vida é para ser abundante. E essa abundância vem inevitavelmente do amor. Neste momento a Beatriz já percebeu que veio ao mundo para ser feliz. Posto isto, agora vai fazer muita introspeção e identificar quais são as suas qualidades e defeitos. Do que é que gosta e não gosta. O que quer e o que não quer. Quais os seus sonhos, o que é que a faz sentir bem e menos bem, etc. Depois vai aceitar tudo aquilo que não pode mudar. Aceitar, perdoar e deixar ir. Todos estes exercícios, que são apenas uma pequena amostra de tudo o que pode e deve fazer, vão permitir-lhe conectar-se com o amor que está dentro de si. Há uma frase que digo muitas vezes e que gostaria que fosse o meu epitáfio, que é Não sentimos amor, somos amor. Ou seja, o amor é a nossa própria essência, é daquilo que somos feitos. Todos. E tudo o que precisamos é de nos conectarmos com ele para que o possamos deixar fluir e comecemos a vibrar amor. O problema é que esse amor está escondido debaixo dos medos, dos tabus, dos preconceitos, das desilusões e de um monte de entulho emocional que se foi acumulando dentro de nós ao longo da nossa vida e nos foi afastando daquilo que somos verdadeiramente. E nós somos amor. Quando finalmente se vir livre de tudo isto e se conectar com esse amor, que já está dentro de si e não fora, a Beatriz vai sentir-se um ser completo e não mais uma meia pessoa que foi posta no mundo para encontrar a outra meia. Não! A Beatriz é uma pessoa completa e uma relação saudável é composta por duas pessoas inteiras e não por duas metades que formam um. A menina não consegue ser feliz no amor porque simplesmente não está a vibrar num estado de amor, mas sim num estado de carência. E tudo o que vai atrair para a sua vida são pessoas e circunstâncias que a farão sentir ainda mais carente. Se quer amor, então vibre amor, envie amor. O amor é libertador. O apego é dependência. E a dependência só traz dor. Espero ter ajudado. Do seu amigo Nicolau.

Assim que terminei de ler só tinha percebido uma coisa. Percebi que ler só uma vez não era suficiente para perceber a mensagem. Li outra vez e outra e mais outra, parando e refletindo sobre cada frase, e as ideias começaram a ganhar alguma forma na minha cabeça. A primeira conclusão a que cheguei foi que o problema era meu e a solução também. Comecei a fazer uma retrospetiva da minha vida, em especial dos meus relacionamentos, e comecei a aperceber-me de um padrão comum. Todos eles pareciam insuficientes, todos acabavam por ser esgotantes, em todos eu tinha a sensação de estar presa àquela pessoa e de precisar demasiado dela para poder estar bem. Em todos eu implorava por retribuição, mendigava por atenção e esperava e precisava da aprovação do outro. Eu não vivia com essa pessoa, eu vivia para ela, eu vivia dando-lhe coisas. O problema é que eu não o fazia porque gostava dela, mas porque precisava que ela retribuísse a minha oferta e dessa forma me fizesse sentir valorizada. Tal como um cãozinho que pousa a bola à beira dos pés do dono para que ele a atire e depois corre atrás dela com a ilusão de que estão a brincar um com o outro. Percebi também que um dos sentimentos muito comuns nesses meus relacionamentos era o constante medo da perda. Aliás, era mais do que medo, eu tinha pavor de perder essa pessoa. Não imaginava sequer a minha existência sem ela. Temia imenso a possibilidade de estar e ficar sozinha, precisamente, sabia-o agora, porque nem sequer me tinha a mim mesma. A minha felicidade dependia quase na totalidade da outra pessoa. Estava literalmente nas suas mãos e por isso não era de admirar que ela fizesse o que queria de mim. Esse pavor de a perder e a solidão que acarretava essa perda tornavam-me uma pessoa controladora e possessiva. Claramente sintomas do estado de carência em que estava, como disse Nicolau na receita. E como também dizia, o amor é libertador, pacífico e transparente. A carência é o oposto, é uma prisão, é agitada e insegura e de transparente não tem nada. Comecei a lembrar-me de vários episódios em que escondia aquilo que sentia e punha as minhas vontades de parte com receio que a outra pessoa se revoltasse contra mim e encontrasse nisso um motivo para acabar o nosso relacionamento. E quando acabava eu implorava à outra pessoa para ficar comigo, como se isso fosse alguma demonstração de amor. Era sim uma clara demonstração de falta de amor-próprio da minha parte. Cheguei então à conclusão de que eu era muito boa a dar conselhos, mas muito má a segui-los, pois no fundo eu já sabia tudo aquilo, apenas não conseguia ou, pior do que isso, não queria ver. Muitas destas ideias que Nicolau me tinha acabado de fazer perceber eu já as tinha transmitido, ainda que por outras palavras, nas minhas conversas com Leonardo, com a mãe dele e até com a minha irmã. E agora tudo estava a bater certo. É claro que não era possível eu ser amada por alguém porque nem sequer eu me amava. Não era possível eu ser tratada bem por alguém porque nem sequer eu me tratava bem. Aliás, eu era a primeira a abdicar de ser quem eu era de verdade para que a outra pessoa continuasse a ser quem queria e bem lhe apetecia, pois tinha tanto medo de a perder que eu não queria que ela se chateasse por nada. Olhando agora à distância do tempo, eu conseguia ver que não havia de verdade uma afinidade entre mim e esses namorados. E se havia alguma afinidade, não era entre mim e eles, mas entre a máscara que eu tinha criado de mim mesma para lhes agradar e a imagem da pessoa que eu queria que eles fossem. Tinham sido relacionamentos de fachada. Uma total ficção. Porque o amor aceita. O apego e a carência pelos vistos tentam mudar o outro, moldá-lo e controlá-lo. Agora conseguia ver que era impossível aquelas pessoas serem as certas para mim porque eu não estava a ser eu mesma, mas sim uma criação para agradar ao outro. E fi-lo porque não me conhecia, porque não me aceitava e por isso não podia amar-me ao ponto de ser eu mesma naqueles relacionamentos. Aquela pessoa estava comigo porque eu encontrava nela algo que eu não tinha e precisava. E quando não me dava eu cobrava-lhe. E essa cobrança sobrecarregava a outra pessoa, sobrecarregava o relacionamento e esgotava-me a energia. Eram relações profundamente desgastantes e eu submetia-me a elas porque não me amava o suficiente para perceber que eu merecia mais e por isso tinha de as abandonar. Caso contrário iria continuar a ver a minha energia sugada pelas pessoas que eu permitia que entrassem na minha vida. No fundo eu estava a pedir-lhes para que me amassem porque eu não era capaz de o fazer, então precisava que fizessem isso por mim. Ao longo de toda a minha vida fizeram-me acreditar que eu tinha de encontrar a minha cara-metade para poder ser feliz. Ou seja, eu era uma meia pessoa que só conseguiria ser feliz quando encontrasse a outra meia. E essa ideia fazia-me crer que era um ser incompleto e por isso insatisfeito e por isso dependente de outro para ser feliz. E não. Eu não precisava de outra pessoa para ser feliz, mas sim para partilhar a felicidade que já existia dentro de mim. Eu não precisava de outra pessoa para me dar amor, mas sim para trocarmos o amor que já existia dentro de nós. Mas as últimas palavras de Nicolau fizeram-me perceber que não tinha sido um acaso esse tipo de pessoas ter entrado na minha vida e eu ter vivido esses relacionamentos com o mesmo padrão. Segundo ele, aparentemente fui eu que atraí essas pessoas e esses relacionamentos. Como eu vibrava num estado de carência, eu atraía para a minha vida pessoas que me fariam sentir ainda mais carente e provavelmente também elas pessoas carentes. E fazia todo o sentido essa interpretação porque batia certo com a retrospetiva que estava a fazer da minha vida. Por exemplo, como eu sempre fui uma pessoa generosa e caridosa, eu de certa forma acabava por atrair para mim pessoas que iam exponenciar isso. Comecei a lembrar-me de outros cenários possíveis de confirmar ou contradizer esta hipótese e lembrei-me de um evento solidário de que fazia parte e em que tinha de distribuir umas *T-shirts* gratuitas pelos participantes. Quando eu peguei num monte de *T-shirts* para começar a distribuir e se aperceberam de que eu estava a oferecê-las, em poucos segundos tinha uma multidão à minha volta a pedir-me uma *T-shirt*. E se pudessem levar mais uma ou duas para o resto da família, levavam. Era como se aquela generosidade atraísse para o meu redor pessoas que iam exponenciar isso em mim, ou seja, pessoas interesseiras. Quanto mais eu dava mais queriam e quanto mais queriam mais eu dava. Algumas nem queriam assim tanto a *T-shirt*, mas como era grátis aproveitavam. Lembrei-me depois que, se em vez de dar eu estivesse a vender as *T-shirts* para doar o dinheiro à associação, apenas as pessoas que queriam mesmo a *T-shirt* ou que queriam mesmo ajudar, pois eram generosas e não interesseiras, é que se iriam aproximar de mim. No fundo era o que se tinha passado nos meus relacionamentos, embora em relação com outros aspetos como a carência. E o facto de aceitar e viver relações que eram más para mim fazia-me vibrar naquela energia negativa de falta, de carência, de escassez, e é claro que não podia atrair para mim coisas boas, pessoas boas e compatíveis comigo, pois nunca me dei ao trabalho de olhar para dentro e sempre esperei que a minha alegria viesse de fora. Se eu aceitava pouco, nunca podia ter mais do que aquilo, pois a mensagem que eu enviava para o universo era a de que eu aceitava pouco e por isso nunca me dariam mais do que isso. Se eu aceito dez para fazer determinada tarefa, a outra pessoa não me vai dar vinte. Sou eu que tenho de perceber que valho vinte, que mereço vinte e exigir vinte. Mas isso só poderia perceber quando olhasse para dentro e me começasse a conhecer. Só eu poderia chegar a essas conclusões. Depois comecei a ver todas aquelas questões que Nicolau sugeria que eu respondesse e comecei a sentir dificuldade em responder a elas, afinal quais eram as minhas qualidades? Afinal quais eram os meus sonhos, os meus gostos e o que é que me fazia sentir bem e mal? Quando as li pareceram de fácil resposta, mas quando me dediquei a respondê-las estava a ter muitas dificuldades. Só aí percebi que se calhar eu não me conhecia assim tão bem como pensava. E sem isso eu nunca poderia saber quem sou e ter noção do que mereço e por isso não me amar o suficiente para atrair para mim pessoas que exponenciariam esse amor. Faltava só perceber porque é que Nicolau me disse que só deveria conhecer a receita depois de cumprida a minha missão ou quando percebesse que tinha feito tudo o que podia por Leonardo. E após todas as conclusões que tirei do que li não foi difícil de perceber o motivo. Recordei uma conversa que tivemos em que ele me disse que não era aquilo que eu dava que estava errado, mas aquilo que eu esperava daquilo que dava. E depois lembrei-me do pedido que me fez um dia antes do AVC para não esperar nada da parte de Leonardo, nenhum reconhecimento, retribuição ou recompensa. Apenas para me concentrar em fazer o que tinha a fazer por gosto e com gosto, para fazer bem e me sentir bem. E agora tudo fazia sentido. Desta forma Nicolau garantia que durante toda aquela missão eu me iria focar no ato de dar, cuidar e amar e não naquilo que eu esperava receber por aquilo que dava. E esse tinha sido o meu grande erro. Eu dava sempre para receber. Eu dava, não porque amava a outra pessoa, mas porque queria que ela me amasse. E isso era vibrar numa frequência de carência. E quanto mais vibrava carência mais carência eu atraía para a minha vida. E amar alguém é querer que essa pessoa seja feliz, se for ao nosso lado melhor, mas acima de tudo querer que ela seja feliz. E apego é querer que essa pessoa nos faça feliz. O que é muito diferente. Ao dizer-me para não esperar nada do outro lado, Nicolau não me estava a dizer que não era importante ser amada de volta, mas mostrar-me que tudo começa em mim, tudo parte de mim, que só amando eu serei amada, que só enviando amor eu vou receber amor, porque ao vibrar amor eu vou atrair amor. E eu seria finalmente feliz no amor. Aquilo que eu pensava ser a transformação de Leonardo estava a ser, na verdade, a minha transformação. E é claro que eu só entenderia tudo isto se lesse esta receita apenas no final. Senti os meus olhos lacrimejar com a emoção que se apoderou de mim depois de tantas conclusões. Aquela receita era a peça que faltava naquele *puzzle* e que depois de colocada deu sentido a toda a história. Olhei para cima e sorri em forma de agradecimento a Nicolau por aquela expansão da minha consciência. Tinha sido uma jogada de mestre da parte dele ao conseguir transformar a vida de duas pessoas ao mesmo tempo. Voltei a guardar a receita no envelope com a certeza de que iria ter de a ler ainda muitas mais vezes para não me esquecer e deitei-me, abraçada a Leonardo. O voo de regresso era ao final da manhã, por isso só tivemos tempo de tomar o pequeno-almoço e seguimos logo para o aeroporto. Na viagem de comboio até lá, Leonardo ia olhando pela janela com um olhar nostálgico de despedida e ia segurando a minha mão com firmeza. À medida que nos afastávamos da cidade ia-me sentindo mais aliviada, como se aos poucos fosse ficando para trás uma enorme carga que trazia sobre os meus ombros. Leonardo fez praticamente toda a viagem em silêncio. Quando nos começámos a aproximar do aeroporto apercebi-me de que aquela sensação de alívio que estava a sentir começava a transformar-se num estranho vazio. Como se a carga que eu pensava estar a deixar para trás não estivesse afinal sobre os meus ombros, mas sim dentro de mim. Como se deixasse para trás um pedaço daquilo que eu tinha passado a ser também. Assim que chegámos ao aeroporto e nos sentámos à espera do voo, esse vazio atingiu o seu auge e comecei a sentir um aperto sufocante no peito. Olhei para Leonardo e reparei que ele estava a olhar-me com um ar tão luminoso que aumentou ainda mais aquele aperto. Fez-me sinal com a cabeça para a bolsa, eu abri-a, peguei no telemóvel, coloquei os fones, pus a tocar a nossa música e voltei a olhar para ele. A sua pele ficava cada vez mais brilhante e finos raios de luz pareciam sair dos seus olhos. As lágrimas começaram a escorrer-me pelo rosto e Leonardo continuava a sorrir-me com o seu jeito tão delicado e calmo como um anjo. Quando a música terminou, guardei o telemóvel, respirei fundo e senti-me finalmente pronta para me despedir dele.

— Sabias que esta hora ia chegar. *Começou por me dizer calma e delicadamente, e eu abanei a cabeça, tentando conter as lágrimas.* É aqui que eu pertenço. É aqui que eu tenho de ficar e quero agradecer-te por me teres devolvido ao meu lugar. Graças a ti eu consegui voltar a sentir a mesma alegria de quando era criança e consegui fazer as pazes com o meu passado. Graças a ti eu descobri o que era amor e sinto-me muito grato por ter ido a tempo de o descobrir. Foste a luz na escuridão em que eu mesmo me meti. Derrubaste a muralha que construí em volta do meu coração e ensinaste-me a amar. Obrigado, Beatriz, por cada chamada de atenção e por cada safanão no meu braço. Obrigado pela tua persistência e paciência para travares uma luta que não era tua para me conseguires ajudar a libertar do buraco em que me tinha metido. Obrigado por nunca teres desistido de mim e teres sido a pessoa que eu não merecia para me conseguires ensinar a merecer. Disseste-me que não podemos esperar um beijo ou um abraço de alguém a quem demos um murro. Mas é quando essa pessoa nos dá um beijo ou um abraço depois de lhe termos dado um murro que conseguimos perceber o quão errados estamos. E eu percebi a tempo o quão errado estava. Percebi a tempo o anjo que tu foste para mim desde o primeiro minuto. Desde a primeira vez em que me sorriste, que me desafiaste, que me convidaste... que me beijaste. Agora é a minha vez de ser o teu anjo da guarda. Mesmo que me digas que eu não te devo nada, permite-me fazê-lo por gosto e para me sentir bem. Agradeço-te cada um dos teus ensinamentos que me faziam sentir criança, mas ao mesmo tempo estavam a fazer-me crescer. Sei que alguns deles eram ensinamentos que eu não quis ouvir do meu avô, mas que nem por isso ele deixou de mos fazer chegar. E fê-lo através de ti. Através da única mulher que amei na minha curta vida. Curta, mas não pequena. Graças a ti. Resta-me pedir-te que não chores mais, pois a nossa história não merece.

— Não me peças isso, Leonardo. Sabes que não consigo.

— A nossa história foi feliz. Foi uma grande história de amor e merece ser lembrada para sempre com um sorriso. Já sofreste de mais. Chegou a hora de te libertares porque eu já estou entregue. Mas estejas onde estiveres eu estarei lá também. Guardado no teu peito. No lugar que eu conquistei e que sei que vais ter sempre para mim. Quero muito ver-te sorrir. Quero muito voltar a ver-te feliz como tu me fizeste a mim porque tu mereces. Mais do que qualquer outra pessoa, tu mereces. E eu não quero ser a razão da tua tristeza quando tudo o que tu me deste foi alegria. Peço-te por isso que não sejas injusta comigo e sê feliz. Acredita que eu, desde lá de cima, estarei a sorrir por ti e estarei a guardar-te e a proteger-te.

— Mademoiselle? *Chamou alguém por trás de mim.*

Olhei assustada para trás e parecia que me tinham acordado de um sonho. Era uma funcionária do aeroporto a chamar-me para embarcar e só nesse momento reparei que só faltava eu. Quando me voltei para o lugar ao meu lado onde estava Leonardo, já não o voltei a ver. Tinha simplesmente desaparecido e senti que nunca mais seria capaz de o voltar a imaginar com tanta nitidez. A despedida estava feita. Tinha-o devolvido ao lugar onde pertencia e tinha chegado a hora de regressar a casa. A funcionária voltou a chamar por mim e eu agarrei na mala e na minha bolsa e embarquei. Durante a viagem não tive nenhum medo nem ansiedade e o tempo passou a correr. Parecia que durante o período em que estive no ar estava a viver numa realidade paralela e quando o avião pousou voltei à minha consciência e com esse regresso veio de novo a falta. Mas era uma falta diferente. Doía, mas era uma dor calma, pacífica, reconfortante até. Assim que vi a minha mãe, que me esperava no aeroporto, corri para ela e abracei-a em pranto.

— Foi tão difícil, mãe. Foi tão difícil!

— Eu sei, meu amor. Mas tu precisavas de fazer isso e foi um gesto muito nobre da tua parte. Sabes que estou orgulhosa de ti.

— Não é justo! Não é justo! A operação tinha corrido bem, ele já tinha conseguido o mais difícil, era só resistir um pouco mais. *Exclamei agarrada a ela por entre lágrimas e soluços.*

— Ó minha filha, sabes que são operações muito difíceis, as horas seguintes são sempre cruciais e o corpo de Leonardo infelizmente não reagiu bem. Ninguém teve culpa de nada. Toda a gente deu o seu melhor e tu, mesmo depois de tudo o que aconteceu, encontraste forças para cumprires a promessa que lhe tinhas feito. Isso foi um gesto muito bonito e que o deixaria muito, muito orgulhoso. Tal como me deixou a mim e com certeza a dona Lurdes.

— Eu imaginei tudo, mãe! Imaginei tudo como se ele estivesse junto de mim e fizesse tudo aquilo comigo. *Continuei o meu desabafo e as lágrimas não paravam de me correr pelo rosto.* Comprei um bilhete de avião para ele e o lugar foi propositadamente vago para eu poder imaginá-lo ali ao meu lado. Encostei a minha cabeça no assento do avião e imaginei que era o ombro dele. Imaginei as conversas que teríamos, as perguntas que ele me faria e as respostas que ele me daria bem do seu jeito. Algumas dessas conversas eram só os meus dilemas naturais e outras eram só aquilo que eu gostava que ele me dissesse e nunca chegou a dizer.

— Pronto, meu amor. Não chores mais. Imaginares a companhia dele e as conversas que terias com ele foi uma forma bonita de o teres mais presente durante esta viagem. *Disse, para tentar acalmar-me, enquanto me esfregava as costas.*

— Às vezes parecia louca, mas eu sentia que precisava de fazer aquilo daquela forma, senão não era a mesma coisa, mas ao mesmo tempo era ainda mais doloroso senti-lo tão perto de mim e não o conseguir tocar. Era uma sensação tão grande de impotência. Quando consegui encontrar a casa onde ele viveu em Paris, porque a reconheci de uma fotografia que tinha dele pequenino em frente a ela, imaginei-o a contar-me as histórias que tinha vivido ali, e na verdade só me estava a lembrar do que a dona Lurdes me tinha contado. Depois visitei vários pontos próximos da casa dele e dos quais me tinha falado uma vez quando conversámos sobre a infância dele com o pai e tentei recriar tudo da melhor maneira como se ele estivesse de verdade junto a mim a viver aquilo comigo. Mas não sei se fiz tudo como devia ser, mãe! E agora nunca vou saber.

A minha mãe libertou-se do meu abraço para me poder olhar nos olhos e agarrou-me no rosto para garantir que aquilo que me ia dizer era ouvido e compreendido por mim.

— Beatriz! O que é que tu sentiste durante o tempo todo?

— Eu senti a presença dele, mas não tenho como provar isso.

— Não tens e não precisas. *Disse de olhos arregalados.* Se sentes isso, então foca-te nessa sensação, pois essa é a tua verdade. *Limpou-me as lágrimas do rosto com os dedos.* Anda. Vamos para casa. Contas-me o resto pelo caminho. Aqui não estamos à vontade.

— Mãe... Antes de irmos para casa podemos passar por lá?

Ela comprimiu os lábios e lançou-me um sorriso apagado, mostrando que tinha entendido ao que me estava a referir. Depois pegou-me na mala e ajudou-me a levá-la para o carro. Assim que arrancou fez-se um momento de silêncio e depois retomou o diálogo.

— Conseguiste encontrar o pai dele? *Acenei afirmativamente com a cabeça.* Como é que foi? Como é que ele reagiu?

— Esse foi sem dúvida o momento mais difícil de toda a viagem. Quando cheguei a casa do pai dele, apresentei-me, mostrei-lhe uma fotografia do Leonardo. Uma das mais recentes e ele reconheceu-o logo, claro, e ficou admirado como ele estava crescido porque aparentemente ele só tinha uma fotografia dele e ainda era dos tempos de criança. Depois, quando lhe expliquei que... *Fiz uma pausa para segurar as lágrimas.* Quando lhe expliquei que o filho tinha falecido horas depois de ter sido submetido a um transplante de coração, ele não aguentou e abraçou-me a chorar. Foi tão difícil, mãe! Mas no momento eu imaginei que ele estava a abraçar o filho e não a mim, e aquilo nada mais era do que um reencontro entre os dois. Apesar de tudo o que o pai dele fez e do tempo que estiveram separados, eu não conseguia imaginar a dor que ia dentro daquele homem. Saber por terceiros que o filho que ele abandonara tinha falecido e ele já não ia a tempo de lhe dizer que estava arrependido de tudo o que tinha feito é uma dor que nem quero imaginar. Coube-me a mim fazê-lo e foi sem dúvida a tarefa mais difícil da minha vida. Ainda cheguei a perguntar à dona Lurdes se ela não achava melhor ser ela a fazê-lo, mas disse-me que não conseguia e uma vez que eu já tinha prometido a Leonardo ir com ele a Paris reencontrar o pai ela confiou-me essa tarefa... *Suspirei.*

— Foi um gesto muito nobre e corajoso da tua parte, filha. Por isso te digo que estou muito orgulhosa de ti.

— Mas o pior ainda estava para vir, mãe. Quando ele se acalmou começou a contar-me o que tinha acontecido e as razões do seu afastamento e depois chegou a minha vez de lhe ler aquilo que o Leonardo tinha escrito para ele e quando começou a ouvir ficou completamente destroçado. O filho a dizer-lhe tudo o que o pai o privou de viver e tudo o que sofreu pela ausência dele e ainda assim dizer-lhe que o perdoava. Ele já se sentia mal por saber que tinha falhado ao longo de todos aqueles anos, mas ouvir aquelas palavras depois de saber que já não lhe podia pedir perdão é uma dor inimaginável. E eu fazia-lhe as perguntas que imaginava que o filho lhe iria fazer porque sabia que, se o Leonardo estivesse mesmo lá, ele iria querer saber aquilo. Mas ele só estava no meu coração e na minha mente, mãe! *Voltei a explodir num choro descontrolado e a minha mãe passou-me a mão no braço para me tentar acalmar sem saber mais o que fazer.* Eu até tinha comprado dois bilhetes para ir com ele ver um jogo de futebol do seu clube lá de Paris, mas depois foi como se o Leonardo me sussurrasse ao ouvido que tinha uma ideia melhor e eu acabei por oferecer os bilhetes a um senhor para que levasse o filho a ver o jogo. Mas o pior de tudo... o pior de tudo foi que eu nunca consegui dizer-lhe que o amava. Eu já não fui a tempo, mãe! Eu nunca lhe disse que o amava e ele nunca me disse a mim. Porque é que eu adiei? Porquê, mãe? *Quanto mais desenterrava aquelas lembranças mais eu chorava, mas a minha mãe percebeu que eu precisava de desabafar e deixou-me dizer tudo o que me vinha à alma.* Ontem imaginei que ele me dizia isso e eu lhe dizia a ele, mas foi tudo apenas na minha cabeça. Nada daquilo aconteceu de verdade e eu só queria mais um segundo para lhe dizer que o amava. Era só um segundo, mãe. E já não o tive!

    Ficámos as duas em silêncio e, embora não o tivesse dito à minha mãe, agradecia-lhe a forma como respeitava o meu momento de catarse. Fosse através das palavras ou do choro. Melhor do que ninguém, sabia o quanto era importante para mim espremer aquela dor. Entretanto passámos numa rua que me chamou a atenção e quase por impulso pedi à minha mãe para cortar à esquerda.

    — Para onde queres ir afinal? Eu pensei que...
    — Já vamos para lá, mas antes tenho de passar num sítio.

    Dei-lhe as indicações necessárias até onde queria ir, estacionou, saí do carro e pedi-lhe para esperar por mim. Alguns passos à frente dei por mim no meio da rua das floristas e fui percorrida de uma ponta à outra por uma profunda saudade. Afastei-a com uma inspiração e um sorriso dolorido e dirigi-me a cada uma das lojas, comprando uma flor a cada florista e fazendo um ramo com elas. Voltei para o carro e só parámos no cemitério. A minha mãe esperou no carro para me dar privacidade e eu entrei no cemitério e percorri a distância até ao sétimo jazigo do lado esquerdo, que pertencia a Nicolau e agora também a Leonardo. Pousei o ramo de flores sobre ele e não contive as lágrimas ao ler a frase que dizia logo abaixo da fotografia de Leonardo, *Não sentimos amor, somos amor... e amar é uma eterna viagem interior.*

RAUL MINH'ALMA

Nasceu em 1992, é natural do Marco de Canaveses e formado em Engenharia Mecânica pela FEUP. Publicou o seu primeiro livro em 2011, com o título *Desculpe Mãe*, mas foi em 2016, com apenas vinte e quatro anos, que alcançou o reconhecimento do público com o seu primeiro *bestseller Larga Quem Não Te Agarra*. Entre outros livros, publicou em 2018 o romance *Foi Sem Querer Que Te Quis*, que viria a ser o livro mais vendido em Portugal no ano de 2019. Já em 2020, com *Durante a Queda Aprendi a Voar*, Raul Minh'alma foi o autor que mais livros vendeu em Portugal. Em 2021, repetiu o feito com *Se Me Amas Não Te Demores*.

Para contactar o autor:

🏠 www.raulminhalma.com

f www.facebook.com/raulminhalma

📷 www.instagram.com/raulminhalma

🐦 www.twitter.com/raulminhalma

✉ raulminhalma@gmail.com

▶ www.youtube.com/raulminhalma